Für Kevin

Danksagung
Marjorie Rogers, die einfach ins Zimmer nebenan hätte flüchten können, es aber irgendwie geschafft hat, die Tür einen Spaltbreit offenzulassen, habe ich nur eins zu sagen: Danke, Mum! Für alles.

I

(Rom, 13 v. Chr.)

Claudia bahnte sich ihren Weg zum Forum; selbst für Juli schien es auf den Straßen heißer und betriebsamer zu sein als je zuvor, und sie war froh, daß sie nicht oft zu Fuß gehen mußte. Sie hatte sich am Augustusbogen von der Sänfte absetzen lassen, aber die letzten paar hundert Schritte mußte sie gehen, da gab es kein Entrinnen. Einer der Senatoren – sie nahm an, daß es dieser widerliche kleine Ascanius war – stand gestikulierend vor einer wachsenden Menschenmenge und ließ sich über irgendwelche Lebensmittelhilfen aus, so daß sie, um nicht erkannt zu werden, ihre Palla tief über die Augen zog und den Kopf senkte. Als sie in die Via Sacra einbog, stieß sie mit einem kleinen Jungen zusammen, dessen Lumpen mit Haferbrei bekleckert waren und dessen dreckige Hände einen Schweinekopf umklammerten, den er zweifellos gestohlen hatte.

«Aus dem Weg, du pockiges kleines Ferkel!»

Claudia stieß ihn mit dem Ellbogen beiseite und glaubte, die Worte «Leck mich, Alte» zu hören, aber als sie herumfuhr, war er in der dichten Menge von Anwälten, Verkäufern, Wahrsagern und Tänzern verschwunden. Sie wich der Stange eines Trägers aus, bog links in eine enge Seitenstraße ein und tauchte dann nach einem Blick über die Schulter in einer stillen Gasse unter; von nun an würde sie von ihrem Geruchssinn geleitet werden.

Bei Jupiter, Juno und Mars, wie konnte man in solchem Dreck nur leben! Claudia hielt sich die Nase zu und bahnte sich vorsichtig einen Weg zwischen Topfscherben, räudigen Katzen und Lachen von Schmutzwasser hindurch, das einfach aus den Fenstern gekippt wurde. Was für ein Lärm! Schreiende Säuglinge, jaulende Hunde, zeternde Frauen, zankende Kinder und mitten in diesem Getöse Wasserträger, die aus voller Kehle ihre Ware feilboten. Und der Gestank! Faulende Lebensmittel, überquellende Aborte, ungewaschene Körper, und die stickige Hitze machte alles noch schlimmer. Mit angeekelter Miene stieg sie die Steintreppe hinauf. Wenn sie Glück hatte, war Quintus des Wartens müde geworden und sie würde sich in diesem Pfuhl nicht länger als notwendig aufhalten müssen. Du lieber Himmel, war es ihre Schuld, daß sie durch den Leichenzug des alten Stoffhändlers aufgehalten worden war? Da sie in ihrer Sänfte mit dem auffallenden orangefarbenen Baldachin gesessen hatte, hatte sie wohl kaum so tun können, als sehe sie ihn nicht, oder? Zumal diese furchtbare Marcia sie entdeckt und so getan hatte, als würde sie trauern, diese scheinheilige Kuh. Als hätte sie das Vermögen dieses alten Schurken nicht bereits zur Hälfte verpraßt!

Claudia blieb oben an der Treppe stehen, wo der rissige Putz in großen Stücken abblätterte. Die Hausbesitzer machten bestimmt ein unverschämtes Geld mit diesen Wohnungen, in denen sie, wer weiß, vielleicht zwei bis drei Familien pro Zimmer unterbrachten. Man sollte ja annehmen, daß sie aus Erfahrung klug würden, nicht wahr, aber nein, immer wieder brach mal ein Feuer aus und röstete die Mieter bei lebendigem Leibe, oder die nur notdürftig errichteten Gebäude stürzten einfach ein. Und wer scherte sich schon um die zermalmten Leichen darin?

Also, wie lautete noch mal die Wegbeschreibung, die Quintus ihr gegeben hatte? Zweiter Stock, dritte Tür links. Sie drehte sich um und stieg langsam zum nächsten Stock hinauf. Schönes Illyrien, wenn sie sich nun aber irrte? Angenommen, es war im dritten Stock, zweite Tür links? Die Aussicht, in die falsche Wohnung zu platzen, war zu schrecklich, um länger darüber nachzudenken, darum schüttelte sie Staub und Putz von ihrem Rocksaum und strich die Stola glatt. Was soll's, dachte sie, dann konnte sie immerhin versuchen, Gaius davon zu überzeugen, daß sie aus humanitären Gründen hier gewesen sei. Sie klopfte an die Tür.

«Quintus?»

Stille. Mit dem Blick zum Himmel betete sie erneut, daß er die Geduld verloren haben möge. Warum er sich mit ihr an diesem schmutzigen Ort hatte treffen wollen, war ihr unbegreiflich. Vielleicht um der Sache etwas mehr Würze zu verleihen – mehr Aufregung, ein größeres Risiko, ein derberes Spiel... Situationen, die Claudia nur allzu vertraut waren.

«Quintus», sagte sie etwas lauter, «bist du da drin?»

Es war unwahrscheinlich, daß man sie bei dem Lärm und Geschrei aus den angrenzenden Zimmern gehört hatte. Sie könnte auch verschwinden, sagen, daß sie sich verlaufen habe, daß Gaius nach Hause gekommen sei oder daß sie gezwungen gewesen sei, sich dem Leichenzug anzuschließen – ach, irgendwas würde ihr schon einfallen. Aber andererseits war Quintus bereit, für seinen Spaß und die Spiele in diesem widerwärtigen Zimmer stattlich zu bezahlen, und da sie diesem Blutsauger Lucan den Großteil eines Legionärssoldes schuldete, konnte sie nicht allzu zimperlich sein.

Bei Juno, diese Tür sieht alles andere als sauber aus! Claudia spürte einen deutlichen Widerwillen, ihr Ohr an das Holz zu legen.

«Quintus», zischte sie und schaute sich auf dem leeren Flur um.

Bei aller Schäbigkeit, es war auf jeden Fall besser, diesem Dreckskerl Lucan ein paar Denar zuzustecken und ihn damit bei Laune zu halten, als daß er in ihrem Haus erschien und Ärger machte. Claudia kickte einen Kohlstrunk beiseite und öffnete langsam die morsche Tür, wobei sie stille Gebete zu den Göttern aussandte – so primitiv sie auch sein mochten, wenn sie dieses stinkende Loch bewohnten –, daß dies die richtige Tür sein möge. Und wenn ich mir in dieser verfluchten Kloake was einfange, Quintus Aurelius Crassus, kannst du die Rechnung des Arztes auch gleich noch berappen, verdammt noch mal.

Der Senator lag bäuchlings auf dem Bett, splitternackt, die Füße mit einem Lederband zusammengebunden, die Hände auf dem Rücken gefesselt, in Handschellen, mit denen normalerweise Sklaven angebunden wurden. Anders als die lange, niedrige, bequeme Liege zu Hause war dies nur eine strohgefüllte und verlauste Matraze, die Quintus, wie Claudia fand, vernünftigerweise mit seiner Toga bedeckt hatte. Unter seinem Bauch steckten drei dreckige Kissen, so daß seine dicken weißen Pobacken in die Luft ragten. Claudia lächelte. Keine Chance, daß der hätte weggehen können – er hatte sich wie ein Hähnchen gezäumt, und es war unmöglich, daß er sich ohne Hilfe befreite! Sie zog die Peitsche unter ihrer Palla hervor und ließ sie knallen.

«Na schön, du erbärmlicher kleiner Wicht!»

Die Professionelle hatte übernommen.

«Laß mal sehn, was du kannst!»

Claudia ließ die Palla auf den Boden gleiten und schlüpfte aus ihrer Stola. Erneut ließ sie die Peitsche knallen, diesmal allerdings einen Fingerbreit neben Quintus kahl werdendem Kopf. Er zuckte nicht, aber das überraschte sie nicht. Entweder sprangen sie wie eine verbrühte Katze auf, oder sie lagen absolut still wie auf einer Schlachtbank. Wenn ich die Wahl habe, ziehe ich die letzteren vor, dachte sie, aber Job war Job, und sie machte sich nicht die Mühe, zu lange darüber nachzudenken. Er würde schon früh genug aufspringen, wenn die Peitsche auf seinem Hintern brannte.

«Was sagst du, Herr Senator?»

Schon war sie aus ihrer Tunika und warf das Brustband auf das Bett, so daß er es sehen konnte.

«Willst du um Gnade bitten?»

Seine erbärmliche Männlichkeit hing schlaff herunter. Vielleicht brauchte sie den Schmerz, um zum Leben zu erwachen?

«Nein?»

Doch bei seinem Alter würde sie vielleicht nie wieder lebendig werden!

«Das werden wir doch mal sehen!»

Ihre Peitschenschnur landete auf dem Brustband. Wenn ihn das nicht erregte, war irgendwas nicht in Ordnung mit ihm, egal, wie alt er war.

«Das geschieht dir recht, du eingebildeter, arroganter Bastard!»

Die Peitsche hätte einen blutigen, roten Striemen auf seiner weißen Haut hinterlassen müssen. Er hätte die Pobacken zusammenkneifen müssen. Sein ganzer gedrungener Leib hätte eigentlich vor Schmerz zusammenzucken müssen. Doch sein Körper blieb genauso leblos liegen wie seine Männlichkeit.

«Beim Jupiter!»

Claudia rannte zum Bett. Sag bloß nicht, daß dieser dumme

Kauz einen Anfall hatte, das fehlt mir noch. Sie berührte seine Haut. Sie war noch nicht ganz kalt, aber man mußte kein Arzt sein, um zu wissen, daß dieser Mann dieselben angeheuerten Trauergäste brauchte wie der alte Stoffhändler. Suchend schaute sie sich um. Wo hatte er sein Geld aufbewahrt? In einem seiner hohen Patrizierstiefel fand sie eine Brosche mit einem Obsidian, in dem anderen einen weichen Lederbeutel, der nicht mehr als ein paar Kupfermünzen enthielt.

«Bastard!»

Er hatte sie nicht bezahlen wollen, dieser hinterhältige, kleine Geizhals! Es sei denn – ja, es sei denn, er hatte ihr nicht getraut und sein Silber unter der Toga versteckt. Claudia strich mit der Hand über den Wollstoff, ohne darüber nachzudenken, welche Lebewesen in dem schmutzigen Stroh darunter wohl hausen mochten. Keine Münzen. Sie schob die Hand unter den leblosen Körper.

«Verdammt!»

Es war natürlich ihre eigene Schuld, daß sie sich auf eine Verabredung mit einem alten Tropf wie Quintus eingelassen hatte, ohne auch nur das Geringste über ihn zu wissen. Sie überlegte, wer es gewesen war, der ihm die exklusiven Dienste, die sie anbot, vermittelt hatte; normalerweise trat sie direkt an ihre Kunden heran. Sie richtete sich auf, um die Toga auf der anderen Seite zu untersuchen.

«Lieber Jupiter im Himmel!»

Quintus Aurelius Crassus, angesehener Senator, treuer Ehemann von Livilla, Vater von fünf Söhnen und zwei Töchtern, Großvater von einem Dutzend lebhafter Enkelkinder, war ganz gewiß nicht eines natürlichen Todes gestorben.

Jemand hatte Quintus Aurelius Crassus die Augen herausgebohrt.

II

In den viereinhalb Jahren, seit Claudia Gaius Seferius wegen seines Geldes geheiratet hatte, war kein Tag vergangen, an dem die heitere Ruhe des Atriums sie nicht hätte besänftigen oder beruhigen und erfrischen können, wenn sie aus der Hitze und dem Gedränge in den Straßen nach Hause kam. Glühende Kohlenbecken strömten süße Düfte aus, Springbrunnen rieselten und plätscherten, Marmorstatuen begrüßten einen lächelnd, während auf den Wandfresken Kraniche und Tauben und hundert exotische Tiere hüpften und tanzten. Nur heute wirkte der Zauber nicht.

«Melissa!»

Sie schnippte mit den Fingern und marschierte schnurstracks nach oben in ihr Schlafzimmer.

«Melissa!»

Als die junge Sklavin angelaufen kam, hatte Claudia sich bereits sämtlicher Kleidungsstücke entledigt.

«Verbrenn das Zeug!»

«Verzeihung?»

«Gaff nicht so, Mädchen. Du hast mich gehört, verbrenn es. Und kümmer dich selbst darum, Melissa, sonst schlitze ich dir die Nase der Länge nach auf.»

Gehorsam sammelte die Sklavin die Kleidungsstücke auf. Sie hatte sich an die merkwürdigen Wünsche ihrer Herrin gewöhnt, aber dies war entschieden der seltsamste. Sie würde die Sachen eigenhändig verbrennen, denn den anderen Sklaven traute sie nicht, aber ach, wie jammerschade war es um den schönen apfelgrünen Stoff.

«Oh, verflucht noch mal, was ist denn das für ein Geschrei? Ist denn niemand im Haus in der Lage, dem ein Ende zu bereiten?»

Melissa klemmte sich die Sandalen unter den Arm. «Das ist Ihre Tochter, Herrin.»

«Flavia? Gütige Diana, wie oft soll ich dir noch sagen, daß sie Gaius' Tochter ist, nicht meine. Meine eigene arme, liebe Familie – ach, du weißt sehr gut, was passiert ist. Das muß ich nicht noch mal wiederholen. Außerdem», finster blickte sie die junge dunkelhaarige Sklavin an, die bereits an der Tür stand, «bin ich noch lange nicht so alt, daß ich eine fünfzehnjährige Tochter haben könnte. Jetzt hilf mir mit diesem Brustband.»

Sie wartete, bis es richtig saß, dann fragte sie: «Was hat die blöde Ziege denn diesmal?»

«Es geht wohl um den Bräutigam, vermute ich.»

Claudia blies ihre Backen auf. «Dieses furchtbare Kind hat sich sein Leben lang noch kein einziges verfluchtes Mal über irgend etwas gefreut. Die Tunika! Ich hoffe, ihre Tante ist bei ihr.»

Flavia war Gaius' jüngstes Kind, und nachdem ihre Mutter am Kindbettfieber gestorben war, wurde sie von seiner einzigen noch lebenden Schwester aufgezogen. Schon oft hatte Claudia über das Rätsel nachgegrübelt: War Julia frigide, weil sie kinderlos war, oder war sie kinderlos, weil sie frigide war?

«Ich dachte, Sie mögen Fräulein Julia nicht, Herrin.»

«Eine schreckliche Frau. Ich kann sie nicht ausstehen. Die Stola, bitte, Melissa!»

Aber selbst eine unliebsame Schwägerin ist ab und zu von Nutzen.

Mit ausgebreiteten Armen betrat sie in frisches, eisblaues Leinen gekleidet schwungvoll den Hof. «Julia, Liebe! Ich wußte gar nicht, daß du hier bist.»

Ihre Schwägerin, knochendürr, mit einem vogelhaften Aussehen und ein Jahrzehnt älter als sie, warf ihr einen Blick von der Seite zu. «Ich dachte, du bist weg», bemerkte sie scharf.

«Ach, du weißt doch, wie die Sklaven heutzutage sind!» Claudia wedelte geringschätzig mit der Hand. «Ich hatte mich hingelegt.» Sie klopfte an ihre Schläfe. «Kopfschmerzen, weißt du.»

Julias Augen blitzten sie an wie die eines Habichts, aber Flavia rettete den Tag mit einem weiteren Heulkrampf. «Ich will ihn nicht heiraten», jammerte sie.

«Dein Wille ist nicht gefragt», fuhr ihre Tante sie an. «Es ist alles vorbereitet, und du wirst ihn heiraten. Dein Vater hat mit Antonius eine gute Partie für dich gefunden. Immerhin hat er eine führende Position im Schatzamt inne, nicht wahr? Bezieht ein Spitzeneinkommen und ist außerdem ein guter Freund der Familie. Was kann man mehr verlangen?»

«Er ist alt...»

Julia und ihre Schwägerin wechselten einen Blick. «Reif», korrigierte Claudia. Antonius war genauso alt wie Gaius.

«Es ist nicht gerecht.» Flavia begann, an ihren Nägeln zu kauen, die bereits bis zum Ansatz abgeknabbert waren. «Erst war er mit Calpurnia verlobt, und als sie starb, wurde er mir wie ein altes Erbstück aufgehalst.»

«Genau mein Standpunkt.» Julia schlug dem Mädchen die Hand vom Mund. «Dein Vater hielt ihn für gut genug für seine älteste Tochter, nicht wahr? Sei dankbar, daß Antonius an der Familienverbindung noch interessiert ist.»

«Er will sofort Kinder haben und ich nicht», schmollte Flavia. «Ich bin noch zu jung.»

«Unsinn», sagte Claudia aufmunternd. «Als ich so alt war wie du, hatte ich bereits eine Tochter und ging schon mit der nächsten schwanger.»

Das war natürlich nicht wahr, aber wenn sie bei dieser Geschichte blieb – wer weiß? –, vielleicht glaubte sie in zwei, drei Jahren sogar selbst daran.

Julia rückte dichter an ihre Schwägerin heran. «Ich glaube, sie fühlt sich vielleicht, ähm, körperlich etwas abgestoßen», flüsterte sie.

«Fenchel.»

«Oh?» Überrascht hob Julia die Brauen. «Macht das einen... mehr... oder weniger... du weißt schon?»

«Ich meinte, für ihre Nerven», fuhr Claudia sie an.

«Oh!» Die ältere Frau rückte noch dichter heran. «Eigentlich hatte ich gehofft, du würdest mit ihr ein Wort über die Hochzeit reden. Oder, um genauer zu sein, über das, was *nach* den Feierlichkeiten passiert.»

«Ganz gewiß nicht.»

«Aber du und Gaius... der Altersunterschied... ich meine, du bist Flavias Stiefmutter, das könnte sie beruhigen...»

«Nein. Und sorg endlich dafür, daß dieses Kind still ist!»

Taub für den tränenreichen Protest ihrer Stieftochter, klatschte Claudia in die Hände und verlangte nach Wein. Die Vorbereitungen zu Flavias Hochzeit gehörten zu ihren Pflichten. Bedauerlich, aber wahr. Darum ergab sie sich den weitschweifigen Diskussionen und betete, daß Jupiter einen Blitz schicken möge, um das Verfahren schnell zu beenden. Statt dessen hielt ihr Julia mit ihrer dünnen Klaue ihren neuesten Anhänger hin.

«Ich wüßte gern, was du dazu meinst», sagte sie. «Ich bin nicht sicher, ob der Silberschmied das richtig gemacht hat, das Gleichgewicht stimmt irgendwie nicht. Was glaubst du?»

Claudia stand auf und schwor, daß sie Jupiter gleich am nächsten Morgen ein wirklich gutes Opfer bringen würde. Vielleicht ein hübsches weißes Kalb?

«Ich glaube, mir platzt gleich der Kopf. Ich werde mich hinlegen.»

Sie hatte sich gezeigt, aber es bestand keine Notwendigkeit, die Begegnung mit dieser verblödeten alten Schachtel in die Länge zu ziehen.

«Oh?» Julia machte einen Hüpfer auf sie zu und beäugte sie aus der Nähe. «Hmm. Ich finde, du siehst nicht gut aus. Sehr blaß.» Die Habichtsaugen gaben sich schließlich geschlagen, und Julia sammelte ihre Sachen zusammen. «Ziemlich bleich», gab sie zu. «Dir fehlt doch nichts Ernsthaftes?»

Claudia zuckte unverbindlich die Achseln. «Wer weiß?» erwiderte sie schwach. «Wer weiß?»

Die versteckte Drohung genügte, um Julia und Claudias schniefende Stieftochter eiligst ihre Sachen zusammenraffen zu lassen, und Claudia hoffte, daß sie ausreichte, um dieses ermüdende Paar für mindestens eine Woche auf Abstand zu halten. Sie schnappte sich einen Becher und einen Krug Honigwein, kehrte in ihr Schlafzimmer zurück und warf sich auf die Liege. Eine kleine ägyptische Katze mit einem dreieckigen Gesicht und blauen, schielenden Augen kam zu ihr gesprungen und schnurrte selig.

Melissa steckte den Kopf zur Tür herein. «Möchten Sie...»

«Verschwinde!» Drei fette Kissen flogen ihr entgegen. «Und bleib draußen!»

Die Katze schmiegte sich in ihre Halsbeuge und rieb ihren Kopf an Claudias Kinn. Nachdenklich streichelte Claudia sie und nippte an ihrem Wein.

«Nun, Drusilla», sagte sie schließlich. «Haben wir es geschafft?»

Früher oder später würde jemand kommen und den toten Senator finden – splitternackt und zusammengeschnürt wie ein Wildvogel. Dann würde die Suche nach seinem Mörder beginnen. Eine in feinste Gewänder gekleidete Edelfrau fiel in diesem Gemäuer auf wie eine Schlange im Konfekt, und es war schwer zu sagen, wie viele Leute sie dort hatten hineingehen oder herauskommen sehen. Das Problem war die Stola.

«Aber es hätte noch verdammt viel mehr Gerede ausgelöst, wenn ich dieses feine und vornehme Symbol der römischen Weiblichkeit abgelegt hätte, nicht wahr? Egal, die Frage ist – könnte uns irgendwer von denen möglicherweise wiedererkennen?»

Drusilla rieb sanft ihre Pfoten, wobei sie mit den Krallenspitzen an dem edlen Stoff riß.

Die Katze und Claudia waren seit sieben Jahren zusammen. Schon lange bevor Claudia in Genua als Tänzerin angefangen hatte, hatten sie einander gefunden, und seit sie sich, damals beide einsam und hungrig, gemeinsam durchs Leben schlugen, gab es kein Geheimnis, das sie nicht geteilt hätten.

«Schnurrrrr.»

«Ich auch nicht.»

Melissa hatte das Beweisstück verbrannt, Julia und Flavia hatten das perfekte Alibi geliefert. Aber trotzdem...

Sie leerte den Becher in einem Schluck. Claudia hatte schon einiges erlebt, aber viele Monde würden noch zu- und abnehmen, bis sie den Anblick von Quintus Aurelius Crassus' Leiche vergessen würde, die Stichwunde im Herzen und die zwei blutigen offenen Höhlen, wo seine Augen hätten sein sollen. Das war der vierte Mord dieser Art innerhalb von sechs Monaten, und sämtliche Opfer waren angesehene, hochgestellte Beamte gewesen. Die Ermittlungsbehörden unter der Leitung von Callisunus, diesem schmierigen Wicht, rannten sich wahrscheinlich schon die Hacken wund auf der Suche nach einer Verbindung. Bisher hatten sie sie noch nicht gefunden, aber Claudia wußte, was – oder eher wer – diese Verbindung war.

Sie selbst.

«Da haben wir ein Problem, Püppchen.»

Die Katze machte es sich unter ihrem Ohr gemütlich und nahm einen langen, tiefen, zufriedenen Atemzug.

«Es ist nur eine Frage der Zeit, wann sie auf uns kommen, und dann wird der liebe alte Gaius erfahren, was wir bisher getrieben haben. Also, das können wir doch nicht zulassen, oder?»

«Miau.»

Gaius Seferius war alt, und er war fett, und sein Atem roch schlecht, aber er war reich, und, gepriesen sei Hymen, er belästigte sie nicht mit Sex. Seine Kinder waren erwachsen, und er wollte keine weiteren; da seine Position als einer der erfolgreichsten Weinhändler der Stadt es erforderlich gemacht hatte, wieder zu heiraten – warum sollte er dann nicht Mitleid haben mit der jungen und schönen Witwe eines Richters aus den Nordprovinzen, die um ihre gesamte von der Seuche dahingeraffte Familie trauerte? Unter der Voraussetzung, daß sie sich weder in seine geschäftlichen noch in seine persönlichen Angelegenheiten einmischte, stand Claudia alles zur Verfügung. Nachdenklich legte sie die Fingerspitzen aneinander.

«Schade, daß die Patrizier nicht in Frage kamen, was, Drusilla?»

Sie sind viel zu schlau, darum. Nicht im Traum würden sie jemanden einfach beim Wort nehmen, egal, wie tragisch die Umstände sind. Wirklich schade, denn Claudia war wild entschlossen, adlige Kinder zu bekommen. Sie selbst würde diesen Rang vielleicht nie erreichen, aber bei Jupiter, einen Sohn würde sie mindestens in den Senat bekommen, und wenn es das letzte war, was sie noch tat. Alles, was sie brauchte, war eine Million Sesterzen. Eine lumpige Million. Immerhin. Sie hatte sich für den nächstbesten entschieden, einen Mann mit einer führenden Position im Ritterstand, und obwohl die Ehe nicht vollzogen worden war, versprach das Wissen, daß Gaius' Brustschmerzen mit zunehmender Regelmäßigkeit auftraten, Entschädigung. Es konnte nur noch eine Frage der Zeit sein, bis das Schicksal zuschlug und sie «wieder» Witwe wurde – und *dann* konnte sie daran denken, Söhne für die Beförderung in den Senat zu gebären.

Ja, in der Tat. Es war nur noch eine Frage der Zeit...

Leider hatte Claudia schon nach wenigen Monaten des Umgangs mit hohlköpfigen Matronen, mit denen sie nicht das geringste gemeinsam hatte, festgestellt, daß Reichtum, gesellschaftlicher Status und ein Leben im Luxus ihr einfach nicht reichten. Nicht daß sie die Bemühungen, die notwendig gewesen waren, um sich Gaius zu angeln, bedauerte, ganz und gar nicht, aber sie hatte einfach viel zu lange in Grenzbereichen gelebt, um das aufregende Leben plötzlich aufgeben zu können. Kurz gesagt, sie brauchte Anregung. Um also den riesigen Kuckuck, den sie ausgebrütet hatte, zu füttern, mußte Claudia auf ihre alten geschäftlichen Aktivitäten zurückgreifen.

«Was meinst du, was sollten wir tun?»

Drusillas rauhe Zunge kratzte wie Schmirgelpapier über ihre Wange, aber sie machte keine Anstrengung, sich ihr zu entziehen.

«Das meine ich auch, Püppchen. Denn wenn wir nicht herausfinden, wer unsere Kunden umlegt, wird es jemand anderes tun, und dann haben wir wirklich einen Fuchs in unserem süßen kleinen Hühnerstall.»

Sie küßte die Katze zwischen die Ohren und leerte einen ganzen Becher warmen Honigwein. Drusilla hob den Kopf, drehte die Ohren in Richtung Tür und gab ein kurzes, kehliges Knurren von sich. Claudia klopfte nachdenklich mit der Fingerspitze an ihren Mundwinkel.

«Ja, das ist mir auch schon durch den Kopf gegangen.»

Die Augen der Katze waren jetzt nur noch Schlitze. «Rrrrrr.»

«Ich weiß, Drusilla. Egal, wer oder was er ist, wir werden ihn töten müssen, nicht wahr?»

III

«*Da ist ein sehr* gutaussehender Herr, der Sie sehen will, Herrin. Er nennt sich Marcus Cornelius Orbilio.»

Claudia betrachtete Melissa im Spiegel. «Der mich sehen will? Nicht meinen Mann?»

«Nein, Sie, Herrin.»

Sie war guter Laune. Gerade waren sie vom Marsfeld zurückgekehrt, wo Augustus nach seinem erfolgreichen Feldzug gegen die Bergstämme in Gallien als Zeugnis seines Erfolges den prachtvollen Friedensaltar enthüllt hatte. Beim Anblick des sanft vorbeifließenden Tibers, als der Kaiser von dem glorreichen Zeitalter voller Sonnenschein und Gold schwärmte, in dem der Bürgerkrieg der Vergangenheit angehören und die Vergrößerung des Reiches der einzige Weg in die Zukunft sein würde, gab es keinen Römer mehr, dessen Brust unter der Tunika nicht vor patriotischem Stolz anschwoll. Die gewaltigen Restaurierungsarbeiten hatten bereits begonnen – an den Straßen, Brücken, Tempeln, überall. Ja, allein in Rom waren zweiundachtzig große Wiederaufbauten am Werk. Tag und Nacht hörte man in der ganzen Stadt das Echo der Hämmer, die Fels in Marmor und Ton in Stein verwandelten.

«Dann steh doch nicht so rum, Mädchen. Bring ihn in den Garten!»

Behutsam tupfte sie Parfüm hinter ihre Ohrläppchen, steckte eine widerspenstige Locke zurück an ihren Platz und setzte sich einen Goldring auf ihren langen, schlanken Finger. Zum Schluß klemmte sie sich noch eine schwarze Onyx-Brosche an die Tunika.

Er saß auf einer weißen Marmorbank im Schatten eines Apfelbaumes. Er hatte eine große aristokratische Nase. Ein festes, kantiges Kinn. Dichtes, dunkles, lockiges Haar, das keinerlei Anzeichen machte, sich zu lichten. Claudia bezweifelte, daß sein Körper auch nur ein Gramm Fett aufwies, und mußte zugestehen, daß er einen wunderbaren Gegner abgeben würde, auch wenn er in diesem Augenblick anscheinend schon seinesgleichen gefunden hatte.

Mit gehobenem Buckel und gesträubtem Fell näherte sich Drusilla ihm seitwärts und fauchte bedrohlich aus tiefer Kehle.

«Ein charmantes Kätzchen.»

Claudia fand, daß seine Stimme nicht sehr überzeugt klang.

«Grrrr.»

«Nun komm schon, Püppchen.» Sie nahm die finster dreinblikkende Katze auf den Arm und wandte sich an ihren Besucher. «Wie ich sehe, haben Sie sich mit Drusilla bereits bekannt gemacht.»

Marcus Cornelius Orbilio stand auf. «Claudia Seferius?»

«Sehe ich wie eine der Sklavinnen aus? Was wollen Sie?»

Orbilio betrachtete Drusilla, die ihn so finster anstarrte, als wollte sie ihn in Stücke reißen, und warf sich in die Brust.

«Ich bin von der Sicherheitspolizei beauftragt worden, die Morde an vier hochgestellten Beamten zu untersuchen –» Er hielt inne, und Claudia bückte sich geistesgegenwärtig, um die zornige Drusilla auf dem Boden abzusetzen, weil sie wußte, daß ihr dabei die plötzliche Röte aus dem Gesicht weichen würde.

«Und?»

«Und ich fragte mich, ob Sie mir wohl etwas von Ihrer wertvollen Zeit erübrigen könnten.»

Wertvolle Zeit! Claudia klatschte in die Hände und orderte Wein, Feigen und Pecorino-Käse, den sie am liebsten aß. Dann zwang sie sich, seinem Blick standzuhalten. Drusilla sprang auf die Sonnenuhr und ahmte ihre Herrin nach.

«Ja, also... Vielleicht kann ich damit beginnen, Sie zu fragen, wie gut Sie Crassus kannten.»

«Wen?»

«Quintus Aurelius Crassus, den Senator, dessen Leiche letzten Samstag unter, sagen wir, *ungewöhnlichen* Umständen gefunden wurde.»

«Ach, der. Fast gar nicht. Warum?»

«War er nicht vor ein oder zwei Wochen zum Abendessen hier?»

Das war ein Schuß ins Blaue, dachte sie. Wenn er sicher wäre, würde er das Datum sagen. «Alle sind irgendwann zum Abendessen hier», antwortete sie. «War er derjenige, der gerade von irgend so einem langweiligen kleinen Außenposten zurückkam?»

Sie drehte sich zu dem dunkelhäutigen Sklavenmädchen um, das mit dem Tablett herumstand und offensichtlich jedes Wort verfolgte.

«Mach, daß du wegkommst. Ich kümmere mich darum.»

Ein Lächeln zuckte um Orbilios Lippen. «Ja, so was Ähnliches. Wissen Sie, wo seine Leiche gefunden wurde?»

«Ich hörte Gerüchte.» Sie drückte ihm ein Glas Wein in die Hand. «Es war die Rede von einer besonders üblen Gegend.»

«Dann haben Sie richtig gehört. Es war eins der Häuser, die Ventidius Balbus gehören. Ich vermute, Sie kennen ihn?»

«Jeder kennt ihn», sagte Claudia und bediente sich umständlich mit Weintrauben. «Was hat das mit meinem Mann und mir zu tun?»

Orbilio lehnte sich mit dem Rücken an den Baumstamm. «Wer sagte denn, das habe etwas mit Gaius zu tun?»

War die Sonne untergegangen? Es schien plötzlich ziemlich kühl zu werden.

«Kommen Sie zum Punkt, Orbilio.»

Er kramte in seiner Hosentasche und holte einen apfelgrünen Stoffetzen heraus. «Das ist der Punkt», erklärte er ruhig. «Das hier wurde an der Tür des Zimmers gefunden, wo der arme alte Crassus umgebracht wurde. Es sieht so aus, als wären Sie in der Eile hängengeblieben.»

Claudia nahm den angebotenen Fetzen entgegen. «Der ist nicht von mir», sagte sie und warf ihn über die Schulter, wo er als Schmuck in einem Rosmarinbusch hängenblieb.

«Aber ja.»

«Blödsinn. Nicht mal tot würde ich mich in dieser Farbe zeigen.»

«Ich fand eher, daß sie Ihnen stehen würde», antwortete Orbilio und sammelte gelassen sein Beweisstück wieder ein. «Sie würde Ihre Haarfarbe gut zur Geltung bringen.»

Claudia kniff die Augen zusammen. «Dann sollte ich davon vielleicht etwas bestellen», entgegnete sie scharf.

Orbilio lächelte. «Aber das haben Sie bereits, erinnern Sie sich nicht? Ich weiß es, weil ich gestern den ganzen Tag damit verbracht habe, von einem Händler zum anderen zu schlendern, um herauszufinden, wer diesen bestimmten Stoff in dieser bestimmten Farbe verkauft hat, und Gratidius, nun – Gratidius erinnerte sich sehr deutlich, daß es die Frau von Gaius Seferius war, die von der Zartheit der Farbe so ergriffen war.»

«Gratidius ist alt und ein Dummkopf dazu. Ich sage Ihnen mal eins, es gehört nicht zu meinen Gewohnheiten, übelriechende Gassen aufzusuchen, Marcus Orbilio –»

«Dann haben Sie wohl nichts dagegen, wenn ich mich etwas umschaue, oder?»

Claudia sprang auf. «Doch, verdammt noch mal! Wie können Sie es wagen, hierher zu kommen, Sie mieser kleiner Emporkömmling, und zu glauben, daß Sie mein Haus durchsuchen könnten!»

Orbilio betrachtete nachdenklich seinen Daumennagel. «Würden Sie jemanden mit einem höheren Rang vorziehen?» fragte er gleichgültig. «Sagen wir, jemanden wie Callisunus, der seine Soldaten mitbringen würde?»

«Das klingt verdächtig nach Erpressung, Orbilio, und ich kann Erpresser nicht leiden.»

Orbilio seufzte. «Setzen Sie sich, Claudia, und versuchen Sie, sich daran zu erinnern, daß ich die brutalen Morde an vier unserer prominentesten Bürger untersuche. Es handelt sich, um Ihre Erinnerung aufzufrischen, um einen Präfekten, einen Ädilen, einen pensionierten Senator und einen Juristen.»

«Was Ihnen offensichtlich das Recht gibt, deswegen auf anständigen Leuten herumzutrampeln.»

«Du meine Güte! Ich zerbreche mir den Kopf in der Hoffnung, diesen Wahnsinnigen zu finden, bevor dem nächsten armseligen Schurken die Augen ausgestochen werden, und wenn das Ihr süßes Zartgefühl stört, interessiert mich das nicht die Bohne!»

Da Claudia bewußt wurde, daß einer der Sklaven sie vielleicht beobachtete, nahm sie mit gespielter Gleichgültigkeit Platz und knabberte eine Olive. Er tappte im dunkeln, dachte sie bei sich. Er konnte nicht beweisen, daß sie den Stoff gekauft hatte, und außerdem könnte sie, wenn es hart auf hart käme, Gratidius' Assistenten ein Silberstück zustecken – gemeinsam würden sie es schon schaffen, den alten Händler zu überzeugen, daß er sich geirrt habe und daß sie nichts anderes getan habe, als die Farbe zu bewundern.

Nein. Was sie wirklich irritierte, war die Tatsache, daß sie hängengeblieben war. Bei Gott, sie würde diese armselige Melissa in Stücke hacken, weil sie nicht nachgeprüft hatte, ob die Stola heil war!

«Ich werde diskret sein», fügte er hinzu und langte nach oben, um sich einen sauren Apfel zu pflücken.

«Junger Mann», begann sie, und es klang sehr hochnäsig, weil er genauso alt war wie sie. «Ich werde auf keinen Fall zulassen, daß Sie mit Ihren schmierigen kleinen Fingern in meiner Unterwäsche herumwühlen, *und das ist mein letztes Wort.*»

«Hätten Sie dann etwas dagegen, wenn ich Ihren Mann um Erlaubnis bitte?»

Er führte irgend etwas im Schilde, dieser Bastard. Das konnte sie riechen. Er wußte ganz genau, daß sie Gaius nicht in die Sache hineinziehen wollte.

«Nicht im geringsten», entgegnete sie. «Junius!»

Ein muskulöser junger Sklave erschien wie von Zauberhand.

«Junius, hol meinen Mann, ja?»

«Es tut mir leid, Herrin, aber ihr Mann ist bereits zu den Thermen gegangen.»

Sie warf Orbilio einen Blick zu. «Wann?»

«Vor ungefähr einer Stunde», antwortete der Junge.

Witzigerweise war das kurz nachdem Marcus Cornelius Orbilio eingetroffen war. Sie entließ Junius mit einem kurzen Nicken. Als sie am Anfang daran gedacht hatte, daß dieser Mann einen wunderbaren Gegner abgeben würde, hatte sie nicht damit gerechnet, daß er ihr persönlicher Gegner werden würde. Nichts für ungut, wenn es sein mußte, konnte sie so bösartig werden wie eine Wagenladung voller Affen. Das leichte Leben, das sie seit viereinhalb Jahren führte, hatte sie vielleicht körperlich geschwächt, aber Claudia Seferius hatte sich nie den Luxus geleistet, ihre Vorsicht aufzugeben. Sie pflückte eine Nelke, schnupperte daran und schenkte Orbilio dann ihr strahlendstes Lächeln.

«Warum schließen wir nicht einen Kompromiß?»

Das schien ihn zu überrumpeln.

«MELISSA!» Ebenso die Lautstärke ihrer Stimme. «Ach, Melissa. Sieh dir das mal an.» Sie zeigte auf den grünen Stoffetzen. «Habe ich etwas in der Farbe?»

«Nein, Herrin.»

Der Ermittlungsbeamte runzelte die Stirn und drückte dem Mädchen den Stoff in die Hand. «Sehen Sie genau hin», sagte er, und sein Blick schoß von der Sklavin zur Herrin auf der Suche nach Zeichen heimlicher Verständigung. «Das ist sehr wichtig.»

Claudia studierte ihre Onyx-Brosche und vermied es sorgfältig, Melissas Blick auch nur einmal zu begegnen.

«Meine Herrin hat nichts in dieser Farbe», antwortete das Mädchen und schaute ihm kühl ins Gesicht, bevor sie ins Haus zurückkehrte.

Claudia atmete langsam wieder aus. «Gibt es sonst noch etwas, Orbilio? Ich meine, Sie wollen doch nicht das ganze Haus auf den Kopf stellen, nur um zu sehen, ob wir nicht auch noch eine Schublade voller Augen versteckt haben, oder?»

Orbilio spitzte mürrisch die Lippen. «Nein. Das reicht für den Augenblick, danke.»

«Gut!» Claudia sprang auf und stürmte die schattige Kolonnade hinunter. «Den Ausgang finden Sie wohl von alleine», rief sie ihm über die Schulter zu.

IV

Orbilio hievte sich von dem nackten, glänzenden Körper des Mädchens unter ihm und rollte sich auf den Rücken. Bei der Mutter von Tarquin, was hatte er in letzter Zeit nur für Schwierigkeiten, sich Namen zu merken! War das jetzt Vera, die Tochter des sardischen Fischhändlers, oder Petronella aus der Schmiede? Er wischte sich mit dem Handrücken über die Braue und fragte sich, ob der Schmied es wohl wußte oder sich überhaupt dafür interessierte, mit wem seine Frau schlief. Er griff nach dem Krug, aber er war leer.

«Verdammt.»

Er ließ sich auf das Bett zurückfallen und schloß die Augen. So konnte er nicht mehr lange weitermachen, sonst richtete er sich selbst zugrunde. Achtzehn Stunden am Tag, sieben Tage die Woche hatte er in den letzten sechs Monaten nach Hinweisen gesucht, die ihn seinem Ziel näherbringen sollten, einen wahnsinnigen Mörder zu stellen, und nachts hatte er Trost bei Wein und Frauen gesucht – aber gefunden hatte er beides nicht.

Wenn er nur endlich einen Durchbruch hätte, und, bei Junos Röcken, er hatte alles versucht. Es mußte eine Verbindung zwischen den vier Männern geben. Es *mußte* sie geben. Sein griesgrämiger Chef glaubte nicht daran, aber andererseits war Callisunus, dieser schmierige Hund, ja auch nicht wegen seines Verstandes die Erfolgsleiter hinaufgeklettert, nicht wahr? Seine Neigung, sich die Ergebnisse seiner Beamten, wenn sie erfolgreich waren, als seinen alleinigen Verdienst anrechnen zu lassen, und sie eilig zu verleugnen, wenn sie versagten, hatte seine Position als Chef der Sicherheitspolizei gestärkt. Daß seine Männer ihn vielleicht verachteten, interessierte Callisunus nicht im geringsten. Klein und gedrungen, mit einem Mopsgesicht, saß er selbstgefällig wie eine Spinne in ihrem Netz und wußte, daß er sich jederzeit nach Lavendel duftend erheben könnte, falls Orbilios Theorie sich zufällig als richtig erweisen sollte. Doch in diesem Fall war Callisunus überzeugt, daß die Morde planlos geschehen waren, und er überließ es Orbilio, seinem Gespür zu folgen... solange das in seiner Freizeit geschah. Aber das war egal. Es gab eine Verbindung, dessen war er sicher – aber welche?

In Gedanken ging er die Informationen durch, die er schon gesammelt hatte, aber bisher hatte er nicht ein einziges Beweisstück gefunden, das die Männer miteinander in Verbindung brachte, insbesondere bei Crassus nicht, der nach seiner Pensionierung vom Senat gerade erst eine lange Kur in Isauria beendet hatte. Orbilio hatte sich selbst völlig zugrunde gerichtet, indem er sämtliche geschäftlichen Transaktionen, die die Männer jemals durchgeführt hatten, untersucht hatte, aber ohne jeden Erfolg.

Natürlich gab es noch jede Menge Spuren zu verfolgen, aber angenommen, es gab keine geschäftliche Verbindung, welche Motive blieben dann noch? Hegte jemand einen Groll? Crassus war ein elender alter Geizhalz gewesen, der für seine Knauserigkeit bekannt war. Aber was war mit Tigellinus, dem Verantwortlichen für die städtische Wasserversorgung? Oder mit Horatius, dem Organisatoren der Megalesischen Spiele? Mit solchen Beschäftigungen gewann man eher Lorbeeren, als daß man sich Zorn zuzog. Bei Fabianus, dem Juristen, wäre es eher möglich gewesen, wenn er nicht wegen seines Sinns für Gerechtigkeit und für seine differenzierte Betrachtungsweise allgemeinen Respekt genossen hätte. Dennoch mochte er jemanden verärgert haben – jemanden mit einem verdrehten Rechtsverständnis... Orbilio stöhnte und rieb sich die Augen bei dem Gedanken an die zahllosen Spuren, die es noch zu verfolgen gab. Und warum gab es für keines dieser Verbrechen Zeugen?

«Bei der Mutter von Tarquin, ist der Mann unsichtbar?»

Wieviel einfacher wäre es gewesen, wenn er eine Verschwörung zur Ermordung des Kaisers hätte aufdecken können (wie er gehofft hatte). Ja, das hätte ihn schneller als ein durchgebranntes Roß auf seiner Erfolgsleiter nach oben katapultiert – und der Ruhm, oh, der Ruhm! Leider war die Verschwörungstheorie völlig haltlos, und er stand da ohne einen einzigen Verdächtigen und ohne die geringsten Hinweise.

Hatte Callisunus nicht erst heute morgen ungeachtet der großen Anstrengungen, die Orbilio bisher unternommen hatte, mit seiner gewohnten Feindseligkeit bemerkt, daß er Metellus auf den Fall ansetzen würde, wenn Orbilio nicht aufhören würde, mit blinden Theorien herumzutrödeln? Das Schlimmste war, daß Callisunus es wirklich wahrmachen würde, verdammt noch mal, denn wenn er den Verdacht schöpfte, daß Orbilios eigenmächtiges Vorgehen auch nur halbwegs ansteckend war, würde er ihn bei der nächstbesten Gelegenheit fallenlassen.

«Ich will Beweise!» hatte er bei der Sitzung getobt. «Konkrete Beweise, verdammt noch mal, kein hohles Geschwätz. Der Kaiser würde mir einen Arschtritt von hier bis Hades versetzen, wenn ich ihm euren haltlosen Quatsch vortrüge. Darum schlage ich vor, daß ihr euch mit eurem Hintern wieder an die Arbeit begebt, bevor ich die Geduld endgültig verliere.»

«Ach, fick dich doch selbst, Callisunus», sagte Orbilio laut. «Du wirst schon sehen, daß ich recht habe, warte nur ab.»

«Häh?» Petronella – oder war es Vera? – hob den Kopf. «Hast du was gesagt?»

«Nein. Schlaf weiter.»

Bei Cupidos Pfeilen, was tat er hier eigentlich Nacht für Nacht? Es war wie damals, als er noch klein war. Egal, wie viele dieser safrangelben Honigkuchen man aß, sie machten einen nie satt. Und das hier ist ja wohl fast dasselbe, was? Er drehte sich zum Fenster um und betrachtete die silberne Sichel des Halbmonds. Ich sollte wieder heiraten, dachte er. Eine Familie gründen. Arbeit ist Arbeit, aber danach braucht ein Mann einen guten Grund, um nach Hause zu gehen. Ich möchte umgeben sein von Gelächter und Geplapper. Ich möchte mich mit der Erziehung meiner Söhne beschäftigen, mit der Familie meiner Frau und meinen eigenen Pflichten als Senator. Denn ich *werde* in den Senat kommen, täuscht euch nicht, ich werde es schaffen! In den Adel geboren zu sein, ist hilfreich, aber damit ist keineswegs alles gewonnen. Man muß trotzdem Einsatz zeigen – und das hatte Marcus Orbilio allerdings schon getan.

Zwei Jahre im juristischen Dienst, zwei Jahre als Tribun und achtzehn Monate Arbeit in der Verbrechensbekämpfung. Noch sechs Monate, dann kann ich mich für die Wahl zum Quästor mit automatischem Zugang zum Senat aufstellen lassen – genau der richtige Zeitraum, um sicherzustellen, daß die Leute einen nicht vergessen werden.

«Orbilio? Ein feiner Kerl. Er hat diese unheimlichen Morde aufgeklärt, wissen Sie.»

«O ja. Erstklassige Arbeit.»

«Und das in nur wenigen Monaten, obwohl er praktisch keine Hinweise hatte.»

Orbilio zupfte an seiner Unterlippe. Das würden Träume bleiben, wenn er dieser häßlichen Sache nicht auf den Grund käme. Das Motiv! Wenn er nur ein Motiv finden könnte! Nachdem er die offensichtlichen Möglichkeiten bis zur Erschöpfung durchgegangen war, hatte er sich mit den weniger offensichtlichen beschäftigt. Tigellinus' Mord ließ buchstäblich auf einen mondsüchtigen Irren schließen, da er zwei Tage vor Vollmond getötet wurde, aber Horatius wurde ermordet, als er erst zu einem Viertel voll war, Fabianus bei zunehmendem Mond und Crassus bei Halbmond. Das konnte man also vergessen.

Dann stellte er fest, daß Tigellinus während der Feier von Juturna getötet wurde und Horatius zu Beginn der Megalesischen Spiele. War das womöglich eine Verbindung? Beide waren in ihre jeweiligen Feierlichkeiten stark involviert gewesen – Tigellinus, weil das Juturna-Fest von Männern begangen wurde, die geschäftlich mit heiligem Wasser zu tun hatten. Da das Wasserbecken von Juturna die Quelle für alle offiziellen Opfer war und Tigellinus für das Wasser in der Stadt im allgemeinen und für diesen geweihten Ort im besonderen verantwortlich war, stand er praktisch im Mittelpunkt des Geschehens. Genauso sah es bei Horatius aus, der vom Anfang bis zum Ende für die Organisation der Spiele verantwortlich war. Leider hatten weder Fabianus noch Crassus auch nur im entferntesten etwas mit diesen Feierlichkeiten zu tun, und darum war diese Theorie auch fallengelassen worden. Vielleicht sollte er sie noch mal überprüfen? Nein, nein. Er war sie immer wieder durchgegangen. Es war zwecklos, ständig in dieselben Sackgassen zu laufen.

Eine Sache quälte ihn aber dauernd: Warum die Augen? Alle Opfer waren offenkundig von einem Fachmann mit einem brutalen Stich ins Herz getötet worden. Oh, das machte die Sache leicht! Er boxte in sein Kissen. Das schränkte den Täterkreis ein! Verdammt, dafür hätte es doch Zeugen geben müssen ...

Wenn man überlegte, war es schon merkwürdig, daß Tigellinus sich an so einem wichtigen Tag in seinem Kalender weglocken ließ. Der Tempel befand sich sogar direkt im Forum, aber er hatte sich nicht nur heimlich davongeschlichen, sondern war auch nach Hause gefahren und hatte seine Diener, Sklaven und die Familie weggeschickt. Horatius war auch zu Hause getötet worden, nachdem er sämtliche Haushaltsangehörigen fortgeschickt hatte, und wieder hatte niemand trotz der dichten Menschenmenge zu Beginn der Spiele etwas gesehen oder gehört. Bei Fabianus lag die Sache ganz anders. Im Gegensatz zu den beiden anderen war er ein Mann von geringem Ansehen und eher aus dem Ritter- als aus dem Adelsstand. Er lebte ärmlich und führte einen kleinen Haushalt, aber trotzdem wurde auch er irgendwann zwischen dem Zubettgehen und dem Aufstehen getötet.

Aber warum, warum, warum wurden ihnen die Augen ausgestochen?

Eins stand jedenfalls fest, die Morde erfolgten zunehmend häufiger. Tigellinus wurde zwei Tage vor den Iden des Januars getötet, so daß die Polizei davon ausgegangen war, daß es sich um eine ganz private Angelegenheit handelte. Nur konnte Orbilio kein Motiv finden. Der Präfekt war ein populärer Mann gewesen, der von seiner Familie und seinen Freunden gleichermaßen geliebt wurde. Zwölf Wochen vergingen bis zum nächsten Opfer, und das Fest, das mit einer Woche der Feierlichkeiten, Theateraufführungen, Prozessionen, Banketts und Wettrennen hätte beginnen sollen, endete mit einem weiteren brutalen Mord. Orbilios Gedanken arbeiteten fieberhaft. Angenommen, Horatius war das eigentliche Mordopfer und Tigellinus wurde nur zur Ablenkung umgebracht? Das glaubte er nicht. Der April war eine Zeit des Beginns. Die

Blumen öffnen sich ebenso wie die Meere. Landreisen sind wieder möglich, und ernsthafte Feldzüge beginnen, und er war sicher gewesen, daß sich diese Sache als ein intellektueller Feldzug erweisen würde. Er hatte recht gehabt. Sieben Wochen vergingen, dann wurde Fabianus getötet, sechs Wochen später Crassus... dessen Fall bisher der bizarrste war. Was, beim Tartarus, trieb er in dieser heruntergekommenen Gegend, zusammengeschnürt wie ein Geschenkpaket?

Orbilio hatte nur ein greifbares Beweisstück: den grünen Stofffetzen. Er faltete die Hände hinter dem Kopf. Sie war dagewesen. Ohne jeden Zweifel war sie dagewesen! Ihr schöner Mund log – und die Sklavin ebenso, verdammt. Er konnte es nur nicht beweisen. Noch nicht jedenfalls. Bei dem Gedanken an ihr schreckliches Biest verzog er das Gesicht. Diese verfluchte Katze würde sogar dem Tod Beine machen. Sie paßten gut zusammen, die beiden, wie sie grollend fauchten und sofort zum Angriff übergingen, wenn sie sich bedroht fühlten!

Die Runzeln auf seiner Stirn glätteten sich, als er über Claudia Seferius nachdachte. Venus, war sie schön! Orbilio war kein Frauenheld, aber er wußte, daß nichts diese üppigen schwarzen Zöpfe noch lange zusammenhalten würde, egal wie viele Nadeln sie sich ins Haar steckte. Sie hatte terrakottafarbene Strähnen darin und altgoldene und bronzene und bernsteinfarbene. Er hatte sie gesehen, als das Sonnenlicht sich darin fing. Seferius hatte wirklich Glück – vorausgesetzt, daß er jemals an dieser verdammten Katze vorbeikam. O ja, diese Frau war Gaius' Geld wert gewesen, und er könnte wetten, daß sie im Bett nicht so eine kratzbürstige Hexe war. Er bedauerte sie allerdings dafür, daß sie so einen fetten alten Sack befriedigen mußte, wo doch die Hälfte aller jungen Männer in Rom ihren rechten Arm dafür hergeben würden, sie zu bekommen. Aber die Hälfte aller jungen Männer in Rom würde zusammen natürlich nicht einmal ein Viertel von Gaius' Vermögen aufbringen...

Ihm war auch nicht entgangen, wie dieser kräftige Sklave Junius sie angeschaut hatte. Claudia Seferius war zweifellos eher eine Frau zum Lieben als eine Frau für nur eine Nacht. Bei ihr wurden Männer bestimmt besitzergreifend, und wenn sie in Marcus Orbilios Bett wäre, würde er nicht wollen, daß sie unter ihm lag. O nein! Er würde wollen, daß sie mit gespreizten Beinen auf ihm säße, damit er ihre köstlichen Kurven sehen könnte. Es sollte auch bei Tageslicht passieren. Er würde zusehen, wie sie sich zurückbeugte und ihre Brüste ausstreckte. Sie würde den Kopf zurückwerfen und ... Als er merkte, daß die Vorstellung ihn erregte, drehte er sich auf die Seite und legte die Hand auf Veras Brust. Claudias Brüste waren voller und runder.

«Marcus, ich versuche zu schlafen.»

Seine Hände tasteten sich forschend weiter.

«Laß das.»

Vera schüttelte die Schulter, aber er zog sie unsanft auf den Rücken. Ja, viel voller und runder. Seine Lippen schlossen sich um ihre Brustwarze. Er war sicher, daß hinter der spröden Fassade von Claudia Seferius eine vibrierende Leidenschaft zu verspüren war.

«Marcus, hör auf!»

«Claudia!»

«Wer?» Vera versuchte, sich auf die Seite zu drehen, aber er hielt sie fest. Claudia hatte lange Beine, die bestimmt so schlank waren wie ihre Arme und ihr Hals. Sie würde seinen Namen rufen.

«Claudia!»

Er stieg auf Vera, die sich wie toll gegen seine Schultern stemmte. «Geh von mir runter, du egoistische, untreue, betrügerische Schlange.»

Wenn er die Augen schloß, konnte er so tun, als wäre es Claudia, die sich unter ihm im Kampf der Leidenschaft wand, und nicht Vera, die sich gegen ihn wehrte. Außer daß es bei Claudia unendlich lange dauern würde und nicht mit ein paar schnellen Stößen wie hier vorbei wäre. Von Mitternacht bis zum Morgengrauen würde er sie nur küssen und erregen, und dann, wenn der Tag endlich erwachte und das Sonnenlicht das Zimmer durchflutete, würde der Rhythmus beginnen. Der uralte Rhythmus, der sie zum Schwitzen und Stöhnen und Keuchen und Schreien bringen würde ...

«Oh, Claudia, Claudia!»

Das letzte, was Orbilio hörte, bevor er zum Höhepunkt kam, war die bissige Stimme einer Frau: «Ich bin Petronella, du räudiger, ekelhafter Bastard.»

V

Als Claudia sich auf ihren Platz setzte, spürte sie, wie die altvertrauten Gefühle von ihr Besitz ergriffen. Der rasende Puls, die zitternden Hände, das Glänzen in ihren Augen. Ein wohliges Kribbeln durchlief ihren Körper, als sie sich dem bevorstehenden Ereignis hingab. Guter alter Apollo! Acht herrliche Tage zu seinen Ehren! Die letzten Spiele, die Fischerspiele, lagen einen Monat zurück und waren fraglos eine zweitrangige Angelegenheit gewesen, da sie nur einen mickrigen Tag dauerten. Ihre Wangen wurden leuchtendrot, als das Stimmengewirr um sie herum zunahm. Das rauhe Gelächter der Männer, das laute Kichern der Frauen, die begeisterten Schreie der Kinder. Also, wenn nur einer von ihnen einen Bruchteil des Vergnügens verspürte, das Claudia erwartete, könnten sie sich verdammt glücklich schätzen. Sie mußte unwillkürlich lächeln. Daß Gaius neben ihr saß und nichts von ihrer Sehnsucht ahnte, verlieh der Sache eine zusätzliche Würze.

«Seferius!»

Einer seiner Geschäftspartner klopfte ihm auf den Rücken.

«Da ich sehe, wie früh du hier bist, nehme ich an, daß du mal zehn Minuten Zeit für mich übrig hast, oder?»

Gaius und sein Kollege vertieften sich in eine lebhafte Diskussion über Wein – Mengen versus Preise –, während Claudia die Atmosphäre des Amphitheaters in sich aufnahm. Es füllte sich jetzt. Erstaunlich, wie viele arbeitenden Menschen trotzdem die Zeit fanden, um dieses aufwendige Spektakel zu besuchen, und sie fragte sich, ob dieser Schnüffler Orbilio wohl heute kommen konnte, um sich zu amüsieren. Wahrscheinlich nicht, da er eher damit beschäftigt war, im Dreck herumzuwühlen, als sich bei schlichten Vergnügungen zu entspannen! Sollte er dabei doch seinen Spaß finden.

Während die Musiker versuchten, sich gegen den Lärm der

Menge durchzusetzen, rückte Claudia ihre Kissen zurecht und trommelte, ungeduldig auf den Beginn der Veranstaltung wartend, mit den Fingern. Gaius hatte ihnen Plätze in den vordersten Reihen reserviert, die für ihn seinen privilegierten Status widerspiegelten und ohne sein Wissen Claudias Blutrünstigkeit befriedigten. Sie begann, mit dem Fuß zu klopfen, und drehte sich zum siebzehnten Mal um, um einen Blick mit ihrem Sklaven Junius zu wechseln. Wie gewöhnlich beobachtete der muskulöse Gallier sie aufmerksam und signalisierte mit einem leichten Kopfnicken seine Bestätigung. Er war ein guter Junge, dieser Junius. Wußte genau, was zu tun war!

Die Parade begann, als der Fettklops, der ihr Mann war, frohlokkend seinen Platz einnahm, weil er seinen Geschäftsfreund überredet hatte, ihm weitere zweihundert Amphoren abzunehmen, ohne den Preis auch nur um eine Kupfermünze zu senken. In einem Farbrausch aus goldenen und purpurroten Mänteln stolzierten die Gladiatoren in die Arena, gefolgt von Sklaven, die ihre federgeschmückten Helme und Waffen emporhielten. Das war typisch für Gaius, dachte sie. Er war so verdammt gerissen. Allein durch harte Arbeit und Unternehmergeist hatte er ein wahres Vermögen angehäuft – dennoch sah er es nicht als einen Widerspruch an, für eine kleine Sendung Kaviar vom Schwarzen Meer für seine Banketts genausoviel Geld auszugeben wie für ein Ochsengeschirr für sein Landgut. Beides waren in seinen Augen gerechtfertigte Ausgaben, aber er würde ihr die Haut bei lebendigem Leib abziehen, wenn er erführe, daß sie sein Geld für Kinkerlitzchen verschwendete.

Dabei handelte es sich bei ihrer Spielerei nicht um einen müßigen Zeitvertreib. Sie war zu einer Sucht geworden, einem Ungeheuer von olympischen Ausmaßen, einer ständigen Gier, die völlig außer Kontrolle geraten war, und nicht umsonst flehte Claudia Seferius auf ihren Knien weitaus häufiger Fortuna als jede andere Gottheit an.

Die Gladiatoren marschierten wieder hinaus, die Musiker steigerten ihr Tempo, und mit einem Zimbelwirbel stampfte schwerfällig ein Elefant in die Arena, um gegen einen Bären anzutreten.

Claudia spürte, wie sich ihr ganzer Körper anspannte. Ihr Mund war schon ganz trocken, und ihr Herz klopfte. Mit einem geheimen Zeichen signalisierte sie Junius, «Wette auf den Elefanten», und wedelte mit allen fünf Fingern, um anzudeuten, daß der Bär innerhalb von fünf Minuten zu Hundefutter werden würde. Mit einer Kopfbewegung gab sie ihm zu verstehen, daß er zwei Kupfermünzen setzen sollte. Sie fing immer mit einem kleinen Einsatz an; das gehörte zum Spiel. Kleine Einsätze steigerten sich allmählich zu großen Einsätzen, aus denen wiederum fast unglaubliche Einsätze wurden, und, bei Diana, sie konnte einfach nicht anders, der Wagemut war ein unverzichtbarer Bestandteil der köstlichen Qual. So wie dein Herz erstarrt, wenn du darauf wartest, daß die Würfel fallen, oder wenn dein Wagenlenker am Ende einer Runde ein waghalsiges Manöver fährt und du einfach nicht weißt, ob es ihm gelingt.

Unglücklicherweise schien Fortuna taub zu sein für ihre Gebete, oder vielleicht hatte Minerva ihre Macht bei den Geldverleihern ins Spiel gebracht. Egal, was, Claudias Schulden waren in schwindelnder Höhe gestiegen. Sie hatte versucht aufzuhören, aber ob es nun um einen einfachen Wettbewerb im Fingerhakeln oder ein richtiges Rennen im Zirkus ging, sie war immer dabei, und es war kein Geheimnis, daß Claudia Seferius sich in den Trainingslagern herumtrieb und auf die Übungskämpfe Wetten setzte. Was anfangs mit einer direkten Entnahme aus der Haushaltskasse begonnen hatte, endete bei der ersten Hürde, als Gaius anfing, Kommentare zu machen, und so hatte sie sich auf die Suche nach einer anderen Geldquelle begeben. Die Lösung, die sie fand, war erstaunlich einfach gewesen.

Um ihr eigenes Laster zu finanzieren, sollten andere für ihr Laster bezahlen.

Es war nicht so, daß sie für ihre Dienste Reklame machte. Im Gegenteil, ihre Kunden hatte sie sorgfältig ob ihrer ungewöhnlichen Neigungen ausgesucht, gehegt und gepflegt, und sie hätte sich nie vorstellen können, welches Ausmaß das annehmen würde. Magistrate, Händler und hochgestellte Beamte standen plötzlich Schlange, um geschlagen oder ausgepeitscht, gequält oder erniedrigt zu werden, und obwohl sie es nicht verdienten, für ihre Perversionen zu sterben, empfand Claudia kaum Mitleid mit ihnen. Außer vielleicht mit Quintus, weil niemand die Entwürdigung verdiente, in solch einem schrecklichen, von Fliegen verdreckten Zimmer gefunden zu werden.

Sie gab Junius ein Zeichen. Zwei Kupfermünzen auf den Panther, daß er dem Löwen innerhalb von vier, nein, drei Minuten die Kehle zerriß. Es wäre natürlich gelogen, wenn sie behauptete, Orbilios Besuch am Dienstagnachmittag hätte sie nicht erschüttert. Wahrscheinlich wäre es das beste, wenn sie in aller Öffentlichkeit in diese schreckliche Bruchbude zurückkehrte, um die zahlreichen möglichen Zeugen zu verwirren. Und vermutlich würde sie ziemlich geschickt vorgehen müssen. In Elendsquartieren wie diesen hielten sich Erinnerungen im Verhältnis zur Lebensdauer der Bewohner. Das heißt, sie waren extrem kurz. Morgen früh? Warum nicht? Laß mich mal überlegen, das wäre der, ah ja, der neunte des Monats; als Ausrede könnte sie notfalls behaupten, daß sie an einer der Zeremonien teilnehmen wollte. Hervorragend.

Bis zur Pause lag sie mit fünf Assen und einer Kupfermünze vorn und hätte zufrieden sein können mit den strengen Limits, die sie sich gesetzt hatte. Statt dessen nagte es an ihr, daß sie dem Mörder noch kein Stück näher auf der Spur war als zuvor. Gaius schlurfte glücklicherweise zu einem der Prätoren, um sich zu unterhalten, und seine Frau Claudia blieb sitzen. Wer mochte wohl entdeckt haben, was sie trieb? Sie hatte den unangenehmen Verdacht, daß es einer ihrer Kunden war, aber wer? Diskretion stand bei jedem stets an erster Stelle. Nur der alte Quintus hatte sie direkt angesprochen, und weil sein Wunsch, sie in einem solchen Haus zu treffen, sogar für Claudia ungewöhnlich war, hatte sie einen maßlosen Preis verlangt und auf nähere Erkundigungen verzichtet. Bis er ermordet worden war.

Sie stand auf und streckte sich. Junius war nirgendwo zu sehen. Darum machte sie sich auf den Weg nach einer Erfrischung. Die Gerüchte von einem Wahnsinnigen, der umging und den Adligen die Augen herausbohrte, um sie als gräßliche Souvenirs aufzubewahren, verbreiteten sich schnell, und die Schmiede konnten für die Schlösser und Riegel, die die herrschenden Klassen verzweifelt brauchten, das Doppelte verlangen (und taten es oft). Callisunus hatte Tag und Nacht jede Menge Männer im Einsatz, um den geisteskranken Täter zu fangen, aber Claudias Intuition sagte ihr, daß Orbilio still und heimlich daran arbeitete, um eine Verbindung zu finden.

«Hier, meine Süße.» Gaius reichte ihr eine Quitte, die mit Dornen verziert war, damit sie einem Seeigel ähnelte. «Sieht das nicht lecker aus?»

Claudia rümpfte die Nase und tauschte die Quitte gegen einen Granatapfel ein. Schnelligkeit war in diesem Fall lebensnotwendig, denn wenn Gaius von ihren Aktivitäten Wind bekäme, würde er sie, ohne ihr auch nur einen Blick nachzuwerfen, auf die Straße setzen. Hatte er beim Ehevertrag nicht auf Besonnenheit und Treue bestanden? Unter keinen Umständen würde dieser Mann zulassen, daß er zum Narren gehalten wurde. O ja, sie mußte wirklich schnell handeln.

«Gaius, Alter! Du siehst gut aus!»

«Ventidius Balbus! Nein, so was! Claudia, erinnerst du dich an Ventidius?»

Sich an ihn erinnern? Wie sollte sie ihn vergessen? Allein die Nennung seines Namens hatte ihr einen Schauer über den Rücken gejagt, als Orbilio ihn bei dem Gespräch erwähnt hatte – aber aus Gründen, die er sich nie hätte vorstellen können. Diesem Kerl heute zu begegnen, war das letzte, was sie wollte!

«Natürlich. Wie geht es Ihnen, Ventidius?» (Ich hoffe, du stirbst an Lepra.)

Vor sechs, sieben Jahren in Genua, als Ventidius Balbus noch ein ehrgeiziger junger Magistrat war, engagierte er junge Tänzerinnen zur Unterhaltung bei seinen Banketten, und sie konnte sich ehrlich nicht erinnern, ob sie mit ihm geschlafen hatte oder nicht. An gute Trinkgeldgeber würde sie sich erinnern, aber ansonsten war ein Freier ein Freier; man achtete nie auf sein Gesicht. Schon gar nicht auf so ein fades wie das von Ventidius Balbus! Sie betrachtete ihn jetzt genau. Er sah mickrig wie immer aus und hatte Augen wie gekochte Stachelbeeren. Seitdem sie die Rolle der anderen Claudia eingenommen hatte, deren Familie durch die Seuche ausgelöscht worden war, gab es nur sehr wenige Menschen in Rom, die sie vielleicht wiedererkennen würden, und Balbus war einer von ihnen. Zu ihrem Glück war sie schon seit fast einem Jahr Gaius' Frau, bevor ihre Wege sich kreuzten, und wenn sie sich bei dem einen oder anderen Anlaß trafen, war es ganz offenkundig, daß er noch keine Verbindung hergestellt hatte. Trotzdem gehörte die Vorsicht zu Claudias rettenden Tugenden, und es konnte nicht schaden, ihm wo immer und wann immer möglich aus dem Weg zu gehen.

«Ich kann mich nicht beklagen. Aber Sie, meine Liebe, Sie sehen von Tag zu Tag entzückender aus.»

Claudia bleckte lächelnd die Zähne und wollte sich gerade umdrehen, als ihr einfiel, *warum* Orbilio ihn erwähnt hatte, denn sie hörte Gaius sagen:

«Wie ich hörte, hast du dir im Süden ein Grundstück gekauft?»

«In Vulturnum, kennst du das? Es ist eine langweilige Stadt, obwohl –»

Claudia interessierte sich nicht für hohles Geschwätz. «Sie sind doch der Eigentümer des Mietshauses, wo Crassus gefunden wurde, nicht wahr?»

Beide Männer sahen sie überrascht an. «Warum, ja –»

Gaius nahm ihre Hand und tätschelte sie. «Claudia, meine Süße, du willst dich doch nicht mit dieser schrecklichen Angelegenheit beschäftigen.»

«Unsinn. Welcher anständige Mensch traut sich denn noch, tief schlafend im Bett zu liegen, solange ein Verrückter frei rumläuft?»

«Es heißt, der Kerl habe es nur auf Männer abgesehen», sagte Balbus. «Man könnte annehmen –»

«Man kann nichts annehmen», erwiderte sie schroff. «Ein Verrückter ist ein Verrückter. Wer weiß schon, was in seinem wahnsinnigen Hirn vorgeht? Solange er nicht in Ketten liegt, werde ich jedenfalls keine Ruhe haben. Hat Sie jemand aufgesucht und Fragen gestellt?»

Balbus zuckte zurück. «Was für Gerüchte haben Sie gehört?» fragte er. «Der Gedanke, verdächtigt zu werden, ist unangenehm.»

«Seien Sie doch nicht albern. Ich wollte wissen, ob es irgendwelche Zeugen gibt oder so was. Ich meine, wenn das Haus so überbelegt ist, sollte man doch annehmen, daß jemand die Augen offen hatte, oder nicht?»

«Leute in solchen Häusern bleiben für sich», sagte Balbus.

«Ich dachte, das sei unmöglich», erwiderte Claudia höhnisch, «wenn sie wie die Hühner zusammengepfercht werden. Gaius, du solltest darauf wirklich Einfluß nehmen –»

Sie fühlte, wie ihr Mann sie mit einem deutlichen Druck beim Arm nahm.

«Claudia, meine Süße, wir sollten zu unseren Plätzen zurückkehren. Wir sehen uns, Balbus, sagen wir morgen um drei in den Thermen?»

«Ausgezeichnet. Ich hoffe, Sie bald wiederzusehen, Claudia.»

«Ein schrecklicher Kerl», sagte sie zu Gaius, obwohl sie wußte, daß Balbus noch gut in Hörweite war. «Ich weiß nicht, warum du dich mit ihm abgibst.»

«Wenn ich aufhörte, mit schrecklichen Kerlen zu verkehren, meine Liebe, wäre ich am Ende des Monats aus dem Geschäft. Er hat seine Finger in allen möglichen interessanten Transaktionen, und wie ich dir schon oft sagte, sind die indirekten Kontakte häufig fruchtbarer als die direkten.»

«Ich hoffe nur, du bringst ihn nie mit nach Hause.» Sie warf den Granatapfel über die Schulter. «Die Art, wie er mich ansah, gefiel mir nicht.»

«Jeder Mann in Rom sieht dich auf die gleiche Art an.» Gaius drückte sanft ihren Arm. «Aber ich werde ihn wohl zum Bankett einladen.»

«Welches Bankett? Gaius, ich wünschte, du würdest dich öfters mit mir beraten.»

«Claudia», antwortete er geduldig, «ich habe dir schon vor Wochen davon erzählt. Dem Bankett an den Iden.» Ein drohender Ton schlich in seine Stimme. «Ich hoffe, du erzählst mir nicht, daß du es vergessen hast, denn ich habe einige sehr wichtige Leute eingeladen.»

Verdammt, verdammt, verdammt. Das war natürlich Melissas Schuld; sie hätte sie daran erinnern müssen!

«Ach, das Bankett.» Sie zuckte gleichmütig die Schulter. «Ich dachte schon, du hättest vielleicht ein weiteres dazwischengeschoben.»

Neun Tage! Sie würde wirklich ganz schön Dampf machen müssen, um dieses verdammte Ding rechtzeitig auf die Beine zu stellen. Und wie sollte sie dabei Zeit finden, auch noch den Mörder zu suchen?

Noch mehr Zimbeln, noch mehr Tiere, noch mehr Wetten, noch mehr Verluste.

«Unsere Wege kreuzen sich in letzter Zeit so selten», bemerkte er schließlich.

Oft genug für meinen Geschmack.

«Du scheinst immer unterwegs zu sein, Claudia.»

«Du scheinst immer beschäftigt zu sein, Gaius.»

Und nicht nur mit Arbeit.

«Allerdings mache ich dir das nicht zum Vorwurf.»

«So unsensibel bist selbst *du* nicht.»

«Warum bist du denn heute so stachelig, meine Süße», fragte Gaius mit spitzem Mund. «Normalerweise hast du Spaß an den Spielen.»

«Ich bin immer stachelig», erwiderte sie, und Gaius schwerer Körper schüttelte sich vor Lachen.

«Ja, das stimmt.» Er beugte sich verschwörerisch zu ihr hinüber und senkte die Stimme. «Hast du Lust auf eine kleine Wette? Ich weiß, daß es verboten ist, aber vielleicht ab und zu ...?»

Claudia schüttelte den Kopf. «Ich habe keine Lust dazu», antwortete sie, wobei sie Junius hektische Zeichen gab, einen ganzen Denar auf den Leoparden zu setzen. «Vielleicht wenn die Gladiatoren auftreten.»

Die Exekutionen am Mittag waren etwas enttäuschend gewesen. Entweder wurde es in Rom sicherer, oder die Kriminellen wurden schlauer, denn es kamen, egal, aus welchem Grund, nur fünf Männer in die Arena, und keiner von ihnen behauptete sich lange. Es war erbärmlich gewesen, den Paaren beim Kampf zuzusehen, und der einzige Überlebende, dieser scheinheilige Angsthase, hatte sich diesem verdammten Tiger am Ende eindeutig entgegengeworfen.

Was glaubte er denn? Daß er die Freiheit bekommen würde, weil er die anderen geschlagen hatte? Claudia hatte seinetwegen mehrere Sesterzen verloren, weil er sich bis dahin als zäher Kämpfer erwiesen und sie das Doppelte darauf gesetzt hatte, daß er wie ein Mann kämpfen und gut fünfzehn Minuten durchhalten würde. Doch sie konnte sich nicht beklagen. Geta, einer von Roms besten Schützen, wurde der Bauch von einem Nashorn aufgeschlitzt, bevor er einen zweiten Pfeil abschießen konnte, und ihre waghalsige Wette auf das Nashorn brachte sie bei dem Spiel weit nach vorn.

«Du siehst sehr vergnügt aus.»

Aus ihrer Träumerei geweckt, fuhr Claudia herum und sah vor sich das bärtige Gesicht eines Gastwirtes, den sie seit über fünf Jahren nicht gesehen hatte.

«Ligarius!»

Schnell sammelte sie sich wieder und gab Junius ein Zeichen, damit er auf die Rückkehr ihres Mannes achtete.

«Wie ich höre, bist du erfolgreich gewesen.»

«Ich dachte, du bist in Genua.»

«Seit dem letzten November nicht mehr», erwiderte er schulterzuckend. «Du siehst schöner aus als je zuvor, Claudia.»

«Was willst du?»

«Nichts.» Er verschränkte die Arme vor seiner breiten Brust. «Ich bin nur zum Plaudern gekommen; das ist alles. Ich dachte, es wäre nett, mit dir über alte Zeiten zu reden.»

«Da bin ich anderer Meinung.»

«Ach, komm schon, Claudia. Du wirst doch mal zehn Minuten Zeit für einen alten Gefährten haben, oder?»

«Geh weg.»

«Ich will nur mit dir reden.»

«Ach so!» Sie begriff allmählich. «Wieviel willst du?»

«Wie bitte?»

«Belästigt dich dieser Mann, Claudia?»

Julias Ehemann, dessen Gesicht nicht nur die Farbe, sondern auch die Beschaffenheit einer unreifen Maulbeere hatte, legte den Arm um ihre Schulter. Sie fühlte, wie sich dort ein feuchter Fleck bildete, aber sie widerstand dem Drang, seine Hand abzuschütteln.

«Marcellus, überzeuge doch bitte diesen Herrn, daß ich nicht Livilla Flaccus bin. Er will mir einfach nicht glauben.»

Ihr Schwager rückte ostentativ seine Toga zurecht. «Das», sagte er wichtigtuerisch, «ist die Frau von Gaius Seferius, dem Weinhändler. Seine Schwester ist meine Frau. Jetzt machen Sie, daß Sie fortkommen, und belästigen Sie jemand anderes.»

Ligarius öffnete den Mund, um etwas zu sagen, und änderte dann seine Meinung. «Entschuldigung», sagte er murmelnd zu Claudia und verschwand rückwärts in der Menge.

«Du kannst deine klebrige Hand jetzt wegnehmen, Marcellus.»

Er strich zögernd mit der flachen Hand über ihre Schulterblätter und ihr Rückgrat hinunter.

«*Jetzt*, du Bastard, oder ich schlag dir vor allen Leuten ins Gesicht!»

«Schon gut, schon gut.»

Als er lächelte, konnte sie die Lücke zwischen seinen Zähnen sehen. Hymen sei Dank, daß Gaius noch ein komplettes Gebiß hatte! Selbst wenn es nicht das beste war.

«Reg dich ab, Claudia.»

«Das tue ich auch», fuhr sie ihn an. «Deine Frau ist es, die allen Grund zur Aufregung hat.»

«Sie braucht den Trubel», antwortete Marcellus und strich mit dem Handrücken über ihre Wange. «Du bist auch so aufregend genug.»

«Sieh mal, da ist Gaius.»

«Nein, das ist er nicht. Hör auf, mich zu foppen.» Er trat etwas näher. «Ich meine es ernst. Du bist aufregend und anziehend, ich liebe diese wunderschönen, großen Augen – Aua!»

Claudia drückte knirschend ihren Absatz auf seinen kleinen Zeh.

«Bei Remus, ich liebe Frauen mit Charakter. Wir beide könnten bestimmt eine Menge Spaß miteinander haben, was?»

Daß er zuviel getrunken hatte, war nicht zu übersehen, trotzdem hatte Claudia den Eindruck, daß seine Anspielungen ernst gemeint waren.

«Offen gesagt würde ich mich lieber vor die Löwen werfen, Marcellus.»

Ja, der Mörder war bestimmt ein Freier, denn irgend jemand hatte eindeutig ein lockeres Mundwerk. Doch das hatte nichts zu sagen; wenn sie ihn fand, würde sie ihm das Maul für immer stopfen.

«Wenn ich genau überlege, würde ich lieber dich vor die Löwen werfen.»

Es gab schließlich Dinge, die eine Frau selbst für Geld nicht machte. Kein Wunder, daß Julia frigide war!

Als Claudia diesen Kriecher endlich losgeworden war, machte sie Junius Vorhaltungen, weil er es zugelassen hatte, daß Marcellus näher als zehn Schritte an sie herangekommen war.

Da schlich sich heimlich Flamininus, der Zensor, heran.

«Morgen früh?» flüsterte er und tat so, als blickte er in die andere Richtung.

«Nein.» Sie mußte für eine Weile aufhören zu arbeiten. Das war die einzige Möglichkeit, das Blutvergießen zu beenden.

«Du hast es aber versprochen!»

Oder etwa nicht? Vielleicht ging der Mörder nach einer Liste vor. Großer Gott, möglicherweise war sogar Flamininus dafür verantwortlich. Sie beschloß, ihn wie geplant zu treffen und auszufragen. Dann müßte sie hinterher vielleicht nicht mehr zu diesem stinkenden Mietshaus gehen.

Seine Stimme bekam einen schmeichelnden Ton. «Bitte, Claudia. Ich werde dich dafür reichlich belohnen.»

Darauf kannst du dein süßes Leben wetten! «Nein.»

Der Ton wurde dringlicher. «Claudia, du mußt kommen. Ich verdopple den Preis.»

«Verdreifache ihn.» Wenn sie ihm die Hoden abklemmen und ihn an einer Leine herumführen mußte, während er sie mit den unflätigsten Schimpfworten bedachte, sollte er für dieses Privileg zumindest bezahlen.

«Also gut. Das Dreifache. Leb wohl, Claudia.»

Als sie sich umdrehte, war er bereits in der Menge verschwunden. Jetzt würde sie vielleicht endlich einen friedlichen Augenblick für sich haben.

«Da bist du ja, meine Süße. Sieh mal, wen ich gefunden habe.»

Gaius blieb mit einem breiten Grinsen vor ihr stehen.

«Einen vor langer Zeit verlorenen Cousin aus dem Norden. Natürlich wirst du dich kaum mehr an ihn erinnern, da du damals sehr jung warst, aber er versichert mir, daß er dich keineswegs vergessen hat.»

Der Punkt war, daß es niemanden im Norden gab, der sich an sie erinnern konnte. Sie hatte ihre neue Identität mit äußerster Sorgfalt ausgewählt. Die andere Claudia hatte keine Familie, und ihre angeheirateten Verwandten waren an der Seuche gestorben. Bis auf den letzten Mann.

«Hallo, Claudia.»

Mit versteinertem Gesicht drehte Claudia sich langsam um.

«Erinnerst du dich jetzt, meine Süße? Marcus Cornelius Orbilio?»

VI

«*Der kleine Marcus!* Meine Güte, bist du groß geworden!»

Der Sarkasmus war an Gaius verschwendet, wie sie es sich natürlich hätte denken können.

«Du erkennst ihn also wieder? Großartig!»

«Ich würde ihn überall wiedererkennen», antwortete Claudia zuckersüß und beobachtete, wie Orbilio sich verlegen wand. «Und wenn man sich vorstellt, daß ich glaubte, auf der ganzen Welt keine Verwandten mehr zu haben!»

Egal, welche Reaktion dieser elende Wurm auch immer erwartet hatte, sie wurde jedenfalls nicht mit offenen Armen begrüßt. Sie lächelte. Und egal, welches hinterhältige Spiel er trieb, sie würde ihm in höchster Vollendung gewachsen sein.

«Na ja – wir sind sehr entfernte Verwandte...»

«Ja, in der Tat. Erklär es mir noch mal, Marcus, nun läßt mich mein Gedächtnis doch im Stich.»

«Ja, also... Deine Mutter war eine, ähm, Cousine zweiten Grades von meiner Mutter. Ja, so war das. Claudia und ich», sagte er entschuldigend zu Gaius, «sahen uns nur selten.»

«Quatsch, du hast uns doch ganz oft besucht, Marcus, erinnerst du dich nicht? Deine Mutter konnte es nie erwarten, dich loszuwerden.» Sie neigte den Kopf zur Seite. «Du wirst es vielleicht nicht glauben, Gaius, aber dieser Marcus war ein absolut schreckliches Kind. Ständig verfolgte er mich und steckte seine Nase in Angelegenheiten, die ihn nichts angingen, und stellte die absurdesten Fragen.»

Orbilio lächelte gezwungen.

«Ihr seid euch ja nicht sehr ähnlich», bemerkte Gaius und schaute fröhlich von einem zum anderen, «obwohl ihr beide Prachtexemplare seid. Die Familie deiner Mutter war wohl verdammt hübsch, was?»

«Absolut hinreißend allesamt», warf Claudia ein, bevor Orbilio den Mund öffnete. «Obwohl Marcus' Mutter in ihrem tiefsten Inneren ein gräßlicher alter Hitzkopf war. Er hatte eine schreckliche Kindheit.»

Sie stellte sich auf die Zehenspitzen und flüsterte laut in Gaius' Ohr:

«Niemand kann genau sagen, wer Marcus' richtiger Vater ist.»

Es war klar, daß Gaius Orbilios Röte und Unbehagen darauf zurückführte, daß seine Familiengeschichte an die Öffentlichkeit gebracht wurde. Claudia hakte sich fest bei Orbilio ein und zog ihn fort.

«Na, wie geht es der alten Vogelscheuche denn heute?»

«Meiner Mutter? Sie ist tot.»

«Nicht zu glauben.» Claudia legte die flache Hand auf seine Brust und drückte ihn sanft, bis er auf der Steinbank saß. «Dann würde ich es wirklich begrüßen», sagte sie leise, «wenn Sie so freundlich wären und sich so schnell wie möglich zu ihr gesellten.»

Sie strich über sein lockiges Haar und kehrte zu ihrem Mann zurück.

«Ein ekelhafter Kerl», sagte sie. «Ich möchte ihn nie wieder sehen.»

«Ich glaube, du bist unfair, meine Süße. Er ist dein einziger noch lebender Verwandte, und ich bin sicher, daß er im Laufe der Jahre reifer geworden ist.»

Claudia folgte seinem Blick dorthin, wo Orbilio saß und sich hektisch mit den Fingern durchs Haar strich.

«Das bezweifle ich. Siehst du? Er schmollt genauso wie damals. Oooh, sieh mal, da ist Octavia. Ich komme nachher wieder zu dir, Gaius.»

Als Claudia sich mit den Ellbogen einen Weg zu ihrer angeblichen Freundin auf der anderen Seite des Amphitheaters bahnte, überlegte sie, ob sie Orbilio nicht ein kleines bißchen zu voreilig abgeschoben hatte. Vielleicht hätte sie ihm ein paar Informationen entlocken können? Egal. Er führte etwas im Schilde, und erfahrungsgemäß war der Angriff die beste Verteidigung. Selbstzufrieden rief sie den robusten jungen Gallier zu sich.

«Junius, ich möchte, daß du etwas für mich erledigst. Du kennst doch Gratidius, den Seidenhändler? Gut. Also, ich möchte, daß du seinen Assistenten suchst...»

Der Sklave hörte aufmerksam zu und wiederholte beinahe wörtlich Claudias Anweisungen.

«Ach, noch was, Junius.» Sie kam sich ziemlich großartig vor, wie sie diese verflixte Angelegenheit regelte. «Hinterlasse meinen Gewinn auf dem Weg an Lucans Kasse.»

Der Mund des Galliers zuckte. «Es gibt keinen Gewinn, Herrin. Sie haben alles auf den Nubier gesetzt.»

«Dieser Schuft!»

Claudia schlug sich gegen die Stirn. Daran ist dieser verdammte Orbilio schuld, dachte sie. Dieser widerliche kleine Schnüffler.

«Hör zu, wenn dieser Bluthund kommt und Fragen stellt», sagte sie, «dann lächelst du nur und nickst und antwortest auf alles, was er fragt, mit einem Ja. Und ich meine wirklich auf alles.»

Er wird denken, der Junge sei bekloppt oder verstehe die Sprache nicht richtig, und beides wäre mir absolut recht.

«Da ist auch eine Sesterze für dich drin», fügte sie hinzu, denn die Loyalität eines Mannes war zwar eine feine Eigenschaft, die man aber nicht immer als selbstverständlich voraussetzen konnte. Insbesondere bei einem Sklaven nicht.

Es lief gerade eine komische Nummer, als Claudia schließlich wieder ihren Platz einnahm. Zwei Frauen von wahrhaft enormer Leibesfülle führten sich in der Arena wie Gladiatoren auf, kreuzten ihre hölzernen Schwerter und stöhnten und ächzten wie verrückt. Sie waren auch nackt wie die richtigen Kämpfer, und als eine nach einer gespielten Verletzung zu Boden fiel, warf sie ihr Schild beiseite und tat so, als flehte sie um Gnade, doch anstatt die linke Hand zu heben, schüttelte sie vor den Augen der begeistert johlenden Menge ihre Brüste, woraufhin sie begnadigt und der Kampf fortgeführt wurde. Die Seferius-Gesellschaft schien jedoch nichts davon mitzubekommen. Gaius saß da mit dem Arm um Flavias Schulter, die – Überraschung, Überraschung – laut quengelte, während Julia mit verkniffenem Mund am Rand saß. Göttin sei Dank, war die Maulbeerfresse nirgendwo zu sehen.

«Claudia!» Die Erleichterung auf Gaius' Gesicht war überwältigend. «Vielleicht könntest du mit meiner Tochter reden. Sie scheint sich etwas Sorgen zu machen wegen ihrer, ähm, Flitterwochen.»

«Aber ja, Gaius, mit Entzücken.» Mit einem strahlenden Lächeln sah sie ihre Schwägerin an. «Du hättest mich doch auch fragen können, Julia.»

Julia wurde dunkelrot vor Empörung, aber sie schwieg, als Flavia sich von ihrem Vater löste und sich wie ein Blutegel an Claudia heftete. Claudia schob sie von sich weg und zwang sich, den Eindruck zu erwecken, als lege sie mütterlich die Hand auf die Schulter des Mädchens, aber sie weigerte sich, ihr näherzurücken. Bei Juno, dieses Mädchen hatte wirklich ein Bad nötig! Wenn das ein Versuch war, ihren Flitterwochenaktivitäten zu entkommen, war das in der Tat der richtige Weg.

«Gaius!»

Wenn man vom Teufel spricht.

«Antonius! Meine Schwester kennst du ja, aber ich glaube nicht, daß du meine Frau schon getroffen hast. Claudia, gestatte mir, dir Flavias Bräutigam, Antonius Scaevola, vorzustellen.»

Der Neuankömmling lächelte. «Da hast du absolut recht, Seferius. Ich glaube nicht, daß ich schon das Vergnügen hatte.»

Lügner. Mehrere Male schon, wenn ich mich recht erinnere. Und für nicht weniger als zwanzig Sesterzen pro Nummer.

Antonius setzte sich neben Flavia und legte besitzergreifend den Arm um ihre Schulter, wobei er wie zufällig über Claudias Hand strich. Eigentlich sah er gar nicht schlecht aus, dachte sie, und er hatte mehr Energie als die meisten Männer, die nur halb so alt wie er waren. Wenn sie es jetzt recht überlegte, konnte man Flavia eigentlich nur raten, in Form zu kommen. Scaevola war schließlich kein Einmal-pro-Nacht-Typ; seine Frau würde eimerweise Ausdauer brauchen. Sie warf Gaius einen Blick zu. Er war trotz seiner Leibesfülle überraschend fit. Und sehr beweglich. Sein Kinn wakkelte, als er lachte, und plötzlich war Claudia froh, daß er seine Energien nicht im Ehebett auslebte.

«Was hältst du denn von der Sache mit Crassus? Daß er gefesselt war und noch dazu splitternackt, wie sich jetzt herausstellte.»

Antonius rutschte von Flavia weg, als wollte er einen besseren Blick auf die Arena bekommen, aber er rümpfte die Nase.

Gaius drehte sich zu seinem Freund um. «Ich hoffe, Callisunus nagelt diesen Hund bald fest, denn man kann ja nie wissen, wer der nächste ist.»

Julia gab einen jammernden Ton von sich, aber niemand kümmerte sich darum.

Scaevolas Mundwinkel zogen sich nach unten. «Eine Menge Leute engagieren jetzt Leibwächter –»

«Ooh, Julia, stell dir nur diese vielen kräftigen, muskulösen Körper im Haus vor», flüsterte Claudia ihrer Schwägerin zu und fragte sich, ob der vernichtende Blick, den sie als Antwort erhielt, sie bestrafen sollte.

Die fetten Frauen watschelten unter begeisterten Rufen und Pfiffen hinaus, und der ernste Kampf begann.

«– und es heißt, es gäbe noch eine neue Erkenntnis. Über eine mysteriöse Edelfrau, sagt Callisunus.»

Claudia spitzte die Ohren. «Das klingt höchst unwahrscheinlich, daß eine Frau unserer Klasse sich in einer solchen Gegend blicken läßt», bemerkte sie. O ja, je früher sie in diese Bruchbude zurückkehrte, desto besser. «Glaubt man wirklich, daß der Mörder eine Frau ist?»

«Es könnte sein», antwortete Antonius. «Callisunus hat die Möglichkeit nicht ausgeschlossen, daß die Frau in Grün sozusagen sein Mann ist.»

«Ach, die Frau in Grün? Das könntest du sein, Julia. Du magst doch Grün sehr gern», frotzelte Claudia.

Erneut ein vernichtender Blick. Sie sollte ihre Schwägerin nicht mehr in der Öffentlichkeit reizen, dachte Claudia. Eines Tages würde diese alte Schachtel sich sonst rächen. Aber in der Zwischenzeit machte dieses Spiel eine Menge Spaß.

«Balbus interessiert sich nicht für Gerüchte.» Antonius hielt inne, um dem Netzkämpfer zu applaudieren. «Seiner Meinung nach würden die Halunken, die diese Wohnungen gemietet haben, ihre eigenen Kinder für eine Kupfermünze als Prostituierte verkaufen, und er muß es ja wissen, da er ihnen genug Geld abnimmt.»

Claudia hatte für heute genug über Ventidius Balbus gehört, vielen Dank.

«Du hast mir eine Wette versprochen, erinnerst du dich?» Sie gab Gaius einen Rippenstoß. «Wie wäre es, wenn wir alle etwas Geld auf den nächsten Kampf setzten?»

Ihre Begeisterung sprang auf die anderen vier über, und während Scaevola die Wetteinsätze organisierte, hoffte sie aufrichtig, daß nicht ihr zukünftiger Schwager für die Morde verantwortlich war. Im großen und ganzen war er sehr unterhaltsam. Es wäre verdammt schade, ihn zu töten.

VII

Mehr als je zuvor ähnelte das Wohnhaus einem Ameisenhaufen, als Claudia sich einen Weg über den großen, offenen Hof bahnte. Vielleicht lag es an der drückenden Luft, die ein Gewitter ankündigte, oder daran, daß der späte Vormittag einfach die geschäftigste Zeit des Tages war, daß der Lärm größer und der Geruch schlimmer schien, als sie es in Erinnerung hatte. Diesmal kam sie, prachtvoll in Pfauenblau gekleidet, in der Sänfte an und zog wie geplant die Aufmerksamkeit der Menge auf sich. Doch bereits im zweiten Stock hatte sie sich der Neugierigen mittels ihrer scharfen Zunge entledigt und war wieder einmal allein.

Das Zimmer, dunkel und trostlos wie zuvor, war unberührt. Crassus' blutbefleckte Toga lag ausgebreitet auf der Matratze, während seine Stiefel unter dem Fenster geduldig darauf warteten, von ihrem Besitzer abgeholt zu werden. Dicker Staub lag auf dem wackligen Tisch, darunter eine runzlige Zwiebel und ein zerbrochener Topf. Hinten in der Ecke summten Fliegen um das Kohlenbecken. Claudia wollte gerade gehen, als ihr Blick auf ein Objekt fiel, das letztes Mal eindeutig nicht dagewesen war.

«Haben Sie was vergessen, Claudia?»

Marcus Cornelius Orbilio senkte langsam seine verschränkten Arme und entfernte den abgeblätterten Putz.

Ihr versagte die Stimme. Für einen schrecklichen, lähmenden Augenblick stellte sie sich vor, daß er an der Wand gestanden und schweigend beobachtet hatte, wie sie sich auszog, und den Atem anhielt, als sie die Peitsche knallen ließ, bevor er Zeuge wurde, wie sie das Geld des Senators suchte. Ein hysterischer Unsinn natürlich. Sie war ganz allein gewesen, und davon abgesehen hätte der einzige Zeuge nur der Mörder sein können. Was auch ihren Tod bedeutet hätte. Sie holte tief Luft und räusperte sich.

«Aha, verstehe – es scheint Ihnen wirklich großes Vergnügen zu bereiten, andere Leute zu erschrecken.»

Orbilio lächelte. «Sonst eigentlich nicht, aber in diesem Fall schon.»

«Ihnen ist nur die Rache süß, weil ich Sie gestern reingelegt habe.»

Er spannte seine Schultermuskeln. «Habe ich nicht allen Grund zur Freude? Ich wußte, daß Sie zurückkommen würden. Es war nur eine Frage der Zeit.»

«Lassen Sie mich eins klarstellen, Orbilio. Ich bin nicht *zurückgekommen.* Ich bin nur deshalb hier, weil mein Name in diese Sache gezogen wurde und ich die Absicht habe, alles zu klären.»

«Und einen besseren Weg konnten Sie sich nicht vorstellen?»

Warum er so amüsiert zu sein schien, ging über ihre Begriffe. «Gewiß nicht. Fragen Sie die Leute da unten; ich bezweifle sehr, ob irgend jemand in der Lage ist zu behaupten, er habe mich gesehen.»

«Sie meinen ‹bereit›, nicht ‹in der Lage›. Wieviel haben Sie ihnen gezahlt?»

«Orbilio, werden Sie erwachsen. In diesen Gebäuden wohnen Hunderte von Menschen; glauben Sie ernsthaft, daß ich herumgerannt bin und jeden einzelnen bestochen habe?»

«Ich rede von gerade eben. Ich habe beobachtet, wie Sie eine Handvoll Münzen in die Luft geworfen haben. Sagen Sie bloß nicht, daß Sie das nicht gemacht hätten, um – wie soll ich sagen? – ihr Urteil zu beeinflussen?»

«Orbilio, Ihnen würde ich nicht einmal sagen, wie spät es ist. Jetzt gehen Sie mir aus dem Weg, Sie blockieren die Tür.»

«Da Sie so aufmerksam sind, können Sie mir vielleicht erzählen, was Sie das letzte Mal gesehen haben? Abgesehen von der Leiche.»

«Es gab kein letztes Mal. Gehen Sie mir aus dem Weg, oder ich schreie das ganze Haus zusammen.»

«Tun Sie sich keinen Zwang an, es wird niemand kommen – selbst wenn man Sie hört. Das ist hier üblich. Was haben Sie am letzten Samstag in diesem Zimmer getan?»

Claudia verschränkte die Arme vor der Brust und blieb wortlos stehen, denn sie war überzeugt, daß ihre Mauer des Schweigens ihn früher oder später zermürben würde.

«War Crassus Ihr Liebhaber?»

Keine Antwort.

«Vermutlich mußten Sie sich wohl für den Fall, daß Gaius etwas mitbekam, an einem verschwiegenen Ort treffen, aber ich persönlich hätte mir ja einen angenehmeren Rahmen ausgesucht.» Im hellen Sonnenschein mit nach Thymian duftenden Hügeln im Hintergrund.

Claudia tat so, als überprüfe sie ihre Fingernägel.

«Außerdem ist es verboten.»

Schweigen.

«Claudia Seferius», sagte er sanft, «ich erkläre Sie zu einer Ehebrecherin.»

«Ja, mein Lieber, und Sie werden es bald leid sein.»

Ein Lächeln zuckte um seinen Mund. «Wollte Crassus Ihren Ruf schützen? Wir wissen alle, wie streng der Kaiser über Ehebruch denkt, insbesondere wegen des Verhaltens seiner eigenen Tochter...»

Seine Stimme verlor sich. Jeder kannte die Geschichte von dem unersättlichen sexuellen Appetit dieser Frau, die den Prinzeps in tiefe Verlegenheit brachte, weil seine eigenen Moralpredigten in Frage gestellt wurden. Es ist immer dasselbe, dachte Claudia, es gibt ein Gesetz für das eine Geschlecht und ein anderes für das andere.

«Cousin Marcus, wenn Ehemänner für ihre Affären denselben Preis bezahlen würden wie die Frauen, gäbe es verdammt viel mehr einsame Männer, das will ich Ihnen mal sagen.»

Cousin Marcus! Das geschah ihm wahrscheinlich recht, daß er sich mit dieser Bezeichnung abfinden mußte. Er hatte sich für schlau gehalten und geglaubt, damit könne er sich Zugang in Seferius' Haus verschaffen. Claudia würde ihn zwar sofort abblitzen lassen, aber zumindest würde er Zugang in gesellschaftliche Kreise bekommen, in denen er seine Nachforschungen fortsetzen könnte. Statt dessen hatte sich der Spieß dermaßen umgedreht, daß es schon beschämend für ihn war. Er gratulierte sich, daß es ihm immerhin gelungen war, ein paar Punkte zurückzugewinnen, indem er in diesem gräßlichen Raum ausgeharrt hatte, bis sie kam. Er lächelte. Er hatte es gewußt. Wie immer senkte sie gleich die Hörner und ging sofort zum Angriff über. Bei der Mutter von Tarquin, sie war wundervoll!

Sein Versuch, sie zu provozieren, indem er sie des Ehebruchs mit diesem aufgeblasenen alten Sack Crassus beschuldigte, scheiterte allerdings elendig. Eigentlich zog er diese Möglichkeit auch nicht ernsthaft in Betracht; er hatte sie nur erwähnt, um Wogen zu verursachen, aber das Wasser blieb still. Viel zu still. Warum war sie ihm nicht schon allein wegen der Andeutung an die Kehle gesprungen?

«Wie lange war er schon tot, als Sie ihn fanden?»

Claudia beobachtete die langsamen Fortschritte einer Küchenschabe, die über den blätternden Putz krabbelte.

«Ich habe drei Gründe, warum ich davon ausgehe, daß Sie am Tatort waren.» Er hatte nichts zu gewinnen, wenn er diese für sich behielt. «Erstens.» Er zählte sie an seinen Fingern ab. «Einen Fetzen grünen Stoff.»

«Den sind wir schon durchgegangen.»

Orbilio grinste. «Richtig. Zuerst sagt Gratidius, Sie seien es gewesen, dann ist er sich nicht mehr sicher, weil sein Assistent plötzlich schwört, daß das nicht stimmt. Zufällig handelt es sich um denselben Assistenten, der gerade eine lange ausstehende Arztrechnung beglichen hat. Sie haben jedoch etwas vergessen.»

Es half ihr nichts, Gleichgültigkeit vorzutäuschen.

«Sie vergaßen, den Lieferanten zu bestechen, der den Stoff in Ihr Haus brachte.» Hurra, das bewirkte ein Lebenszeichen in ihren Augen. Obwohl sie es schnell verbarg. «Zweitens kehrten Sie an den Ort des Verbrechens zurück. An sich vielleicht kein Beweis, aber sehr vielsagend und ein Merkmal, das die meisten Verbrecher gemeinsam haben.»

«Wollen Sie mich verhaften?»

«Und drittens habe ich einen Zeugen, der Sie in dieses Zimmer hinein- und hinausgehen sah.»

Orbilio öffnete weit die Tür. Stirnrunzelnd hob Claudia den Kopf und blickte auf den leeren Gang.

«Sehen Sie ihn nicht?»

Sie verzog das Gesicht.

«Rufus!»

Ein Lumpenbündel löste sich aus einer Türnische und formte sich zu einem kleinen Jungen.

«Rufus, erkennst du diese Dame wieder?»

Der Knirps schlurfte heran. «Ja. Das ist sie.»

«Blödsinn!» Claudia drehte sich zu Orbilio herum. «Wieviel haben Sie diesem kleinen Straßenjungen gegeben? Ein As? Zwei?»

«Sie nannte mich ein pockiges, kleines Ferkel.»

Mit funkelnden Augen musterte Claudia den Jungen mehrmals von oben bis unten. «Das ist wohl kaum ein Beweis. Ich könnte mir vorstellen, daß dich jeder ein pockiges, kleines Ferkel nennt.»

«Und leck mich am Arsch, Alte!»

Orbilio sah Claudia an, daß sie sich erinnerte, aber er verspürte keinen Triumph, sondern nur wie sich sein Magen zusammenkrampfte.

«Jetzt erinnere ich mich an diesen scheußlichen kleinen Dreckskerl. Ich traf ihn im Forum», sagte sie zu Orbilio. «Er rammte mich mit einem Schweinskopf, und die Schnauze traf mich, wenn ich mich richtig erinnere, genau hier.» Sie zeigte auf ihren Bauchnabel.

«Sie trugen eine grüne Stola.»

«Und *du* bist vor einem Ladenbesitzer weggerannt.»

«Sie waren hier.»

«Das war ich nicht!»

«Doch. Ich würde den stolzierenden Gang überall wiedererkennen.»

«Ich stolziere ganz gewiß nicht!» Claudia fuhr zu Orbilio herum, der seinen Mund schnell mit der Hand bedeckte. «Wollen Sie das Wort dieses widerwärtigen kleinen Straßenjungens ernsthaft gegen mein Wort in die Waagschale legen?»

Der Ermittler kratzte sich den Nacken. «Ja», antwortete er schließlich. «Ich denke schon.»

Claudia sah den Jungen funkelnd an. «Scher dich weg. Ich will reden.»

Orbilio warf ihm eine Kupfermünze zu und nickte zustimmend. «Kommen Sie wieder rein, Claudia», sagte er ruhig und mit einer einladenden Geste ins Zimmer, «denn ich möchte sehr gern zuhören.»

VIII

Unter einem Himmel, der Regen versprach, aber nicht die Absicht hatte, das Versprechen einzuhalten, saß Claudia halbherzig auf einer Leier klimpernd in dem kühlen Säulengang. Die winzigen Vögel in den Käfigen um sie herum, deren Gefieder strahlender als Juwelen glänzte, übertönten die Melodie mit ihrem Getriller. Eigentlich sollte ich den zweiten Tag der Spiele genießen, überlegte sie, und mir Gedanken machen, wer im Kampf zwischen Elefant und gepanzertem Krokodil der Stärkere ist, oder mich über die Zwerge amüsieren, wenn sie zwischen den Beinen der Giraffen Räder schlagen oder auf Straußen reitend herumrasen. Statt dessen verbringe ich den halben Morgen damit, mich durch den Pöbel und Unrat einer dreckigen Gosse zu wühlen. Drusilla kam mit erhobenem Schwanz auf sie zugelaufen und rieb sich an Claudias Schienbeinen, bis sie, als sie mit dieser Methode nichts erreichte, auf den Platz neben ihr sprang und lautstark jaulte.

«Entschuldige, Püppchen, ich war meilenweit weg.» Um genau zu sein, am Fuß des Quirinals, wo ich mir die Nase zuhalten mußte. Claudia klatschte in die Hände. Warum baut man Häuser ohne Wasser und sanitäre Anlagen an den Fuß der Hügel, wo der Gestank nicht entweichen kann? «Bring mir Hühnchen, Brot und Käse», befahl sie der Sklavin, die auf ihr Zeichen hin kam, «und besorg ein oder zwei Sardinen für Drusilla.»

Das Mädchen versuchte gar nicht erst, die Katze auf den Arm zu nehmen und in die Küche zu tragen. Die Narben auf ihren Handgelenken hatten sie gelehrt, sich nicht mit dem Tier abzugeben, schon gar nicht, wenn seine Herrin zu Hause war. Es aß mit ihr, schlief bei ihr und folgte ihr wie ein Schatten. Wollte man es auch nur streicheln, fiel es einen an wie ein wilder Tiger.

«Bring auch ein paar Datteln mit», rief Claudia. «Und sieh nach, ob Verres, dieser nutzlose Schurke, wieder da ist.»

Dieser verdammte Koch war nie da, wenn man ihn brauchte. Wahrscheinlich kam er wieder mit der lächerlichen Ausrede an, daß er doch für das heutige Abendessen Lebensmittel einkaufen mußte. Warum er keinen Sklaven losschickte, ging über ihre Begriffe. Dafür waren sie doch da!

«Sie wollten mich sprechen, Herrin.»

Dieser verdammte Koch, immer kam er angeschlichen, wenn man nicht mit ihm rechnete!

«Ja, Verres. Ich möchte mit dir über das Bankett am Samstag in einer Woche reden.»

«Welches Bankett?»

«Nun komm schon, Verres. Vor Wochen habe ich dir davon erzählt. Von dem Bankett an den Iden.»

«Nein, das haben Sie nicht.»

«Widersprich mir nicht.»

Wenn er nicht so ein guter Koch wäre, phantasievoll und begabt, würde sie ihn auf der Stelle feuern. Was glaubte er eigentlich, wer er war, daß er so mit ihr stritt? Aber es spielte keine Rolle. Wenn sie mit ihm fertig war, hatte sie ihn überzeugt, daß schwarz weiß war und daß sie ihm tatsächlich von dem verdammten Ding erzählt *hatte*.

«Aber ich –»

«Unterbrich mich nicht, sondern setz dich hin und hör zu. Also, falls du dich erinnerst, hast du bei unserem letzten Fest etwas sehr Raffiniertes aus Schweineinnereien gemacht.»

Verres, der plump wie ein gekochtes Huhn aussah, strahlte vor Stolz. «Die Gebärmutter, die ich ausgestopft habe, so daß sie wie ein Fisch aussah? Soll ich das wieder machen?»

«Du liebe Güte, nein!»

Gaius sollte glauben, daß sie sich den langen Vorbereitungen mit äußerster Sorgfalt und Aufmerksamkeit gewidmet hatte.

«Diesmal muß es etwas Außergewöhnliches sein, Verres. Ich möchte, daß die Leute Stielaugen bekommen angesichts dieser... dieser prachtvollen Extravaganz, also denk gut nach.»

«Hmmm. Haselmaus in Honig mit Mohnstreuseln?»

«Ja, ja, sehr gern. Alle Delikatessen, die dir einfallen. Aber ich meine ein ganz besonders aufwendiges Gelage. Denk nach, Mann. Was kannst du kochen, was noch Monate später Thema im Senat sein wird?»

Für eine Weile sah es so aus, als wäre Verres in ein Koma gefallen, aber schließlich zerriß ein breites Grinsen sein Gesicht. «Ich weiß! Ein Wildschwein, aus dem beim Tranchieren lebendige Drosseln herausflattern, die ich in letzter Minute eingenäht habe!»

Eins mußte man diesem Mann lassen, er war ein Genie. «Ausgezeichnet! Also geh los und bereite es vor –»

«Wir fangen mit Austern und lauchgefüllten Pfauen an, dann fahren wir mit überbackenem Thunfisch –»

«Wunderbar, Verres, wirklich ausgezeichnet. Jetzt geh und mach die Planung allein, sei ein guter Junge.»

Er wirkte ein kleines bißchen enttäuscht, als er aufstand, aber Claudia hatte kein Interesse an häuslichen Lappalien und scheuchte ihn mit einer Handbewegung fort. Drusilla, die die Sardinen bis auf den letzten Rest vertilgt hatte, bediente sich mittlerweile an dem Hühnchen auf Claudias Teller.

«Melissa!»

Ein mit Drosseln gefülltes Wildschwein, hm? O ja, da werden sie vor Schreck ihren Wein verschütten.

«MELISSA!»

Die Katze machte einen Satz, und ein Stück Hühnchen fiel aus ihrem Maul, das sie sofort wieder aufschnappte, als sie merkte, daß keine Gefahr bestand.

«Ach, da bist du ja. Hör mal, im Zimmer meines Mannes liegt eine Liste der Leute, die zum Bankett kommen. Guck mich nicht so dumm an, das Fest am nächsten Samstag, von dem ich dir schon vor Wochen erzählt habe. Jetzt lauf los und hol die Liste – und bring einen Krug Wein mit, wenn du schon auf dem Weg bist.»

Es wird interessant sein zu sehen, wen er einlädt. Mit etwas Glück hat Gaius vergessen, Balbus, diesen alten Furz, auf die Liste zu setzen – aber angenommen, er hat an Orbilio gedacht? Nein, nein, das wird er nicht. Seit gestern hat er ihn bestimmt nicht mehr gesehen. Um so besser. Sie hatte keine Lust auf eine nächste Runde mit *Cousin* Marcus. Sie knabberte an einer Dattel. Jedenfalls jetzt noch nicht.

«Hier, Herrin. Brauchen Sie noch etwas?»

Claudia spuckte den Stein über den Hof. Sie wurde immer besser. Eines Tages würde sie diese Sonnenuhr treffen. «Ja, in der Tat ist da noch etwas.»

Sie nahm die Leier und begann zu klimpern. «Wir brauchen Unterhaltung. Sänger, Tänzer, Akrobaten und so weiter. Kannst du dich darum kümmern, Melissa?»

«Ich? Aber ich kann doch nicht –»

«Red keinen Unsinn. Hier.» Sie nahm die Brosche mit dem Obsidian ab. Nun, eigentlich gehörte sie Quintus, aber ... wie gewonnen, so zerronnen. «Das könnte die bittere Pille versüßen.»

Das Mädchen machte große Augen. «Für mich?» Ab und zu hatte sie schon eine Kleinigkeit von ihrer Herrin bekommen, aber niemals etwas Wertvolles.

«Es gibt allerdings ein Problem. Für manche mag das zu kurzfristig sein, aber tue, was du kannst, Melissa, und wenn das nicht reicht, besteche die Leute, damit sie behaupten, sie hätten doppelt gebucht und müßten uns den Vorzug geben.»

Hoffentlich würde wenigstens einer von ihnen dieser Schlampe Marcia einen Knüppel zwischen die Beine werfen. Claudia schloß die Augen und schickte ein stilles Gebet zu Minerva, daß sie lieber ihr als der Witwe des Leinenhändlers bei dieser Sache beistünde. Sie gäbe alles, um sie auszustechen! Mit zweiundzwanzig hatte sie bereits ein Vermögen geerbt. Nun, das ist deine eigene Schuld, schalt sie sich. Du mußtest dir ja Gaius aussuchen. Um so dümmer von dir, weil der Leinenhändler älter gewesen war und keine Kinder hatte, während bei Gaius vier auf ihr Erbe warteten, nicht wahr? Außerdem hatte sie dieser kleinen, pickeligen Goldgräberin tatsächlich auch noch Glück mit dem Leinenhändler gewünscht. Er war ein mürrischer alter Schurke und richtiger Geizhals gewesen, aber jetzt schien Marcia, dieses Biest, fest im Sattel zu sitzen. Sie seufzte. Es war zu spät, um sich aufzuregen. Das Rad drehte sich und konnte nicht mehr aufgehalten werden.

«Wovon, verflixt, redest du noch, Mädchen?»

«Ich fragte wegen der Akrobaten, Herrin. Wollen Sie –»

«Melissa, ich will, daß du gehst und alles organisierst, ohne mich zu belästigen.» Mit einer heftigen Kopfbewegung deutete sie auf das Haus. «Geh, mach, daß du fortkommst.»

Die Finger des Mädchens schlossen sich fest um Quintus' Brosche, als es fortlief und Claudia allein ließ, die die Liste in Ruhe durchgehen wollte. Wenn Gaius sagte, daß er wichtige Gäste erwartete, hieß das eher, daß sie förderlich für seine geschäftlichen Aktivitäten waren, als daß er ihren politischen Status meinte, obwohl eine gesunde Mischung aus Magistraten, Präfekten und dergleichen dabei war. Nicht weniger als sieben von ihnen waren Freier, stellte sie fest. Es stand ihr also ein anstrengender Abend bevor, an dem sie sieben Männer ausfragen mußte, ohne daß einer von ihnen – oder Gaius – den geringsten Verdacht schöpfte. Aber diese Art von Herausforderung würde sie mit links bewältigen und, um die Wahrheit zu sagen, sogar genießen. Wenn es sein mußte, würde sie diesen Wahnsinnigen bis ans Grab verfolgen – obwohl sie schon weitaus glücklicher wäre, wenn dieser verdammte Orbilio nicht so gerissen wäre.

«Schnell wie ein Hase hat er sich beim Lieferanten des Seidenhändlers nach diesem verflixten Stoffballen erkundigt, Drusilla.»

Das Tier hielt in seiner Katzenwäsche inne und hob den Kopf.

«Ich hätte mir deswegen am liebsten selbst in den Arsch getreten.» Der Mangel an Voraussicht gehörte nicht zu Claudias Schwächen. «Oder Junius. Er hätte an den Lieferanten denken müssen, dieser Knallkopf. Und auch wegen dieses Straßenjungens, den Orbilio ausgegraben hat – mein Gott!»

Es war schwer zu sagen, inwieweit ihr dieser unangenehme kleine Schnüffler in diesem stinkigen Haus geglaubt hatte. Insgesamt wohl wenig, nahm sie an... aber er konnte ihr nicht das geringste nachweisen.

«Kommen Sie rein», hatte er konziliant gesagt und wohl geglaubt, diese harte, kleine Nuß endlich knacken zu können, «ich möchte sehr gern zuhören.»

Was wollte er hören? Glaubte er ernsthaft, sie würde ihm eine überraschende Offenbarung machen? O ja, ich war leidenschaftlich verliebt in den süßen, alten Quintus, aber bitte, bitte, bitte sagen Sie es nicht meinem Mann, sonst läßt er sich sofort von mir scheiden? Wohl kaum. Was immer man von ihm halten mochte, aber leichtgläubig war Orbilio nicht. Vielleicht erwartete er eine andere Art von Geständnis? Etwa, das Schwein hat mich erpreßt! Nun, wie auch immer, jedenfalls war er völlig erledigt, als sie mit ihm fertig war, und das geschah ihm verdammt recht.

Sie hatte keine Zeit vergeudet. In dem Augenblick, als die Tür sich hinter ihm schloß, fuhr sie zu ihm herum und hob drohend den Finger.

«Hören Sie zu, Sie dreckige, kleine Nervensäge, mir reicht es mit Ihnen bis hier. Weder jetzt noch *jemals* zuvor habe ich ein Kleidungsstück in diesem scheußlichen Grün besessen, und egal, wieviel Sie diesem elenden, kleinen Herumstreuner bezahlt haben, es reicht nicht. Eine Begegnung im Forum ist kein Beweis.»

«Beweis genug», erwiderte er sanft.

«Sie hören nicht zu», zischte sie. «Wenn ich noch ein einziges Wort zu diesem Thema von Ihren Lippen vernehme, werde ich Ihnen persönlich die Zunge herausschneiden, sie in Stücke hacken und Sie damit füttern, haben Sie verstanden?»

«Ist das eine Drohung?»

«Ich brauche meinem Mann nur zu erzählen, daß der liebe alte Cousin Marcus mich mit seinen dreckigen Pfoten berührt hat, und der Rest bleibt, wie man sagt, ein Rätsel.»

«Ah! Auch noch eine Bestechung.»

Du Scheißkerl, Orbilio.

«Jede schmutzige Bemerkung, die Sie danach machen, wird Sie als einen Wüstling bloßstellen, der sich rechtfertigen will, weil er einmal zu oft abgewiesen wurde und das einfach nicht vertragen kann. Sie werden sich von hier bis Hesperus lächerlich machen und können sich für immer von Ihren ehrgeizigen Zielen verabschieden.»

Wenn ich diesen lästigen, kleinen Wicht damit nicht ein für allemal losgeworden bin, beiß ich in den Tisch.

Ein Spatz landete im Hof, und Drusilla duckte sich wachsam und bereit zum Sprung. Claudia warf dem Vogel ein Stück Brot hin, das er aufpickte und davontrug. Die Katze streckte sich und fuhr fort, sich zu säubern, denn sie war zu satt und zu zufrieden, um ernsthaft ans Jagen zu denken. Die Spannung war vorbei. Und plötzlich fragte sich Claudia, ob ihre Spannung auch nachgelassen hatte. Die Jagd war zweifellos aufregend, aber was würde geschehen, wenn es zum Töten kam?

«Komm, Drusilla, wir bekommen bald Besuch.»

War sie zu satt und zu zufrieden, um die Sache durchzuziehen, wenn es drauf ankäme?

Der Spatz landete ein zweites Mal und neigte den Kopf zur Seite, als er näher heranhüpfte, um mehr Brot zu holen. Frecher kleiner Bettler! Sie lächelte über seine komische Haltung und sein Knopfauge und brach noch einen Krumen ab. Plötzlich sah sie nur noch einen cremefarbenen und braunen Wirbel. Federn flogen in die Luft. Bluttropfen spritzten auf die Fliesen. Und Claudia Seferius hatte ihre Antwort.

«Entschuldige, was hast du gesagt, Gaius?»

«Ich sagte, daß ich Ventidius Balbus zu meinem kleinen Fest eingeladen habe.»

Scheiße. Jetzt mußte sie am nächsten Samstag wirklich auf ihre Schritte achtgeben. Beim kleinsten Hinweis auf irgendwelche außerehelichen Aktivitäten würde er tatsächlich die Verbindung mit Genua herstellen. Insbesondere wenn überall junge Tänzerinnen herumtobten! Scheiße, Scheiße, Scheiße.

«Ist was, mein Täubchen? Du siehst ganz verkniffen aus.»

«Ach, Balbus ist so langweilig wie gekochter Spargel. Ich habe nur überlegt, wo ich ihn hinsetzen soll.»

«Neben Ascanius, denke ich. Ich wüßte nicht, warum er sich nicht mal eine Lektion des Senators über Ackerbau anhören sollte, oder?»

Claudia lachte. Das war Gaius' Stärke; er konnte ein Mädchen wenigstens zum Lachen bringen. Was mehr war, als man von dem alten Leinenhändler sagen konnte!

«Ich setze sie in die Nähe der Tür, wo sie sich beide gegenseitig zu Tode langweilen können, ohne den Rest von uns zu stören. Oje, das hört sich an, als würde unser alter Sauertopf gerade eintreffen.»

Gaius tätschelte ihre Schulter. «Sei doch nicht so, Claudia. Es ist nicht Julias Schuld, daß sie so... so ernst geworden ist.» Er griff nach seiner sauberen Tunika. «Hilfst du mir bitte hinein, mein Täubchen? Wir verbringen so selten Zeit miteinander, daß ich den Augenblick nicht verderben will, indem ich einen Sklaven rufe.»

Bei Jupiter, was war das nur wieder für ein schreckliches Gewäsch! An seinem Hals und auf seiner Brust entdeckte sie diverse Kratzspuren, die sie geflissentlich übersah, aber Gaius ließ sich nicht täuschen.

«Ja – ähm, den Rest schaffe ich schon.» Sein ohnehin rotes Gesicht wurde vor Verlegenheit noch dunkler. «Warum gehst du nicht schon nach unten und begrüßt sie?»

«Laß uns zusammen nach unten gehen.» Sollte Julia doch denken, daß sie das Paar bei einem kleinen Techtelmechtel gestört hatte. Das würde der alten Henne im Kropf steckenbleiben. «Marcellus wird es nicht auffallen, wenn wir nicht gleich unten sind, weil er viel zu sehr damit beschäftigt sein wird, den Sklavinnen nachzustarren. Julia wird nach Staub suchen, und Flavia wird versuchen, Antonius aus dem Weg zu gehen, und Antonius wird... nun ja, er wird einfach Antonius sein.»

Wenn Flavia sich nur nicht so sträuben würde, stünde ihr eine wunderbare Zeit mit Scaevola bevor. Was war schon dabei, daß er vierzig Jahre älter war als sie? Er war wohlhabend, großzügig und männlich. Eher ergraut als glatzköpfig. Wenn sie ihm die Kinder schenkte, nach denen er sich sehnte, würde er ihr nichts tun. Die dumme Kuh.

«Wie sehe ich aus?»

Schrecklich. «Wunderbar. Und ich?»

«Claudia, du siehst noch genauso entzückend aus wie an dem Tag, als ich dich heiratete.» Er tippte ihr unters Kinn und sann einen Augenblick nach. «Sag mal, mein Täubchen. In den letzten Jahren muß es doch Augenblicke gegeben haben, in denen du dich ein wenig... sollen wir sagen, nach männlicher Gesellschaft gesehnt hast?»

«Nach einem Liebhaber?»

Je direkter man die Dinge anspricht, desto nervöser werden die Leute. Insbesondere Ehemänner.

«Also, nun, so weit würde ich nicht gehen...»

«Gaius, ich versichere dir, daß das kein Problem für mich ist.» Schließlich hatte sie eine originelle Lösung gefunden... «Ich frage mich, worüber deine Schwester wohl heute abend wieder meckern wird?»

Gaius lachte. «Diese Auseinandersetzungen machen doch viel Spaß, oder?»

Claudia gab ein unverbindliches Brummen von sich.

«Ehrlich, mein kleines Täubchen.» Gaius nahm einen Elfenbeinkamm und kämmte sein Haar in die Stirn, wo es begann, dünner zu werden. «Schon für eine Kupfermünze kann man zehn süße, zahme Weibchen bekommen, aber Seferius besitzt einen unbezahlbaren Schatz.»

«Ach?»

«Eine Frau mit Mumm. Das ist seltener als eine Ente mit Zähnen auf dem Arsch.»

Beide lachten immer noch laut, als sie aus dem Schlafzimmer kamen, und Claudia bemerkte mit Freude, daß Julia dreinblickte, als hätte sie in eine Zitrone gebissen. Nur für den Fall, daß diese frostige alte Schachtel es noch immer nicht begriffen hatte, kniff sie Gaius in den Hintern, woraufhin er ihr einen spielerischen Klaps zurückversetzte. Ihrer Stieftochter war vor Schreck der Kiefer heruntergefallen, und Claudia wünschte, daß jemand die Aufmerksamkeit besäße, ihn ihr wieder zuzuklappen. Von Gaius' vier Kindern war Flavia das unangenehmste. Ihre Schwester Calpurnia war dagegen ein lebhaftes, amüsantes Mädchen gewesen – bis sie im Alter von fünfzehn Jahren unerwartet gestorben war. Der arme Gaius hatte wirklich nicht viel Glück mit seinen Kindern. Sein jüngster Sohn Secundus, ein armseliger kleiner Bastard, wie es ihn nur einmal gab, hatte es geschafft, unter die Räder eines großen Wagens zu geraten. Er war jedoch kein großer Verlust gewesen, und Claudia glaubte kaum, daß selbst sein Vater länger als eine Woche um ihn getrauert hatte. Aber immerhin hatte dieser Junge wenigstens Sinn für Humor gehabt.

«Ist die Tunika neu, Bruder?»

«Reine kampanische Wolle. Gefällt sie dir?»

Julia rümpfte die Nase, sagte aber nichts, als sie ihnen auf der anderen Treppe zum kleineren Eßzimmer hinauf folgte. Es war eine merkwürdige Vorstellung, daß zwischen Bruder und Schwester ein Altersunterschied von zwanzig Jahren lag, überlegte Claudia. Durch seine Lebenslust und seine Leidenschaft für das Weingeschäft wirkte Gaius um Jahre jünger, und trotzdem sah Julia fast ein Jahrzehnt älter aus als er. Die Gruppe blieb stehen, um die neuen Fresken, die Szenen aus der griechischen Literatur darstellten, zu bewundern. An der Tür blockierte Marcellus seiner Gastgeberin den Weg.

«Na, war's gut?» fragte er kichernd mit einem Seitenblick auf Gaius, der sich mit seinem beleibten Körper gerade behutsam auf der Liege niederließ.

Claudia schenkte ihm ein müdes Lächeln und tätschelte sein pockennarbiges Gesicht. «Besser als du jemals sein wirst, Schwager, besser als du jemals sein wirst.»

Sie drängte sich zwischen Flavia und Antonius, in der Überzeugung, daß es den beiden bestimmt recht war, auch wenn Claudia damit noch eine ganz andere Absicht verfolgte.

«Welcher Mann könnte sich eine schönere Schwiegermutter vorstellen?» fragte Scaevola und prostete Claudia mit seinem Glas zu. «Oder eine hübschere Braut?»

Claudia prustete in ihren Wein. Um Flavia als hübsch zu bezeichnen, mußte man seine Phantasie ganz schön anstrengen. Sie war schon mürrisch und verdrießlich gewesen, als von Heirat noch gar keine Rede gewesen war, und hatte ständig mit hängenden Schultern dagesessen und an ihren Fingernägeln gekaut. Ein Lächeln würde schon eine bedeutende Verbesserung bringen, doch das schien nicht zur Ausstattung des Mädchens zu gehören. Aber mit Dreiundfünfzig hielt man vielleicht jede Fünfzehnjährige für attraktiv?

Die Sklaven brachten Eier und Salat. Eines Tages würde Flavia eine sehr wohlhabende Frau sein, da sie und Lucius jetzt die einzigen Erben des Seferius-Vermögens waren. Gaius hatte zwar solide Vorkehrungen für Claudia getroffen, aber seine Kinder waren die Haupterben.

«Es wird viel über dich geredet, Claudia.»

Julias vogelhafte Züge schienen heute abend noch ausgeprägter zu sein als sonst.

«Ach ja?»

Orbilio, du Bastard! Dafür werde ich dir die Eier an einen Mast nageln!

«Ich fürchte ja», schniefte Julia. «Bruder, du solltest besser aufpassen; wir wollen doch nicht, daß der Name Seferius in den Schmutz gezogen wird.»

Gaius richtete sich auf. «Nein, gewiß nicht.»

Seine Augen verengten sich, als er seine Frau ansah. Ihre öffneten sich unschuldig, und sie zuckte die Schultern. Mit gespitzten Lippen drehte sich Gaius zu Julia um.

«Was hast du gehört, Schwester?»

Alle Blicke waren auf Julia gerichtet, die ihre Finger ineinander verschränkte. «Man sagt, was der Frau des Kaisers recht ist, sollte Claudia Seferius billig sein.»

«Worauf willst du eigentlich hinaus, meine Liebe?» verlangte diesmal Claudia zu wissen und öffnete ihre Lippen in der Hoffnung, daß es wie ein Lächeln aussah.

«Ich rede natürlich vom Spinnen! Ehrlich, Claudia, daß du überhaupt nicht webst und keine Kleider nähst, wie man es von einer Frau deines Standes erwartet, ist eine absolute Schande.» Auf ihren Wangen hatten sich zwei rote Flecken gebildet. «Der Prinzeps würde keine Kleider tragen, die Livilla nicht selbst hergestellt hat, genauso wie mein Marcellus nie davon träumen würde, irgend etwas anderes als Selbstgesponnenes zu tragen, nicht wahr, Marcellus?»

Alle Augen richteten sich auf Marcellus' Maulbeergesicht.

«Flavia wird dich nicht enttäuschen, Antonius», fügte Julia affektiert hinzu. «Das kann ich dir versichern. O ja, du wirst eine

Frau haben, auf die du stolz sein kannst, denn sie näht sehr feine Säume, diese Flavia.»

Alle Augen richteten sich auf Flavia.

«Das stimmt», sagte sie selbstgefällig. «Ich nähe sehr feine Säume.»

Claudia hatte das Gefühl, gleich in die Hose machen zu müssen, wenn sie ihr Lachen noch länger zurückhielte, und nach einem Blick auf Gaius war es offensichtlich, daß es auch für ihn eine völlig absurde Vorstellung war, seine Frau glücklich mit Spinnrocken und Spindeln herumhantieren zu sehen. Sein ganzer Körper bebte.

«Ich finde das überhaupt nicht witzig, Bruder. Schlichte Vergnügungen sind immer die schönsten.»

«Sagtest du ‹schlechte› Vergnügungen, Julia?» konnte Claudia sich nicht verkneifen zu fragen.

Marcellus lachte so herzhaft, daß ihm das Essen aus dem Mund und auf seine Tunika fiel, und Gaius standen die Tränen in den Augen, als Leonides, der schlanke mazedonische Haushofmeister, das Zimmer betrat.

«Entschuldigen Sie bitte die Störung, Herr, aber Rollo, der Verwalter, steht unten. Soll ich ihn bitten zu warten, oder soll ich ihn nach oben bringen?»

Gaius wischte sich die Tränen aus den Augen. «Ach, bring ihn nach oben, Leonides. Er ist zwei Tage lang geritten, der arme Teufel, und er wird nicht allzu lange bleiben wollen. Zumal die Gasthäuser und Huren warten.»

Seferius hatte enormen Respekt vor seinem Verwalter. Rollo war einst als Sklave auf die Farm gekommen, aber er hatte so viel Begabung beim Weinbau bewiesen, daß Gaius ihm schon bald die Freiheit gegeben und ihn zum Aufseher seiner Weinberge befördert hatte.

Rollo machte den Eindruck, als wäre er eher zwei Wochen als zwei Tage auf dem Pferd unterwegs gewesen. Sein Gesicht sah verhärmt aus, und er hätte für vierzig statt für dreißig durchgehen können.

«Gnädiger Seferius, ich fürchte, ich habe schlechte Nachrichten. Es geht um Ihren Sohn ...»

«Lucius?»

«Ja. Es hat einen Unfall gegeben.» Er scharrte mit den Füßen und starrte auf seine großen, kantigen Hände. «Es tut mir schrecklich leid, Herr – er ist tot.»

IX

Claudia war in Gedanken vertieft, als ihre Träger sich im Forum einen Weg durch das Labyrinth aus Tempeln, Torbögen, Hallen und Rednerbühnen bahnten. Es ging nur langsam vorwärts in dem Gedränge aus Rednern und Philosophen, Barbieren und Bettlern, und die Esel, die die Steine für die Restaurationsarbeiten schleppten, wurden in der erstickenden Hitze allmählich störrisch. Links von ihr erhoben sich die beiden Kuppen des Palatin, auf dem sich die kaiserliche Residenz und ein prächtiger Apollo-Tempel gegen den Himmel abzeichneten, während rechts von ihr auf dem Kapitol ein Tempel für Jupiter errichtet wurde, zum ehrenvollen Gedenken an Augustus' Rettung vor dem Blitz während seines jüngsten hispanischen Feldzugs. Manchmal drohte das Gehämmer der Maurer den Lärm im Forum zu übertönen. Claudia zog die auffälligen orangefarbenen Gardinen ihrer Sänfte zu.

Der arme Gaius. Der Tod seines Lieblingssohnes war wie ein körperlicher Schlag gewesen; er war sofort zusammengebrochen und konnte keinen Trost finden. Eine schreckliche Sache. Von Geburt an war Lucius darauf vorbereitet worden, das Geschäft zu übernehmen und dafür zu sorgen, daß der Seferius-Wein auch in Zukunft denselben hohen Standard erreichte, und im Laufe der Jahre hatte sich der Junge als fähiger Organisator und harter Arbeiter nach dem Vorbild seines Vaters erwiesen.

Rollo erklärte, daß er an einer Fischvergiftung gestorben sei, und die Köpfe um den Tisch nickten feierlich vor Mitleid. Kaum jemand im römischen Reich wußte nicht von einem Freund oder Verwandten, der auf dieselbe unglückliche Art gestorben war. Doch als Claudia sich in dem Augenblick, als die Nachricht überbracht wurde, im Eßzimmer umsah, stellte sie fest, daß außer Gaius niemand aus der Familie besonders betrübt wirkte. Einschließlich sie selbst, mußte hinzugefügt werden. Überrascht ja, aber es gab kein Anzeichen von Kummer – nicht einmal bei der Schwester des Jungen. Und daß Flavia nicht heulte, war an sich schon ziemlich bemerkenswert.

«Almosen! Almosen!»

Eine lepröse, mit dreckigen Bandagen umwickelte Hand streckte sich unter der Gardine hindurch in die Sänfte. Claudia trat so heftig, wie sie konnte, mit der Sohle ihrer Sandale dagegen und beobachtete, wie die Hand sich hastig zurückzog, nicht ohne von einem bösen Fluch begleitet zu werden. Claudia ließ dies kalt.

Getrieben vom Kummer und dem verzweifelten Bedürfnis, die Verwandlung der Trauben dieser Saison in Wein zu beaufsichtigen, war Gaius bei Anbruch des nächsten Tages in Begleitung seines armen Verwalters, der gezwungen war, diese anstrengende Reise ohne eine Nacht anständigen Schlafes zu wiederholen, abgefahren. In der brennenden Hoffnung, daß ihr Mann sie vergessen würde, bis er bereits unterwegs war, hatte Claudia sich ganz still verhalten, indem sie sich früh zurückzog und die Ohren verschloß vor dem Hufengeklapper und den Rufen der Stallknechte direkt unter ihrem Fenster, aber das Glück war nicht auf ihrer Seite gewesen. Zum Zeitpunkt der Abreise wurde sie eilig in sein Zimmer gerufen und bekam eine lange Liste von Instruktionen, die mit dem Unvermeidlichen endete: sie sollte sich, wenn sie fertig war, zu ihm und seiner Familie in der Villa gesellen; es war ihre Pflicht.

«Verdammt.»

Als die Sänfte schwankte, nahm Claudia ihren Fächer aus Straußenfedern und begann, ihn heftig zu wedeln. Verdammt, verdammt, verdammt.

«Wir können nicht lange bleiben», hatte Gaius traurig gesagt. «Ich muß rechtzeitig zum Weinfest zurück sein.»

Für einen Weinhändler war das das zweitwichtigste Ereignis im Kalender, auch wenn das wenig Trost brachte! Jedenfalls nicht, wenn ein ganzer unseliger Monat dazwischenlag, in dem sie nichts anderes tun konnte, als auf diesem verdammten Gut herumzuhängen. Claudia knirschte mit den Zähnen. Ich werde den ganzen Spaß bei den Feiern verpassen, und das Lucaria-Fest gefällt mir so sehr! Die Leute würden sich in den Hainen versammeln und zwei köstliche Tage lang singen und tanzen und picknicken, gefolgt von den Cäsar-Spielen, die ganze zehn Tage dauerten. Danach würden die Prozessionen, die Empfänge und das Erntedankfest stattfinden – oh, verdammt, Gaius, ich werde das Beste verpassen! Das habe ich ihm, wohlgemerkt, auch gesagt. Wir haben jetzt den Neunten, sagte ich, eine einzige arme, hilflose Frau kann diese ellenlange Liste unmöglich vor den Iden erledigen. Aber es nützte nichts. Selbst in seinem Kummer blieb Gaius skeptisch und kam ihr nur mit einer Woche weniger entgegen, und als Claudia ihm zum Abschied nachwinkte, gratulierte sie sich, daß sie ihm immerhin sieben Tage abgerungen hatte. Es gab also noch haufenweise Zeit, um das zu genießen, was von den Apollo-Spielen übrigblieb!

Doch ihre Aufgabe hatte sie nicht vergessen, denn Claudia war sich durchaus bewußt, daß für irgendeinen armen Tropf die Zeit ablief. Es bedurfte keines mathematischen Genies, um auszurechnen, daß die Morde in kürzeren Abständen erfolgten und daß das Selbstvertrauen des Mörders jedesmal zwangsläufig zunehmen würde. Manchmal hatte sie natürlich auch überlegt, ob die Tatsache, daß es sich bei den vier toten Männern um ihre Freier handelte, ein reiner Zufall war. Diese Gedanken beschränkten sich jedoch auf die Augenblicke, wenn der Mond hoch am Himmel stand und sie in bedrückter Stimmung war. Von den fünf Kunden, die sie in dieser Woche zur Rede gestellt hatte, zeigte sich jeder einzelne zutiefst schockiert über ihre Mutmaßung, sie hätten vielleicht mit anderen über ihr Verhältnis gesprochen. Dieses Arrangement sei für sie ebenso geheim wie es vergnüglich sei, sagten sie – wobei Claudia durchaus bewußt war, daß diese Einstellung wohl eher durch die Tatsache beeinflußt wurde, daß man die Betroffenen nicht nur ächten, sondern auch lächerlich machen würde, falls ihre Familien und Freunde etwas herausfänden.

Moralische Strenge war an der Tagesordnung, seit der Prinzeps immer mehr Gesetze einführte, um eventuelle Fehltritte zu ahnden. Schon die Strafen für Ehebruch waren erschreckend, aber sie waren nichts im Vergleich zu denen, die es für die Art von Aktivitäten gab, für die Claudias Kunden zahlten. Es war schon eine Ironie, wenn man bedachte, daß diese strengen Erlasse von einem Mann erteilt wurden, der sich selbst einmal für dreitausend Goldstücke prostituiert und sich das Kaiserreich gesichert hatte, indem er einwilligte, Julius Cäsars Lustknabe zu werden.

Mit List und Tücke hatte sie es auch geschafft, drei von ihnen einschließlich Flamininus dem Zensor, der damals in Lanuvium war, ein Alibi zu entlocken. Claudia fuhr fort, die Straußenfedern zu wedeln. Er wäre so leicht zu töten gewesen, und seine Frau wäre wahrscheinlich äußerst dankbar dafür. Sie seufzte. So ist das Leben, dachte sie. Nie so einfach, wie man es gern hätte.

Nun gut, heute morgen würde sie in den Thermen vielleicht mehr erfahren und wenn nicht, gäbe es jede Menge Entschädigung. Die Dampfsauna, ein heißes Bad, ein bißchen Klatsch, eine kräftige Massage – ganz zu schweigen von der Aussicht auf die eine oder andere Wette, die sie auf die Männer auf dem Sportplatz setzen könnte. Wie viele Liegestütze sie schaffen würden, mit wie vielen Bällen sie jonglieren könnten, oder sogar ganz alberne Wetten, zum Beispiel, wie viele Würste sie wohl essen mochten. Es gab immer irgendwelche Gleichgesinnte, die begierig darauf waren, ein paar Münzen zu setzen.

«Was zum . . . ?»

Die Stimmung der Menge hatte sich plötzlich verändert und war garstig und aufrührerisch geworden, und ihre Sklaven konnten die Sänfte nicht länger auf Schulterhöhe festhalten. Sie schaukelte jetzt von einer Seite zur anderen. Claudia öffnete die Gardine einen Spaltbreit. Sie befanden sich auf halbem Weg zwischen dem Forum und den Thermen und hatten eine Abkürzung durch eine Seitenstraße genommen, aber der Gesang und das Gespött waren nicht zu überhören.

«Kehr um, Junius!»

Sehr oft erregte sich das Volk über die Kornrationen – wahrscheinlich lag es daran, daß es erst gar keine erhielt, vermutete Claudia. Aber schließlich war das nicht ihre Angelegenheit.

«Bei Juno!»

Ohne Vorwarnung kippte die Sänfte um, so daß sie wie ein Sack Kartoffeln auf den Fußweg plumpste. Abgesehen von ein paar

Schrammen, gelang es Claudia, sicher zu landen, und als sie sich umsah, fand sie, daß sie sich noch richtig glücklich schätzen konnte. Ein heftiger Streit war entbrannt, und die ersten Fäuste flogen.

«Hierher!» befahl Claudia ihren Sklaven, aber als sie über ihre Schulter blickte, war sie allein. Sie blieb an der Ecke stehen. Bei Jupiter, wo steckten sie denn? «Melissa? Junius?»

Jetzt schaute sie genauer hin, aber alle sieben Diener einschließlich der Frau waren offensichtlich in dem Handgemenge untergegangen.

«Verdammt!»

Mit einem kurzen Gebet flehte sie Mars an, er möge ein Auge auf sie haben, und kam zu dem Schluß, daß sie keine Zeit mehr zu verlieren hatte. Sie raffte ihre Röcke und rannte in Windeseile eine dunkle, einsame Gasse zwischen zwei Wohnblöcken entlang. Als sie beim Kupferschmied vorbeiraste, schoß ein Arm heraus und riß sie in den Laden. Sie versuchte zu schreien, aber eine kräftige Hand verschloß ihr den Mund.

«Hallo, Claudia.»

Die Stimme war sanft und leise – und sehr bedrohlich.

Claudia wand und drehte sich und schaffte es, in einen der Finger zu beißen. «Laß mich los, du Bastard.»

«Das kann ich nicht, Claudia.» Sie hatte kräftig zugebissen, aber er war nicht einmal zusammengezuckt. «Nicht, bevor wir uns ein wenig unterhalten haben.»

Sie spuckte sein Blut aus. «Laß mich los!»

Sie trat ihm ins Schienbein und grub ihre Nägel in den Arm um ihre Taille, aber er ließ sie nicht los. Sie hörte nur laut schepperndes Metall, als sie beide gegen Eimer, Schüsseln und Kupferbleche stießen.

«Komm schon, komm schon, Claudia.» Er sprach mit einem stark thrakischen Akzent. «Wir haben noch was zu regeln, oder? Zum Beispiel deine Schulden bei Lucan, nicht wahr?»

Jetzt wußte sie ihn einzuordnen. Es war Otho. Der Mann, der seinen Lebensunterhalt damit verdiente, anderen die Beine zu brechen.

«Verpiß dich, du Knallkopf.» Sie streckte den Arm nach einem Hammer aus, aber er stieß ihn mit einem Fußtritt weg. Bei Jupiter, dieses Arschloch war auch noch kräftig. Wahrscheinlich aus Eisen gemacht. Wie wohl alle Thraker, oder?

«Tss, tss, tss. Das ist nicht sehr damenhaft. Warum gehen wir beide nicht nach hinten und unterhalten uns darüber? Ich bin sicher, daß wir eine Lösung finden, die allen paßt, nicht wahr? Schließlich», fragte er in einem munteren Plauderton, «wollen Sie doch keine Hausbesuche, oder?»

«Fick dich ins Knie!»

Plötzlich wurde sie gegen die Wand geschleudert, und eine riesige Klaue packte sie am Kinn. Sein Daumen und Zeigefinger gruben sich tief in ihre Wangen.

«Hör Otho mal gut zu, du unflätige Hure. Du bist nicht in der Position, *irgend jemandem* zu sagen, was er tun soll, hörst du?»

Ihr Kopf schmerzte heftig an der Stelle, wo sie gegen die Wand geschlagen war. Sie hatte sich dabei auf die Zunge gebissen, und außerdem war ihr schlecht. Ob die Übelkeit von dem Schlag herrührte oder von ihrer Angst, war eigentlich unwichtig.

«Was willst du?»

«Braves Mädchen.» Die Stimme hatte wieder diesen leise zischenden und bedrohlichen Klang. «Gehen wir also nach hinten und reden, ja?»

Mit einer ruckartigen Bewegung deutete er mit dem Daumen auf den verängstigten Kupferschmied, der im Schatten kauerte.

«Und du hämmer weiter, sonst hast du bald keine Hand mehr zum Hämmern.»

Ehe sie sich versah, wurde Claudia hinten aus dem Laden geschoben, und das Tönen des Metalls machte sie ganz schwindelig. Zu ihrer Überraschung hatte sie Tränen in den Augen. Otho stieß sie gegen die Hauswand. Aus der Nähe konnte sie eine tiefe, rote Narbe erkennen, die sich längs über seine ganze Wange zog, und sie schauderte. Sie mochte gar nicht darüber nachdenken, was aus dem Mann geworden war, der ihm diese Wunde zugefügt hatte.

«Wieviel will er haben?» Gütige Diana, war dieses Krächzen von ihr gekommen?

Otho legte seine Hände flach an die Wand. Er nagelte sie zwar nicht fest, aber das Ergebnis war dasselbe. «Wieviel schuldest du meinem Herrn Lucan?»

«Z-z-zweitausend Sesterzen.»

Otho fletschte die Zähne «Zweitausendvierhundert. Du hast die Zinsen vergessen.»

So viel? Verdammt. Dieser Besuch artete allmählich zu einer verdammten Katastrophe aus, der sie ein Ende setzen mußte.

«Also gut. Ich schicke ihm bis... bis Mitte nächster Woche einhundert Sesterzen.» Manchmal geschahen Wunder, aber zum mindesten konnte sie damit Zeit gewinnen.

Otho beugte sich vor und berührte dabei fast ihr Gesicht. «Dreihundert», flüsterte er, «bis zum Wochenende.»

Sie hatte das Gefühl, daß ihr das letzte Blut, das noch verblieben war, aus den Wangen wich. «Das schaffe ich nicht!» Selbst wenn ich mich Gaius auf Gnade und Ungnade ergeben und er aus irgendeinem unglaublichen Grund mit einem Ja antworte würde, war das trotzdem unmöglich. «Mein Mann ist nicht da. Es hat einen Todesfall in der Familie gegeben.» Du liebe Güte, kam dieses erbärmliche Geschwätz wirklich aus ihrem Mund? «Dreihundert kann ich nicht rechtzeitig besorgen.»

Ein Finger strich sanft über ihre Wange. «Dreihundert, Claudia. Oder wir kriegen beide Ärger. Das verspreche ich dir.»

Hastig dachte sie nach. Ob Gaius sich von ihr scheiden lassen würde, wenn sie entstellt wäre? Nicht, wenn sie ihm sagte, daß es eine hinterhältige Straßenbande gewesen sei. Außer... außer wenn sie wie ein Schachbrett aussähe, wenn Otho mit ihr fertig war. Aber dann wäre Lucan dem Ausgleich seiner Außenstände auch noch kein Stück näher!

«Hör mal. Vielleicht können wir beide uns einigen.»

Sie versuchte, ruhig zu atmen. «Statt dein Geld irgendwelchen Barmädchen zu geben, könnten doch wir beide... was zusammen machen?»

Die geschminkten alten Huren verlangten nur acht Asse. Sie würde drei Leben dafür brauchen!

«Vielleicht.» Sein Akzent war jetzt so stark, daß er kaum noch zu verstehen war. «Aber laß Otho erst mal sehen, was er dafür bekommt.»

Seine linke Hand strich langsam über ihre Schulter, den Oberarm hinunter und über ihre Brust. Sie zitterte unwillkürlich und sah, wie sich sein Gesicht zu einem Grinsen verzog. Claudia fühlte sich an die gräßliche Fratze des Todes erinnert. Ihr Herz hämmerte. Diesem Mann bringt es Spaß, anderen Menschen weh zu tun. Sie zwang sich, ihm in die Augen zu sehen, als seine Hand zwischen ihre Stola und unter ihre Tunika glitt.

«Nette Titten.» Er begann sie zu drücken.

Sie könnte jetzt ihr Knie hochreißen und...

«Also? Einigen wir uns nun oder nicht?»

Als sich seine rechte Hand zwischen ihre Beine schob, drangen plötzlich zwei Männer aus dem Laden, die einen dritten, verletzten und blutenden Mann hinter sich her zerrten.

«Junius!»

Der Kupferschmied hämmerte hektisch im Hintergrund. Er hatte keinen Rhythmus, sondern schlug nur auf das Metall ein, als hinge sein Leben davon ab. Was natürlich auch der Fall sein mochte.

«Sieh mal, wen wir vor dem Laden gefunden haben», lachten die beiden Halunken. «Den Hund der gnädigen Frau.»

Otho packte Claudia am Haar und zog sie mit sich. «Gehört er dir?» Seine Stimme hatte wieder den leisen, bedrohlichen Ton. «Was denkst du, was dieser Bastard sucht?»

Junius versuchte, sich zu befreien, aber nach einem Stiefeltritt in die Nieren änderte er seine Meinung. Er fiel auf die Knie, aber die beiden Männer rissen ihn wieder hoch.

«Laßt ihn in Ruhe!»

Otho trat vor, um ihn sich näher anzusehen. «Ich frage mich, ob dieser dreckige Hund sein Frauchen wohl besprungen hat? Was meint ihr, Jungs?»

Claudias Blut erstarrte angesichts dieser lüsternen Andeutungen. «Sei nicht so ekelhaft. Er ist doch nur ein Sklave. Laß ihn gehen.» Die beiden Halunken taten so, als würden sie heulen und bellen.

«Das geht nicht, Claudia. Du siehst doch, daß er ein ganz unartiger Hund war», erwiderte Otho ruhig, wobei er Claudia nicht aus dem Auge ließ. «Er hat an Orten herumgeschnüffelt, die ihn nichts angehen. Wir müssen ihm eine Lektion erteilen.»

«Er hat mich doch nur gesucht, verdammt noch mal. Man würde ihn schlagen, wenn er ohne mich nach Hause käme.»

Otho ignorierte sie. «Zeigt ihm den Preis für seinen Ungehorsam, Jungs.»

Die beiden Halunken wechselten einen Blick und grinsten. Junius sah Claudia flehend an, aber als sie auf ihn zugehen wollte, riß Otho sie an den Haaren zurück, so daß ihr die Tränen in die Augen schossen.

«Paß auf, du.» Er wickelte ihr Haar um sein Handgelenk und zog es fest.

Sie konnte nichts dagegen tun, als einer der Männer dem jungen Gallier lachend mit dem Kopf gegen die Nase schlug, so daß ein Schwall Blut auf seine Tunika floß. Als Junius die Hände vors Gesicht riß, rammte ihm der Schläger eine Stange unter die Ellenbogen, während der andere seine Handgelenke mit einem Metallring daran befestigte, um ihn wehrlos zu machen. Dann hielt der eine die Stange fest, während der andere systematisch auf die Rippen des Jungen einschlug. Claudia hörte ein ekelerregendes Knirschen, bevor die Männer die weiche Magengrube und die Nieren attackierten. Als sie schließlich, schwer atmend vor Anstrengung, aufhörten, brach Junius auf dem Boden zusammen, und diesmal ließen sie ihn liegen.

«Nicht nur Hunden ergeht es so», flüsterte Otho und strich erneut mit dem Finger über Claudias Wange, «sondern auch ungehorsamen Huren. Vergiß es also nicht, Claudia. Dreihundert – bis zum Wochenende.»

Endlich ließ er ihr Haar los.

«Es war mir ein Vergnügen, Claudia.» Als er ihr einen Kuß auf die Wange gab, hätte sie sich beinahe übergeben. An der Tür blieb er stehen und grinste. «Nette Titten.»

Einer der Schläger beugte sich über Junius, der leise stöhnte, ballte die Faust und schlug dem Jungen auf den Mund. Aus dem

Laden hörte man es poltern, als sie auf dem Weg nach draußen alles zerschlugen, und ihr Gelächter wurde von der Brise davongetragen.

Einen Moment lang konnte Claudia sich nicht bewegen. Sie war völlig außer Atem; ihre Beine konnten sie kaum noch tragen, und sie zitterte am ganzen Körper.

«Junius, es tut mir so leid.» Tränen flossen über ihr Gesicht, als sie mit ihm sprach. «Es tut mir so unendlich leid.»

Behutsam entfernte sie die Stange und benutzte ihre Palla, um ihm das Blut vom Mund zu wischen und das Nasenbluten zu stillen. Die Stille schien furchterregender zu sein als der Lärm, und alle paar Sekunden zuckte sie zusammen, weil sie glaubte, Otho käme zurück.

«Wir müssen zusehen, daß wir hier wegkommen», sagte sie zittrig. «Kannst du laufen?»

Er nickte, aber als sie versuchte, ihm auf die Füße zu helfen, erwies sich dieses Ansinnen als zu schwer für sie beide.

«He, du!» rief sie.

Aber der Kupferschmied hatte für heute genug gehabt; der Laden lag verlassen da. Die Menschenmenge an der Straßenecke hatte sich zerstreut. Es waren nur noch ihre verprügelten und verletzten männlichen Sklaven da, die voller Bestürzung versuchten, die schluchzenden Frauen zu trösten. Lucan, du verdammtes Schwein. Zur Hölle mit dir! Claudia war nicht naiv. Sie hatte gewußt, auf was sie sich einließ, als sie sich von diesem Schurken Geld lieh, und sie hatte mit einer Warnung gerechnet. Aber nie im Leben hätte sie sich vorgestellt, daß er so einen verdammten Aufstand machen *und* seine Schläger schicken würde. Leute wie Lucan konnte man nicht lange warten lassen, aber die rohe Gewalt und schiere Brutalität bei seiner ersten Warnung war furchterregend. Und das alles für zweitausend Sesterzen! Plus vierhundert an Zinsen. Bei Juno, die Spielerei war wirklich außer Kontrolle geraten.

Zitternd schickte Claudia zwei Sklaven zu Junius. Er würde die Sänfte mit ihr teilen müssen. Zu den Thermen konnte sie jetzt nicht mehr gehen; das würde zuviel Gerede verursachen, und selbst wenn sie sich auf die Schlägerei beriefe, reichte das nicht halbwegs aus, um den Zustand zu erklären, in dem sie sich befand. Göttin sei Dank, daß Gaius weg war!

Zu Hause wurde Junius in eins der Gästezimmer gebracht. Das war das mindeste, was sie für ihn tun konnte, ihm ein anständiges Bett geben, bis seine gebrochenen Rippen geheilt waren.

«Junius, ich möchte, daß du kein Wort darüber verlierst, was du gesehen oder gehört hast, verstehst du?»

Sie hatte warten müssen, bis seine Wunden versorgt waren und er allein war, ehe sie ins Zimmer schlüpfen konnte.

Der junge Gallier öffnete das eine unverletzte Auge. «Kein Sterbenswörtchen.»

«Ich werde dich dafür belohnen, Junius. Dir die Freiheit geben. Ich werde Gaius sagen, daß du mir das Leben gerettet hast oder so was. Aber nur, wenn du versprichst, nichts zu erzählen.»

«Versprochen.» Er zuckte zurück. «Ist mit Ihnen alles in Ordnung?»

Nein. Das war ein verdammt harter Schlag gewesen, den sie auf den Hinterkopf bekommen hatte, ganz zu schweigen von der Angst, die Otho ihr eingeflößt hatte. Sie zitterte immer noch.

«Es geht mir bestens.»

Seine Rippen hatte man verbunden. Sein Gesicht war mittlerweile wie eine Melone angeschwollen, und sein Rumpf war fast überall blutrot. Erst jetzt überlegte sie, ob er vielleicht eine Konkubine hatte, die benachrichtigt werden sollte. Er war immerhin ein hübscher Junge, und sie war sich ziemlich sicher, daß er sich mit keiner von Seferius' Sklavinnen herumtrieb.

«Hast du eine Mätresse, Junius?»

Das Auge öffnete sich weit vor Verwirrung.

«Ich meine, bist du in jemanden verliebt?»

Der Kopf bewegte sich langsam auf und ab.

«Soll ich sie benachrichtigen, daß du verletzt bist?»

Der Kopf bewegte sich langsam von einer Seite zur anderen, und das Auge trübte sich, was möglicherweise von einer Träne herrührte.

«Sie weiß es schon», antwortete er mit belegter Stimme. «Aber vielen Dank für die Nachfrage.»

X

Das Schöne an den Thermen, dachte Marcus Cornelius Orbilio, als ein Diener ihm mit einem Striegel langsam den Rücken abrieb, war das absolut sinnliche Vergnügen, das man bei der elementaren Körperpflege erfuhr. Wann sonst konnte man sich einer solch sündhaften Genußsucht hingeben und sie dabei als reine Notwendigkeit erklären? Und es ging nicht allein um das körperliche Wohlbehagen, so groß es auch war. Ein totaler Querschnitt der menschlichen Gesellschaft kam durch diese Portale; es war wie eine Schulung, ihnen zuzusehen. Oder zuzuhören, wie in Orbilios Fall, denn ein ehrgeiziger Ermittler konnte durch ein bißchen vorsichtiges Lauschen erstaunlich viel erfahren.

Meistens ging es um Politik – was nützlich war für seine spätere Karriere, aber von wenig Bedeutung für seine laufenden Fälle – oder ansonsten um den Pferdehandel. Ein großer Teil davon wurde hier fortgeführt. In diesem Dampfbad wurden sogar mehr wichtige Geschäfte abgeschlossen als im Senat selbst, dachte er und wischte sich die Schweißtropfen aus den Augen.

«Legen Sie sich hin, und dann mache ich Ihre Brust als nächstes.»

Orbilio ließ sich bereitwillig wie ein Stück Fleisch aufs Brett legen und schloß die Augen, als der Diener das Öl von seinem Körper rieb. Es gab einen Spruch, der in etwa besagte: «Thermen, Wein und Sex ruinieren den Körper.» Wahrscheinlich stammte er von irgendeinem Moralisten, der versuchte, Augustus zu beeindrucken, dachte er, aber was nützte einem schon ein gesunder Körper ohne Thermen, Wein und Sex? Moralisten leben auch nicht länger als wir, überlegte er traurig. So kommt es mir jedenfalls vor.

Die schrille Stimme des Epilators unterbrach seine Gedanken.

«Soll ich Ihnen die Achselhaare auszupfen, mein Herr?»

Orbilio schüttelte den Kopf. Die Tränen standen ihm noch vom letzten Mal in den Augen, als er diesen kleinen Bastard auf seinen Körper losgelassen hatte. Entweder war die Pinzette des Mannes schadhaft gewesen, oder seine Sicht ließ nach, jedenfalls konnte Orbilio sich nur noch daran erinnern, daß es verdammt schmerzhaft gewesen war. Davon abgesehen zog er es vor, wenn ein Mädchen das machte. Das steigerte irgendwie das Gefühl von sündhaftem Genuß.

«Auf die linke Seite, wenn es Ihnen nichts ausmacht.»

Der Diener drehte ihn um und fuhr fort zu reiben. Es war ein wunderbares Gefühl, wie das Bronzemesser über die Haut strich. Runter. Und runter. Und runter. Hier war man als Mann am schutzlosesten. Taub, stumm und blind. Er war müde vom Liegen, während die heiße, feuchte Luft seine Poren öffnete; sein Körper war eingeölt, und der Dampf stieg so dicht auf, daß es unmöglich war, den Mann neben sich zu erkennen. Man bekam nur Gesprächsfetzen mit. Ab und zu konnte man jemanden an seiner Stimme erkennen, aber die Atmosphäre in dem Raum legte sich auf die Lungen, und nur wenige Leute brachten mehr als ein heiseres Flüstern heraus.

Was ein Zufall sein mochte oder auch nicht.

«Und jetzt auf die rechte Seite.»

Orbilio drehte sich um. Thermen, Wein und Sex. Was für eine wunderbare Kombination. Wenn er nur alle drei zur gleichen Zeit vereinigen könnte, wäre das der Himmel auf Erden. Und wenn Claudia Seferius bei ihm wäre... bei Kupidos Pfeilen, selbst wenn er hinterher auf der Stelle stürbe, würde er als glücklicher Mann sterben. Wenn, wenn, wenn. Bei dieser speziellen Vorstellung gab es zu viele Wenns. Anscheinend genauso wie bei dem Fall, was ihre Rolle anbetraf...

Er gab dem Diener zwei Asse Trinkgeld, gähnte, streckte sich und beschloß dann, heute aufs Ganze zu gehen und sich eine Massage geben zu lassen. Das war er sich schuldig nach den vielen Überstunden, die er wegen dieser verdammten Morde geleistet hatte. Ganz zu schweigen von der Tatsache, daß der sardische Fischverkäufer Rom verlassen und Vera mitgenommen hatte und daß Petronella zur Zeit nicht mit ihm sprach. Bei der Mutter von

Tarquin, ein Mann brauchte irgend etwas zur Wiederherstellung seines Gleichgewichts, und der Teufel sollte ihn holen, wenn er eine gewöhnliche Hure aufsuchte. Also. Er fuhr sich mit den Händen durchs Haar. Eine Massage sollte es sein.

Das Mosaikmuster führte ihn aus dem erstickenden Dampfbad, und an der Tür holte er mehrmals tief Luft, um seine Sinne zu sammeln. Aus den Steinkammern hallte Gelächter und Gepfeife, Gespräche und die durchdringenden Rufe der Verkäufer, die sich in den Durchgängen drängten und alles, vom Kuchen bis zum Honigwein, verhökerten. Orbilio bahnte sich einen Weg zwischen zwei flachshaarigen Schönheiten hindurch, die an den gekachelten Wänden lehnten. Die eine hob einladend die Augenbrauen, aber er schüttelte kurz den Kopf und ging weiter. Die heiße Luft brachte ihn wieder zum Schwitzen, und er blieb stehen und überlegte, ob er ein kühles Bad nehmen sollte. Später, beschloß er. Nach der Massage.

Er entschied sich für Lupi, einen Masseur mit einer Neigung zum Schweigen, weil er sich, unbehindert von beiläufiger Konversation und hohlem Geschwätz, entspannen wollte. Davon hatte er heute morgen schon genug gehabt, als er dem Klatsch lauschte und hier und da etwas auffing – und nichts von allem war auch nur das Geringste wert gewesen. Wen kümmerte es, ob dieser Senator sein Haar färbte oder jene Matrone ihr Brustband ausstopfte?

«Hmmm.» Fachkundige Hände bearbeiteten seine Muskeln. «Sie sind heute sehr verspannt, Herr.»

Das war nicht gerade eine Neuigkeit für Orbilio. Kein Wein. Kein Sex. Keine heißen Spuren. Es wäre ein Wunder, wenn man dabei nicht verspannt wäre. Er hatte ernsthaft darüber nachgedacht, ob er nicht wieder Zuflucht beim Wein suchen sollte, aber der nachfolgende Kater war immer schlimmer geworden, und er brauchte einen klaren Kopf. Callisunus deutete bereits an, daß er Orbilio ersatzweise vielleicht mit einem Betrugsdelikt beauftragen würde.

«Ich unterwerfe mich ganz deiner Gnade, Lupi. Gib dein Schlimmstes.»

«Jawohl!»

Der Masseur, ein stämmiger Bursche aus Dakien, grinste, als er seine Hände mit einer würzigen Salbe einfettete und auf Orbilios Schulter herumzutrommeln begann. Allmählich gab das Fleisch nach, und es war nur noch ein sanftes Klaps-Klaps-Klaps zu hören. Er wußte, daß Claudia praktisch jeden Tag die Thermen aufsuchte und daß ihre Besuche zufällig auf jene Tage fielen, an denen Gaius nicht da war. Orbilio versuchte sich einzureden, daß seine Entscheidung, heute zu den Thermen zu kommen, ein Zufall war. Seferius war auf dem Land; vielleicht hatte sie etwas Besseres zu tun? Vielleicht war sie schon dagewesen und wieder gegangen? Orbilio hatte bereits festgestellt, daß ihre Besuche nicht so lange dauerten wie die ihres Mannes.

Lupi begann, seine Muskeln wie Teig zu kneten, und Orbilio wußte, daß der Masseur die plötzliche Verspannung gespürt hatte. Mars sei gedankt, daß er keine Gedanken lesen kann, dachte Orbilio und überlegte, warum der Gedanke an Claudia und ihren Mann ihn eifersüchtig machen sollte. Eifersüchtig? Wie kam er nur auf dieses Wort? Natürlich war er nicht eifersüchtig!

«Kräftiger, Lupi.»

Überrascht. Interessiert. Ja, sogar neugierig. Aber nein, eifersüchtig niemals. Die Sache mit seinem Sohn mußte ein ganz schöner Schock für Seferius gewesen sein, dachte er. Einen kurzen Augenblick hatte er daran gedacht, ihn zu besuchen und ihm sein Beileid auszusprechen, aber diese Frau hatte das Temperament einer Wölfin, und es war durchaus möglich, daß sie ihre Drohung wahr machte und Gaius erzählte, Cousin Marcus habe sie belästigt. Ein Lächeln spielte um seine Lippen. Es gab noch andere Möglichkeiten, um mit diesem Problem umzugehen. Ja, in der Tat!

Es war ein ziemlicher Schlag gewesen, Claudia und Gaius gemeinsam bei den Spielen zu sehen. Er war Seferius schon oft begegnet, hatte zwar nie mit ihm gesprochen, kannte ihn aber auf jeden Fall vom Sehen und hatte sich keine besonderen Gedanken um den Kerl gemacht. Er war reich, fett, mittleren Alters, aber gut erhalten. Doch als sie Seite an Seite saßen, wurde Orbilio klar, daß Gaius noch besser in Form war, als er angenommen hatte. Er hatte zwar Übergewicht, aber nur in einem festen, muskulösen Sinn. Er war ein Mann, der seinen Umfang fast buchstäblichen konsolidiert hatte. Und zwar systematisch. Und plötzlich war der Gedanke, daß die Hände dieses fetten Mannes mit Claudias weichen, weißen Brüsten spielten, unglaublich abstoßend. Orbilio erinnerte sich, wie sie sich im Amphitheater bei ihm eingehakt hatte. Zugegeben, sie hatte es auf eine gönnerhafte Art gemacht, aber die Gefühle, die sie damit bei ihm ausgelöst hatte, zerrten noch immer an seinen Nerven.

«Ich bin fast fertig, Herr.»

Die fachkundigen Hände des Dakers hatten ein kleines Wunder bewirkt. Als Orbilio aufstand, fühlte er sich um fünf Jahre jünger, voller Leben und Energie. Nach einem erfrischenden Bad im kalten Wasser fühlte er sich stark genug, um den Vesuvius rückwärts hinaufzulaufen, obwohl Petronellas Reize durchaus gereicht hätten. Auf dem Säulengang, der zum Umkleideraum führte, entdeckte er Paternus, den Anwalt, der mit gebeugtem Kopf in ein Gespräch mit einem Mann vertieft war, den Orbilio nicht erkannte. Der Anwalt, ein schmaler, klapperdürrer Mann mit dazupassender Stimme, hatte die Angewohnheit, seine Diskretion zusammen mit anderen Wertsachen im Umkleideraum zurückzulassen. Orbilio lehnte sich nonchalant an eine Säule, verschränkte die Arme und schaute in den Himmel.

«... also sagte ich, für zwölf Goldstücke gehört es dir, mein Junge.» Das war die Stimme des Fremden.

Die beiden Männer lachten.

«Das erinnert mich an unseren Freund, den Weinhändler, der hat sich genauso aus der Affäre gezogen», sagte der Anwalt. «Ich habe ihn in der Sache gegen diesen Emporkömmling aus Bithynien vertreten...»

In diesem Augenblick kam ein extrovertierter General vorbeigeschlendert, der sich an seiner eigenen Stimme erfreute und eine schmutzige Ballade schmetterte, so daß der Rest des Satzes unterging. Sie mochten über alle möglichen Weinhändler reden, denn die Stadt war voll davon. Doch Orbilio überzeugte sich, daß er keine andere Wahl hatte, als ihnen zu folgen.

«... in diesem Augenblick schlug Seferius dem Bithynier auf

den Rücken und sagte, offensichtlich weißt du noch nichts von meiner neuesten ...»

Erneut ging die dünne Stimme unter in dem Lärm einer Gruppe Jugendlicher, die einen Wettlauf zum Kaltwasserbecken machte. Für einen Augenblick war Orbilio abgelenkt, als er sich an die Zeiten erinnerte, in denen er auch sofort voll Ungestüm zum Eiswasser gerannt war. Das war eindeutig ein Punkt, überlegte er, der fürs Erwachsensein sprach.

Oh, verdammt! Paternus und sein Begleiter waren auf dem Weg in die Dampfsauna! Orbilio strich sich mit der Hand übers Kinn. Es war nicht notwendig, daß er ihnen folgte. Das Gespräch hatte absolut keine Bedeutung für seinen Fall. Gaius war uninteressant für ihn. In jeder Hinsicht uninteressant. Er sollte lieber zum Gymnastikhof gehen.

«Wieder zurück?» Der Diener bot ihm eine kleine Flasche Öl an. «Sie sind wohl gierig auf Bestrafung, was, Herr?»

Der Dampf in der Sauna legte sich so dicht und undurchdringlich auf ihn, daß ihm der Atem stockte.

«Ich möchte mich heute ganz besonders verwöhnen.» Dankend lehnte Orbilio das Öl ab. Noch eine Abreibung, und der Masseur würde auf blanke Knochen stoßen. «Ich suche zwei Freunde, die gerade hereingekommen sind. Einer ist klein und dünn, der andere –»

«Da lang, Herr. Auf der rechten Seite.»

Orbilio bedankte sich und folgte dem Mosaik. Er kam an zwei stöhnenden und grunzenden Männern vorbei und hoffte, daß diese nur auf die drückende Hitze reagierten.

Paternus' Stimme klang noch piepsiger. «... rate dir, vorsichtig vorzugehen. Ich weiß es aus guter – nein, der besten Quelle, daß Seferius eine Vorliebe hat für ...»

Verdammt! So sehr Orbilio auch die Ohren spitzte, er konnte das Flüstern einfach nicht verstehen.

«Niemals!» Der Begleiter des Anwalts klang ungläubig. «Gaius Seferius! Bist du sicher?»

«So sicher wie der Prinzeps ein Römer ist. Das wirst du natürlich nicht weitererzählen, nicht wahr?»

«Vertrau mir. Man kann doch davon ausgehen, daß Seferius sein Geheimnis gut hütet?»

Paternus saugte an seinen Zähnen. «Angesichts von Augustus', sagen wir mal, *Empfindsamkeit* bei diesem Thema, kannst du dich darauf verlassen.»

Es folgte eine lange Pause, und Orbilio rang in dem aufsteigenden und herumwirbelnden Dampf nach Atem.

«Um ehrlich zu sein», sagte der andere Mann schließlich, «genieße ich – wie soll ich mich ausdrücken? – die Vergnügen, die die eigene Frau einem nicht zu geben bereit ist.»

Der Anwalt gab einen dünnen Lacher von sich. «Wer tut das nicht?» erwiderte er. Orbilio konnte es nicht sehen, aber er spürte, daß Paternus näher an seinen Begleiter herangerückt war. «Am liebsten habe ich es –» Die Stimme senkte sich zu einem Flüstern. Nach einigen Minuten intensiven Geflüsters, als Orbilio schon anfing unruhig zu werden, hörte er den Anwalt höhnisch lachen.

«Claudia Seferius? Glaub mir, *die* ist auch nicht so, wie sie erscheint.»

Orbilios Kopf schoß hoch, und plötzlich war er in Alarmbereitschaft. Klatsch und Tratsch gehörten zu seiner zweiten Natur. Er sammelte alle Arten von Information, um sie in seinem Gedächtnis zu speichern und abzurufen, wenn die Gelegenheit es erforderte. Das war sehr nützlich bei seinen Ermittlungen, denn wenn man jemanden damit konfrontierte, daß man über seine Sünden Bescheid wußte, war es überraschend, wie oft die Leute sich an bestimmte Ereignisse besser erinnerten oder Namen viel schneller preisgaben. Alles hatte eine positive Seite, dachte er, insbesondere wenn es ihm ermöglichte, das Geld einzustecken, das Callisunus ihm für Bestechungen zuteilte. Eigentlich hatte er nur vorgehabt, diese Informationen über Seferius routinemäßig zu speichern, aber niemals hätte er sich vorstellen können, daß Claudias Name fallen würde. Schon gar nicht in diesem herabsetzenden Ton.

«Verdammt!» Der extrovertierte General, der blindlings durch die Dampfsauna lief, als würde er über ein Schlachtfeld stürmen, stolperte kopfüber über Orbilios ausgestreckte Beine.

Entschuldigungen wurden ausgetauscht, wobei beide Parteien

die Schuld auf sich nahmen, und als der General fort war, schienen Paternus und sein Freund auch gegangen zu sein.

Orbilio tauchte noch einmal im kalten Bad, um seine Poren zu schließen. Er bewunderte Seferius dafür, wie er sich nach oben geboxt hatte, und es mußte ein Tag voller Stolz für ihn gewesen sein, als er endlich in den Ritterstand berufen wurde. Diese Beförderung galt noch dazu einem Mann, dessen Vater ein einfacher Straßenbauer gewesen war und dessen Urgroßeltern nicht einmal frei geboren waren. Nein, wirklich nicht, es war kein leichtes, die vierhunderttausend Sesterzen zusammenzubekommen, die notwendig waren, bevor man überhaupt über die Zulassung in den Stand nachdenken konnte, an sich schon keine Selbstverständlichkeit. Orbilio hätte gern mehr über Seferius' Unredlichkeiten erfahren oder vielleicht ein paar indirekte Hinweise auf Claudia erhascht. Während er sich trockenrubbelte, fragte er sich, ob es moralisch vertretbar war, Probleme zwischen Eheleuten zu schüren, aber er kam zu dem Schluß, daß er sich schon irgendwie dafür rechtfertigen könnte, wenn es notwendig war, denn die Aussicht, daß Claudia sich von ihrem Mann scheiden ließe...

«Das reicht, Marcus Cornelius», murmelte er laut. «Sie mag dich nicht einmal leiden, also kannst du diese Gedanken sofort vergessen.»

Viele Nächte lang hatte er Pläne geschmiedet, wie er sie am besten rumkriegen könnte. Am schnellsten vermutlich, indem er diese verdammten Mordfälle löste. Vielleicht würde sie sich ein wenig öffnen, wenn er aufhörte, sie wie eine Tatverdächtige zu behandeln. Das Problem war nur, dachte er, daß sie immer noch verdächtig war. Egal, welche schlauen Taktiken sie auch ausprobierte, Claudia Seferius war in der Tat sogar *sehr* verdächtig.

Er zog sich an, trank einen Kelch mit Wasser verdünnten Wein, gestattete sich ein paar Stückchen Kuchen und begab sich schnurstracks zum Gymnastikhof. Durch ein paar Übungen mit den Gewichten würde er seine Frustrationen schon wieder ausschwitzen können.

«Pssst!»

Er blieb instinktiv stehen. Manchmal war es ein Informant, und meistens war jemand anderes gemeint, aber es lohnte sich immer, die Ohren offenzuhalten. Er tat so, als würde er den Schnürsenkel seines Stiefels festziehen.

«Pssst!»

Er blickte sich um. Es war niemand zu sehen.

«Hier drüben!»

Ein schmales Gesicht lugte um den Sockel einer gerillten Säule.

«Rufus? Rufus, was machst du hier?» Ein schmutziger, gekrümmter Finger winkte ihm auffordernd zu, und Orbilio folgte ihm, wobei er unwillig den Kopf schüttelte. «Was willst du?»

Der Straßenbengel hockte sich im Schneidersitz hinter die Säule. «Erinnern Sie sich noch an diese Edelnutte, für die Sie sich interessiert haben? Also, sie ist heute morgen in eine richtig derbe Schlägerei geraten.»

«Ach?»

«Unten beim Viehmarkt gab es einen Tumult, und sie war ohne Zweifel mittenmang dabei.»

«Bist du sicher, daß sie es wieder war?»

«Klar. Die orangefarbene Sänfte ist nicht zu übersehen, Mann, was für eine Farbe! Jedenfalls versucht sie, wie nichts wegzurennen, und raten Sie mal, was dann passiert? Irgend so ein riesiger Kerl zerrt sie in einen Laden.»

«Rufus, willst du mir sagen, daß sie entführt worden ist?»

«Sie? Quatsch! Sie wurde nur ein bißchen aufgemöbelt.»

Orbilio setzte sich neben den Jungen. «Rufus, ich möchte, daß du mir ganz genau erzählst, was du gesehen hast. Hörst du? Laß nichts aus, beschreibe alles, woran du dich erinnerst.»

Ihm schwirrte der Kopf. Er sollte eigentlich die Spuren in Crassus' Fall verfolgen. Verdammt, er sollte die Spuren von allen vier Opfern verfolgen, die Konten überprüfen, Neider, Wahnsinnige, Schlosser, Sklaven, Familienangehörige, Freunde...

«Rufus, warum hast du sie verfolgt?»

«Ich habe sie nicht verfolgt, ich war beim –»

Klauen. Orbilio hielt sich die Ohren mit den Händen zu. «Nein, erzähl's mir nicht, ich will es nicht wissen. Woher wußtest du, wo ich bin?»

Das schmutzige Gesicht verzog sich zu einem wissenden Grinsen. Orbilio grinste zurück, warf ihm vier Kupfermünzen zu und dann aus Mitleid vier weitere. Venus ist heute launisch, dachte er und kratzte sich am Hinterkopf. Wäre da nicht dieses Handgemenge gewesen, hätten Claudia Seferius und Marcus Cornelius Orbilio sich heute morgen in den Thermen getroffen. Ihm war, als hätte er eines der Bleigewichte vom Gymnastikhof geschluckt. Er sprang auf. Die Aussicht auf einen ruhigen Tag gefiel ihm nicht mehr. Der Gedanke an Ballspiele und Leichtathletik verlor seinen Reiz, denn plötzlich schien es ihm dringend zu sein, den Bastard festzunageln, der herumlief und Augen aus ihren Höhlen stach.

«Herr?»

«Was?»

«Kann ich mitkommen?»

«Nein, das kannst du ganz gewiß nicht.» Er wollte sagen, daß es schmutzig und gefährlich sei, aber ihm wurde sofort klar, daß das wahrscheinlich alles war, was das arme Kind jemals erlebt hatte. «Hast du keine Familie?»

«Nein.»

Es gab so viele Jungs wie Rufus, dachte er traurig. Zwar war der Brauch verachtenswert, aber er konnte auch verstehen, warum unerwünschte Säuglinge auf Müllhalden ausgesetzt wurden. Das ging zumindest relativ schnell, während Kinder wie Rufus – der was war? sieben oder acht? – dazu verdammt waren, in irgendeiner stinkenden Gasse zu sterben, ohne jemals die Liebe oder Wärme oder Glück – oder nur einen vollen Bauch – kennengelernt zu haben.

«Ich glaube, es wird höchste Zeit, daß du mal badest, mein Junge», sagte er und zog Rufus am Kragen seiner Tunika hoch. «Komm mit.» Aus seiner Stimme klang mehr als ein Anflug von Resignation. «Lassen wir dich erst mal füttern.»

XI

Die Fahrt zur Villa war heiß, trocken und staubig. Die Räder der Kutsche ließen keinen Buckel auf der Straße aus, die Sklaven hatten schlechte Laune, und der Kutscher war unerträglich fröhlich. Drusilla, die in einem speziell angefertigten Käfig hin- und hergeschüttelt wurde, jaulte vor Empörung ohne Unterlaß. Gütige Diana, wer hat das verdient, dachte Claudia, die mit einer knöchernen Haarnadel ihre Initialien in das Holz kratzte. Für Gaius war es kein Problem gewesen, als er in seinem zweirädrigen Wagen davongejagt war. Er hatte sich nicht mit drei eigensinnigen Pferden abfinden müssen, die mit einem bockigen vierten Pferd, das einen wahrhaft teuflischen Sinn für Humor hatte, zusammengespannt waren.

«Es wäre wohl zuviel verlangt, diese Mähren zum Galoppieren zu bringen?»

Kano, der Kutscher, hörte auf zu pfeifen. «Fürchte ja», erwiderte er fröhlich. «Pferde sind wie Frauen, wissen Sie. Gibt man ihnen freien Lauf und einen vollen Bauch, leisten sie einen guten Dienst – solange sie in jeder Hinsicht das Tempo bestimmen.»

«Solchen Mist habe ich meinen Lebtag noch nicht gehört. Jetzt nimm, verdammt nochmal, endlich die Peitsche, Mann, oder sie werden an Altersschwäche sterben, bevor wir zum nächsten Pferdewechsel kommen.»

Sie verdrehte die Augen, als Kano halbherzig mit der Peitsche knallte. Wenn überhaupt, wurden die verfluchten Tiere nur noch langsamer, und Claudia schwor sich, daß sie ein Wort mit der Frau des Kutschers wechseln würde, wenn sie nach Rom zurückkäme. Sie warf einen Blick auf den Meilenstein. Eigentlich kamen sie nicht schlecht voran. Wenn sie nur eine kurze Pause machten, um die Tiere zu wechseln, würden sie die Taverne eine Stunde vor Einbruch der Dunkelheit erreichen. Die Kutsche kippte auf die

Seite, als die Räder auf der gewölbten Straße in die Schräge gerieten, und alle stöhnten. Es wäre besser gewesen, wenn Junius und Melissa sie begleitet hätten. Sie waren Sklaven, mit denen sie sich wohl fühlte – im Gegensatz zu diesem elenden Pöbel. Aber Junius war noch nicht einmal imstande aufzustehen, und das Mädchen hatte Claudia absichtlich zurückgelassen, weil dieses lästige Bankett noch organisiert werden mußte, auch wenn es vertagt worden war. Und wem konnte sie sonst schon vertrauen, daß sie Lucan das Geld brachte?

Sie fuhren an einem mit scheppernden Ton- und Glaswaren beladenen Wagen vorbei. Claudia kniff die Augen zusammen. So eine Ladung war bestimmt ein kleines Vermögen wert, überlegte sie, man mußte nur noch einen Käufer finden... Unmöglich, Claudia! Das kommt nicht in Frage! Ausgerechnet du könntest niemals eine Wagenladung von dieser Größe entführen, selbst wenn die Bacchanalien einen Monat lang gefeiert würden. Für einen Raub braucht man Zeit und eine sorgfältige Planung, ganz zu schweigen von einer gesunden Zahl von willigen, strammen Männern. Dafür konnte man wohl kaum Sklaven nehmen. Was würdest du zu ihnen sagen? He, du, du und du, maskiert eure Gesichter und folgt mir; wir werden einen Wagen überfallen? Selbst wenn sie es schaffen würde, was unwahrscheinlich war, könnte sie von Glück reden, wenn sie fünf Meilen weit käme, weil es auf den Straßen viel zu viele Patrouillen gab. Aber, und das war das allergrößte Problem, selbst wenn sie nicht gefaßt würde, wo sollte sie das Zeug lagern?

Komm schon, Claudia. Es wird doch bessere Möglichkeiten geben, um zwei oder drei Tausender aufzutreiben.

«Kano, warum hältst du eigentlich an diesem gottverlassenen Ort an?»

«Goldie hat ihren Schuh verloren», antwortete der Kutscher. «Dauert nur eine Sekunde.»

Sie beobachtete, wie er schwerfällig die Straße zurückging, die Sandale des Pferdes aufsammelte und sie wieder festband, und nutzte die Gelegenheit, um in der Zwischenzeit eine Flasche schweren Parfüms aus Judea hervorzukramen. Es gab schließlich Dinge, die eine Frau auch beim besten Willen nicht ertragen konnte.

«Grrrrrrrrr!»

«Drusilla, damit wirst du dich wohl oder übel abfinden müssen. Dir mag dieser Tiergeruch ja angenehm sein, aber ich sage dir, ich habe die Ärsche von diesen Quälgeistern bis hier oben hin satt.»

«Grrrrrrrr.»

«Ach, sei nicht so trotzig!» Sie steckte den Finger durch das Gitter, um die Katze am Ohr zu kraulen. «Magst du das?»

Finster betrachtete Drusilla das rohe Stück Fleisch, das auf den Käfigboden fiel, und wich mit funkelnden Augen zurück.

«Ich verstehe.» Claudia rümpfte die Nase. «Nun, ich habe kein Mitleid mit dir, denn wir sitzen alle gemeinsam in diesem verdammten Boot.» Es wäre ihnen beiden nicht eingefallen, Drusilla in Rom zurückzulassen.

Kano nahm wieder Platz, und die Kutsche wankte und holperte weiter. Sie saß tatsächlich total in der Klemme. Pünktlich am Ende jedes Monats machte Gaius seine Abrechnung, und trotz des Trauerfalls hatte er seine Arbeit nicht unterbrochen. Ein Minus von dreihundert Sesterzen würde er nicht übersehen... Über dem Horizont flimmerte ein Hitzeschleier, der imaginäre Seen auf der Straße entstehen ließ. Scheiß auf den Anstand, dachte sie und nahm ihre Stola ab. Sie trug dieses verdammte Ding nur, weil es als schicklich und anständig galt. Julia war keine verliehen worden, weil sie kinderlos war; warum sollte sie also die Glückliche sein? In diesen vielen Klamotten schwitzte man sich zu Tode. Ihr Herz setzte einen Schlag aus, als sie an den gestrigen Tag dachte. War es wirklich erst gestern geschehen? Ihre Kleider waren vor Schweiß klitschnaß gewesen, als sie nach dem Zusammenstoß mit Otho nach Hause kam, und eins war sicher, sie würde nie wieder minoisches Blau tragen.

Und Otho war auch nicht der einzige gewesen, mit dem sie einen Zusammenstoß gehabt hatte. Das ist deine Schuld, Minerva, das kann ich riechen! Sie trat mit der Fußspitze gegen das Holz. Diese Minerva hat es schon immer auf mich abgesehen gehabt, seit dem Tag meiner Geburt, und ich könnte wetten, daß sie sich gestern ins Fäustchen gelacht hat.

Es war ein wirklich hundsgemeiner Tag gewesen. Zuerst war ihr wegen dieses thrakischen Psychopathen vor Schreck die Spucke weggeblieben. (Wenn ich Lucan bezahlt habe, wirst du mir das büßen, du Bastard!) Dann hatte sie sich, nachdem sie sich gewaschen und wieder hergerichtet hatte, überlegt, daß sie ihr Gleichgewicht am besten wiederfinden würde, wenn sie sich dem Treiben auf der Straße hingäbe. Was gab es Besseres zur Beruhigung als die Rufe der Hausierer, die Gerüche aus den Garküchen oder die Scherze der Straßenbarbiere, die die jungen Gecken drängten, sich ihr Haar wie Nerva der Wagenlenker locken oder wie Totila der Gladiator färben zu lassen? Sie war stehengeblieben, um einen Schuster zu beobachten, der mit gespreizten Beinen auf seiner breiten Bank saß und beim Hämmern sein Letztes hergab; während sie den kräftigen, sauren Geruch des Leders genoß, fiel ein Schatten über sie.

«Ligarius! Du meine Güte, hast du mit den Gladiatoren gekämpft?»

«Ach, das.» Mit seiner riesigen Hand tastete er behutsam die Platzwunden und Beulen ab. «Schlägereien sind unvermeidlich, wenn man eine Taverne hat.»

Nur in denen von deiner Sorte.

«Nun, dann hoffe ich, daß es dir bald wieder bessergeht. Es war nett, dich zu treffen, Ligarius. Salve.» Sie schenkte ihm ein Lächeln und wollte weitergehen.

«Das hier ist ein ruhiger Ort. Ich dachte, wir könnten etwas reden.»

Sie fühlte, wie die Nachmittagstemperatur abrupt fiel. Was meinte er mit ruhig? «Ligarius, bist du mir gefolgt?»

Der korpulente Mann zuckte die Schultern. «Ich will doch nur reden.»

«Ich dachte, das hätte ich am letzten Donnerstag deutlich gemacht: Ich will es nicht.»

«Aber früher ...» Seine Hand fiel schwer auf ihren Arm. «Wir hatten doch eine schöne Zeit, Claudia.»

Jeden Augenblick hätte jemand sie zusammen ertappen können. Sie deutete mit einer Kopfbewegung nach hinten und tauchte in einer Seitenstraße unter. Das Poltern der riesigen Mahlsteine in der

Bäckerei hinter ihnen machte es Neugierigen unmöglich, ihr Gespräch mitzuhören.

«Wieviel willst du?»

«Wie bitte?»

«Treib keine Spielchen mit mir, Ligarius.» Das hatte er bei dem Festival doch im Sinn gehabt, bevor Marcellus ihn unterbrochen hatte. «Wie viele Sesterzen kostet es, bis du *nicht mehr* mit mir über die guten alten Zeiten reden willst?»

Der Geruch von frisch gebackenem Brot kam ihr schrecklich unpassend vor.

Sein bärtiges Gesicht verzog sich zu tiefen Runzeln. «Sei doch nicht albern, ich will dich nicht erpressen. Dies ist die erste gute Gelegenheit, die ich habe, um mit dir von Angesicht zu Angesicht zu reden.»

Der Laut, der ihr entfuhr, als sie ausatmete, übertönte fast das Kreischen und Poltern des Mahlsteins. Das war typisch für Ligarius. Er besaß nur Herz und keinen Verstand. Sie fragte sich, woran Jupiter wohl gedacht haben mochte, als er Ligarius' Organe vergab, denn irgend etwas hatte den Gott eindeutig abgelenkt.

«He», sagte er und knuffte sie. «Wir haben doch schöne Zeiten zusammen gehabt, du und ich.»

«Unsinn. Du hast ständig von dieser kleinen Putzfrau gefaselt. Wie hieß sie noch?»

«Antonia. Ich habe sie geheiratet, als du weggingst.»

«Um so schlimmer. Was ist also das Problem? Hat sie dich verlassen?»

«Sie ist gestorben.»

«Oh!» Der dicke, häßliche Hüne schien den Tränen nahe zu sein. «Oh, Ligarius, das tut mir leid! Wirklich.»

Verdammt, sie hatten *echt* gute Zeiten gehabt. Zeiten, in denen sie lachen und weinen und Schmerz spüren konnte.

«Mir auch. Obwohl», der Ton, den er von sich gab, war eine Mischung aus Schluckauf und Lachen, «sie ein richtig böses Weib sein konnte, wenn sie wollte. Schlimmer als du manchmal.»

«Paß auf, was du sagst, Ligarius. Ich habe einen guten Ruf zu verlieren und kann es mir nicht leisten, daß man mir nachsagt, ich sei nur die Zweitbeste.» Sie streckte die Zunge raus. «Siehst du, sie ist noch genauso scharf wie eh und je.»

«He, weißt du noch, wie du Lefarius fertiggemacht hast, weil er dir angeblich in den Hintern gekniffen hat? Der arme Kerl kam danach nie wieder in meine Taverne.»

«Wo wir gerade bei dem Thema sind, was ist aus diesem alten, eitlen Seekapitän geworden? Der wie ein Pfau herumstolzierte und gar nicht merkte, daß wir ihm den Spitznamen Arschgesicht gegeben hatten, der arme Sack.»

«Ja, und die Sizilianerin. Erinnerst du dich an sie? Sie war breit wie ein Scheunentor und trank die Männer immer erst unter den Tisch, bevor sie sich mit ihnen schlug. Die nannten wir immer Brutus!»

«Aber nicht in ihrer Hörweite!»

«Natürlich nicht, niemand hätte sich das getraut, verdammt noch mal.»

«Nur Parvus vergaß es eines Abends, weißt du noch?» Claudia trat einen Schritt zurück, stellte sich O-beinig hin und sagte mit hoher Fistelstimme: «Der arme, alte Parvus, danach ging und sprach er eine Woche lang ganz komisch!»

«Ja, sie hat ihm voll in die Eier getreten. O weh, da werden einem selbst nach so langer Zeit noch die Augen feucht.»

Sie krümmten sich gerade vor Lachen, als der Bäckersjunge mit einem dampfenden Brottablett aus dem Laden kam. Claudia war auf der Stelle wieder nüchtern, drehte sich um und bedeckte ihr Gesicht mit der Palla.

Ligarius, du Mistkerl. Du hast kein Recht, mich an alte Zeiten zu erinnern, überhaupt kein Recht! Sie biß sich auf die Lippe. Jene Tage waren lange vorbei; sie war absolut zufrieden mit dem keimfreien Vakuum ihres heutigen Lebens. Jeden Tag wachte sie am Morgen mit der Gewißheit auf, daß sie essen und trinken konnte, bis ihr Bauch voll war, und daß sie nachts in einem anständigen Bett schlafen konnte. Sie hatte Kleider auf dem Leib und noch dazu verdammt schöne. Sie konnte jeden Tag baden, hatte Sklaven, die auf ihren leisesten Wink gehorchten, und konnte, wenn sie wollte, so viele Juwelen tragen, bis sie vor Last krumm ging. Und Claudia

Seferius war bereit, alles zu tun, was notwendig war, um diese kostbare Existenz zu schützen.

Der bärtige Riese stürzte sich bereits auf die nächste Reise ins Land der Erinnerung, aber sie weigerte sich, ihm länger zuzuhören. «Ligarius, du bist der einzige Mensch in Rom, der meine Vergangenheit kennt. Ich bitte dich – nein, ich flehe dich an. Bitte mach mir mein jetziges Leben nicht kaputt.»

Erstaunt öffnete er den Mund. «Das würde ich doch nicht tun, Claudia. Niemals! Aber», seine Stimmung schlug nun auch um, und eine dicke, fette Träne kullerte langsam über seine Wange, «du bist meine einzige Freundin in der ganzen Stadt.»

«Wir sind wohl kaum Freunde, Ligarius.»

«Aber fast.» Er schniefte laut und wischte sich die Nase mit dem Handrücken ab.

Bei Juno, Jupiter und Mars! «Wann ist, wie heißt sie noch, Antonia gestorben?»

«Im Dezember.»

«Ich sag dir was, Ligarius. Ich kann jetzt nicht bleiben, aber wie wäre es, wenn ich dich in der Taverne besuchen komme? Vielleicht früh morgens, bevor du aufmachst? Dann könnten wir uns ganz in Ruhe unterhalten!»

«Das wäre schön, denn ... nun, du weißt ja, wie ich immer zu dir gestanden habe.»

Das war natürlich sentimentale Phrasendrescherei, und ohne Antonia, die ihm zeigte, wo es langging, war er wieder weich geworden. Warum blickten die Leute immer zurück und sahen nur die schönen Zeiten?

Sie hatte sich auf dem Absatz umgedreht und war zurück nach Hause gegangen. Dann wollte sie fünf Tage früher als geplant zur Villa aufbrechen.

Erst als sie ihre Stola wechselte, war Claudia eingefallen, daß sie vergessen hatte, sich zu erkundigen, wo Ligarius' Taverne sich befand. Egal. Als sie spontan das Angebot gemacht hatte, ihn zu besuchen, hatte sie es ernst gemeint, aber nüchtern betrachtet wurde ihr klar, daß es verrückt war, darüber auch nur nachzudenken. Ach, er würde darüber hinwegkommen. Zum Teufel, vielleicht würde er sich nicht einmal daran erinnern, denn sie hatte den Verdacht, daß er seine Gewinne in letzter Zeit versoff. Hauptsache, er hielt sein Wort und verriet sie nicht. Natürlich war es ein Schock gewesen, ihn bei den Spielen anzutreffen – und darüber, daß er ihr diesmal gefolgt war, mochte sie gar nicht nachdenken. Aber nein, sie war sicher, daß Ligarius ihr nichts verderben würde. Außer... Außer...

«Ihr Cousin möchte Sie sehen, Herrin.»

«Melissa, wie oft soll ich es dir noch sagen? Es sind Gaius' Cousins –»

«Nein, Herrin. *Ihr* Cousin, sagte er. Marcus Cornelius Orbilio.»

Minerva, wie kannst du mir das antun? Wie kannst du nur? Otho, Ligarius und jetzt... auch das noch! Also gut, Orbilio, du kannst nicht behaupten, daß ich dich nicht gewarnt habe. Diesmal beiße ich dir den Kopf ab und spucke ihn in kleinen, klirrenden Würfeln wieder aus, so wahr mir Jupiter helfe.

Er hatte im Atrium gewartet und den neu gemalten Fries bewundert, den Gaius in Auftrag gegeben hatte, um alles Ägyptische zu preisen. Leider war Orbilio diesmal nicht allein gekommen.

«Du meine Güte, Sie *und* das Ferkel? Was für eine schreckliche Kombination!»

«Ich habe Sie auch vermißt, Claudia.»

«Ohne die Kopfläuse ist er kaum wiederzuerkennen. Was wollen Sie?»

«Wie ich hörte, sind Sie heute morgen in eine Schlägerei geraten.»

«Sie haben falsch gehört. Auf Wiedersehen.»

Er rannte ihr nach, als sie in den Garten stürmte. «Nein, *ich habe richtig gehört*, Claudia.»

Sie blieb stehen. «Ach, erzählen Sie mir doch nichts. Ist dieser dreckige kleine Lümmel Ihr Hauptzeuge? Schon wieder?»

«Es ist egal, wer der Zeuge –»

«Ja!» kam Rufus hinterhergeeilt. «Ich habe Sie gesehen. Sie haben mit diesem riesigen Kerl gekämpft – umpf!»

Eine Hand schloß dem Jungen den Mund. «Hör zu, du boshaftes, kleines Ungeheuer. Noch eine Lüge aus deinem doppelzüngigen Mund und ich reiße dir deine kleine Leber raus und serviere sie zum Frühstück. Ist das klar?»

Hastig blickte sich der Junge zu Orbilio um, aber der studierte aufmerksam das Kapitell der Säule neben ihm.

«Ach, nun werden Sie doch nicht gleich sauer. Kann ich was dafür, wenn das die Wahrheit ist?»

«Die Wahrheit?» Claudia packte ihn am Ohrläppchen und zerrte ihn in eine stille Ecke des Gartens. «Du würdest die Wahrheit nicht einmal erkennen, wenn sie dir mitten ins Gesicht schlüge und dir die Nase abrisse. Also, wenn ich noch einmal höre –»

«Lassen Sie ihn in Ruhe, Claudia.»

«Halten Sie sich da raus.»

«Ich sagte, es reicht. Lassen Sie ihn los.»

Sie kniff noch einmal heftig in das Ohrläppchen, bevor sie es losließ. Dieses schreckliche Kind schien sich jedoch mehr für die zwei Erwachsenen als für sein zerschundenes Ohr zu interessieren. Nun, sie hoffte, daß es schwarz werden und in der Nacht abfallen würde.

«Der Alte hat schlechte Laune», erklärte Rufus fröhlich. «Callisunus hat ihm vor ein paar Stunden die Leviten gelesen, und, Junge», er stieß den Atem mit einem Pfiff aus, «das waren harte Worte!»

«Hervorragend.» Claudia schenkte Orbilio ein strahlendes Lächeln. «Also laufen Sie los und jagen Sie Verbrecher – und lassen Sie mich in Ruhe. Salve!»

«Verdammt noch mal, Frau, ich versuche, einen Mörder zu fangen.»

«Wer hindert Sie daran?»

«Erzählen Sie mir von heute morgen.»

Finster blickte sie erst den Jungen, dann Orbilio an. «Also gut. Claudia: auf dem Weg zu den Thermen. Claudia: fiel aus ihrer Sänfte. Ein ganz kleiner Kratzer. Junius: lebenswichtige Organe wurden neu arrangiert. Claudia: kam nach Hause.» Sie streckte die Hände aus, die Handflächen nach oben, und setzte ein Lächeln auf. «Ende der Geschichte.»

«Erzählen Sie mir von dem Thraker.»

«Oh, Mann. Sie glauben doch nicht etwa, daß wir mit diesen Leuten nette Worte gewechselt haben, oder? Oh, was für eine charmante Schlägerei, aber sagen Sie mal, haben wir uns nicht vor ein oder zwei Jahren in Thrakien kennengelernt? Machen Sie sich doch nicht lächerlich.»

Orbilio lehnte sich an den Stamm eines Apfelbaums. «Ich bin ein geduldiger Mann, Claudia. Ich kann warten.»

Sie drehte sich zu Rufus um. «Du.» Sie stupste ihn mit dem Finger. «Ab in die Küche.»

Er sah Orbilio an und öffnete den Mund, um etwas zu sagen.

«Aber schnell!»

Der Junge rannte so schnell los, daß der Boden, wenn er aus Holz gewesen wäre, Feuer gefangen hätte.

«Und du.» Ein Sklave kam herbeigeeilt. «Folge dem Balg und sieh zu, daß er nichts klaut.» Sie klatschte in die Hände und schickte die anderen Sklaven fort.

«Wein?» fragte sie freundlich.

Orbilio kniff mißtrauisch die Augen zusammen, aber da er außer ihrer Offenheit nichts erkennen konnte, nickte er zustimmend.

«Sie machen sich lustig über Rufus, aber ich fürchte, seine Aussage ist glaubwürdig, und da – Claudia, hören Sie mir zu?»

«Probieren Sie mal die Feigen. Kommen Sie schon, sie sind nicht vergiftet!» Sie machte sich daran, Wein einzuschenken und auf der Bank Platz zu nehmen. Dann klopfte sie einladend neben sich auf die Marmorbank. Als sie sein skeptisches Gesicht sah, fügte sie hinzu: «Ich beiße nicht.»

Er blickte unter die Büsche, setzte sich aber nicht.

«Und Drusilla ist im Haus.»

Er setzte sich.

«Sie wirken heute sehr angespannt, Orbilio», sagte sie und tätschelte seinen Oberschenkel. «Stimmt irgendwas nicht?» Sie begegnete seinem unverhüllt mißtrauischen Blick und zuckte die Achseln. «Wie Sie wollen.»

Sie lehnte sich zurück, nahm ihre Leier und begann zu klimpern. Aus dem Augenwinkel sah sie, daß er steif war wie ein Brett.

«Erzählen Sie mir von dem Thraker», wiederholte er ruhig. «Wer war er?»

«Haben Sie diesen Bengel adoptiert?»

«Was?»

«Eine einfache Frage. Ich wollte wissen, ob Sie diesen kleinen Straßenjungen adoptiert haben.»

«Nein, natürlich nicht. Ach, kommen Sie schon, Sie glauben doch nicht etwa, daß ich den Jungen besteche.»

Claudia lächelte. «Warum sollte ich das? Nein, nein. Ich frage mich nur, warum Sie ihn mit sich herumschleppen. Vermutlich haben Sie dafür gesorgt, daß er gewaschen wurde und eine saubere Tunika anhat?»

Die Steifheit in Orbilios Rücken ließ etwas nach. «Er hat mir leid getan. Er lebt von Abfällen und schläft in Hauseingängen. Das ist kein Leben für einen Jungen in seinem Alter.»

«Und was wollen Sie jetzt mit ihm machen?»

Er zuckte die Schultern. «Ich weiß nicht. Ihm etwas Geld geben, denke ich.»

«Sie haben ihn aufgelesen, gewaschen, gefüttert und ihm die Tasche gefüllt – und befreit Sie das von jeder weiteren Verantwortung? Orbilio, Sie sind ein Narr. Sie hätten ihn da lassen sollen, wo er war.»

«Das konnte ich nicht.»

«Doch, das hätten Sie gekonnt. Es wäre besser gewesen für den Jungen. Jetzt haben Sie ihm Geschmack auf etwas gemacht, was er nie haben kann. Was glauben Sie, wie er sich hinterher fühlen wird?»

Sie legte die Leier auf die Bank, stand auf, glättete ihre Tunika und lächelte. «Wie ich schon sagte, Orbilio. Sie sind wirklich ein Narr.»

Dann riß sie den Mund auf und gab einen markerschütternden Schrei von sich. Orbilio sprang auf. «Was zum –»

«Aaaaaargh.»

«Claudia, um Gottes willen!»

«Es tut mir leid, Orbilio. Ich habe Sie gewarnt, daß Sie Schwierigkeiten bekommen werden, wenn Sie zurückkommen. Wie Sie sehen, gibt es nur einen Stein und wir können nicht beide als Hahn darauf stehen. *Aaaaaaargh*!»

Mit zwei großen Schritten sprang Orbilio durch den Garten und hielt ihr den Mund zu. Sie biß ihm in die Hand, und er ließ sie los. «*Aaaaaaargh!*»

«Claudia, was, zum Teufel, soll das?»

Er wollte sie erneut packen, aber Claudia hatte damit gerechnet und wich ihm aus. Leider hatte sie seine Wendigkeit unterschätzt, denn beim nächsten Schritt überwältigte er sie. Klasse, dachte sie. Besser, als ich erhofft habe. Jetzt wird es kaum noch Zweifel an Cousin Marcus' Absichten geben. Sie wand sich aus seinem Griff, öffnete wieder den Mund und schrie. Diese verdammten Sklaven. Ständig lauschen sie, wenn sie es nicht sollen, aber sie sind nie da, wenn man sie braucht!

Orbilios Hand legte sich plötzlich von hinten auf ihren Mund, um den Schrei zu ersticken, und diesmal beugte er dem Biß vor. Sie versuchte, ihm mit den Ellbogen in die Rippen zu stoßen, aber mit der freien Hand drückte er ihre Schultern fest an seinen Körper. In dieser Umklammerung kämpften und rangen sie miteinander, bis er mit den Kniekehlen gegen die Bank stieß, so daß sie beide rückwärts in ein Beet mit Lavendel und Petersilie fielen. Und als die Hilfe endlich kam, fand man Marcus Cornelius Orbilio mit gespreizten Beinen auf dem Rücken liegend vor, und unter dem Arm hielt er Claudias Kopf fest im Schwitzkasten.

XII

Es war charakteristisch für Gaius Seferius, daß er, nachdem er beschlossen hatte, mit Wein ein Vermögen zu machen, diesen Plan mit derselben militärischen Präzision verfolgte, die sich bei der Vergrößerung des Römischen Reiches als so erfolgreich erwiesen hatte. Mit gut durchdachten Strategien, Genauigkeit bis ins Detail und einem kleinen bißchen Glück erweiterte er Tag für Tag, Stück für Stück die Grenzen seines eigenen Reiches bis zu dem Punkt, an dem es auch so gut wie unangreifbar war. Das wäre für jedermann eine erhebliche Leistung gewesen, aber für den Sohn eines Straßenbauers war sie wirklich außergewöhnlich.

Trotz seiner gutmütigen Art stellte Claudia schnell fest, daß er ein sowohl unbarmherziger als auch logischer Stratege war. Von seiner ersten Frau Plotina hatte er sich scheiden lassen, weil er sie für unfruchtbar hielt, und ein Mann wie Gaius Seferius konnte es nicht zulassen, daß eine vierzehnjährige Ehe dem Fortschritt, wie er es nannte, im Wege stand. Im Alter von vierundzwanzig hatte er nach einem Streifzug durch die Welt des Weinanbaus genug Geld verdient, um geeignetes Land für die Herstellung seines eigenen Weins zu kaufen, und als im Alter von achtundzwanzig kein Sohn da war, um sein blühendes Reich zu erben, fand er, daß er wohl keine andere Wahl hatte, als Plotina zu verstoßen. Zu seiner Ehre mußte man hinzufügen, daß Gaius beträchtliche Anstrengungen unternahm, um sie anständig neu zu vermählen, und es war eine Ironie des Schicksals, dachte Claudia mitfühlend, daß die arme Frau dann fast sofort schwanger wurde und das Unglück hatte, im Kindbett zu sterben.

Der Schreck, den Plotinas Schwangerschaft Gaius versetzte, war ungeheuer. Sie stellte seine eigene Fruchtbarkeit in Frage, bis seine neue Frau seine schlimmsten Befürchtungen durch die Ankündigung zerstreute, daß sie schwanger war, und als sie schließlich einen strammen Jungen gebar, den sie Lucius nannte, fiel das Ereignis mit Gaius' neunundzwanzigstem Geburtstag zusammen. In den folgenden acht Jahren brachte sie pflichtbewußt noch weitere Kinder zur Welt, von denen drei gesund waren, bis sie selbst auch am Kindbettfieber starb. Zu dem Zeitpunkt war Lucius, obwohl er noch so klein war, bereits dazu auserkoren worden, den Besitz zu übernehmen. Auf Kosten von Secundus und Calpurnia, deren Erziehung er seiner Mutter anvertraut hatte, ohne sie zu fragen oder sich darum zu kümmern, hatte Gaius Privatlehrer für seinen erstgeborenen Sohn engagiert. Flavia, die noch ein Säugling war, hatte er seiner Schwester zur Pflege gegeben, wobei er sowohl auf sie als auch auf Marcellus, der sich zu der Zeit darum bemühte, sich als Architekt selbständig zu machen, nur wenig Rücksicht nahm.

Es war genauso charakteristisch für Gaius, dachte Claudia, daß er sein Land so sorgfältig ausgesucht hatte. Man mochte es Glück, Schicksal oder Geschicklichkeit nennen, aber die hundert Hektar fruchtbaren Bodens, die er gekauft hatte, waren so gut, wie man sie zu diesem Preis nirgendwo bekam. Da das Land nahe an einer Hauptstraße lag und Zugang zum Meer hatte, konnte er von diesem einen Ort aus das ganze Mittelmeer mit seinem Wein beliefern. Das mußte man ihm lassen, wirklich. Unter seinem scharfen und wachsamen Blick schien sich sein Vermögen mit beinahe vollendeter Leichtigkeit zu vermehren, wobei die Ernennung in den Ritterstand natürlich der Gipfel seiner Karriere war.

Nach einer Ewigkeit auf der Straße, wie es schien, rumpelte die Kutsche auf das Gutsgelände, und Claudia fragte sich, ob sie für den Rest ihres Lebens O-Beine haben, oder ob das nach ein oder zwei Wochen vergehen würde. Ihren krummen Rücken würde sie jedenfalls nie wieder loswerden. Vor ihr präsentierte sich ein Bild ländlicher Ruhe – mit einem klaren Himmel und sauberer Luft, die nur vom Summen der Hummeln und dem Gezwitscher der Singvögel erfüllt war. Und vom Mondlicht natürlich. An diesem Ort summte es vor Emsigkeit wie im Bienenstock. Sklaven aller Rassen und Hautfarben aus allen Teilen des Reiches schufteten sich ab, um die nie endende Reihe von Fässern mit dem besten Seferius-Wein zu füllen. Aber so ist das immer, dachte Claudia. Unter dieser Oberfläche tobt ständig ein Sturm, und das ist leider der gefährlichste Augenblick.

Gaius kam auf den Hof geschlendert, um sie zu begrüßen. Claudia hatte gehofft, daß er damit beschäftigt sein würde, irgendwelche Kleinigkeiten zu überprüfen, die man auf einem Weingut Mitte Juli zu überprüfen hatte, damit sie genügend Zeit gehabt hätte, ihr Gesicht mit etwas weißer Kreide einzupudern, um die blauen Flekken abzudecken, und alle Spuren unter einer dicken Schicht Rouge zu verstecken. Ist das Leben nicht hundsgemein?

«Du liebe Güte, Claudia, was ist passiert?» Der ehrlich konsternierte Blick war nicht zu übersehen.

«Das ist eine lange Geschichte, Gaius», sagte sie und verzog das Gesicht. «Ich erzähle sie dir später.»

Er half ihr aus dem Wagen. «Wie war die Reise?»

«Widerlich. Ich bin überall mit Dung und Staub, Splittern und Blasen bedeckt.»

«Dann brauchst du jetzt ein Bad. Es ist alles bereit.»

Claudia tat etwas, was sie erst zweimal in ihrem Leben getan hatte. Sie umarmte ihren Mann und küßte ihn herzlich auf die Wange. «Sei gesegnet.»

Du kannst mich in Juwelen baden, Gaius, aber manchmal ist Wasser wertvoller als Gold.

«Ich begleite dich. Wir können uns unterhalten.»

Er sieht alt aus, dachte sie. Die Falten in seinem Gesicht waren tiefer geworden, und die Augen hatten sich so weit in ihre Höhlen zurückgezogen, daß sie bald aus dem Hinterkopf treten würden.

«Ich würde lieber allein sein, wenn du nichts dagegen hast.» Es war schon schlimm genug, daß sie sich in diesem gottverlassenen Nest ein Schlafzimmer teilen mußten; sie wollte ihn nicht auch noch im Badehaus bei sich haben. Sie hatte sich noch nie vor ihm ausgezogen, warum zum Teufel sollte sie jetzt damit anfangen? Außerdem – sie schluckte einen Mundvoll Staub hinunter – sah Gaius plötzlich so verloren und so verletzlich aus, daß sie das ungute Gefühl hatte, daß er, obwohl er sie – Hymen sei Dank – noch nie mit Sex belästigt hatte, einfach seine Meinung ändern könnte!

Sie lächelte entschuldigend und tätschelte ihren Bauch. «Frauenbeschwerden.»

«Oh.» Er lief rot an, und sein Arm fiel von ihrer Schulter. «Oh. Also in dem Fall, ich, äh, sehen wir uns später.»

Manchmal vergessen wir, wieviel Glück wir haben, dachte sie, auf den Weg ins Badehaus.

«Weißt du, Drusilla, ich habe nie verstanden, warum manche Menschen gern auf dem Land leben.»

Die Katze rollte sich auf Claudias Schoß zu einer festen Kugel zusammen und zuckte nicht mit einem einzigen Barthaar, obwohl sie vom Schlaf weit entfernt war.

«Sieh nur dahinten. Nichts als Felder und Bäume, Weinstöcke und Hügel.» Sie starrte mit leerem Blick in ihr ausgetrunkenes Glas. «Schau zur anderen Seite und wieder nichts als Felder und Bäume, Weinstöcke und Hügel. Meilenweit.»

Sie schluckte auf.

«Und was ist hier los, hm? Ich sag dir, was hier los ist, Drusilla. Verdammt gar nichts.»

Sie hob den Weinkrug hoch, aber er war bereits leer.

«Verdammtes Landleben.»

Der Tonkrug zersprang in ein Dutzend Scherben, als sie ihn in die Mitte des Hofes schleuderte. Drusilla, die sofort in Alarmbereitschaft war, wurde gleich wieder in den Schlaf gestreichelt.

«Entschuldige, mein Püppchen, aber überleg doch mal, ja? Um diese Zeit», sie schluckte erneut auf, «stehen zu Hause die Tore weit offen, um die ersten Wagen einzulassen. Genau. Jede Menge Wagen, die bis oben hin mit Getreide und Früchten und Wein und Öl und... und... und... anderem Zeug beladen sind.»

Sie klatschte in die Hände, um Wein zu bestellen, aber es kam niemand. Vermutlich war es ihre eigene Schuld, weil sie sich in diesen stinkigen Hof gesetzt hatte. Das Haus war so entworfen, daß man von dort keinen Blick auf den Hof hatte; wer sollte also wissen, daß sie überhaupt hier war? Sicherlich scharten sich die Sklaven um Gaius und seine schreckliche Familie, die jetzt mit dem Abendessen fertig war und auf der Terrasse saß und sich zu Tode langweilte. Ach, sollten sie doch alle ins Gras beißen!

«Und die Wagen rumpeln jetzt durch die ganze Stadt, liefern hier und dort was ab, und die Esel schreien, und Fackelträger beleuchten den Weg, und in den Restaurants und Tavernen amüsiert man sich mit Vaufereien und Rergnügen... äh-äh, Raufereien und Vergnügen, und allen geht es ganz prächtig. Aber hier?»

Sie zeigte auf den roten Feuerball, der langsam hinter dem Horizont versank.

«Das, Drusilla, ist unser heutiges Abendvergnügen. Keine Schlägereien. Kein Raub. Keine Unfälle, kein Feuer, nicht einmal ein kleines Handgemenge, um die Sache zu beleben.»

Ein erneuter Schluckauf.

«Es heißt, daß Rom nie schläft. Aber dieser Ort, Drusilla, dieser verfluchte Ort wacht nie auf.»

Die Katze, die ein Rascheln aus einer der rechteckigen Hütten hörte, die den Arbeitern als Quartier dienten, wurde steif und spitzte die Ohren. Ihrer Meinung nach war nicht Rom die pulsierende Mitte des Reiches, sondern sie war hier – bei dieser großen, fetten, saftigen Ratte!

«Mmrrrr.» Sie duckte sich tief in Claudias Schoß.

«Keine Glücksspiele. Hörst du, Drusilla? Keine Glücksspiele. Hier draußen», kicherte Claudia, «muß ich mit mir selbst wetten. Ach, verflixt noch mal!»

Das Glas wirbelte durch die Luft und zerschellte an der Hüttenwand. Ein Kopf lugte um die Ecke.

«He, du! Bring mir Wein. Und ein neues Glas, verdammt.»

Der Kopf zögerte.

«Geh schon!»

Drusilla, unbeeindruckt von dem Trick der Ratte, sich beim Zersplittern des Glases unsichtbar zu machen, streckte sich und begab sich auf die Suche nach einem neuen Jagdopfer. Als der Sklave mit dem Wein kam, hatte sie es bereits gefunden – in Form einer fetten, haarigen Spinne.

«Ich weiß, du wirst sagen, daß es einen Todesfall in der Familie gegeben hat und daß ich Nachsicht üben sollte, und», sie gab einen leisen Rülpser von sich, «entschuldige, und du hast wahrscheinlich recht. Aber es ist so langweilig hier, Püppchen, daß sogar einem

Frosch vor Langeweile die Flecken abfallen. Doch das ist nicht der einzige Grund, verstehst du, warum ich diesen abartigen Ort hasse.»

Drusilla blickte sich um, versicherte sich, daß Claudia ihre Abwesenheit gar nicht bemerkt hatte, und beschäftigte sich mit ihrem Opfer.

«Ich kann Larentia, diese mumifizierte alte Schachtel, einfach nicht ausstehen.»

Gierig kippte Claudia den Wein hinunter.

«Weißt du, wie sie mich nennt, hm?» Sie fuchtelte mit dem Finger. «Sie nennt mich eine Goldgräberin. Mich? Ich habe nie gehört, daß du dich über dieses Luxusleben beklagst, habe ich das letzte Mal, als ich hier war, zu ihr gesagt. Als du noch die Frau eines Straßenarbeiters warst, hast du nie solche Ringe getragen. Beleidige mich ruhig, wenn du willst, sagte sie, ich kenne solche wie dich. Das überrascht mich nicht, sagte ich, du mußt nur in den Spiegel gucken, du elendes altes Fossil. Ja, ja, nenn mich, wie du willst, sagte sie, aber mir kannst du nichts vormachen, du hast meinen Sohn nur wegen seines Geldes geheiratet. O ja, da habe ich es ihr aber ordentlich zurückgegeben. Sie richtig zur Schnecke gemacht. Ich habe mich vorgebeugt, bis meine Nase die ihre beinahe berührte. Und dein Sohn hat mich nur wegen meines Aussehens geheiratet, sagte ich. Was man von deinem Alten nicht behaupten kann! Drusilla? Drusilla?» Ihr Blick fegte über den Hof. «Bei Juno, jetzt ist sogar die Katze weg!»

Schwankend stand sie auf, stützte sich an der Steinmauer ab und richtete ihren Blick auf die Tür. Dann warf sie, auf die Götter der Türschwellen fluchend, die sie zum Stolpern gebracht hatten, die Sandalen von sich und tapste lautlos über den Mosaikboden. Was für ein schreckliches Muster! Sie hätte wetten können, daß Larentia es ausgesucht hatte, denn was diese Frau über Geschmack wußte, konnte man auf eine einzige Seite eines Würfels schreiben.

«Claudia! Wie schön.» Verdammt. Ausgerechnet Marcellus mußte sie jetzt begegnen. «Gehst du uns aus dem Weg? Sag mal, was ist passiert? Du siehst aus, als hättest du mit den Gladiatoren gekämpft.»

Claudias Sinne waren nie so verwirrt, daß sie sich nicht an die Dinge erinnern konnte, die wichtig waren. Sie war sofort nüchtern. Er konnte es nicht gehört haben! Das war sicherlich ein Zufall. Und dennoch – ja, das waren genau dieselben Worte, die sie am Freitag zu Ligarius gesagt hatte ...

«Nein, Marcellus. Nur an meinem Geburtstag ringe ich mit Elefanten. Wann bist du in der Villa angekommen?»

«Ich kam, um mal Luft zu holen.» Er deutete mit dem Kopf in Richtung Garten. «Die Stimmung da hinten ist ziemlich bedrückt.»

«Das überrascht mich kaum, aber –»

«Nach einer Beerdigung ist immer alles schwer. Gaius hat den Schlag natürlich wie ein Mann hingenommen, und Valeria setzt das Gesicht der tapferen Witwe auf. Was Larentia betrifft, nun – bei ihr weiß man ja nie, aber Flavia ist wirklich völlig aufgelöst.»

«Sei doch nicht naiv, Marcellus. Flavia haßte ihren Bruder und war auf ihn eifersüchtig wie sonstwas. Sag mal, wann bist du hergekommen?»

«Ich fühlte mich natürlich verpflichtet zu kommen, schon allein um Julia davor zu bewahren, daß sie sich nur noch mit dem Tod beschäftigt.»

Das war ja nicht auszuhalten. «Ich fragte wann, nicht warum.»

«Ich weiß nicht. Vor kurzem. Wen interessiert das? Kommst du zu uns?»

Jupiter bewahre mich. «Ich bin müde.»

«Es ist noch früh.»

«Es ist langweilig.»

Marcellus strich mit der flachen Hand über ihr Schulterblatt. «Wir beide könnten das ändern.» Er blickte sich um. «Niemand würde etwas merken, wenn wir beide verschwinden.»

«Weißt du, Marcellus, du bist wirklich ein ekelhaftes kleines Schwein.»

Aus irgendeinem unerklärlichen Grund schien er das lustig zu finden – wenn auch nicht lustig genug, um seine Hand dort zu lassen, wo sie war. «Also, warum hast du ein blaues Auge, Claudia? Hat irgendein Kerl versucht –»

«Wenn das der Fall wäre, Marcellus, befände er sich bereits im Leichenschauhaus.»

«Was war es dann?»

Sie wich der Hand aus, die über die Wunde auf ihrer Stirn strich. «Es ist kaum mehr als ein Kratzer, und wenn du mich noch einmal anfaßt, du elender Wurm, beiße ich dir den Finger ab.» Sanft strich sie über die Rißwunde. «Und wenn du diese Wunde jetzt infiziert hast, schwöre ich dir bei allem, was heilig ist, daß du mit deinem Leben dafür bezahlen wirst.»

«Du hast wohl eine anstrengende Reise gehabt?»

«Es könnte schönere geben. Sag mal, warum bist du nicht so nett und gesellst dich zu Lucius?»

«Lucius ist doch... oh, sehr drollig. Claudia, du solltest wenigstens der armen Valeria dein Beileid ausdrücken.»

«Morgen früh.»

Noch ein Tag machte keinen Unterschied, und was sollte man einer jungen Witwe schon sagen, die von einem Mann, dessen Asche noch heiß war, im achten Monat schwanger war?

«Ach so!» Ein wissender Ausdruck lag in seinen Augen. «Wegen Larentia, nicht wahr? Weißt du, sie ist eigentlich gar nicht so übel, wenn man sie besser kennengelernt hat.»

«Ich möchte sie nicht besser kennenlernen, vielen Dank.» Diese giftige alte Ziege.

Claudia begann, an ihrem Augenwinkel zu tupfen. «Ich kann jetzt niemanden sehen, Marcellus. Du mußt wissen, daß das alles... äußerst schmerzhaft für mich ist. Es ist doch erst fünf Jahre her, daß ich in derselben Situation war.»

Das Stocken in ihrer Stimme klang meisterhaft, fand sie. Wirklich verdammt meisterhaft. Als die Maulbeere sich mit vor Scham und Verlegenheit gesenktem Kopf verzog, fragte Claudia sich, warum ihr Schwager plötzlich Annäherungsversuche machte, denen es sowohl an Feingefühl als auch an Diskretion mangelte. Egal, dieses schmierige Reptil würde sie jederzeit in seine Schranken weisen können; es gab jetzt wichtigere Dinge zu tun.

Sie schlug Galla, die anstelle von Melissa mitgekommen war und ihr helfen sollte, sich auszuziehen, die Tür vor der Nase zu (denn

Gesellschaft war das letzte, was sie sich in diesem Augenblick wünschte, schon gar nicht von einem Mädchen, das lispelte) und warf ihre Sandalen in die Ecke. Eigentlich hast du alles ganz gut gemeistert, dachte sie und spülte ihr Gesicht mit Wasser. Das köstliche heiße Bad hatte ihre Schmerzen und Leiden gelindert, und das kalte Tauchbad hatte ihren Verstand geschärft, so daß sie zu dem Zeitpunkt, als sie im Schlafzimmer auf Gaius wartete, wieder in gehobener Stimmung und voll Zuversicht war.

Er war natürlich völlig erschüttert gewesen, als sie ihm von der Schlägerei erzählt hatte. «Du hast doch hoffentlich die Polizei verständigt? Mein Gott, sie haben dich beinahe umgebracht, mein Täubchen!»

Sie hatte darüber nachgedacht.

«In dem Augenblick habe ich mir nur Sorgen um die Sklaven gemacht», hatte sie gesagt. «Und hinterher war ich froh, daß ich nicht die Polizei gerufen habe.» Sie hatte seinen Arm getätschelt. «In letzter Zeit hast du so viel ertragen müssen, Gaius, daß es das letzte gewesen wäre, was du noch gebrauchen kannst, daß dein Name mit einer ordinären Schlägerei in Verbindung gebracht wird.»

«Du bist eine sehr rücksichtsvolle Frau, Claudia, weißt du das? Nein, sieh mich nicht so bescheiden an. Die meisten Frauen wären in Panik geraten und hätten ein Riesenspektakel ausgelöst. Du dagegen wischst die Probleme weg wie verschütteten Wein, und niemand bekommt etwas davon mit.»

Das werden sie bestimmt nicht, sobald du Junius freigelassen hast.

«Einer unserer Sklaven – oje, ich kann mich nicht an seinen Namen erinnern – egal, der arme Junge hat sich sofort eingemischt und praktisch mein Leben gerettet. Ich habe angedeutet, aber wirklich nur angedeutet, daß du dich bereit erklären könntest, ihn als Belohnung für seine Heldentat freizulassen.»

«Das ist doch wohl das mindeste, was ich tun kann, nicht wahr, mein tapferes, kleines Täubchen? Aber, Claudia», die Falten auf seiner Stirn hatten sich vertieft, «was hat dieser Unsinn mit deinem Cousin Marcus auf sich? Du sagtest, er hätte dich bedrängt?»

Ehrlich! Der begabteste Dramatiker im ganzen Reich hätte keinen besseren Dialog schreiben können, hatte sie hinterher gedacht. Die Stichworte waren perfekt, und Gaius, der arme Kerl, tapste in jede Falle. Als sie jetzt darauf wartete, daß er ins Bett kam, überlegte sie, daß es keinen besseren Augenblick gab, um den Trumpf auszuspielen, den sie noch im Ärmel hatte...

Das Öl in der Lampe war fast abgebrannt, als Claudia, mittlerweile völlig ernüchtert, die Hand ihres Mannes auf dem Türgriff vernahm. Er schickte den Sklaven mit einem Knurren fort. Hmm. Wenn Marcellus glaubte, Gaius nähme Lucius' Tod nicht so schwer, dann täuschte er sich. Gaius Seferius nahm *jeden* Schlag scheinbar gelassen hin. Das war eben seine Art.

«Bist du etwa noch wach?»

Claudia ließ im Geiste den Trumpf aus dem Ärmel fallen und hielt ihn in der Hand parat.

«Ich habe mir Sorgen um dich gemacht, Gaius.»

«Das ist sehr lieb von dir.» Er zog seine Tunika über den Kopf und hielt inne, um Luft zu holen. «Bei Jupiter, ich werde alt.»

Er hatte wieder Schmerzen gehabt. Das erkannte sie an der Art, wie er seine Brust rieb. «Unsinn», erwiderte sie.

«Nein, nein, Claudia, ich fühle, daß ich mit einem Bein im Grab stehe –»

«Du lieber Himmel, Gaius, hör auf damit. Du bist dreiundfünfzig, nicht dreiundachtzig.»

Gaius grunzte.

«Ich bitte dich, denk an deine Mutter – sie geht auf die Siebzig zu, und ich schwöre dir, Gaius, Larentia wird uns beide noch überleben, nur um mich zu ärgern!»

Juno sei Dank, fing er an zu kichern. Claudia prüfte ihren imaginären Trumpf und entschied, daß es keinen besseren Augenblick gab, um ihn auszuspielen.

«Ich wollte ein paar Dinge mit dir besprechen, Gaius.»

«Ach ja?»

Sie hörte einen unerwartet scharfen Ton in seiner Stimme, der sie überraschte. Sie stützte sich auf den Ellenbogen und zwang sich zu einem Lächeln.

«Ja. Geschäftliche Angelegenheiten, die ich für dich während deiner Abwesenheit regeln sollte, erinnerst du dich?»

«Ach so.» Seine Erleichterung war unverkennbar.

Claudia berichtete ausführlich von der Abwicklung der Dinge, mit denen er sie beauftragt hatte, aber sie war mit ihren Gedanken nur halb bei der Sache. Irgend etwas war im Busch, das konnte sie riechen. Das Bett neigte sich, als Gaius sich auf den Rand setzte und seine Sandalen von sich warf.

«Und ich fürchte, ich muß dir ein Geständnis machen, Gaius.»

Mit bohrendem Blick sah er sie an, und plötzlich war die Luft so dick, daß man sie mit einem Messer hätte schneiden und mit Honig bestreichen können.

«Erinnerst du dich –» Claudia räusperte sich und fing noch mal an. «Erinnerst du dich an die Schiffsladung, die an dem Tag, als du abfuhrst, ankommen sollte?»

Wieder atmete er so bedrohlich schwer aus. «Was ist damit, mein Täubchen?»

Die Luft roch eindeutig nach verfaultem Fisch, aber Claudia beschloß, darüber hinwegzugehen. Dieses Eisen mußte sie schmieden, solange es heiß war.

«Der Kapitän kam zu uns nach Hause, um die dreihundert Sesterzen zu kassieren, die auf der Rechnung noch offen waren. Aber ich fürchte, ich war noch so schrecklich durcheinander wegen Lucius, ich meine, du kannst dir ja vorstellen, wie sehr mich das an meinen Kummer...» Ihre Stimme wurde immer leiser, und sie schniefte. «Fünf Jahre sind es her, und trotzdem kommt es mir wie gestern vor!» Sie wandte sich ab und schluchzte in ihr Kissen.

«Beruhige dich, ich verstehe dich... Was zum Teufel meinte er damit, daß noch dreihundert offen waren?»

«Das ist ja der Punkt, Gaius. Ich war so durcheinander, daß ich ihm sofort das Geld gab. Als ich dann jemanden zum Hafen schickte, um die Quittung abzuholen, stellte ich fest, daß wir... daß ich... reingelegt worden bin. Das Schiff war zwar da und auch der Kapitän, aber unglücklicherweise war das nicht derselbe Mann!» Sie warf sich mit dem Gesicht auf das Kissen. «Es tut mir so schrecklich leid.»

Er war böse – bei Juno, war der Mann böse! –, aber glücklicherweise nicht auf sie. Claudia atmete ganz langsam aus und lugte durch ihre Finger. Verdammt, wenn sie gewußt hätte, daß er das so leichtnehmen würde, hätte sie Lucan fünfhundert gegeben. Doch dafür war es jetzt zu spät; der Augenblick war günstig, um einer anderen Sache auf den Grund zu gehen.

«Gaius, irgend etwas bedrückt dich doch, nicht wahr?»

«Nun, ja –» Er stand auf und schritt durch das Zimmer. «Es fällt mir sehr schwer, Claudia, aber an dem Morgen, als ich Rom verließ, kam ein Brief – ein anonymer Brief. Darin ... darin standen ein paar ziemlich unangenehme Vorwürfe.»

Endlich war sein Geheimnis heraus, oder? «Über dich?»

«Ehm, nein. Eigentlich über dich.»

Als sie noch ganz klein war, hatte einmal ein Erdbeben die Stadt, in der sie wohnte, erschüttert. Es war nichts Ernsthaftes passiert. Es gab keine Toten. Nur ein paar Statuen hatten ihre Köpfe verloren, als sie umkippten, und einige Ladenfronten stürzten ein. Aber während des Bebens, als die Erde rumpelte und die Gebäude zitterten, erschrak das fünfjährige Mädchen bis aufs Mark.

«Ich hoffe, du hast ihn sofort verbrannt. Gib mir bitte mal ein anderes Kissen, dieses ist mit alten Stiefeln gestopft.»

Komm schon, Claudia. Zwing dich zu einem Lächeln.

Es herrschte ein quälendes Schweigen, als sie zwanghaft fortfuhr, Desinteresse vorzutäuschen, Kissen schüttelte, ausprobierte und umtauschte. Komm schon, Gaius, wechsel das Thema.

«Es wurde – äh, angedeutet, daß du ...»

«Daß ich meine Wolle nicht selbst spinne? Daß ich deine Tunikas nicht zum Walker schicke? Daß ich kleine Leckerbissen für Drusilla entwende?» Braves Mädchen.

Er kicherte. «Schlimmer! Darin stand, daß du – promiskuitiv seist!»

«Prom–?» Gütige Diana, er hatte bestimmt mitbekommen, wie ihr der Atem stockte? «*Promiskuitiv?*» Sie schlug auf seinen Arm und ließ sich in einem angeblichen Anfall von Heiterkeit zurückfallen. «Wie denn, wo wir beide nicht einmal ein Schlafzimmer teilen?»

«Ich weiß! Das Dumme ist nur, daß mich dieser verdammte Brief eine ganze Weile beschäftigt hat.»

Dich beschäftigt hat?

«Ich nehme natürlich an», sagte er wieder etwas nüchterner, «daß der Verfasser meinte ... mit vielen anderen Männern.»

Hol tief Luft. Eins, zwei, drei.

«Gaius. Wenn du anfängst, das zu glauben, ist das ein Sieg für diesen häßlichen Spinner, der den Brief verfaßt hat. Hast du ihn bei dir?»

Er schüttelte den Kopf.

Verflucht!

«Wenn du nach Hause kommst, wirf ihn weg und vergiß ihn. Wenn du mir sagen kannst, woher ich die Zeit nehmen soll, ein Haus dieser Größe zu führen und mich gleichzeitig mit Horden von Liebhabern herumzutreiben, ohne auch nur den Verdacht eines einzigen Sensationsjägers in ganz Rom zu erregen, werde ich deine beste Tunika mit Zwiebeln essen.»

Claudia blies die Lampe aus und starrte im Dunklen an die Decke. Du lieber Himmel, sie mußte diesen Wahnsinnigen so schnell wie möglich töten, um sowohl den Morden als auch den Gerüchten ein Ende zu setzen. Das hieß womöglich, daß sie andere Wege finden mußte, um Lucan zu bezahlen, doch diese Hürde würde sie schon nehmen, wenn es soweit war. Aber wenn sie bis dahin nicht aufpaßte, würde sie einen ganzen Sack Zwiebeln brauchen, um Gaius' Tunika zu essen.

XIII

Das Gesicht, das Claudia aus dem Spiegel anstarrte, sah unglaublich aus. Die Prellungen schattierten von Gelb über Grün bis Lila, und die Tränensäcke unter ihren Augen schienen ausreichend Wasser zu enthalten, um eine ganze Legion eine Woche lang beim Feldzug zu versorgen.

«Aua!»

Sie hatte es diesem dummen Mädchen nicht nur einmal, sondern schon hundertmal gesagt. Dreh die Locken nach *links*. Wenn du sie nach beiden Seiten drehst, bekommst du Knoten.

«Oh, verdammt noch mal, geh weg und laß mich in Ruhe! Selbst ein Blinder mit einem gebrochenen Arm könnte das besser machen als du.»

Die lispelnde Sklavin, deren Namen Claudia sich einfach nicht merken konnte, setzte ein beleidigtes Gesicht auf und stahl sich davon, als ihre Herrin vor dem Spiegel den Kopf in die Hände sinken ließ. Sie hatte sich zwar bemüht, das gestrige Unwetter auf die leichte Schulter zu nehmen, aber der anonyme Brief hatte ihr die Ruhe geraubt, und egal, wie oft sie sich einredete, daß sie nur hungrig und müde gewesen sei, zuviel getrunken habe und einfach erschöpft gewesen sei, gab es nichts, was dieses tiefsitzende Gefühl von Angst zerstreuen konnte.

Die ganze Nacht lang hatte sie sich gedreht und gewendet, gewendet und gedreht – aber egal, wie verzweifelt sie darum flehte, der Schlaf wollte einfach nicht kommen. Immer wieder gingen ihr dieselben Fragen in derselben Reihenfolge durch den Kopf. Wer hatte diesen Brief geschickt? Was stand darin? Was wurde damit bezweckt? Diese Nacht war die längste, die sie je erlebt hatte, aber kaum hatte der Olymp ihre Gebete endlich erhört, war direkt vor ihrem Fenster ein ganz scheußliches Geschrei ausgebrochen. In Sekundenschnelle hatte sie senkrecht im Bett gesessen.

«Was zum Teufel...?»

«Entspann dich! Das ist nur der Morgenchor.»

«Fluch über den Morgenchor, kann ich da nur sagen!»

Das ganze Bett hatte gewackelt, als Gaius Seferius' schwerer Körper sich vor Lachen schüttelte. «Leg dich hin und schlaf noch ein wenig», hatte er gesagt und sich aus dem Bett gerollt. «Ich gehe nach den Weinreben schauen.»

«Um diese Zeit?»

«Warum nicht?» Er tätschelte ihr Haar. «Glaub ja nicht, daß nur du aus der Reihe tanzen kannst, mein Täubchen.»

Drusilla, die draußen vor dem Fenster die Zeit abgewartet hatte, bis Gaius ging, war auf das Bett gesprungen, sobald er die Tür hinter sich geschlossen hatte, und beruhigt durch das Schnurren der Katze war Claudia wieder eingeschlafen. Und mit dem Schlaf waren die Träume gekommen. Dunkle, schlimme Träume. Da war Flamininus, der Zensor, der an die aufgedunsene Leiche von Quintus Aurelius Crassus gekettet war und sie drängte, ihn heftiger zu peitschen, weil er ihr für jeden Schlag noch eine Kupfermünze zahlen würde. Eine Kupfermünze reicht nicht, sagte sie; ich brauche zweitausend Sesterzen. Plötzlich drehte sich die Leiche an der Kette um. «Ich zahle das Doppelte, wenn du meine Augen findest», sagte der Tote. «Ich habe sie mit meinen Sandalen verloren.» – «Die habe ich verkauft», mischte sich Rufus piepsend ein, «und gegen einen Schweinekopf eingetauscht.» Als Claudia sich umdrehte, um ihm einen Klaps hinter die Ohren zu versetzen, hatte er plötzlich Othos vernarbtes Gesicht, und sie war schweißnass aufgewacht. Drusilla hatte sich noch enger an sie geschmiegt, und dadurch war Claudia wieder eingenickt. Diesmal erschien Gaius – nackt auf dem Rücken liegend und zappelnd wie ein großer, fetter Säugling – und schrie: «Hilf mir, Claudie, hilf mir», und während sie ihn beobachtete und nichts tat, lösten sich seine Augen in Tränen auf, bis nur noch rohe, rote Höhlen übrigblieben und sie wieder zitternd aufgewacht war.

«Dafür gibt es eine ganz einfache Erklärung», sagte Claudia Seferius zu ihrem Spiegelbild. «Du hast Hunger, du bist müde und du hast gestern abend zuviel getrunken. Was erwartest du da?»

Fachkundig begann sie, die Prellungen mit Kreide abzudecken, zog einen dünnen (aber geraden!) Strich Antimon um ihre Augen und rieb etwas Ocker auf ihre Wangen und Lippen. Als sie die letzte Haarnadel in ihre Locken gesteckt hatte, war Claudia Seferius gerüstet, um mit jedem Hindernis, das ihr in den Weg kam, fertig zu werden, und wenn sie dem Minotaurus persönlich begegnen sollte, der draußen vor der Schlafzimmertür wütete, würde sie das in ihrem Schritt nicht mehr aufhalten können. Doch wie es nun einmal war, begegnete sie leider zuerst Marcellus.

«Bei Remus, siehst du schlecht aus, Claudia.»

«Oh, danke, Schwager, du siehst ebenfalls schrecklich aus.»

Sie bemerkte, daß er von einem Fuß auf den anderen trat.

«Willst du was von mir?»

Marcellus strahlte sie mit einem wollüstigen Grinsen an. «Immer, meine Teure, immer. Doch im Augenblick suche ich gerade deinen Mann.»

Sie deutete mit einer Kopfbewegung auf die Felder. «Bei Sonnenaufgang ging er los, um auf seinen geliebten Weinbergen herumzuwandern, kannst du dir das vorstellen? Mittlerweile könnte er überall sein.»

Sie fragte sich, was Marcellus wohl wollte. Überhaupt war es eine Frage, was ein Architekt, der bis zum Hals mit den Restaurationsarbeiten beschäftigt war, in der Villa zu suchen hatte. Er wirkte jedenfalls gereizt; soviel war sicher. Claudia vergaß ihn schnell und folgte ihrer Nase in die Richtung, wo der Duft von frischgebackenem Brot herkam.

«Endlich läßt du dich dazu herab, zu uns zu kommen», bemerkte ihre Schwiegermutter mit spitzen Lippen und gerunzelter Stirn und machte sich nicht einmal die Mühe aufzublicken.

«Larentia, Liebste! Wie schön, dich wiederzusehen.»

Claudia eilte zu ihrer Schwiegermutter und gab ihr einen lauten Kuß auf die welke Wange.

«Und euch wünsche ich auch einen guten Morgen, meine Damen.» Julia, Flavia und Valeria waren ebenfalls im Eßzimmer.

Larentia schnaubte. «Am besten wirfst du noch einen Fladen ins Feuer», bemerkte sie zu der Sklavin, die neben ihr stand.

«Ich habe heute schon einen hineingelegt, Herrin.»

«Ich weiß», antwortete Larentia trocken und warf Claudia einen bösen Blick zu. «Aber um Vesta zu besänftigen, braucht man eine Menge mehr.»

Die Sklavin nickte und ging los, um ein weiteres Opfer auf die heilige Flamme zu werfen. Claudia begutachtete eine Birne und drehte sich zu Valeria um, als hätte sie von der Stichelei nichts mitbekommen.

«Wie geht's dir, mein Kind?»

«Ich kann nicht klagen.» Das Mädchen tätschelte ihren dicken Bauch. «Seit Lucius tot ist, strampelt dieses Baby fast den halben Tag und die ganze Nacht lang.»

«Du wirst es doch nach seinem Vater benennen, oder?» fragte Julia mit einem Blick auf die Wölbung unter Valerias Tunika.

«Nicht, wenn es ein Mädchen ist», antwortete sie kichernd, «und außerdem mochte ich den Namen nie besonders. Antonius klingt nett.» Als Flavias Gesichtsausdruck sich verfinsterte, fügte sie schnell hinzu, «genauso wie Sylvanus.» Sie drehte sich zu Claudia um. «So hieß mein Vater.»

«Sylvanus gefällt mir.»

Claudia brach sich ein Stück Brot ab und befand, daß Valeria nicht gerade den Eindruck einer trauernden Witwe machte. Alle wußten natürlich, daß Gaius diese Ehe nur arrangiert hatte, um das Ansehen der Familie Seferius zu fördern, aber Lucius und Valeria hatten sich offensichtlich gefügt und das Beste daraus gemacht, wie es allerdings den meisten Paaren erging. Am wichtigsten war für sie beide die Geburt eines Erben gewesen, und dies war ihr vierter Versuch gewesen. Die Rechnung belief sich soweit auf zwei Fehlgeburten und eine Totgeburt.

«Ich würde meinen Sohn nicht nach meinem Vater nennen.» Man konnte sich darauf verlassen, daß Flavia versuchen würde, das Wasser zu trüben. «Davon abgesehen habe ich Antonius schon gesagt, daß ich keine Kinder will.»

«Flavia!»

Julia war empört. So etwas sagte man nicht laut, selbst wenn man es dachte. Die Zeiten waren schwer genug, wie Valeria bezeugen konnte, und das Reich brauchte dringend kräftigen Nachwuchs. Verhängte Augustus nicht bereits Geldstrafen für Ehepaare, die weniger als vier Kinder hatten, oder für Männer, die als Junggesellen lebten?

«Ich glaube, deine Tante versucht, dir zu erklären, daß es deine Pflicht ist, Nachwuchs in die Welt zu setzen.»

Flavia drehte sich zu ihrer Stiefmutter um. «Nun, ich will aber keine Kinder, und basta. Außerdem werde ich auch nicht mit Antonius schlafen –»

Die Ohrfeige, die daraufhin erschallte, ließ alle, einschließlich der Sklaven, in ihren Bewegungen innehalten. Flavia blinzelte ihre Tante in momentaner Fassungslosigkeit an, dann brach sie wie üblich in Tränen aus und rannte hinaus. Überrascht und verärgert über ihren ungewöhnlichen Ausbruch, hob Julia entschuldigend ihre Röcke an und folgte ihr. Larentia beobachtete Claudia und kaute dabei auf ihrer Unterlippe.

«Sieh mich nicht so an, Larentia. Anscheinend legst du nicht die richtigen Fladen aufs Feuer.»

«Es sind die richtigen, aber sie reichen nicht, wenn du im Haus bist. Wir hatten keine Probleme, bis du kamst.»

Claudia verdrehte die Augen und wandte sich Valeria zu. «Du glaubst also, der Kleine könnte zu früh kommen?»

«Ja, und es würde mich kein bißchen überraschen, wenn –»

«Meine Tochter hat allerdings recht. Du *wirst* ihn Lucius nennen.»

Beide Frauen sahen Larentia an, die wie ein Richter beim Prozeß über das Eßzimmer präsidierte. Valeria war ganz rot geworden, wie Claudia bemerkte. Ohne ihren Mann, der sie unterstützte, hatte sie in letzter Zeit zweifellos ein schweres Leben gehabt.

«Sie wird ihr Kind nennen, wie sie will, verdammt noch mal.»

«Das geht dich gar nichts an, und steck deine arrogante Nase nicht in meine Familienangelegenheiten.»

«Valeria ist ihre eigene Frau, laß sie ihre Entscheidungen selbst treffen.»

«Sie trägt mein Enkelkind, und wenn es ein Junge ist, wird sie ihn Lucius nennen, nicht wahr, Valeria?»

«Oh, verdammt noch mal, hör endlich auf, das Mädchen herumzukommandieren. Valeria, warum legst du dich nicht etwas hin, meine Liebe?»

Valeria schenkte ihr ein kurzes, dankbares Lächeln und wankte hinaus. Claudia bemitleidete sie. Sechs Jahre hatte dieses arme, kleine Ding diese anmaßende Person unter demselben Dach ertragen müssen, und falls Gaius mit dem Gedanken spielte, seine Mutter nach Rom einzuladen, damit sie bei ihnen wohnte, dann sollte er es sich wohl besser anders überlegen!

«Ach, immer gibt es Ärger, wenn du da bist.»

Claudia machte es sich auf der Liege bequem und studierte aufmerksam den neuen Fries, der auf jeder Wand eine andere Jahreszeit darstellte. Wenn dieses alte Klappergestell glaubte, sie könnte Claudia Seferius mit ihrer giftigen Zunge einschüchtern, dann sollte sie sich auf eine Überraschung gefaßt machen.

«Glaub ja nicht, ich wüßte nicht, was du im Schilde führst.»

Claudia fuhr fort, sie zu ignorieren, und brach sich ein Stück von dem krümeligen Hartkäse ab.

«Damit wirst du nicht durchkommen», zischte Larentia und spuckte die Worte Silbe für Silbe aus.

Langsam stellte Claudia ihren Becher ab und tauchte ihre Finger in eine Schale Wasser. «Hast du etwas Bestimmtes im Sinn, Larentia?» fragte sie zuckersüß.

«Du Schlampe!»

Claudia lächelte. «Kannst du dich nicht etwas genauer ausdrükken?»

Natürlich! Sie hatte gar nicht an diese Harpyie gedacht, als sie nach dem Verfasser des Schmähbriefes gesucht hatte, aber wer sollte es sonst gewesen sein? Wurden anonyme Brief nicht immer von Frauen geschrieben? Und wer war schon mit mehr Bosheit ausgestattet?

«Du Hure! Du bist nichts anderes als eine eitle, faule, unnütze, geldgierige Dirne!»

Wenn Julia nicht aufpaßte, würde sie in dreißig Jahren genauso wie ihre Mutter sein. Kratzbürstig und knochendürr, mit Klauen anstelle von Fingern und von Bosheit getrieben. Mit einer heftigen

Kopfbewegung, bei der sich zwei Locken aus ihrer Verankerung lösten, bedeutete Claudia den Sklaven unmißverständlich, daß sie sich verziehen und draußen bleiben sollten.

«Was mich wirklich interessiert, ist, ob du ihn selbst geschrieben hast?»

Eine irritierte Furche grub sich in die Stirn der alten Frau. «Was geschrieben?»

«Nun komm schon, Larentia. Ich weiß es. Und du weißt es. Und Gaius weiß es. Aber er hat ihn weggeworfen. Er hält ihn für einen Haufen Eselsmist, wenn du es wissen willst. Er glaubt kein Wort davon.»

«Was hat er weggeworfen? Eselsmist? Wovon redest du eigentlich?»

«Treib keine Spielchen mit mir, Larentia. Ich möchte nur wissen, ob du ihn allein geschrieben hast oder ob du ihn dir von jemand anderem hast schreiben lassen.»

Jeder wußte, daß Larentia kaum zur Schule gegangen war, und was sie gelernt hatte, konnte sie nicht sehr gut.

«Versuch ja nicht, mich abzulenken, du hinterhältige Dirne. Das wird dir nicht gelingen, das sage ich dir. Ich weiß, was du im Schilde führst, und ich warne dich an dieser Stelle, daß du mit deinen üblen Tricks nicht mehr lange davonkommen wirst.»

«Du machst mir Angst.»

«Du hältst das für einen Witz, was? Nun, dir wird das Lachen schon noch vergehen, wenn sie dich den Bären zum Fraß vorwerfen, mein Kind. Und rate mal, wer dort warten wird, um sie anzufeuern?»

Du liebe Güte, die alte Kröte war ja senil! Claudia fragte sich, ob Gaius sich dessen bewußt war.

«Nun, ich werde daran denken, dir eine Kußhand zuzuwerfen, Larentia.»

Gaius wird an diesen verdammten Brief keinen Gedanken mehr verschwenden, wenn ihm bewußt wird, was mit seiner Mutter los ist. Trotzdem war es schon ein merkwürdiger Zufall, daß Larentia ihr Promiskuität vorwarf.

Claudia schob ihren Teller weg und wollte gehen.

«Nicht so schnell, mein Kind.» Zu ihrer Überraschung packte Larentia sie mit ihren Krallen am Armgelenk. «Ich will wissen, was du jetzt vorhast.»

Claudia seufzte. «Sehr wenig, wenn du es wissen willst. Ich hasse das Landleben. Was soll man hier schon anfangen?»

«Mach mir doch nichts vor, du hinterhältige Schlange. Du weißt sehr gut, wovon ich rede. Ob du es glaubst oder nicht, aber ich lasse dir die Wahl. Entweder verschwindest du auf der Stelle, oder ich gehe zu Gaius und zur Polizei.»

«Zauberei ist nicht meine Stärke, Larentia.»

«Du verlogene Hure. Was du am besten kannst, ist das Tricksen. Gift, Unfälle, was kommt als nächstes, hä?»

Ein kühler Wind schien in das Zimmer eingedrungen zu sein. Claudia konzentrierte sich auf den Frühlingsfries. War das ein Myrtenkranz, den der Frühling auf dem Kopf trug?

«Oh, das hat gesessen, was? Plötzlich ist die allmächtige Claudia Seferius ganz Ohr, nicht wahr?»

Vielleicht war der Sommer schöner? Nein, er war schlimmer. Irgendwie schielte er ein bißchen, der arme alte Sommer. «Willst du andeuten –»

Larentia lachte. «Andeuten? Dafür ist es ja wohl zu spät, was? Du hast drei meiner Enkelkinder ermordet... oh, natürlich nicht persönlich. Damit würdest du dir deine zierlichen Finger nicht schmutzig machen, nicht wahr? Aber bloß weil ich alt bin, heißt das nicht, daß ich verblödet bin. Denk nach, Mädchen. Überleg mal, woher Gaius seinen Scharfsinn hat – den hat er nicht von seinem Vater, wenn ich dir einen Tip geben darf.»

Das stimmte, er hatte sein Leben lang Straßen gebaut.

«Ich hatte dich nicht in Verdacht, nicht am Anfang. Nicht bei meiner schönen Calpurnia.» Die wäßrigen Augen der alten Frau füllten sich mit Tränen. «Ein süßes Kind war sie. Venus schickte sie, um Freude auf die Erde zu bringen. Oje, ich hatte so viele Pläne für dieses Mädchen... bis du sie getötet hast.»

Claudia lehnte sich mit gleichgültiger Miene zurück und nahm sich ein paar rote Trauben.

«Calpurnia starb an Fieber, Larentia. F-i-e-b-e-r, Fieber.»

«Das wolltest du uns glauben machen. Du hast dich wohl für schlau gehalten, was? Aber ich habe dich durchschaut. Wer hat sich denn sonst noch mit dem Fieber angesteckt, hmm? Ich sag dir, wer, niemand sonst. Nur meine süße Calpurnia. Und was für ein Zufall, daß sie gerade heiraten wollte.»

Die Alte schniefte und putzte sich die Nase.

«Das ist das Schlüsselwort, Larentia, *Zufall*.»

«Ha! Und war es ein Zufall, daß ihr Bruder unter die Räder des Getreidewagens geriet?»

«Nach allem, was man hört, war er stinkbesoffen, und es war Mitternacht, als nur volle Wagen in die Stadt fuhren.» Die Trauben schmeckten plötzlich wie Knochenmehl, aber Claudia kaute weiter.

«Besoffen, daß ich nicht lache! Secundus wurde gestoßen. Damit standen dir nur noch Flavia und Lucius im Weg, um an das Vermögen meines Sohnes ranzukommen, nicht wahr? Wie oft hast du es versucht, bis du Erfolg hattest, hä?»

«Du spinnst.»

Röte schoß in Larentias runzliges, altes Gesicht. Sie stieß mit dem Zeigefinger auf Claudias Brustknochen.

«Aber du hast zu lange gewartet, du geldgierige Hure. Valerias Kind wird gemeinsam mit Flavia das Erbe antreten. Oder hast du vor, die beiden auch noch zu ermorden?»

«Ich weiß, wen ich gern ermorden würde.»

«Na los, laß dich auf frischer Tat ertappen», gackerte die Alte. «Ich habe mein Leben gelebt und bin bereit, das Opfer zu bringen. Aber du kannst das nicht von Angesicht zu Angesicht, nicht wahr? Nein! Du bezahlst Leute, damit sie die Drecksarbeit für dich erledigen. Halunken, die sich nicht scheuen, einem fünfzehnjährigen Mädchen Gift zu geben und zuzusehen, wie es qualvoll stirbt. Halunken, denen es nichts ausmacht, einen Wildfremden vor einen schweren Wagen zu stoßen, solange sie dafür bezahlt werden. Wieviel hat es gekostet, Lucius zu vergiften?»

Claudia stand auf. Komisch. Ihre Knie schienen Mühe zu haben, ihr Gewicht zu halten, und sie fragte sich, ob Larentia hörte, wie sie aneinanderschlugen.

«Ich habe die Nase gestrichen voll von dir, du verknöcherte alte Kröte. Wenn ich noch einen Mucks aus deinem boshaften Maul höre, bringe ich dich bei lebendigem Leib so schnell unter die Erde, daß du schon in einer Stunde Würmer kauen kannst. Hörst du mich?»

Larentia spitzte die Lippen. «Dich und wen noch? Glaubst du, deine Drohungen machen einer alten Frau Angst? Warum legen wir Gaius dann nicht alle Beweismittel vor, wenn du so unschuldig bist, und warten ab, was er daraus schließt?»

«Halte meinen Mann da raus. Er hatte in letzter Zeit schon genug zu ertragen.»

«Höchstwahrscheinlich ist er schon ganz krank vor Sorgen wegen deiner Schulden. Ha, ha, das nimmt dir den Wind aus den Segeln, was? Du glaubst wohl, weil ich hier draußen hocke, kriege ich nicht mit, was vor sich geht? Nun, ich sagte dir ja schon, daß Larentia Seferius sich nicht zum Narren halten läßt. Zweitausend Sesterzen bist du schuldig. War das der Preis für die Ermordung meines Enkels?»

Claudia biß die Zähne so fest zusammen, daß ihr der Kiefer schmerzte. Sie zwang sich, ein paarmal Luft zu holen.

«Larentia, du bist eine kranke Frau.»

«Oh, du bist diejenige, die bald krank sein wird. Krank wie ein Papagei. Du hast mich unterschätzt, Schwiegertochter, und jetzt wirst du den Preis dafür bezahlen. Ich werde sofort zu Gaius gehen und dann zur Polizei.»

Claudia zupfte umständlich an ihrer Tunika, schnippte ein paar imaginäre Krümel von ihrem Mieder und ging dann bewußt langsam zur Tür. Wieviel diese alte Krähe tatsächlich wußte und was davon nur Vermutungen waren, würde sich noch herausstellen.

«Was immer du tust, Larentia, interessiert mich nicht im geringsten. Wenn du mich jetzt entschuldigen willst, ich habe heute noch sehr viel zu tun.»

XIV

In einer engen Gasse, keine fünfzig Schritte vom Ufer des Tibers entfernt, hockte eine junge Sklavin an einer Mauer, die nach Hundepisse und Kohl stank. Der Mond war noch nicht aufgegangen, so daß die Gasse in das fahle Licht, das vom Flußschlamm kam, getaucht war. In der Nähe öffnete sich eine Tavernentür und warf helles Licht und zwei betrunkene Ruderer auf das Kopfsteinpflaster. Das Mädchen drückte sich an die Steinmauer, aber die beiden Männer, die sich Arm in Arm gegenseitig stützten, schwankten zum Fluß hinunter und waren zu sehr mit ihrem derben Grölen beschäftigt, um sie zu bemerken.

In der Straße am Ende der Gasse fuhren knarrende Wagen ihre Lieferungen aus. Das Mädchen konnte die Ochsen riechen und die bellenden Befehle hören, als die Wagen auf- oder abgeladen wurden. Vielleicht könnte sie unter eine der Planen kriechen? Sich in einer leeren Holzkiste verstecken? Aus der Stadt fliehen und...

Und was? Nach Norden fahren? Wie? Mit sechzehn und praktisch ohne Geld und Freunde oder Verbündete? Welche Hoffnung hatte sie da zu überleben?

Wieder warf die Tavernentür ein gelbes rechteckiges Licht auf die schmutzige Straße, und drei Männer torkelten heraus. In Sekundenschnelle wurden Kieferknochen von Handknöchel zerschmettert, Nasen von Fäusten zerquetscht, und die Scherben von zerschlagenen Trinkgefäßen flogen über das Kopfsteinpflaster. Das Mädchen zuckte zusammen, als eine kleine Tonscherbe ihre Wade traf, und sie versteckte ihr Gesicht hinter ihren Händen. Eine blonde Hure stand höhnend an der Tür, bis der Taverneninhaber einen Eimer Wasser über sie alle schüttete, einschließlich der Frau, und plötzlich waren die vier ganz versöhnlich. Die Tür schloß sich, und es herrschte wieder Schweigen in der Gasse. Nur die Pfützen aus Wein und Wasser blieben als Zeugnis der Schlägerei zurück.

Sie könnte sich auf einem der Wagen verstecken, aber... angenommen, man durchsuchte ihn? Tränen kullerten über ihre Wange und gruben sich einen Weg durch den Schmutz. Selbst wenn sie aus der Stadt floh, wußte sie eigentlich nicht, in welcher Richtung sie nach Hause käme. Sie mußte Berge überqueren, das wußte sie. Kahle, bitterkalte Berge, wo der Wind wie ein Wolf heulte und der Schnee nie schmolz. Und was kam danach? Die Reise nach Rom hatte Wochen gedauert. Monate. Ohne Hilfe würde sie den Weg zurück nie finden.

Angenommen, sie schliche sich auf eins der Boote? Sie zitterte in der Dunkelheit, als sie sich an die schrecklichen Dinge erinnerte, die angeblich mit blinden Passagieren geschahen. Sie war verzweifelt. Sie hatte niemanden, an den sie sich wenden konnte. Sie wagte es nicht, zu dem Haus zurückzukehren, um ihre armseligen Ersparnisse abzuholen, denn dort würde man mit Lügen und Vorwürfen auf sie warten.

Sie zog die Knie hoch und schlang die Arme um ihren Körper, um sich zu trösten. Warum wurde sie von ihren Göttern so bestraft? Es war ein ganz normaler Arbeitstag gewesen, und sie war nur ihren Pflichten nachgegangen. Und dann hatte sie ohne jede Vorwarnung dieser Mann, ein hinkender Mann, den sie noch nie zuvor gesehen hatte, beschimpft und öffentlich als Diebin beschuldigt. Sofort hatte sich eine Menschenmenge gebildet. Sie hatte nichts verstanden. Es gab überhaupt keinen Anlaß dafür. Der Mann hatte keinen Grund, keinen Beweis, aber er bestand darauf, die Polizei zu holen.

Dann hörte sie das Wort «Mörderin».

Mörderin?

Als die Aufmerksamkeit der Menschenmenge von der Ankunft der Soldaten abgelenkt wurde, hatte sie den Augenblick genutzt, um zu laufen und zu laufen und zu laufen. Die zehn Stunden, die sie gelaufen war, sich versteckt und geweint und geschluchzt hatte, kamen ihr bereits wie zehn Tage vor. Wie zehn Jahre.

Sie wollte nach Hause.

Zu Hause war dort, wo der blauweiße Frost die Sinne schärfte. Zu Hause war dort, wo der sanfte Sommerregen flüsternd auf die großen Blätter der Bäume fiel. Und Zu Hause war dort, wo diese Blätter nach der Ernte in kupfernen und bronzenen und goldenen Farben leuchteten. Dort oben gab es keinen trockenen, staubigen Wind, der einem den Atem raubte. Und auch keine Sonne, die einem die Haut wie Leder gerbte und dunkel färbte. Ihr Zuhause war freundlich, wohlwollend. Es würde sie willkommen heißen.

Das Mädchen wischte sich mit dem Handrücken über die Augen und hob die Scherbe hoch, die ihr Bein verletzt hatte. Sie starrte sie mehrere Sekunden lang hart an, dann schnitt sie damit tief über ihr linkes Handgelenk, bevor sie sie in das rechte grub.

Jetzt gehe ich dorthin, wo sie mir nichts antun können, dachte sie. Jetzt gehe ich nach Hause.

XV

Die Rückreise nach Rom war auf jeden Fall schon viel erträglicher als die Hinreise, obwohl Kano nach wie vor nur unwillig diese übelriechenden Mähren antrieb. Wenn sie danach noch einmal ein Schweifwedeln zu sehen bekäme, dachte Claudia, würde sie schreien, bis sie platzte. Dabei hatte sie eigentlich keinen Grund zum Klagen. Sie war auf dem Weg nach Hause, und schon bald würde sie durch Theatergänge schlendern, Militärparaden zujubeln und sich in der Arena amüsieren. Es sollte nur jemand versuchen, sie aufzuhalten, denn letztendlich war ihr behagliches Leben weder durch Larentia noch durch den verrückten Mörder, dessen Ende wohl unmittelbar bevorstand, beeinträchtigt worden, sondern nur durch die Langeweile.

Warum sonst durchaus normale Menschen im Sommer auf die Hügel eilten, ging über ihr Verständnis. Riech doch mal die frische Luft, hatte Gaius vorgeschlagen, ein vollkommener Unsinn, denn in dieser Luft konnte man verdammt gar nichts riechen, überhaupt nichts. Bei allem Respekt, aber nach einer Weile wurde es reizlos, nach den Bienenstöcken zu sehen oder durch die Obstgärten zu wandern oder die Zeit im Weinkeller zu vertrödeln, und im Haus konnte man einfach nicht bleiben. Entweder begegnete man Larentia, diesem giftigen alten Drachen, oder man wurde mit Valerias Schwangerschaftsproblemen, Julias Nörgeleien oder Flavias hitzigen Wutausbrüchen konfrontiert. Claudia hätte ihre Seele für ein großes Fest verkauft, aber das kam überhaupt nicht in Frage, wie Gaius erklärt hatte. Nicht nur weil die Villa völlig abgelegen lag, sondern weil auch alle in dieser Jahreszeit am meisten zu tun hatten. Der Juli fiel damit ins Wasser, und auch im August gab es keinerlei Anzeichen von Verbesserung, als die Gespräche sich nach wie vor um Wein und Heu, Erbsen und Bohnen drehten. Sie hatte es absolut satt gehabt.

Zum Beispiel die letzte Woche. Gaius kam gerade aus der Tenne, als Claudia auf die Veranda trat. Er sieht alt aus, dachte sie. Er sieht wirklich alt aus, und obwohl er rechts und links von Sklaven begleitet wurde, machte er den Eindruck, als wäre er völlig allein.

«Wie sicher ist man auf den Straßen in dieser Gegend?»

«Hä?» Er war mit seinen Gedanken eine Million Meilen entfernt.

Claudia zuckte ungeduldig die Schultern. «Die Straßen. Wie viele Männer muß ich als Leibwache mitnehmen?»

Gaius sah sie verwirrt an. «Fünf, sechs, vermute ich.»

«Dann nehme ich sechs. Bis später.»

«Warte! Warte.» Er schien allmählich zu sich zu kommen. «Wohin willst du?»

Claudia drehte sich mit scharfem Blick um. «Nirgendwohin natürlich. Ich gehe spazieren.»

Gaius ließ sein Kinn fallen. «Du gehst was?»

Sie tätschelte seine Wange und lächelte. «Es gibt für alles ein erstes Mal. DU!» Ihr Ton veranlaßte einen Nubier stehenzubleiben. «Geh und hole fünf andere, nehmt die Waffen und wartet in zehn Minuten am Haupttor auf mich.»

Der Schwarze, der gerade eine beladene Schubkarre über den Hof schob, blickte seinen Herrn ängstlich an, als Claudia davonschlenderte.

«Tu, was sie sagt», erklärte Gaius müde und schüttelte den Kopf. «Tu einfach, was sie sagt.»

Er hat allen Grund, überrascht zu sein, dachte sie, als Galla ihre kräftigen Stiefel zuschnürte. Ich bin in meinem ganzen Leben noch nie spazierengegangen, aber so schwer kann das doch wohl nicht sein. Man folgt eine Stunde lang der Straße, dreht um und kehrt wieder zurück.

«Wir werden Wasser, Wein und, ich würde sagen, auch etwas zu essen brauchen. Feigen, Birnen, Pfirsiche und Rosinen. Ich mag Rosinen.»

Sie hielt den anderen Stiefel zum Schnüren hoch.

«Pack noch ein paar Hähnchen und ein paar Beilagen ein, sagen wir Zwiebeln, Lauch, ein paar Eier und vielleicht ein Kaninchen. Ich glaube, ich habe in der Küche Honigkuchen gerochen, die schmecken auch gut, oh, und ein paar Mandeln. Was ist los?»

Das Mädchen schüttelte schnell den Kopf. «Nichts, Herrin.»

«Dann wisch diesen dummen Ausdruck aus deinem Gesicht.»

«Thofort, Herrin.»

Blöde Kuh! Warum konnte man ihr nicht eine Sklavin geben, die nicht lispelte?

«Und wenn in der Küche noch etwas Pecorinokäse herumliegt, pack ihn auch ein – das ist mein Lieblingskäse.»

«Thofort, Herrin.»

«Und Äpfel. Vergiß die Äpfel nicht.»

Claudia prüfte ihre Stiefel auf Bequemlichkeit und befand sie für mangelhaft. Ich werde Blasen bekommen, das weiß ich. Verdammtes Landleben. Bäume, Himmel und Hügel und was weiß ich – langweilig wie der Schwanz eines Delphins. Also weiter. Soll ich eine Pulla anziehen oder keine Pulla anziehen, das ist die Frage. Nein, entschied sie schließlich. Die Sklavin konnte sie tragen.

«Galla, bist du immer noch nicht fertig?» Verdammt noch mal, was trieb sie denn bloß? «Gütige Diana, was ist das?»

«Wir brauchen den Esel für das Essen, Herrin.»

«Galla.» Claudia winkte sie mit dem Finger zu sich. «Galla, komm her, ich möchte dir etwas erklären. Wir machen einen Spaziergang, keinen verdammten Feldzug. Der Esel bleibt hier.»

«Aber was –»

«Hörst du nicht zu, Galla? Das häßliche Vieh bleibt hier; das ist mein letztes Wort. Was zum –»

Flavia rief und winkte ihr vom Hauseingang zu und wollte Claudia offenbar signalisieren, daß sie warten solle, damit sie sie begleiten konnte. Claudia rümpfte die Nase.

«Ich habe es mir überlegt, Galla, der Esel ist gut. Hü hott, Alter.»

Sie setzte zu einem flotten Tempo an, und als sie sich umschaute, stand Flavia immer noch auf dem Hof und wedelte mit den Armen, so daß sie aussah wie eine Windmühle mit einem Überwurf anstelle von Flügeln.

Blasen. Esel. Wahrscheinlich würden die Mücken und Bremsen sie auch noch am ganzen Körper zerstechen. Bei Juno, Jupiter und Mars! Wenn man sich vorstellt, daß manche Leute so etwas auf sich nehmen, um sich zu vergnügen! Nun ja, der große Nubier scheint glücklich zu sein; das ist ja immerhin etwas, dachte sie. Zuerst versuchte sie, die Weinstöcke zu zählen, aber da sie sich hinzogen, soweit das Auge reichte, gab sie dieses Ansinnen zugunsten einer Reihe kurzweiliger Überlegungen auf. Sie entdeckte Blumen am Wegesrand. Vögel. Achtete darauf, nicht in die Zwischenräume der achteckigen Pflastersteine zu treten. Komponierte idiotische Reime. Beim vierten Meilenstein drehte sie sich abrupt auf dem Absatz um und marschierte nach Hause, wobei sie über ihren Leibwächter spottete, der bei ihrer plötzlichen Wende über sich selbst und den Esel stolperte.

«Hast du einen schönen Spaziergang gehabt, meine Liebe?»

Gaius und Rollo, der Verwalter, waren gerade in ein Gespräch vertieft gewesen, als die ermattete Prozession durch das Tor kam.

«Die Sonn' war zu warm,
Der Wind war zu lahm,
Die Hügel zu steil,
Zum Bett ich nun eil.»

Ihr Mann blinzelte, und Claudia glaubte, ihn murmeln zu hören, daß ihr die Hitze wohl nicht bekommen sei.

«Und du. Ja, du, Mädchen.» Galla kam angehumpelt. «Was denkst du dir dabei, soviel Zeug einzupacken? Siehst du denn nicht, daß das arme Tier gleich zusammenbricht?»

«Thie thagten –»

«Du hättest es bei dieser Hitze niemals rauslassen dürfen. Gib der armen Kreatur sofort Wasser.»

Als sie jetzt zum ersten Mal wieder den Hitzedunst über den fernen Hügeln von Rom tanzen und flimmern sah, dachte Claudia einmal mehr, daß es unverständlich war, warum manche Leute Spaß am Spazierengehen hatten – schließlich gab es doch überhaupt nichts zu sehen. Aber immerhin konnte niemand von Claudia Seferius behaupten, daß sie nicht bereit war, neue Erfahrungen zu machen.

Gaius hatte die zweirädrige Kutsche genommen, die schneller war, aber Claudia war einfach nur froh, nach Hause zu kommen. Den beruhigenden Straßenlärm zu hören, in ihrem eigenen Zimmer, ihrem eigenen Bett zu sein und wieder ihre eigene Dienerin zu haben. Gallas irritierendes Lispeln hatte sie nervlich völlig fertiggemacht; was für eine Erleichterung würde es sein, endlich wieder Melissas angenehmes Wesen um sich zu haben. O ja, das war ein harter Kampf gewesen in der Villa, insbesondere mit Larentia, obwohl die alte Kuh sich ihrer selbst glücklicherweise nicht im entferntesten so sicher war, wie sie vorgab. Keinen ihrer Vorwürfe hatte sie öffentlich gemacht, doch durch ihre ständigen Sticheleien gegen Claudia hatte Larentia gründlich dafür gesorgt, daß Gaius sich von seiner Mutter distanzierte. Das merkte sie erst, als es zu spät war.

«Ich werde dafür sorgen, daß du das bekommst, was du verdienst, du Mörderin», hatte sie ihrer Schwiegertochter im Badehaus am Tag vor Claudias Abreise schließlich gedroht.

Claudia streckte sich. «Vielleicht wirst du es, vielleicht auch nicht», antwortete sie und rieb ihre Schenkel mit Öl ein. «Aber wenn du noch etwas bei Verstand bist, laß dir einen Rat von mir geben.»

«Niemals!» Die alte Frau spuckte das Wort aus, als wäre es ein glühendes Stück Kohle, das ihr auf der Zunge brannte.

Claudia lächelte gedehnt, und ihre Augen funkelten. «Wie du willst, Larentia, aber an deiner Stelle würde ich von jetzt an aufpassen, was du ißt.»

«Du... du...»

Claudia, die sowohl ihre physische als auch ihre psychologische Überlegenheit genoß, stand auf und begann ihre Brüste einzuölen.

«Hedonistische Hure?» fragte sie mit süßer Stimme.

«... raffgierige Dirne», keifte Larentia. «Aber du wirst dafür bezahlen. Wenn die Zeit der Vergeltung kommt, werde ich dasein, in der ersten Reihe, warte es nur ab. Du wirst nicht eine Kupfermünze von Gaius' Geld bekommen.» Da fiel ihr die Kinnlade herunter, und die Farbe wich aus ihrem Gesicht. «Gnädige Juno, das ist also dein Plan! Du vergiftest meinen Sohn!»

Claudia warf ihr einen amüsierten Blick zu. «Ach! Du hast seinen gequälten Blick also bemerkt, den glanzlosen Ausdruck, die dunklen Augenringe? Ich fragte mich schon, wie lange du dazu brauchst.»

Das Entsetzen auf Larentias Gesicht machte sie um zehn Jahre älter. Sie sah aus wie ein wandelndes Skelett.

«Ich muß ihn warnen», sagte sie atemlos. «Ich werde sofort... sofort...» Sie keuchte und schnaufte und rang nach Luft. «Ich... ich...»

Sie fing an zu schwanken und umklammerte ihre Kehle. Claudia fing sie auf, bevor sie auf die Fliesen schlug. Verdammt, diese alte Kröte hatte nicht einmal den Anstand zu sterben! Claudia seufzte, warf sich ein Handtuch um und holte Hilfe, wobei sie dafür sorgte, daß man Larentias Zusammenbruch als Ohnmachtsanfall begriff und daß Gaius nichts davon erfuhr.

Als der Wagen den Hügel hinunterrollte, warf sie eine Feige in die Luft und fing sie wieder auf. Immerhin habe ich in diesem elenden Urlaub meine Gedanken sammeln und die Dinge in die richtige Perspektive rücken können. Lucan. Otho. Junius. Larentia. Anonyme Briefe. Morde. Anschuldigungen. Gaius. Orbilio... O ja, sie fühlte sich jetzt wieder zuversichtlich. Gaius hatte am Ende die Geduld verloren, und Flavias Hochzeit mit Scaevola war auf Anfang September festgelegt worden, was Claudia gedanklich etwas entlastete. Larentias Nervenzusammenbruch würde das alte Fossil so lange außer Gefecht setzen, bis ihr weitere Gegenmaßnahmen eingefallen wären. Auch was Lucan betraf, hatte sie eine Idee, und mit Otho würde sie jederzeit fertig werden. Junius würde sie vermissen, denn wem könnte sie vertrauen, daß er ihre Spieleinsätze diskret plazierte, wenn er nicht mehr da war? Und was diese andere schreckliche Angelegenheit betraf, wer immer dieser Bastard auch war, so waren seine Tage recht gründlich gezählt. Claudia rechnete damit, daß sie ihn innerhalb von einer oder höchstens zwei Wochen schnappen würde.

«Ist das Leben nicht wunderbar, Galla?»

Eingeschnappte Kuh.

Endlich verwandelte sich der flimmernde Hitzedunst in solide

Mauern, aus denen Dächer und Straßen und Säulen und Bögen wurden. Die leblose Straße verwandelte sich in ein Gewühl aus Männern und Frauen, Kindern und Ochsen, Bettlern und Hausierern. Da waren rufende Ladenbesitzer, schnappende Hunde, keuchende Sklaven und Lastenträger, die mit ihren Amphoren über das Kopfsteinpflaster zogen. Der Geruch vom Schweiß harter Arbeit vermischte sich mit dem Geruch von Holzkohle, tierischen Ausscheidungen und schweren, moschuslastigen Düften. Krakeleien an den Wänden, heilige Feuer vor den Tempeln und dunkle Schatten unter den mächtigen Aquädukten, die sich über ganz Rom ausstreckten. Fast konnte man den Dampf aus den Thermen riechen, als der Wagen daran vorbeifuhr, und das plappernde Geschwätz in den Gewölben widerhallen hören.

Claudia dachte an Gaius, an seine Atembeschwerden, die ihn in letzter Zeit plagten. Fast über Nacht war er ein alter Mann geworden. Sie saß tief versunken in ihren Kissen, kaute an ihrem Daumennagel und überlegte, wie lange es wohl noch dauern würde, bis Gaius Seferius eine trauernde Witwe hinterließ, als der Wagen schließlich draußen vor dem Haus zum Stehen kam. Sie hatte ein Lied auf den Lippen, als sie die Klappe von Drusillas Käfig öffnete.

«Wir sind zu Hause, Püppchen. Zu Hause mit Haut und Haar.»

Gaius' Bankett war auf den kommenden Donnerstag verlegt worden, und Melissa kümmerte sich um all die mühsamen Aufgaben. Akrobaten, Tänzer, alles würde sie herbeischaffen, und Verres hatte seine Leckerbissen bestimmt schon längst in Vorbereitung. Das Weinfest begann am Samstag, aber heute war erst Dienstag. Was war morgen? Fand da nicht eine Anhörung im Senat statt, wo sie hingehen könnte?

Leonides, der Haushofmeister, stand zögernd im Atrium neben der Büste von Gaius' Vater.

«Ich wüßte gern, ob ich –»

«Jetzt nicht.»

«Es ist ziemlich wichtig, Herrin.»

Claudia verzog den Mund. «Leonides, wenn du die Absicht hast, deine Ohren zu behalten – und ich habe den Eindruck, daß du es nicht willst, weil sie ihren Zweck anscheinend nicht besonders gut erfüllen –, aber *wenn* du sie behalten willst, schlage ich vor, daß du besser zuhörst. Wenn ich sage: nicht jetzt, dann meine ich *nicht jetzt.*»

Der schlanke Mazedonier errötete, nickte und verzog sich eilig. Während ihre Augen vergeblich nach Melissa Ausschau hielten, entließ Claudia Galla mit einem Handzeichen und ging in den Garten. Sie könnte sich noch später über die Einzelheiten des Banketts informieren; jetzt ein Glas Wein zwischen den Rosen und Lilien war genau das, was der Doktor empfahl!

«Gaius? Ich dachte, du arbeitest.»

«Ich unterhalte mich gerade mit einem Gast.»

Hoffentlich nicht mit einem deiner langweiligen Kollegen, die ich nicht ausstehen kann.

«Wie schön. Kenne ich ihn?»

«In der Tat... Cousine.» Orbilios Lockenschopf lugte um einen Lorbeerbusch. Auf seinem Gesicht lag ein breites Schuljungengrinsen.

«Gaius...!»

«Beruhige dich, meine Liebe, laß mich –»

«Mich beruhigen?» Sie packte ihren Mann beim Arm, zog ihn hoch und zerrte ihn zur Seite. «Gaius, dieses Scheusal hat versucht, mich zu vergewaltigen!»

Seine dicken Finger tätschelten ihre Schulter. «Er hat es mir erklärt.»

Sie warf einen Blick in Orbilios Richtung. Der Bastard beobachtete einen Schmetterling, der um den Lavendel flatterte, als würde ihn das hier nichts angehen.

«Er sagte, er habe nicht geahnt, daß du ihn so mißverstehen würdest, wenn er sich wie früher mit dir balgt. Also vertrag dich wieder mit deinem Cousin, Claudia. Sag ihm, daß es dir leid tut.»

Es tut mir nicht leid, Gaius. Ich platze gleich vor Wut.

«Marcus! Was soll ich sagen?» Sie hatte mehr Honig auf der Zunge, als es in den zwanzig Bienenstöcken oben auf der Villa gab. «Was mußt du nur denken, was für eine dumme Gans ich bin!»

Orbilio bedeckte seinen Mund mit dem Handrücken, um so etwas wie einen Husten zu ersticken.

«Ach, Jungs bleiben Jungs.»

«Ha, ha. Absolut.» Ihr lächelnder Mund tat ihr schon bald weh vor lauter Anstrengung. «Und was sagtest du, warum du hier bist? Ich glaube, ich habe das nicht verstanden.»

«Sein Haus ist abgebrannt.» Gaius wischte sich ein paar Schuppen von seiner Schulter.

Claudia drehte sich zu Orbilio um. «Das ist tragisch, Cousin. Absolut tragisch!»

«Ja, nicht wahr?»

Ein zweiter, kleinerer Kopf tauchte auf. Er sah besser ernährt aus als bei früheren Gelegenheiten.

«O nein! Sag bloß nicht, daß dieser dreckige, kleine Straßenjunge auch hier wohnt?»

Sie warf Orbilio einen Blick zu, als wollte sie sagen: Was zum Hades versuchst du, mir anzutun? Aber er tat so, als bemerkte er nichts. Ihr nächster Blick sagte ihm, daß sie ihn deswegen bei lebendigem Leib häuten würde, aber wieder tat er so, als bemerkte er nichts.

«Versuch doch, nachsichtig zu sein, meine Liebe. Marcus hat dieses arme Kind von der Straße aufgelesen; wir schulden ihm etwas Unterstützung, nicht wahr?»

«Aber gewiß. Warum nicht gleich ein Waisenhaus aufmachen?»

«Nun ... ja ... ich würde sagen nur für ein oder zwei Wochen, was, Marcus?» Gaius strich dem Knirps übers Haar. «Nun komm schon, Rufus.»

Claudia fühlte, wie das Blut aus ihrem Kopf bis in die Zehenspitzen sank. «Ihr geht doch ... ihr geht doch nicht etwa aus?»

Das Gesicht des Jungen erhellte sich. «Doch. Herr Seferius hat versprochen, mir sein Warenhaus zu zeigen.»

Rufus warf Gaius einen Blick zu, dann signalisierte er Claudia, indem er einen Finger vor die Lippen hielt und ihr zuzwinkerte, daß alles in Ordnung sei und er kein Wort über den Tag im Forum verlieren würde. Claudia rieb sich die Stirn. Irgend etwas mußte sie doch tun können, um die beiden aufzuhalten.

«Ich gehe mit ihm aus», sagte sie.

«Du?» erklang ein gemeinsamer Männerchor.

«Ja, ich. Das würde dir doch gefallen, nicht wahr, Rufus?»

«Nein. Ich will mit dem Chef gehen.»

«Dann komme ich mit.»

Gaius runzelte die Stirn. «Claudia, du solltest hierbleiben und Marcus Gesellschaft leisten.»

Rufus wiederholte seine Ich-verspreche-daß-ich-nichts-sage-Geste, aber sie ignorierte sie. «Laßt uns alle gehen.»

Orbilio zuckte die Schultern. «Mir ist es recht», sagte er, aber Gaius holte zu einem spielerischen Faustschlag auf das Kinn des Jungen aus.

«Ach, wir bleiben lieber unter uns, was, Junge? Amüsiert euch, ihr beiden.»

Wunderbar! Wirklich verdammt wunderbar! Claudia sank auf die Bank, während Orbilio sich zurücklehnte und mit einem Ausdruck der Erleichterung die Ellenbogen auf die Rücklehne seines Stuhls stützte. Sie goß sich ein volles Glas Wein ein und schüttete es, ohne Luft zu holen, hinunter.

«Ich werde nicht fragen, warum», sagte sie müde. «Ich frage nur, wann.»

«Wann ich hierher kam? Gestern.»

«Ich verstehe. Und was schätzen Sie, wie lange es dauert, bis Ihr Haus wieder ... bewohnbar ist?»

«So lange, wie es eben dauert, Claudia», sagte er so leise, daß sie ihn beinahe nicht verstanden hätte.

Es war, als wäre plötzlich Schnee gefallen.

Sie spitzte die Lippen. «Macht es Ihnen soviel Spaß, in der Unterwäsche anderer Leute herumzuschnüffeln?»

«Claudia –»

«Ich meine es ernst, Orbilio. Ich möchte es wissen. Empfinden Sie dabei eine besondere Lust?»

«Du meine Güte, kriegen Sie das in Ihren dicken Schädel nicht rein, Mädchen, daß ich einen Auftrag zu erledigen habe? Vier Männer sind abgeschlachtet und ihre Augen sind ausgestochen worden, und es wäre äußerst naiv zu glauben, daß das Gemetzel ein Ende hat –»

«Lassen Sie mich da unterbrechen», sagte Claudia mit erhobener

Hand. «Ich habe noch eine Frage. Verdächtigen Sie mich, die Männer getötet zu haben?»

«Seien Sie doch nicht albern.»

«Was hindert Sie also daran, auf der Stelle abzuhauen? Und ersparen Sie mir das Gefasel von Ihrem noch glimmenden Dach. Sie haben doch bereits in jeder kleinsten Ecke herumgestöbert und -gewühlt, was hält Sie –»

«Das stimmt nicht.»

Sie gab ein kurzes Lachen von sich. «Sind noch ein paar Winkel und Ecken übrig? Ich bewundere Männer, die gründlich sind!»

Orbilio rieb sein Kinn, als prüfte er die Bartstoppeln. Seine Augenlider blinzelten hastig, und er wich ihrem Blick aus. Dieses Dreckschwein hatte also doch noch ein Gewissen, was? Oder war er nur verlegen, weil er eine Sammlung von Peitschen und Handfesseln in ihrem Schlafzimmer gefunden hatte? Wenn man sie fragte, würde sie sagen, daß es nur sie und Gaius etwas anginge, was sie miteinander trieben, und wenn er eine Parallele sähe zwischen ihrem Zubehör und Crassus, na und? Ihre Kundenkartei – die Namen und besonderen Vorlieben – hatte sie im Kopf, und er konnte ihr verdammt gar nichts nachweisen. Nein, das war es nicht, was ihr Sorgen machte, sondern die Tatsache, daß jemand in ihre Privatsphäre eingedrungen war und systematisch ihre persönlichen Dinge durchwühlt hatte. Daß der Mann, der ihre Intimität verletzt hatte, zufällig Marcus Cornelius Orbilio war, war egal, sagte sie sich. Das war völlig egal.

«Ich hielt es nicht für... anständig, das Haus in Ihrer Abwesenheit zu durchsuchen.»

Der Wein platschte auf den Tisch und bildete eine dunkelrote Pfütze, die aufzuwischen sie sich nicht die Mühe gab. «Erwarten Sie ernsthaft, daß ich Ihnen glauben soll, Sie hätten zwei Tage unter meinem Dach verbracht, ohne eine Durchsuchung vorzunehmen?»

Kleine Weinrinnsale flossen über das Holz und tropften laut auf die Fliesen.

Er spitzte die Lippen. «Glauben Sie, was Sie wollen», sagte er. «Sie haben gefragt, und ich habe geantwortet.»

Der Schnee schmolz, die Sonne kam wieder heraus, und die Vögel begannen zu singen.

«He!» Sie klatschte in die Hände. «Mach den Dreck weg», befahl sie dem Sklaven, der angelaufen kam. «Bring einen neuen Krug – und beeil dich.»

Orbilio wedelte eine Fliege von der klebrigen Pfütze. «Sie sollten jedoch wissen, daß ich die Absicht habe, dieses Haus zu durchsuchen. Vorzugsweise mit Ihrer Erlaubnis, und Sie können auf jeden Fall dabeisein, aber wenn ich mir die schriftliche Erlaubnis von Callisunus holen soll, meinetwegen.»

«Warum dieses Haus?»

«Ich habe einen Tip erhalten», antwortete er nur.

«Und der macht Sie ganz heiß, Schätzchen.» Sie tätschelte sein Knie.

Ach, was soll's? Soll er das verdammte Haus doch durchsuchen! Sie würde immer noch genug Zeit haben, um ihr Spielzeug zu beseitigen.

Seine Mundwinkel zuckten. «Manchmal sind Sie eine richtige Nervensäge, Claudia Seferius.»

«Ich wähle nur den kürzesten Weg zu Ihrem Gehirn, Cousin.»

Seine Augen zwinkerten, als er sein Glas nachfüllte. «Wir könnten heute abend zusammen ausgehen, nur wir beide.»

«Ja, das könnten wir. Alternativ könnten Sie aber auch allein zur Hölle gehen», antwortete sie freundlich, «und ich weiß, was mir lieber wäre.»

Orbilio lachte laut, und einige Minuten lang saßen sie schweigend im Garten, nippten Wein und lauschten nur noch dem Summen der schwer mit Pollen beladenen Hummeln und dem Plätschern des Wassers, das weißen Schaum bildete, wenn es in den Marmorspringbrunnen fiel.

«Mir ist da etwas aufgefallen», sagte er schließlich. «Sie und Gaius haben getrennte Schlafzimmer.»

«Er schnarcht.»

«Ach, hören Sie doch auf, Claudia. Er wohnt auf der gegenüberliegenden Seite des Hauses. Er benutzt sogar eine andere Treppe, verdammt noch mal.»

Sie warf ihm einen Blick aus dem Augenwinkel zu. «Sagen Sie nichts, lassen Sie mich raten. Sie haben zufällig ein Schlafzimmer auf meiner Seite, stimmt's?»

«Schön wär's. Wenn Sie zu mir wollen, müssen Sie sich leider an der Tür Ihres Mannes vorbeischleichen.»

Sie lächelte. «Das können Sie sich gar nicht leisten, Orbilio.»

«Wollen wir wetten?»

Jederzeit, Liebster. «Eine Million Sesterzen.»

«Wofür?»

«Das ist mein Preis. Eine Million Sesterzen.»

Er atmete pfeifend aus. «Eine Million?»

«Eine Million.»

«Vermutlich hat es dann wenig Zweck, wenn ich meine Tür heute nacht nicht abschließe?»

«Das ist richtig, Orbilio. Doch wo wir gerade beim Thema Unterkunft sind, muß ich Ihnen etwas sagen, und das meine ich ernst. Ich möchte Sie nicht in meinem Haus haben. Doch Sie haben Gaius irgendwie eingewickelt, und es sieht so aus, als könnte ich nichts daran ändern, aber der Knirps geht.»

«Das ist doch unvernünftig, er –»

«Ich bin eine unvernünftige Person, Orbilio. Werden Sie ihn los. Heute nacht.»

«Das kann ich nicht.»

«Heute nacht!»

«Claudia, dieser Junge hat Aussicht auf ein anständiges, gesundes Leben. Eine Schulausbildung, eine Lehre. Was soll ich tun? Ihn wieder rauswerfen, damit er in irgendeiner Gasse verhungert? Wollen Sie das? Ihn an der Ruhr sterben lassen, so wie die Hälfte aller Straßenjungen in Rom?»

Claudia strich mit dem Finger um den Rand ihres Glases, bis es einen hohen, summenden Ton von sich gab. «Was Sie mit ihm machen, Orbilio, ist Ihr Problem, nicht meins. Aber nehmen Sie mich beim Wort, dieser Junge verläßt heute nacht dieses Haus. Entweder sagen Sie es ihm oder ich, das macht für mich keinen Unterschied.»

«Verdammt noch mal, er ist doch erst sieben Jahre alt!»

«Versuchen Sie es mal mit elf.» Sie warf ihm einen Blick zu. Das Leben auf der Straße hindert das Wachstum. Glaub mir.

Er schleuderte sein Glas in den Garten. «Sie sind eine hartherzige Zicke.»

Claudia lächelte spröde. «Dann gehe ich davon aus, daß Sie es ihm selbst sagen werden?» Sie stand auf und schüttelte ihre Tunika zurecht. «Ach, und machen Sie sich keine Sorgen wegen der Scherben, ich schicke einen Diener zum Saubermachen.»

XVI

Orbilio rannte so schnell, um Claudia einzuholen, daß er ausrutschte, das Gleichgewicht verlor und gegen eine Säule prallte. Allerdings war Claudia auch noch nicht weit gekommen. Diesmal war es diese Bohnenstange von einem Haushofmeister, der ihren Ärger abbekam.

«Ich dulde es nicht, daß du hier in den Ecken herumlungerst, Leonides...»

«Ich muß Sie sprechen –»

«Du wirst nicht fürs Herumlungern bezahlt. Das Beste, was man von dir sagen kann, ist, daß du glücklicherweise meistens nicht zu sehen bist.»

«Es geht um eine sehr dringende Angelegenheit, Herrin.»

«Wenn du nicht den Wunsch hast, dir innerhalb der nächsten Stunde einen neuen Arbeitgeber zu suchen, rate ich dir dringendst, dich sofort vom Acker zu machen.»

«Aber –»

«Es gibt kein Aber, Leonides. Husch!»

Orbilio, der neben der Küche stand und seinen Ellbogen rieb, fand, daß sie noch nie so schön ausgesehen hatte. Wenn sie wütend war, blitzten ihre Augen wie Wasser im Sonnenlicht. Sie streckte dann ihr Kinn vor, als wollte sie sagen, «wage es nur», und dabei fielen ihre Locken herunter. Dicke, federnde Locken mit terracottafarbenen Strähnen, die in einem Mann den Wunsch weckten, sein Gesicht und seine Hände in ihnen zu vergraben. Er konnte das Gefühl gar nicht beschreiben, das ihn überkommen hatte, als er erfuhr, daß Gaius nicht mit seiner Frau schlief. Verres, der Koch, hatte sich als äußerst geschwätzig erwiesen, als es um den hausinternen Klatsch ging, und bei diesem Thema blieb er hartnäckig. Seferius fasse sie nie an, ginge nie in ihr Zimmer. Wahrscheinlich dürfe er es nicht, scherzte Verres und gab Orbilio einen Rippenstoß

– eine Geste, die er im nüchternen Zustand nie gewagt hätte –, aber Orbilio war persönlich anderer Meinung. Claudia war zwar stark, aber in Fragen von besonderer Bedeutung war Seferius' Wort Gesetz.

Als er in der folgenden Nacht wach dalag, die Arme unter dem Kopf verschränkt, und an die Decke starrte, hatte Orbilio über die Gelegenheiten nachgedacht, bei denen er die beiden zusammen gesehen hatte, und war zu dem Schluß gekommen, daß Verres die Situation richtig einschätzte. Das Ehepaar schien tatsächlich *keine* sexuelle Beziehung zu haben, was an sich nicht ungewöhnlich war. Seferius behandelte Claudia eher wie eine Tochter als eine Liebhaberin. Jeder Blinde konnte sehen, daß Gaius stolz auf seine Frau war, aber Orbilio quälte die Frage, warum dieser wohlhabende Weinhändler sich eine so aufregende, heißblütige Frau ausgesucht hatte ... und dann nicht mit ihr schlief. Das war nicht normal. Hing das mit seiner Leibesfülle zusammen? Orbilio kannte fettere Männer als Seferius, die sich im Bett wie Kaninchen benahmen. Oder waren die Kinder der Grund? Das Reich brauchte so dringend starken, gesunden Nachwuchs, daß Augustus Familien sogar dafür bezahlte, wenn sie Kinder bekamen. Aber Gaius hatte bereits vier gezeugt, und Claudia hatte angeblich drei gehabt. (Sollte man das glauben? Nach drei Kindern noch so eine Figur!) Vielleicht hatten beide genug davon? Bei Cupidos Pfeilen, es gab einfachere Verhütungsmethoden als die Abstinenz! Welchen Grund gab es also noch? Impotenz?

Als Leonides, kläglich den Kopf schüttelnd, davonschlurfte, stellte Orbilio sich ihr in den Weg.

«Es tut mir leid.»

«Leid genug, um zu packen und zu gehen?»

Er knirschte mit den Zähnen und versuchte es erneut. «Sie haben das Recht, in Ihrem Haus zu beherbergen, wen Sie wollen. Ich hatte nicht das Recht, Ihnen Rufus aufzuhalsen.»

«Dennoch haben Sie keine Gewissensbisse, sich selbst mir aufzuhalsen?»

Etwas Glück wäre jetzt nicht schlecht. «Das ist etwas anderes. Das ist geschäftlich.»

Die Gründe, die er Callisunus für die Infiltration des Hauses Seferius genannt hatte, waren ein letzter Versuch gewesen, bevor man ihm den Fall entzog. Callisunus reagierte zunehmend gereizt auf Orbilios falsche Fährten, insbesondere weil er persönlich davon überzeugt war, daß der Mörder ein Verrückter war, der seine Opfer ganz zufällig aussuchte. Als Orbilio ihm anvertraute, daß sein Verdacht mit einem Risiko verbunden sei, das er nur sehr, sehr zögernd auf sich nähme, hatte Callisunus ihm aufgrund seiner Überzeugungskraft eine Woche Verlängerung gewährt. Sieben Tage, aber nicht mehr, hatte er gesagt, und Orbilio war kein Narr; er wußte, was ein Ultimatum war, wenn ihm eines gestellt wurde.

«Claudia...» Er hakte sich bei ihr unter und zog sie von den neugierigen Ohren in der Küche weg. «Claudia, ich wünschte mir so sehr, daß wir Freunde werden könnten.»

Und noch mehr, Claudia. Viel, viel mehr. Du weißt nicht, wie sehr ich danach verlange, dich in meinen Armen zu halten, dich auf meinen Wolfsfellmantel zu legen und deine Lippen zu küssen, dein Haar, deine Brüste. Dich in den plätschernden Wellen des Ozeans zu lieben...

«Freunde?» Sie entzog ihm ihren Arm. «Cleopatra hätte wohl gesagt, küssen Sie meine Giftschlange.»

«Ich verstehe ja, warum Sie so gereizt sind wegen des Jungen –»

«Sie wissen gar nichts.»

Glaubst du? «Rufus ist in Ordnung. Er ist sehr schlau und wird nichts verraten.»

Verdammt, sie hörte ihm überhaupt nicht zu! Dieser gallische Diener von ihr war wieder ins Atrium gehumpelt gekommen, und obwohl er kein Wort sagte und mit keinem Muskel zuckte, spürte Orbilio eine Art von Kommunikation zwischen den beiden. Er fühlte, wie sein Magen sich umdrehte. Bei der Mutter von Tarquin, nein! Claudia und er! Mit professionellem Blick musterte er den Sklaven. Er war groß, robust und stark. Er sah zwar nicht gerade umwerfend aus, aber für einen Nicht-Römer hatte er das gewisse Etwas, mußte Orbilio zugeben und erregte sich über die Art, wie der Mann Claudia mit glühenden Augen ansah. Und es wäre besser, wenn du dich daran erinnerst, Marcus, mein Junge, daß Junius kein Knabe mehr ist.

Sie wollten sich also unterhalten, stimmt's?

Orbilio entschuldigte sich und stieg lautlos vor sich hin pfeifend die Treppe hinauf. Er beobachtete, wie Claudia nonchalant auf den Säulengang zuging, und obwohl Junius ihr den Rücken kehrte und in Richtung Küche ging, war Orbilio nicht im geringsten überrascht, daß ein gewundener Weg den jungen Gallier ganz zufällig in den Garten führte. Bis dahin hatte Orbilio sich jedoch schon hinter dem Hausaltar in Position gesetzt. Er würde vielleicht nichts sehen, aber er konnte sie hören.

«Wie geht es deinen Rippen?»

Als Claudias schweres, exotisches und würziges Parfüm zu ihm hinüberzog, schloß Orbilio die Augen und atmete es ein.

«Es geht, danke, aber ich wollte Sie warnen. Dieser Ermittler, der so tut, als sei er Ihr Cousin, hat die Angestellten ausgefragt.» Junius senkte die Stimme. «Verres, diese fette Schlampe, hat ein lockeres Mundwerk und manche der Frauen auch. Aber Orbilio ist sehr großzügig. Er hat mir einen ganzen Denar gegeben.»

Die Sonne ging allmählich unter und tauchte den Garten in ein tiefrotes Licht.

«Wofür?»

«Für nichts. Ich habe ihm nichts erzählt!»

Orbilio hörte den Sklaven spucken und dann Claudias lautes Lachen.

«Hast du das gehört, Cousin Marcus?»

Verdammt! Nun, es hatte keinen Zweck, so zu tun, als hätte er am Altar ein Trankopfer gebracht oder seine Schnürsenkel gebunden...

«Das meiste», antwortete er unbestimmt und fragte sich, ob sein Gesicht so rot war, wie es sich anfühlte. Es war schwer zu sagen, ob er gleich gesehen wurde, wodurch das Gespräch natürlich beeinflußt worden wäre, oder ob es von Anfang an eine Falle gewesen war. Das würde er ihr glatt zutrauen.

«Ich habe gehört, welche Rolle du bei der Schlägerei gespielt hast», sagte er zu Junius. Die offizielle Version war, daß er sich eingesetzt hatte, um Claudia zu schützen. «Sehr löblich, muß ich sagen.» Rufus' Geschichte enthielt allerdings ein paar deutliche Abweichungen.

Claudia und der Gallier wechselten ein Blick.

«Du kannst gehen», sagte sie zu ihm, und Orbilio war überrascht, mit welcher Geschwindigkeit der Sklave verschwand, Hinkebein hin oder her.

«Sollten Sie nicht auf Mörderjagd sein, oder arbeiten Sie abends nicht?» Sie musterte Orbilio lange und hart.

Er war versucht zu sagen, ich bin bei der Arbeit, aber er schwieg.

«Vermutlich werden Sie mir erzählen, daß Sie Helfer haben, die durch die ganze Stadt rennen, jeden Stein hochheben und im Dreck wühlen. Warum sollen Sie sich da die Hände schmutzig machen?»

Das war allerdings auch wahr. «Kann ein Mann sich nicht gelegentlich einen freien Abend nehmen?»

«Angenommen... Also, was ist da schon wieder los?»

In den Garten, der normalerweise ein friedliches Refugium war, drängte sich plötzlich ein Knäuel von Menschen. Leonides sprang mit ausgestreckten Händen hin und her und erklärte jemandem, daß man hier nicht einfach so eindringen könne, wobei er den Ansturm gleichzeitig mit Hilfe einer Gruppe von Sklaven aufzuhalten versuchte.

Claudia und Orbilio waren im Nu auf den Beinen.

«Claudia! Claudia, ich bin es, Ligarius. Sie wollten mich nicht zum Haupteingang hereinlassen, darum mußte ich mich hier einschleichen.»

Trotz ihrer tapferen Anstrengungen, ihn aufzuhalten, schüttelte der Riese die Sklaven wie Regentropfen ab. Seine Alkoholfahne hätte einen Elefanten umhauen können.

Leonides warf Claudia einen gequälten Blick zu. «Das ist eine Sache, die ich Ihnen erzählen wollte», sagte er inmitten der Rangelei. «Dieser Mann steht schon seit drei Nächten vor der Tür und ruft nach Ihnen.»

«Claudia, du sagtest, wir könnten miteinander reden. Das hast du versprochen, Claudia, du – Unk!»

Es gab einen lauten Knall, als er der Länge nach auf den Boden schlug.

«Ich hoffe, ich habe nicht zu hart zugeschlagen.» Als Orbilio den Stuhl auf Schäden untersuchte, fiel ein Bein polternd auf den Boden.

Claudia sah so weiß aus wie seine beste Toga. «Dieser Verrückte verwechselt mich mit einer anderen. Das letzte Mal verjagte ihn mein Schwager.»

«Offensichtlich nicht nachhaltig genug.»

Orbilio drehte sich zu den glotzenden Sklaven um. «Werft ihn auf die Straße, er kann sich draußen ausnüchtern.» Er rieb sich die Hände. «*Seine* Kopfschmerzen möchte ich nicht haben, wenn er aufwacht!»

Sie packten den bärtigen Riesen und schwankten fluchend und unter der Last ächzend mit dem leblosen Körper davon.

«Danke.» Er bemerkte, daß sie ihm eigentlich nicht in die Augen sah, als sie das sagte.

«Das gehört zu meiner Arbeit –»

«Ähm!»

Das war Leonides, der in eine Ecke zu deuten schien. Orbilio drehte sich um und entdeckte einen Soldaten mit einem ziemlich einfältigen Gesichtsausdruck, der geduldig wartete. Er sah, daß es Timarchides war, der auch für Callisunus arbeitete.

«Haben Sie eine Nachricht für mich?» fragte er.

«Wenn Sie Marcus Cornelius Orbilio sind, ja, das stimmt.»

Weder Claudia noch Leonides machten Anstalten, sich zurückzuziehen, und für Orbilio war es unmöglich, im Hause eines Fremden darum zu bitten, allein sein zu können. Er wartete so lang es irgend ging, ehe er sagte: «Nun, spucken Sie sie schon aus, Mann.»

Beleidigt trat Timarchides mit steifer Haltung vor und salutierte, wobei er einen Punkt irgendwo oberhalb von Orbilios linker Schulter fixierte.

«Es geht um die vermißte Sklavin. Ich möchte berichten –»

«Welche vermißte Sklavin, Timarchides?»

Seine Gedanken waren noch immer mit diesem großen, häßlichen Hornochsen beschäftigt, der hier eingedrungen war und dem er gerade das Stuhlbein über den Schädel gezogen hatte, aber bevor der Soldat seine Erinnerung auffrischen konnte, hatte sich Claudia zwischen sie gedrängt.

«Wir sind hier nicht auf einer Polizeiwache, Orbilio, oder in einer Kaserne. Wenn Sie Ausreißer jagen wollen, gehen Sie bitte woanders hin, um Ihre Untersuchungen durchzuführen, denn ich werde es nicht dulden, daß dieses Haus Tag und Nacht als Garnison benutzt wird.»

«O nein, meine Dame. Das betrifft den Mordfall.»

Der ernste Ausdruck auf Timarchides' kampferprobtem Gesicht veranlaßte Claudia, fragend die Augenbraue zu heben.

«Das Mädchen wurde auf frischer Tat ertappt, als es das Eigentum des Opfers verpfändete –»

Orbilio brachte ihn mit einem Blick zum Schweigen, und das Gesicht des Soldaten verdunkelte sich. «Haben Sie sie also gefunden?»

Timarchides begann umständlich, die Feder an seinem Helm aufzuplustern. «Sozusagen», sagte er und heftete seinen Blick auf das bronzene Wangenteil. Er nahm seinem Vorgesetzten den ungeduldigen Ton übel, und ihm gefiel auch nicht, wie Orbilio ihn dann mit einem «Erklären Sie es!» anfuhr, aber er hatte keine andere Wahl. Er mußte wohl die Wahrheit sagen und Hermes um Beistand anflehen.

«Ich war natürlich nicht dabei» (das war schlau von dir, Junge; wasch dich gleich von Anfang an rein), «aber anscheinend hat der Silberschmied das Stück erkannt, das sie ihm verkaufen wollte, und holte die Polizei, aber irgendwie gelang es dem kleinen Biest, in dem Gewirr der Menschenmenge, die sich ansammelte, zu entschlüpfen.»

«Ja, *das* weiß ich», sagte Orbilio geduldig. «Ich will nur eins wissen, Timarchides: Ist sie oder ist sie nicht in Haft?»

Der Soldat gab einen unverbindlichen Brummton von sich. «Sie wurde gefunden . . .», sagte er und verstummte.

«Wo?»

«Am Fluß. Ich nehme an, sie hat mitbekommen, wie gründlich wir alle Wagen und Kutschen durchsuchten, und war zu der Erkenntnis gekommen, daß ihr als einziger Fluchtweg der Tiber blieb. Doch sie hatte wohl nicht damit gerechnet, daß so viele Soldaten das Ufer bewachten. Darum haben wir sie also gefunden. Das Problem ist nur», er kreuzte die Finger hinter seinem Rücken, «daß sie tot ist.»

«Sie machen wohl Witze! Warum?»

«Da es keinen Ausweg gab, hat sie sich die Handgelenke aufgeschnitten.»

Orbilio winkte müde mit der Hand. «Erzählen Sie mir nur, ob sie eindeutig identifiziert wurde.»

Es war offensichtlich, daß der Soldat sich nicht ein viertes Mal überrumpeln lassen wollte. Das erste Mal wußte er nicht, ob er das Recht hatte einzugreifen, um diese Schlägerei im Garten zu beenden, dann wurde er ausgescholten, weil er seine Nachricht nicht in aller Öffentlichkeit überbringen wollte, und schließlich wurde ihm das Wort abgeschnitten, als er nichts anderes tat, als der Dame des Hauses die Situation zu erklären. Nicht für alle Frauen am Hafen wollte er sich noch mal eine Abfuhr holen!

«O ja, sie war es eindeutig. Keine Frage. Sie trug noch die Brosche.»

Orbilio zog die Mundwinkel nach unten. «Und Sie sind absolut sicher, das es dasselbe Mädchen war?»

«Die Sklavenfänger fanden sie, und die irren sich nicht.»

Das stimmte. Sie waren ganz gemeine Hundesöhne. Daran gab es keine Zweifel. Orbilio reckte den Kopf. «Gut, Timarchides, wo wohnte sie?»

Der Soldat verzog das Gesicht, warf den Kopf zur Seite und zuckte mit der Nase.

Orbilio hatte keine Zeit für Spielchen. «Mann, beim Zauber von Minerva, das ist doch eine einfache Frage.»

Wieder machte Timarchides dieses theatralische Gesicht.

«Reden Sie lauter, verdammt noch mal, ich kann Sie nicht hören.»

Der Legionär räusperte sich und straffte die Schultern. «Ich sagte, sie wohnte hier. Sie hieß Melissa.»

Claudia war die erste, die das Schweigen brach. In ihrem ganzen Leben habe sie noch nie soviel Unsinn gehört, sagte sie. Melissa sei hier... vielleicht nicht gerade in diesem Augenblick, aber sie sei bestimmt in der Nähe, nicht wahr, Leonides? Der Haushofmeister trat einen Schritt vor, streckte die Hände mit den Handflächen noch oben vor und zuckte die Schultern. Eigentlich nicht, murmelte er, Melissa sei schon seit einiger Zeit weg. Er sei äußerst besorgt gewesen. Das sei einer der Punkte gewesen, die er versucht habe anzusprechen, seit seine Herrin nach Hause kam. Er habe betont, daß es um eine dringende Angelegenheit ginge, sagte Leonides, aber er sei mit einem Blick zum Schweigen gebracht worden, bevor er eine Erklärung abgeben konnte.

Orbilio vernahm das alles wie durch einen Nebel. Lippen bewegten sich, Stimmen waren zu hören, aber es kam ihm vor, als schaute er allem von außen zu, weit entfernt von dem ganzen Geschehen. Die Sonne ging jetzt ganz schnell unter und warf lange Schatten im Säulengang. Aus der Küche kam der Geruch von Fisch. Er fühlte den ersten kühlen Abendwind. In der Ferne hörte er die Lieferwagen über die Straße rumpeln, und dennoch schwebte er über allem, und seine Gedanken schwirrten. Er hörte das Lachen eines Mannes – und schreckte zusammen, als er feststellte, daß es von ihm kam. Er entließ Timarchides und machte sich auf den Weg zu den Sklavenquartieren, wobei ihm bewußt war, daß Claudia ihm dicht auf den Fersen war. Sie sah blaß aus, dachte er. Verletzbar.

Das Kämmerchen, das Melissa gehörte, sah besser aus als die meisten, bemerkte er gedankenverloren, und spiegelte zweifellos ihre Position im Haus wider, aber es war trotzdem kaum größer als eine Verpackungskiste. An Möbel enthielt es ein Bett und einen Tisch, mehr nicht. Ein kleiner Spiegel stand auf dem Tisch. Er zündete die Öllampe in Form eines Widders an. Ein Topf Hautcreme. Ein häßliches heidnisches Medaillon. Eine Parfümflasche. Ohne nachzudenken, öffnete er den Deckel, und seine Augenbrauen hoben sich. Es war schwer und exotisch und würzig.

«Was haben Sie erwartet? Daß ich mich damit abfinde, daß dieses Kind den ganzen Tag bei mir herumlungert und nach irgendeinem billigen Parfüm riecht?»

Ihre Augenränder waren rot, bemerkte er; verlegen setzte er die Durchsuchung des restlichen Zimmers fort. Saubere Unterwäsche. Eine Tunika zum Wechseln, die zeigte, daß Melissa etwas vom Nähen verstand. Er kniete sich hin und schaute unters Bett. Nur ein Messer mit einem Elfenbeingriff.

«Was suchen Sie?»

Orbilio hockte sich aufrecht hin. «Ich weiß es nicht genau», sagte er langsam. «Etwas, was sie mit den anderen verbindet, nehme ich an.»

«Wie was zum Beispiel?»

Er wog das Messer in seiner Hand. Mit so einem kleinen Ding konnte man kaum einen Pfirsich schälen.

«Ich weiß es nicht. Ich weiß es wirklich nicht – bei Jupiter!» Automatisch hatte er dabei die Bettdecke zurückgeworfen. «Claudia, sehen Sie sich das mal an!»

Unter der Matratze lag eine wunderschöne Baumwolltunika, brandneu, wie es schien, und in einer auffälligen apfelgrünen Farbe. Er atmete mit einem Pfeifton aus.

«Sieh da, sieh da.»

Er hatte das Gefühl, selbstgefällig zu klingen, aber wen interessierte das schon? Er fühlte sich tatsächlich selbstgefällig. Als er aufblickte, sah er auf Claudias Gesicht einen Ausdruck von schierer Fassungslosigkeit.

«Sie hatte Crassus' Obsidian-Brosche, wissen Sie.» Orbilio stand auf und fühlte sich wie ein Hund mit zwei Schwänzen. «Und sie besaß die Unverschämtheit, sie auf der Straße zu tragen. So eine Frechheit!» Er schnalzte mit der Zunge. «Die Gier hat das Mädchen jedoch zu Fall gebracht, als sie versuchte, sie zu verkaufen. Der Silberschmied erkannte die Brosche und rief die Wache. In dem Durcheinander konnte sie aber entkommen.»

Als die Durchsuchung beendet war, rollte er pfeifend die Tunika zusammen. Claudia war bereits gegangen.

«Ich dachte mir, daß ich Sie hier finde», sagte er sanft.

Das Haus war so hell erleuchtet, daß sie Zuflucht in der Dunkelheit des Gartens gesucht hatte. Ein schwerer Blumenduft schwebte in der Nachtluft, aber das sprudelnde Geräusch des Springbrunnens konnte ihr Schluchzen nicht übertönen. Er nahm neben ihr auf der Bank Platz und überlegte, ob er unter dem Vorwand, sie trösten zu wollen, auf gut Glück versuchen sollte, den Arm um ihre Schulter zu legen. Vielleicht später ...

«Mir war nicht klar, daß diese Sache mit Melissa Sie so aufregen würde, aber betrachten Sie es doch mal von der guten Seite –»

«Eine Sechzehnjährige schneidet sich die Pulsadern auf, und Sie meinen, es gäbe eine gute Seite?»

Ja, Claudia, ja, das denke ich. Orbilio konnte seine Freude kaum zurückhalten. Das heißt, daß du unschuldig bist. Voll und ganz entlastet! Am liebsten hätte er gesungen und getanzt bis zum Umfallen.

«Sie begreifen doch, was passiert ist, oder? Oh, ich will nicht behaupten, daß sie absichtlich versucht hat, in Ihre Rolle zu schlüpfen. Aber ich bin sicher, daß Sie ein Vorbild für Melissa waren.»

«Orbilio, Sie erwarten doch nicht ernsthaft von mir, daß ich glauben soll, Melissa habe vier hochrangige Beamte ermordet?»

Er streckte seine Hand in der Dunkelheit aus, brach einen Lavendeltrieb ab und zog ihn durch seine Finger. «Nein.» Es war ein unwilliges Geständnis, aber es war die Wahrheit.

«Huh! Ich hätte gedacht, daß Sie sich nach sieben Monaten über einen Sündenbock freuen würden.»

«Ich interessiere mich für den Schuldigen, nicht für die Unschuldigen. Und nein, es war nicht Melissa.»

Orbilio begann, ein Blümchen nach dem anderen von dem Lavendeltrieb zu rupfen.

«Erstens hat ein Mann diese Verbrechen begangen. Eine Frau könnte es zwar schaffen, einem Kerl mit dieser Kraft und Genauigkeit ein Messer ins Herz zu rammen, aber ...»

Gemeinsam beobachteten sie, wie die winzigen blauen Blütenblätter in der Dunkelheit entschwebten.

«Aber was?»

«Meiner Meinung nach sind nur wenige Frauen fähig, ihren Opfern die Augen auszustechen, solange der Körper noch warm ist. Dabei fließt schrecklich viel Blut, und dann sind da noch diese Fetzen und Fasern . . .» Der nackte Trieb fiel zu Boden. «Aber auch nur wenige Männer, wenn man es recht bedenkt.»

«Welche Rolle spielt dann also Melissa?»

Orbilio nagte auf seiner Lippe. Er durfte es ihr nicht sagen, das wäre nicht fair. «Das sage ich Ihnen», antwortete er, «wenn ich herausfinde, wo sie das Geld versteckt hat.»

«Welches Geld?»

Er beugte sich vor und senkte die Stimme. «Claudia, da ist etwas, was ich wissen –»

Er wurde von einem kleinen Kopf gestört, der um die Säule hinter ihm lugte.

«He, Chef! Haben Sie schon von Publius gehört?»

«Rufus, das ist nicht der richtige Augenblick. Publius wer?»

«Publius Caldus, der Bankier. Er ist tot wie ein Fisch.» Der Junge gab einen fröhlich gurgelnden Laut von sich. «Er hatte einen Dolch im Herz und ausgestochene Augen wie die anderen.»

XVII

«*Wenn mich jemand* bitten würde, es aufzuschreiben, wüßte ich ehrlich nicht, wo ich anfangen soll», vertraute Claudia ihrer Drusilla an.

Sie hatte sich in ihrem Zimmer verbarrikadiert; das war die einzige Möglichkeit, um in diesen Tagen Ruhe und Frieden zu finden.

«Das Haus Seferius hat sich in die Büchse der Pandora verwandelt, und ich schwöre dir, wenn das Tor zum Hades weit offen stünde, hätte Pluto nicht mehr Unruhe zu ertragen als ich.»

«Schnurrrr.»

«Ja! Und was dich betrifft, mein kleines Fräulein!» Claudia strich mit den Fingernägeln über die Wirbelsäule der Katze. «Glaub ja nicht, daß ich deinen kleinen Bauch nicht bemerkt hätte.» Zärtlich kraulte sie Drusillas Bauch. «Ich weiß, daß du darin kleine Kätzchen trägst.»

Die Katze, die sich keine günstige Gelegenheit entgehen ließ, warf sich auf den Rücken und wand sich von einer Seite zur anderen, als Claudias Fingerspitzen ihren weichen hellen Unterbauch kitzelten. Mit den Vorderbeinen begann sie, in der Luft zu rudern. Diese Tageszeit gefiel ihr am besten, wenn sie ihr Abendessen gehabt hatte und das Licht nachließ. Dann kamen die Motten heraus, und obwohl sie Motten besonders gern mochte, ging nichts über eine Kuschelei mit Claudia, denn sobald sich Claudia mit einem Krug Wein niederließ, wußte Drusilla, daß sie kuscheln würden. Ihre blauen schielenden Augen schlossen sich vor Wohlbehagen.

«Brrrrr.»

«Das Problem ist, Püppchen, daß mir alles aus der Hand entgleitet. In dem Augenblick, wenn ich denke, ich hätte eine Sache endlich hinter mich gebracht, taucht schon der nächste Horror auf. Sieh dir das mal an.» Claudia streckte die Hand nach einem Brief auf dem Tisch aus. «Von Lucan. Der erwartete mich bereits, als ich nach Hause kam. Er ist sehr höflich. Bis Mittwoch will er fünfhundert Sesterzen haben. Was soll ich denn bloß tun, hmm?»

Sie knüllte das Pergament zusammen und warf das Knäuel zielsicher aus dem Fenster.

«Ich habe ihn natürlich gefoppt. Ich habe ihm einen ebenso höflichen Brief zurückgeschickt, fünfzig Sesterzen beigelegt und weitere fünfzig in der nächsten Woche in Aussicht gestellt. Ich meine, fairer als das geht es doch nicht, oder?»

Fünfzig Sesterzen vom Bankettgeld abzuzweigen, war ein Kinderspiel.

«Ich hatte so gute Ideen, wie ich die ganze verdammte Summe auf einmal besorgen könnte.» Claudia wechselte die Hand, weil ihr die Finger weh taten. «Durch das Märchen, das ich Gaius von dem Kapitän der Galeere erzählt habe, kam ich darauf. Ich dachte, warum soll ich diesen Trick nicht in die Tat umsetzen? Es gibt, weiß Gott, genügend leichtgläubige Wesen in dieser Stadt. Ich war überzeugt, daß wir einige von ihnen melken könnten, ohne ein Risiko einzugehen. Aber was hat Gaius dann gemacht?»

«Schnurrrrrr.»

«Gaius, der Mann, der sich nie in die Karten gucken läßt? Vor versammelter Mannschaft plaudert er gestern abend bei diesem verdammten Bankett aus, daß er, Gaius Seferius, ein angesehener Weinhändler, um dreihundert Sesterzen betrogen worden sei!»

«Schnurr.»

Dieses verdammte Bankett. Eine echte Farce, wie man sie noch nie erlebt hatte. Claudia verdrehte die Augen bei der Erinnerung daran. Melissas Selbstmord hatte eine Reihe von Alpträumen zur Folge gehabt, wobei die Tatsache, daß sie keine Hinweise hinterließ, welche Vorbereitungen sie getroffen hatte, noch das kleinste Übel gewesen war. Oder besser, welche Vorbereitungen sie nicht getroffen hatte! Folglich machten sich von den Tänzerinnen nur sechs syrische Mädchen die Mühe aufzutauchen, so daß Claudia gezwungen war, sie ihre Tänze so oft wiederholen zu lassen, bis ihre Füße vor Anstrengung zusammenknickten. Die Akrobaten kamen erst um Mitternacht; der Feuerschlucker kam überhaupt nicht, genausowenig wie der Dichter, der Komödiant oder der

Schlangenbeschwörer. Die Akrobaten waren so furchtbar, daß Claudia keine Gewissensbisse hatte, ihnen das Geld zu kürzen und es für Lucan beiseite zu legen, aber die Musiker übertrafen sich selbst, das mußte man ihnen hoch anrechnen. Es war nur schade, daß keine Sänger erschienen waren, um sie zu begleiten.

Jede andere Frau hätte sich den ganzen Abend lang vor Verlegenheit gewunden. Doch nicht Claudia. In dem Augenblick, als ihr klar war, daß das Bankett ein Fiasko werden würde, zumindest was die Darbietungen betraf, erklärte sie der versammelten Gesellschaft: dies sei die Nacht der Komödie. Sie sollten sich doch bitte einmal den Rummel vorstellen, der sie erwarten würde, wenn man dem Pöbel die Organisation überließe. Sie gratulierte sich selbst, denn wenn man an den obszönen Snobismus jener Gäste appellierte, hatte man schon gewonnen. Das Schlimmste, was sie sich in ihrer heilen kleinen Adligen- und Ritter-Welt vorstellen konnten, war eine Invasion des Pöbels. Um ihnen also ihre eigene Überlegenheit vor Augen zu führen, reichte es, ständig dieselbe Tanztruppe auftreten zu lassen, Musik ohne Begleitung von Gesang oder Versen spielen zu lassen und sogar auf eine laszive Entblätterungskünstlerin zu verzichten. Und die größte Ironie von allem, überlegte sie vergnügt, war die Tatsache, daß keiner dieser arroganten Kerle sich auch nur im entferntesten bewußt gewesen war, daß man sie auf den Arm genommen hatte!

Hätte es jedoch nicht Verres' geniales Festmahl gegeben, wäre sie nie damit durchgekommen. Aber so ist das Leben. Manchmal gewinnt man, manchmal verliert man, und dieses mit lebendigen Drosseln gefüllte Wildschwein hatte ihnen den Atem geraubt. Genauso wie die Pfauen und Kraniche, die Neunaugen und Austern. Da am morgigen Samstag das Weinfest stattfand, konnte sie es sich leisten, Verres zur Belohnung einen freien Tag zu geben.

Ein weiterer erfreulicher Punkt war gewesen, daß Orbilio, dieser widerliche kleine Schnüffler, den Gaius ebenfalls eingeladen hatte, glücklicherweise zu sehr in Caldus' Mordfall eingebunden war, um teilzunehmen. Der plötzliche Tod des Bankiers bedeutete zwar, daß die Frage nach den Alibis ein bißchen heikel wurde, aber Claudia hatte die Sache ziemlich gut gemeistert, fand sie. Dadurch, daß

Orbilio unter ihrem Dach wohnte, hatte sie ihm zumindest entlokken können, daß es den armen alten Publius irgendwann zwischen fünf und sieben Uhr erwischt hatte. Darum war es am Abend des Banketts ein leichtes für sie gewesen, ihren anwesenden Freiern eine Fangfrage zu stellen: He, ich habe dir gestern im Forum zugewinkt, so gegen sechs Uhr, warum hast du nicht zurückgewinkt? Da der Wein reichlich floß und sich alle prächtig amüsierten, antwortete jeder von ihnen ganz spontan: Ich? Du mußt dich geirrt haben, um sechs war ich da-und-da, oder was auch immer. Keiner der sieben zögerte ... was bedeutete, daß die Liste der Verdächtigen sich angenehm reduzierte.

Claudia schärfte im Geiste den Dolch, der den Mörder töten würde.

«Doch nicht alles lief reibungslos.»

«Schnurrrrr.»

«Rate mal, wer den ganzen Abend lang neben Ventidius Balbus hocken mußte? Aber ich muß sagen, daß nichts von diesem Unterhaltungsprogramm ihn an Genua hätte erinnern können. Ich meine, ich habe keine Ahnung, wie diese Elefanten es wagen können, sich Tänzerinnen zu nennen! Und dann noch eine dreifache Gage dafür verlangen! Bloß weil ihr ohne Unterbrechung getanzt habt, müßt ihr nicht glauben, daß ihr *mich* betrügen könnt, habe ich zu ihnen gesagt. In diesem Haus zählt Qualität, nicht Quantität.»

«Miauuu.»

«Balbus? Ach, du kennst ihn, Püppchen. Diesen mickrigen Kümmerling mit den Augen, die wie gekochte Stachelbeeren aussehen. Und auch noch langweilig wie die Keuschheit. Den ganzen Abend lang laberte er von der Scheidung von seiner Frau, und ich dachte immer nur, was für ein verdammtes Glück für diese kleine Frau.»

Drusilla streckte ihre Tatze mit einer langen, eleganten Bewegung aus, um sich am Ohr zu kratzen. Claudia war unbehaglich zumute, das spürte sie, darum drückte sie ihr keilförmiges Gesicht an das ihrer Freundin.

«Ach, mach dir keine Sorgen um mich, Drusilla. Nun, ich will nicht leugnen, daß es eine Qual war, sechs Stunden lang neben dem einzigen Mann in Rom zu sitzen, der alles ruinieren könnte, aber ich bin sicher, daß er keine Verbindung festgestellt hat.»

Trotzdem konnte es nicht schaden, diesem langweiligen alten Tropf aus dem Weg zu gehen, wann immer es möglich war. Sie leerte ihr Glas.

«Aber was war bloß mit Junius los? Gütige Diana, solch eine Dummheit ist doch nicht zu fassen, oder?»

Diese Sache hatte Claudia an jenem Abend schlichtweg den Appetit geraubt – und dabei waren sie gerade mitten bei einer besonders saftigen Ente gewesen. Da hatte Gaius, ganz nüchtern mit Verlaub, erklärt, daß er mit Junius gesprochen und ihm gedankt habe, weil er seiner Frau das Leben gerettet habe et cetera, et cetera, et cetera. Du bist ein freier Mann, habe er zu ihm gesagt und versprochen, die Papiere fertigzumachen, und rate mal, was dann geschah, fragte er Claudia. Was? fragte sie und spießte einen Pilz auf. Nun, ich bin einfach platt, sagte Gaius, aber der Junge bestand darauf, daß er seine Freiheit nicht haben wollte. Natürlich hatte Claudia ihm kein Wort geglaubt. Gaius benahm sich in letzter Zeit merkwürdig und war sehr zerstreut, diese arme Seele. Mach dich nicht lächerlich, hatte sie gesagt. Jeder Sklave im Reich möchte seine Freiheit haben! Ja, das sei der Punkt, sagte Gaius. Das sei ziemlich wunderlich, was? Wunderlich ist noch untertrieben, hatte sie gemurmelt. War der Junge verrückt oder was? Egal. Sie schnitt sich ein saftiges Stück Ente ab und gab Drusilla die Hälfte davon ab. Um diese gallische Merkwürdigkeit würde sie sich später kümmern; es gab keinen Grund, einen guten Vogel verderben zu lassen.

«Offensichtlich wollte er lieber das Geld haben.»

Verdammt!

«Wieviel Geld?»

«Ich habe ihm tausend gegeben.»

«Asse?»

«Sesterzen.»

Da war ihr doch die Ente im Hals steckengeblieben, und als ihr Hustenanfall endlich nachließ, hatte Gaius doch tatsächlich gefragt:

«Ich denke, das ist angemessen, oder?»

Sie würde es Junius schon angemessen geben, wenn sie ihn in die Finger bekam! Eintausend Sesterzen, also wirklich! Was war los mit dem Jungen? Sie hatte ihm die Freiheit versprochen, und stattdessen hatte er so viel Geld eingesteckt, daß sie damit die Hälfte ihrer Schulden bei Lucan hätte abzahlen können, und jetzt hing er *immer noch* in diesem verdammten Haus herum. Oh, sie würde es ihm schon angemessen geben!

Als könnte ich diesen Ärger auch noch gebrauchen. Claudia zählte die Probleme an ihren Fingern ab. Mein Mann wird alt, führt Selbstgespräche und vergißt es, sich zu waschen oder seine Geschäftstermine einzuhalten. Meine Kunden werden einer nach dem anderen von einem Wahnsinnigen umgelegt. Ich habe meine eigene Sklavin in den Selbstmord getrieben, und jetzt haben alle im Haus Angst, daß sie dafür bestraft werden. Meine angeheirateten Verwandten machen mir ständig die Hölle heiß, und ich laufe Gefahr, von einem höflichen kleinen Beamten mit einem Hang zur Geschwätzigkeit entlarvt zu werden – und jetzt fängt Junius auch noch an, sich aufzuspielen. Sie leerte den Krug.

«Oh, Püppchen, mir ist wirklich erbärmlich zumute wegen Melissa!»

Es war nicht so, wie Orbilio ihre Tränen gedeutet hatte. Sie hatte das Mädchen weder gemocht noch abgelehnt, aber sie hatte ihr vertraut. Genauer gesagt, hatte Melissa jedenfalls ihrer Herrin vertraut, und dieses Vertrauen hatte ihr das Leben gekostet. Es war ein schreckliches, widerliches Gefühl zu wissen, daß man ganz allein dafür verantwortlich war, daß ein sechzehnjähriges Mädchen, das nichts anderes als Elend gekannt hatte, in irgendeiner stinkenden Gasse gestorben war. Am Tag war es schon schlimm genug, aber nachts nahm das Schuldgefühl monströse Ausmaße an. Es quälte einen in den Träumen und weckte einen dann auf. So wie es kein Ende nahm, so gab es auch keine Antwort auf das Problem. Man fand keinen Trost in Tränen des Selbstmitleids. Selbst zahllose Selbstvorwürfe machten das Mädchen nicht wieder lebendig. Diese Last würde Claudia für den Rest ihres Lebens mit sich herumtragen.

«Aber ganz unschuldig ist diese dumme Kuh auch nicht, weißt du. Ich sagte ihr, sie solle die Kleider verbrennen, aber nein, sie beschließt, sich eine Tunika aus dem Stoff zu machen. Es ist ihre eigene verdammte Schuld.»

Sie spürte, daß diese Worte überzeugender geklungen hätten, wenn sie nicht von Tränen begleitet worden wären.

«Ach, was für ein Sauhaufen ist das nur! Gaius, Balbus, Melissa, Junius, Ligarius – von ihm hast du doch gehört, oder? Noch so einer, der völlig verrückt ist. Laut Leonides schleicht er hier immer noch herum. Doch wenigstens ist dieser fette, häßliche Klops endlich so schlau, den Mund zu halten.»

Vom Kraulen gestärkt, richtete Drusilla sich auf und begann, ihr Gesicht zu putzen.

«Bei Juno, ich werde ihm die Eier abschneiden, so wahr mir Juno helfe, wenn Ligarius Schwierigkeiten macht.»

«Miauuuu.»

«Ja, und wo wir gerade von Schwierigkeiten reden, Larentia, dieses alte Biest, läßt einfach nicht locker, weißt du. Als letzte Neuigkeit erfuhr ich von Rollo, daß sie auf ihrer linken Seite gelähmt ist, und wenn sie nicht gerade zusammenhanglos vor sich hin lallt, schreit sie, daß diese dreckige, geldgierige Hure versuchen würde, sie umzubringen. Ich sag dir, Drusilla, im Augenblick kommt es mir vor, als liefe ich auf Glasscherben. Kaum hat man ein Hindernis überwunden, rennt man schon gegen das nächste.»

Sauber, gestärkt und zufrieden, aber mit dem Gefühl, daß das Ende dieser Sitzung nahte, streckte die Katze zuerst ihren Oberkörper, dann ihren Unterkörper und sprang lautlos hinunter auf den Teppich.

«So ist es recht, Püppchen, geh nur und inspiziere dein Territorium. Es ist eine liebliche, warme Nacht, die Sterne stehen am Himmel, es gibt einen wunderschönen Halbmond und nur den Hauch einer Brise.»

Drusilla hielt auf dem Fensterbrett inne, schnupperte in der Luft und sprang dann anmutig in die Leere.

Ach, wenn ich nur eine Katze wäre, dachte Claudia und zog ihre Tunika aus. Was für ein wunder-, wunderschönes Leben!

Armer alter Publius. Man fand ihn in seinem Stall, sagte Orbilio, und es fiel Claudia schwer, die Fassung zu bewahren. Dem heiteren Bankier wäre die Komik der Situation aufgefallen, denn er war, wie jeder wußte, verrückt nach seinen Pferden. Doch nur Claudia war in das Ausmaß seiner Obsession eingeweiht gewesen. Sie hatte sich mit ihm immer im Stall getroffen, wo er ausgezogen (ein Anblick, der empfindlichen Menschen nicht zu empfehlen war) und mit einem Futterbeutel vor dem Gesicht ungeduldig wartete. Sie zog ihm dann ein speziell angefertigtes Zaumzeug über den Kopf (weiß der Himmel, was der Hersteller gedacht hatte, als Publius ihm den Auftrag gab), und der Bankier hockte sich auf alle viere, damit Claudia ihn wie das Tier, das er vorgab zu sein, sämtliche Gangarten ausführen ließ. Wenn er ordentlich angeheizt war, legte sie sich Sporen an den Innenseiten ihrer Knöchel an, setzte sich breitbeinig auf den Rücken des Bankiers und spornte ihn, sozusagen, zum Sieg an.

Ach ja. Jedem das Seine, dachte sie und schlüpfte unter die Bettdecke. Jedem das Seine.

Sie konnte weder etwas hören noch etwas sehen, aber Claudia wußte es. Jemand war in ihrem Zimmer. Die Haare in ihrem Nakken sträubten sich. Auf ihren Armen und Oberschenkeln bildete sich eine Gänsehaut. Instinktiv wurde ihr Körper steif, und ihre Ohren lauschten aufmerksam, um auch nur die leiseste Bewegung zu vernehmen. Und dann hörte sie es. Dem schweren Atem folgte ein langgezogenes, leises Lachen.

«Das reicht nicht, Claudia.» Ob geflüstert oder nicht, sie hatte wenig Mühe, diese Stimme wiederzuerkennen. «Wenn der Herr Lucan fünfhundert sagt, dann meint er fünfhundert und keine lumpigen fünfzig.»

Sein Atem roch nach Knoblauch.

«Wie sind Sie hier reingekommen?»

«Tss, tss, tss.» Sie sah seine weißen Zähne in der Dunkelheit schimmern. «Stell einem Mann in meiner Position nicht solche Fragen.» Otho trat näher an das Bett und hockte sich hin. «Fünfhundert, Claudia. Bis Montag.»

Sie atmete schnell und flach. «Schon gut, schon gut. Sagen Sie ihm… kein Problem, er wird sein verdammtes Geld bekommen. Verschwinden Sie jetzt!»

«Ich hoffe wirklich, daß du mich nicht anlügst, Claudia.» Er streckte die Hand aus und berührte ihre Wange. «Es wäre doch schade, so eine sanfte Haut zu verletzen.»

Das Schweigen schien unendlich zu sein, aber sie konnte sich nicht überwinden, es zu brechen.

«Möchtest du vielleicht einen Handel vorschlagen?»

«Nein.»

Er gab ein leises, zischendes Lachen von sich. «Das meinst du doch nicht ernst, Claudia. Du hast kein Geld, das weiß ich. Du hast keine fünfhundert.» Er stieg neben ihr auf das Bett. «Also frage ich dich noch einmal, möchtest du einen Handel?»

«Lieber würde ich sterben.»

«Sagen wir, wir reden ein bißchen – für zehn Sesterzen vielleicht?» Er beugte sich zu ihr vor. «Ach so, du stößt mich zurück. Das heißt wohl nein, was? Dann sagen wir fünfzehn –»

Plötzlich kreischte der riesige Thraker wie eine alte Hexe und umklammerte hektisch sein Gesicht. Blut floß in seine Augen.

«Aua aua aua!»

Drusilla war von ihrer Nachtwache zurückgekehrt.

«Nimm sie weg!» schrie er mit wedelnden Armen. «Ruf deinen Dämonen zurück.»

Claudia lag noch immer unter ihm fest und bearbeitete seine Brust mit ihren Fäusten, als die Tür aufgestoßen wurde. Licht durchflutete das Zimmer. Kräftige Hände packten Otho bei der Kehle und rissen ihn hinunter auf den Boden. Drusilla, die nun überflüssig war, sprang leichtfüßig auf das Fensterbrett, von wo aus sie einen guten Überblick über die Ereignisse hatte, um, wenn notwendig, wieder einzugreifen.

«Was ist geschehen?» Gaius' kräftiger Leib verstellte jetzt den Türrahmen. Hinter ihm hatte sich die Hälfte der Haussklaven versammelt. «Claudia, ist alles in Ordnung mit dir?»

Orbilio, der den Thraker überrascht und daher mühelos überwältigt hatte, begann, sein Opfer zu fesseln. «Es sieht so aus, als hätte dieser alte Affe versucht, Ihre Frau zu vergewaltigen.»

«Vergewaltigen, so'n Scheiß! Diese Hure hat mich eingeladen, fragen Sie sie, sie...»

Mit einem Faustschlag wurde Otho zum Schweigen gebracht.

«Ist alles in Ordnung mit *Ihnen*?»

Es war klar, daß Orbilio nicht mit Otho sprach, und erst jetzt bemerkte Claudia, daß auch sie mit Blut befleckt war.

«Das ist sein Blut», erklärte sie. «Es geht mir gut.»

«Sie hetzt die Dämonen aus der Unterwelt auf mich», murmelte Otho unter dem Blutstrom, der aus seinem Mund floß. Claudia schätzte, daß er bei diesem Schlag wahrscheinlich ein paar Zähne verloren hatte.

«Keine Dämonen», erklärte sie mit süßer Stimme und strich sich das Haar aus den Augen. «Nur eine kleine Miezekatze.»

«Einen Dämon», beharrte er. «Er hat mir das Gesicht zerfetzt.»

Richtig, richtig. Aber mach dir keine Sorgen, Otho, ich werde dir diese Verschönerung nicht in Rechnung stellen; du kannst dich später bei mir bedanken.

«Also gut, Partner. Macht es dir was aus, mir zu erzählen, wer du bist und was du hier machst?» Orbilio hievte den Thraker am Kragen seiner Tunika in eine Sitzposition. «Wir werden es früher oder später sowieso herausfinden, also kannst du es auch gleich sagen.»

Otho wischte sich an seiner Schulter den Mund ab. «Ich arbeite für Lucan, den Geldverleiher. Diese Hure schuldet ihm viele tausend Sesterzen, die ich abholen wollte.»

«Ist das wahr?»

Das war Orbilio.

«Natürlich nicht!»

Das war Gaius.

«Niemand treibt um drei Uhr morgens Schulden ein, indem er bei anständigen, respektablen, wehrlosen Matronen gewaltsam eindringt.»

Matrone? *Matrone?* Nun, diese Beschreibung konnte man noch einmal verzeihen, überlegte sie, angesichts der Tatsache, wie tapfer Gaius für sie eintrat.

«Es ist wahr, fragen Sie meinen Herrn Lucan. Er wird es bestätigen.»

Claudias Blick wechselte von Gaius zu Orbilio und wieder zurück. Orbilio neigt dazu, dem Strolch zu glauben, dachte sie. Umstände hin oder her, aber hatte Rufus ihm nicht von ihr und einem großen thrakischen Kerl am Tag der Schlägerei erzählt? Daß es zwei große Thraker im Leben einer Frau gab, war zuviel der Zufälle, und sie wußte verdammt gut, was Orbilio von Zufällen hielt. In Gaius' Leben waren Thraker jedoch besonders dünn gesät... Sie warf ihrem Mann einen Blick voller Hilflosigkeit zu und wartete.

«Was halten Sie davon, diesen Bastard auf der Stelle zu kastrieren, Marcus?»

Sei gesegnet, Gaius!

Orbilio schenkte ihm ein halbherziges Lächeln. «Tut mir leid», sagte er. «Dieses reizende Geschöpf kommt vor Gericht.»

«Warum öffentliche Gelder verschwenden? Gemeinsam könnten wir...»

«Nein.»

«Das ist nicht fair, er ist...»

«Gaius, wenn das Leben fair wäre, bräuchten wir überhaupt keine Gerichte. Dieser Drecksack kommt vor Gericht, und das ist mein letztes Wort.»

Eine öffentliche Anhörung? Bei Juno, eher möchte ich Lepra haben als das!

«Ich habe eine Idee», warf sie ein. «Warum machen wir...»

«Meine Liebe, dein Cousin hat ganz recht. So bedauerlich es ist, aber ich bin auch der Meinung, daß wir ihn übergeben sollten.»

«Aber...»

«Nun mach dir keine Sorgen, Claudia. Ich gebe dir mein Wort, so etwas wird nicht noch einmal passieren. Ich werde einen Wachposten an die Tür stellen...»

Er kam nicht zur Tür herein, Gaius!

«... und auch einen Hund.»

Halt dir die Ohren zu, Drusilla.

«Oh, Gaius, du bist wunderbar. Vielen Dank.» Sie drehte sich zu Orbilio um. «Du auch, Cousin», fügte sie zähneknirschend hinzu. Verdammt, das ist schon das zweite Mal innerhalb von vier Tagen! Sie mußte sich das Danken wirklich abgewöhnen, bevor es Orbilio zu Kopfe stieg.

Unsanft wurde Otho von den Sklaven unter Junius' Aufsicht, wie sie bemerkte, aus dem Zimmer getragen. Anscheinend hat er es auch noch geschafft, für sich eine Beförderung herauszuschlagen, dieser gemeine kleine Kerl.

«Laß das sein», befahl sie dem Mädchen, das das Blut aufwischte. «Wir erledigen das morgen früh, wenn wir mehr Licht haben.»

In Wahrheit war sie viel zu schwach und nervös, um eine Dienerin in ihrer Nähe zu ertragen. Was sie brauchte, war ein Glas Wein und ein Bett!

Orbilio strich sein Haar mit den Händen zurück. «Ich sehe dich dann morgen früh.»

Nicht, wenn ich dich zuerst sehe!

«Ich freue mich schon darauf, Marcus...»

Oh, Scheiße. «Gaius, ist dir nicht gut?»

Sein Gesicht war verzerrt vor Schmerz, und er griff sich an die Brust.

Claudia war im Nu aus dem Bett und rutschte und schlitterte durch Othos Blut, als sie zu ihm hinlief, aber Orbilio war schneller als sie.

«Setzen Sie sich», sagte er und führte Gaius zum Bett.

Claudia hielt die Lampe näher an sein Gesicht. Verdammt. Er war ganz grau. Schmerzanfälle schüttelten seinen korpulenten Leib.

«*Junius?* Oh, da bist du ja. Junius, hol den Doktor, der Herr ist krank.»

XVIII

Seit Jahrhunderten hatten die Römer ihren Göttern durch Sühneopfer die Ehre erwiesen, sei es durch das Opfer eines trächtigen Schafes, die Spende von Wertgegenständen, eine hohe Geldsumme oder nur durch ein Trankopfer, um den Unsterblichen zu zeigen, daß man sie nicht vergessen hatte. Hauptsächlich geschah das aus Angst vor dem mächtigen Jupiter, aber auch für die bescheidensten Beschützer der Ladenschränke. Und was war das Anliegen? Wenn du die Götter erzürnst, geschieht das auf deine eigene Gefahr hin. Darum konnte Orbilio, dem dieses Wissen eigentlich so tief in sein patrizisches Blut übergegangen war, sich nicht erklären, warum er bei Claudias Vorstellung am Hausaltar nicht einmal mit der Wimper zuckte.

«Ihr elenden Hundesöhne», sagte sie gerade. «Tagtäglich habt ihr in den letzten viereinhalb Jahren mehr Aufmerksamkeit geschenkt bekommen als eine Braut in ihrer Hochzeitsnacht. Ihr habt gesehen, wie sich der Umfang dieses Altars verdoppelte, aus dem feinsten Carrara-Marmor wurde er neu aufgebaut – und jetzt versucht ihr, mir zu erzählen, ihr hättet schon Besseres gesehen. Dann sage ich euch ins Gesicht, daß ihr lügt.»

Mit einem großen Aufheben goß sie das Trinkopfer ein.

«Habt ihr das gesehen, ja? Genau. Das ist die *letzte* Warnung! Ich habe mein Teil getan, jetzt wird es Zeit, verdammt noch mal, daß ihr euren Teil tut, habt ihr mich gehört?»

Orbilio vermutete, daß wahrscheinlich alle Götter, die es gab, sie gehört hatten – und vor Angst schon in ihren himmlischen Schuhen zitterten. «Haben Sie die Möglichkeit erwogen, daß die Götter vor Entsetzen schon geflüchtet sind?» fragte er freundlich.

«Um so besser! Wenn Gaius' Vorfahren nur halb so schlimm waren wie seine jetzigen Verwandten, kann man von Glück reden, wenn man sie los ist.»

«Sie sind also nicht vollkommen?»

«Seine Mutter ist eine Schlange in menschlicher Gestalt», schnaubte sie, «seine Schwester hat kein Grips im Gehirn, und seine Tochter würde sogar Poseidons Geduld auf die Probe stellen.»

«Wie ich hörte, heiratet sie nächsten Monat Scaevola.»

«Ganz recht.» Sie klang erleichtert.

«Ist er derjenige mit dem Doppelkinn und den Zahnlücken?»

«Nein, das ist Marcellus, dessen Hände mehr grapschen können als eine ganze Legion.»

«Wenigstens muß ich mich mit diesem Problem nicht abgeben», antwortete er. «Die angeheirateten Verwandten, meine ich, nicht die grapschenden Hände Ihres Schwagers.»

In mancherlei Hinsicht wünschte er sich allerdings, er hätte auch ein Problem mit angeheirateten Verwandten, denn seit er auf den Gedanken gekommen war, wieder zu heiraten, schien er ihn kaum wieder loszuwerden. Petronella war, wie erwartet, schließlich doch wieder zurückgekommen, aber man konnte nicht behaupten, daß das eine zufriedenstellende Beziehung war. Körperlich vielleicht ja (doch selbst dabei hatte er das Gefühl, daß es nur noch um bestimmte Bewegungsabläufe ging), aber geistig entwickelten sich diese gelegentlichen Begegnungen immer mehr zu einer großen Leere, seit Claudia Seferius in sein Leben getreten war. Ob er es wollte oder nicht, sie war jetzt ein Teil von ihm geworden. Sie begleitete ihn Tag und Nacht. Er sah im Geiste ständig ihr Gesicht, hörte ihre Stimme bei jedem Gespräch. Sein Magen machte einen Satz, wenn er sich an die Nacht vor kurzem erinnerte, als das Haar über ihre Brust fiel und das Mondlicht auf ihr Gesicht schien. Unter dem Vorwand, sie über den Thraker befragen zu wollen, hatte er sich über ihr Bett gebeugt, um ihren Duft einzuatmen. Die zerknüllten Kissen, das würzige Parfüm, das Gefühl der feinen Bettwäsche unter seiner Hand ... es würde sehr, sehr lange dauern, bis diese Erinnerungen verblaßten. Wenn er es jemals zulassen würde.

«Sie waren aber verheiratet?»

Sein Puls beschleunigte sich. Sie war also immerhin daran interessiert, mehr über ihn zu wissen?

«Ja, vor langer Zeit. Sie lief mit einem Seekapitän davon, und das letzte, was ich von ihr hörte, war, daß sie sich mit drei rotzfrechen Kindern und einer Ziegenherde in Lusitanien niedergelassen haben. Oder vielleicht war es auch andersrum.»

Bei der Mutter von Tarquin, er liebte es, wenn sie lächelte. Ihre Augen hatten die Farbe von Bucheckern, und ihre Wangen waren weich wie Robbenhaut. Orbilio verschränkte die Arme vor der Brust, damit er sie nicht nach ihr ausstreckte.

«Dann war es wohl kaum eine Liebesheirat gewesen?»

«Sie war von Anfang an ein leichtsinniges Wesen, trotz ihrer adligen Abstammung. Ehrlich gesagt, war ich froh, sie von hinten zu sehen.» Er fragte sich, warum er ihr das erzählte. Noch mehr wunderte er sich, warum sie ihm zuhörte. «Aber es war die altbekannte Geschichte. Ihr Vater, mein Vater, ein guter Heiratsvertrag. Das war natürlich ein Schlag für die Familie, als sie weglief.»

Jeder kannte das römische Recht und die Rolle des Vaters in der Familie, aber plötzlich war es wichtig, ihr zu erzählen, daß sein Vater nicht mehr darüber bestimmte, was Orbilio tat.

«Ihr Vater wollte die Mitgift zurückhaben, mein Vater weigerte sich, und so ging es seinen Gang. Der Fall kam vor Gericht, aber das war leider zuviel Streß für den alten Mann. Er brach zusammen und starb.»

Konnte er es noch deutlicher machen, ohne zu schreien? Durch den Tod meines Vaters bin ich von arrangierten Heiraten befreit, Claudia. Hörst du, was ich sage?

«Passen Sie auf, daß Flavia nichts von dieser Geschichte erfährt; die kleine Gans könnte dann auf dumme Gedanken kommen. Sie hat im Augenblick eine sehr schlechte Meinung von Gaius.»

Er wartete. «Und Sie?»

«Scaevola ist eine ausgezeichnete Wahl», antwortete sie nachdrücklich und erweckte in ihm den Eindruck, daß sie ihn absichtlich mißverstanden hatte. «Niemand soll jedoch behaupten –» in ihren Augen blitzte dabei etwas auf, was er nicht deuten konnte –, «ich hätte versucht, das Kind bezüglich seiner Ehe zu beeinflussen.»

Die Stimmung hatte sich verändert. Noch vor einer Sekunde war sie witzig und entspannt gewesen, aber plötzlich war sie steif. Er hatte das Gefühl, daß sie ihm etwas sagen wollte. Etwas Wichtiges. Aber er wußte ums Leben nicht, was. Der verliebte, von den Sternen nicht gerade begünstigte Orbilio war verschwunden; Orbilio, der Ermittler, spitzte die Ohren und achtete auf die leiseste Nuance. Mit dem Ärmel ihrer Tunika polierte sie einen Fleck auf dem Marmor.

«Wie geht es Gaius?» fragte er und zwang sich, nicht auf ihr entblößtes Bein zu starren.

Falls diese Frage sie überraschte, so zeigte sie es doch nicht. Orbilio hatte nicht nur geholfen, Seferius in sein Zimmer zu tragen, sondern er hatte auch gewartet, als der Arzt ihn untersuchte.

«Ach, Sie kennen doch meinen Mann. Der Quacksalber hat ihm gesagt, er solle sich schonen, aber Gaius ist gestern trotzdem ausgegangen und hat geschworen, daß er das Weinfest nicht versäumen würde, und wenn er dafür den ganzen Schlamm vom Nil bekäme. Orbilio, meine Geduld mit Ihnen geht allmählich zu Ende. Könnten Sie bitte erklären, was Sie in meinem Haus treiben?»

Dieser zweite plötzliche Themenwechsel warf ihn völlig aus der Bahn. Er hätte es wissen müssen, dachte er, denn das machte sie immer. Doch jedesmal erwischte sie ihn auf dem falschen Fuß.

«Ich bin immer noch Ihr Gast, erinnern Sie sich?»

«Äh-äh. Sie sind ausgezogen.»

«Ich bin was?» Hektisch sah er sich um. «Claudia, Sie haben doch nicht etwa meine Sachen auf die Straße geworfen? Bitte sagen Sie, daß Sie meine Sachen nicht auf die Straße geworfen haben!»

Vier Tage waren vergangen, seit Rufus die Nachricht von Caldus gebracht hatte. Vier Tage und Nächte war Orbilio ihm auf den Fersen gewesen und hatte jede einzelne Spur verfolgt. Er hatte gegessen, wenn er sich gerade daran erinnerte, und geschlafen, wo er praktisch hinfiel. Seine Augen brannten, seine Glieder waren schwer wie Blei, und er schlief fast schon im Stehen, aber, bei Jupiter, er war *so nah dran*, diesen verdammten Mordfall zu lösen! Das letzte, was er jetzt hören wollte, war, was letzten Endes passieren würde, daß seine sauberen Sachen von Ochsen zertrampelt und dann von Bettlern gestohlen worden waren.

«Was haben Sie erwartet? Seit einer Woche haben wir weder etwas von Ihnen gehört noch gesehen. Dies ist kein gewöhnliches Gasthaus, wissen Sie.»

«Es waren nur zwei Tage, übertreiben Sie nicht. Und Sie haben mich jede Stunde vermißt, geben Sie es zu.»

Am liebsten hätte er sie hier und jetzt in die Arme genommen. Sie immer wieder im Kreis herumgewirbelt, bis ihnen beiden schwindelig wäre. Er wünschte sich, in diesem kleinen Fleck Morgensonne da drüben die Nadeln aus ihrem Haar zu ziehen. Dann würde er ihre rosafarbene Tunika herunterziehen – über die Schultern, die Brüste, die Hüften. Vor dem Hintergrund der sprudelnden Springbrunnen würde er ihr Brustband öffnen, den schmalen Riemen aufbinden, der ihre herrlichen weiblichen Geheimnisse verbarg, und sie würden zusammen unter dem freien Himmel tanzen, sich lachend küssen und schreien, wenn sie sich liebten...

«Machen Sie sich doch nicht lächerlich! Ich habe Besseres zu tun, als von irgendeinem kleinen Streber zu träumen, der sich als mein Verwandter aufführt.»

Verdammt, Claudia, nun sei doch nicht so schrecklich brutal!

«Ach, hören Sie auf zu schmollen, Orbilio! Ich habe nicht *alle* Sachen hinausgeworfen, sondern nur das kleine Ferkel. Sie waren ja nicht da, um das zu machen.»

Rufus? Oh, verdammt, er wußte, daß da etwas war, was er vergessen hatte! Schon als er am Dienstagabend losrannte, hatte er das Gefühl gehabt, etwas vergessen zu haben. Nun, er wäre ein Idiot, wenn er sich dafür entschuldigte. Was das Kind betraf, war sie sowieso total irrational. Irrational *und* unvernünftig!

«Wie hat er die Vertreibung aufgenommen?» Komischerweise hatte er sich an die munteren Scherze und die verschmitzte Art des Jungen gewöhnt. Der Gedanke, daß Rufus wieder auf sich selbst gestellt war, gefiel ihm nicht.

«Ich glaube, er murmelte etwas davon, daß das hier ja mein Schuppen sei, in dem ich machen könne, was ich wolle, und dann trollte er sich ohne ein weiteres Wort davon. Es würde Ihnen nicht schaden, wenn Sie etwas von ihm lernten, Orbilio.»

Er wußte nicht genau, wie er das verstehen sollte, und beschloß, daß es das beste wäre, wenn er schwiege. Als er beobachtete, wie sie gähnte und sich streckte und dabei diese prachtvollen Brüste vorwölbte, bemerkte er, daß sein Mund ganz trocken geworden war. Gedankenverloren nippte er an dem Wein, den Claudia für die Vorfahren ihres Mannes eingeschenkt hatte.

«Der Thraker ist übrigens geflüchtet», bemerkte er beiläufig.

Sie warf ihm einen Blick zu. «Warum?»

Bei der Mutter von Tarquin, du bist wunderbar, Claudia, wirklich! Wen überrascht es da, daß keine andere Frau dir das Wasser reichen kann? Ich erzähle dir, daß Otho geflüchtet ist, doch du fragst nicht, wie. Du stöhnst nicht oder schlägst dir vor Entsetzen die Hand vor den Mund. Du schreist nicht und sagst nicht, daß wir einen Wachposten aufstellen sollen für den Fall, daß er zurückkommt. Du gerätst nicht in Panik und brüllst: Was sollen wir tun? Was sollen wir tun? Du fragst nur, warum.

Eine entzückende Augenbraue hob sich leicht. «Orbilio, reden wir von demselben Gorilla, der vorletzte Nacht in mein Zimmer eindrang? Denjenigen, den Sie halb erwürgt haben? Der durch einen Faustschlag ins Taumeln kam? Den Sie sogar persönlich fester zusammengeschnürt haben als ein Kochhuhn?»

Orbilio breitete die Arme aus und zuckte die Schultern. «Dann brauche ich wohl mehr Übung im Knotenschnüren.»

«Ach, meinetwegen hätten Sie sich die Mühe nicht machen müssen. Der Esel log doch das Blaue vom Himmel herunter.»

«Lassen Sie es gut sein, Claudia, mir müssen Sie nichts vormachen. Was immer er auch vorhatte, als ich hereinplatzte, aber eigentlich war er gekommen, um Sie nochmals zu warnen. Hab ich recht?»

«Quatsch!»

«Hören Sie, ich sagte, um Sie nochmals zu warnen. Ich weiß alles über die Schlägerei, Claudia. Und überhaupt», fügte er ruhig hinzu, «weiß ich so gut wie alles.»

Melissa hatte sich als Hure verdingt; das wußte er seit der gründlichen Durchsuchung ihres Zimmers. Sie hatte ihr Geld irgendwo versteckt, das war sicher, und die Wahrscheinlichkeit war groß, daß es unter diesem Dach war. Aber sie mußte einen Zuhälter gehabt haben. Wer sonst hatte sie zu den hochgestellten Beamten geführt? Darauf gab es nur eine Antwort, und es ging nur noch darum, sie zu beweisen. Es *gab* allerdings ein paar Punkte, die ihn noch beschäftigten, zum Beispiel, warum niemand den Mörder gesehen hatte. Wie konnte er kommen und gehen, ohne Aufmerksamkeit auf sich zu lenken? Einen Mann, der mit Blut befleckt war, konnte man kaum übersehen – außer wenn seine Toga die Flecken verhüllte. Aber das waren nebensächliche Spitzfindigkeiten; seine Neugierde würde befriedigt werden, wenn es zum Geständnis kam. Und er hatte, bei Jupiter, keine Bedenken, daß er eins bekommen würde. Nicht, nachdem er den Fall so gewissenhaft rekonstruiert hatte! Am schwersten war es gewesen, das Motiv herauszufinden. Ohne Motiv konnte er natürlich keinen Mörder finden, aber seitdem er es, dank Minervas Zauber, gefunden hatte, lief alles wie geschmiert. Es fehlte ihm nur noch ein Verhör, um die Sache zum Abschluß zu bringen.

Sie starrte ihn mindestens eine Minute lang eindringlich an. In seinen Augen funkelte es, er konnte nichts dagegen tun, denn er war felsenfest überzeugt, daß sie ihn rasend gern ausfragen wollte. Sie würde dem Drang nicht widerstehen können. Wer war's? würde sie fragen, und dann wäre er in seinem Element. Er hatte sich auf diesen Augenblick vorbereitet. Nichts würde ihn mehr umwerfen, nicht in diesem Stadium; er war zu allem bereit. Oder etwa nicht? Als sich ein schelmisches Lächeln auf ihrem Gesicht ausbreitete, bekam er ein flaues Gefühl im Magen.

«Sagen Sie mir Bescheid», fragte sie liebenswürdig, «wenn Sie damit fertig sind, das heilige Trinkopfer für unsere Hausgötter auszutrinken?»

Ohne einen Hauch von Wind war es einfach zu heiß, um im Garten zu sitzen, und in ihrem Schlafzimmer war es stickig. Doch um die Aufgabe zu lösen, die sie beschäftigte, brauchte Claudia leider unbedingt Ruhe.

«He, du!»

Auf ihr Fingerschnippen hin kam ein kleiner Junge angerannt. Eine der Küchenhilfen hatte ihn zur Welt gebracht, darum hatte Claudia nie daran gedacht, sich zu erkundigen, wer wohl der Vater war. Sehr oft, dachte sie, ist es besser, nichts über diese Dinge zu wissen.

«Schicke sofort Cypassis zu mir. Sag ihr, sie soll ein Picknick einpacken, ein paar Rosinen, einen Teller Mandeln und eine Schüssel Pflaumen. Oh, und eine Flasche Wein und ein Glas. Beeil dich jetzt.»

Der kleine Junge machte sich davon, und seine kurzen, dicken Beine stampften beim Laufen hin und her. Claudia rümpfte die Nase. Sein Vater war bestimmt nicht aus diesem Haus! Sie beschloß, sich die Männer in Zukunft etwas genauer anzusehen, denn wenn sie sich vermehren wollten, sollte man ihnen, weiß Gott, nicht erlauben, solch häßliche Kinder zu zeugen. Sie würde ein Wort mit Gaius reden, aber wirklich. Sie versteckte eine Rolle Pergament in den Falten ihrer Stola. Es war höchste Zeit, fand sie, daß sie eine Liste ihrer Kunden aufstellte, denn dank der Flut von anderen Problemen waren ihre geistigen Fähigkeiten in letzter Zeit eindeutig überlastet gewesen, und diese Aufgabe war auf den ersten Blick leicht genug. Wer ist tot, wer ist entlastet... und wer ist noch verdächtig?

Ihre Sänfte, deren auffallender orangefarbener Baldachin stets neugierige Blicke auf sich zog, setzte Claudia in einem der öffentlichen Gärten auf dem Marsfeld ab. Dieses Gebiet, einst mehr oder weniger ein Sumpf, der in einer großen Schleife vom Tiber umrundet wurde, hatte man im Laufe der letzten zehn bis fünfzehn Jahre in den schönsten Ort von ganz Rom verwandelt. Geschmückt mit Tempeln und Thermen und umgeben von Hügeln, die bis zum Flußufer reichten, war das Marsfeld bei allen Menschen beliebt. Ein friedlicher Zufluchtsort zum Lesen und Plaudern. Ein Ort, um sich im Ballspiel oder Turnen zu betätigen. Ein Platz zum Üben von Wagenrennen, für Militärübungen, Pferderennen und alle Arten von Leichtathletik, die man unter dem Motto Selbstdarstellung zusammenfassen konnte. Claudia ließ sich auf den Stufen des kleinen, aber vollendeten Tempels der Anna nieder und kaute am Ende ihrer Rohrfeder.

Die erste Liste war sehr einfach. Da war Tigellinus, der für Juturnas heiliges Wasserbecken verantwortlich war. Horatius, der

Ädile, der für die Megalesischen Spiele zuständig war. Fabianus, der Jurist. Crassus, der pensionierte Senator. Und jetzt Publius Caldus, der Bankier. Fünf Männer, die ein unverdientes und grausames Ende gefunden hatten; es mußte dringend etwas unternommen werden, damit die Zahl bei fünf blieb. Nicht aus Mitleid, sondern bevor Gaius eine Verbindung entdeckte. Die Gerüchte verbreiteten sich in dieser Stadt wie ein Lauffeuer, und beim kleinsten Verdacht wäre Claudia, so liebenswürdig Gaius auf den ersten Blick sonst auch erschien, raus. R-A-U-S, raus. Sie biß eine Mandel in der Mitte durch und warf den Rest in ein Nelkenbeet. Bei Gaius Seferius mußte man aufpassen, was man tat. Ja, das mußte man in der Tat.

Als sie aufblickte, wurde sie mit Cypassis' komischem Anblick konfrontiert, die ihr unter dem Gewicht eines Silbertabletts, das hoch mit Früchten und Wein beladen war, entgegentaumelte und hinter sich im Gras einen monströsen Fächer aus Straußenfedern her schleifte.

«Du brauchst nicht alles auf einmal zu tragen», sagte sie.

Cypassis lächelte. «Das erspart mir, den Weg zweimal zu gehen.»

«Mit einer längeren Tunika würdest du noch ganz anders gehen, mein Kind. Nun trink um Himmels willen etwas Wein und hör auf zu keuchen. Nein, nein, du kannst mit dem Fächern anfangen, wenn du wieder Luft kriegst.»

Sie hatte Melissas Nachfolgerin bei der Sklavenauktion am Mittwoch gefunden. Die Witwe des Ölhändlers, der Cypassis in den letzten drei Jahren gedient hatte, hatte alles verkauft und wollte zu ihrer Tochter nach Capua ziehen, und Claudia hatte bei dem Schnäppchen zugegriffen. Gaius war überrascht gewesen, daß sie sich für dieses robuste Mädchen aus Thessalien entschieden hatte, aber Claudia hatte sich sofort für sie erwärmt und fühlte sich von ihrem breiten Lächeln und ihrem offensichtlichen Wunsch zu gefallen angezogen. Sie vermutete, daß Cypassis, wenn man sie sich selbst überlassen hätte, nicht nur über jeden Jungen in ihrem eigenen Dorf, sondern auch in den Nachbardörfern und den Bauernhöfen in der Umgebung hergefallen wäre und sie dann mit einem Lächeln auf dem Gesicht und warmen Erinnerungen in ihren Herzen zurückgelassen hätte. Vielleicht lag es an den Grübchen in ihren Wangen oder vielleicht auch an ihrem Busen, der Ähnlichkeit mit zwei tauchenden Ottern hatte, die verzweifelt versuchten, an die Oberfläche zu kommen, aber egal, aus welchem Grund, diese Begegnung würden die Jungen ein Leben lang nicht vergessen, vermutete Claudia. Unwillig widmete sie sich wieder ihrer Aufgabe.

Liste drei, die Liste der Verdächtigen, blieb erdrückend lang. Obwohl sie in den letzten paar Wochen verschiedene Freier befragt und sie von jeder Tatbeteiligung ausgeschlossen hatte, schien es ihr ständig, als hätte sie jemanden vergessen – noch einen Anwärter auf den Titel «Wahnsinniger des Monats».

«Ich habe Ihnen etwas Käse mitgebracht, Herrin.»

«Was? Oh, Pecorino! Das ist...»

«Ihr Lieblingskäse. Ja, ich weiß, Herrin.»

Claudia nickte anerkennend. Dieses Mädchen besaß in der Tat eine innere Kraft. Innerhalb einer Stunde hatte Cypassis das Haus für sich gewonnen, mit ihren Augen aufmunternd den männlichen Sklaven zugezwinkert und mit ihren Grübchen sofort die Eifersucht der anderen Frauen zerstreut. Eine weitere Mandel flog in die Nelken. Wenn diese breiten Hüften die Absicht hatten, das zu erfüllen, was ihre Augen versprachen, sollte Claudia ihrem Dienstmädchen vielleicht ein paar Tricks zur Verhütung beibringen, denn sie wäre verflucht, wenn sie diese Perle durch Kindbettfieber verlieren würde!

Das sanfte Wedeln der Straußenfedern verursachte ein angenehmes Rieseln entlang ihrer Wirbelsäule. Sie lehnte sich zurück, schloß die Augen und begann zu summen. Es war ihr eigenes, spezielles Lied, das sie vor Jahren in Genua komponiert hatte – traurig, quälend, himmelschreiend sentimental, die perfekte Begleitung für den lasziven Tanz, mit dem sie ihre Vorstellung immer beendet hatte. Oder, um es noch deutlicher auszudrücken, die perfekte Art, um großzügige Trinkgelder sicherzustellen.

Es gab noch einen Kandidaten für Liste drei, einen Namen, den sie bisher nicht aufschreiben wollte. Den von Antonius Scaevola. Verdammt, sie mochte Scaevola. Mit ihm erfreute sie sich zunächst einmal eines anderen Arrangements, da er nicht pervers war und gefesselt und geschlagen oder geklammert und erniedrigt werden wollte. Er besaß eine gesunde, kraftvolle Libido; alles hatte Schwung und machte Spaß. Aber trotzdem scheiterten seine beiden ersten Ehen daran, ihm einen Erben zu bescheren, so daß er auch im fortgeschrittenen Alter noch Lust hatte, ein Kind zu zeugen. Claudia biß ihren Stift durch und spuckte die Spitze aus. Scaevola war für ihre Pläne unentbehrlich; sie konnte sich einfach nicht vorstellen, daß er ein verrückter Mörder war. Gütige Diana, was mache ich mir nur für Gedanken? In weniger als zwei Wochen wird er mit Flavia verheiratet sein, und wenn er sie nicht in der Hochzeitsnacht schwängert, wird er es in der nächsten Nacht tun, darauf wette ich.

«Guten Morgen, meine Liebe.»

«Gaius!»

Bei Juno, Jupiter und Mars, sieh nur, wen er bei sich hat! Von allen Menschen war es ausgerechnet dieser teiggesichtige Idiot Balbus, der sie mit einem merkwürdigen Lächeln anstarrte. Diese Art von Lächeln, das man hat, wenn man sich an eine Melodie erinnert, die man aber noch nicht zuordnen kann ...

In ihrer Eile aufzustehen, fiel das Pergament zu Boden. Schneller als sie sich hätte vorstellen können, bückte sich Gaius, um es aufzuheben.

«Was ist das denn? Du schreibst einen Brief?»

Sie konnte kaum sprechen; ihre Beine waren weich wie Aspik. «Oh. Ja. Erinnerst du dich an Octavia?»

Er sah sie mit leerem Gesichtsausdruck an.

«Octavia, wie heißt sie noch? Ihr Mann ist dick im Geschäft mit Olivenöl. Sie wohnt oben auf dem Palatin. Sieben Kinder. Die Mutter ist ein Krüppel.» Was zum Teufel veranlaßte sie, diesen Unsinn von sich zu geben. «Nun, sie ist krank – da dachte ich, ich schreib ihr ein paar Zeilen, um sie aufzumuntern. Das Übliche.»

«Sehr aufmerksam. Was hat sie denn?»

«Eine Geschlechtskrankheit.»

Claudia, halt den Mund, bevor du noch deine Zunge verschluckst!

«Und was führt dich hierher, Gaius?» Sie schnappte ihm die Liste aus der Hand und schaute verstohlen zu Ventidius Balbus hinüber, der immer noch höflich lächelte. Bitte, bitte, bitte, hilf, daß er nicht darauf kommt!

«Ach ... alles mögliche. Geschäfte ...» wich Gaius aus. «Zufällig traf ich Balbus, erinnerst du dich an ihn?» fügte er in Form einer verspäteten Vorstellung hinzu.

O ja, Gaius, in der Tat. Die Frage ist, ob er sich an mich erinnert.

«Sie sehen wirklich schöner aus als je zuvor, Claudia.» Seine Stimme klang wenig begeistert, aber seine Augen bohrten sich in ihre, und sie kam zu der Überzeugung, daß sie damals in Genua nicht mit ihm geschlafen hatte. Auch wenn sie noch so hungrig und verzweifelt war, war sie niemals selbstmordgefährdet gewesen.

Es entstand eine kurze Pause, dann wurden Claudias Gebete erhört, als ein kleiner, glatzköpfiger Mann angeschnauft kam.

«Ventidius, was für ein Glück! Ich war gerade auf dem Weg zu deinem Büro.»

Offensichtlich stand ein Grundstück, das Balbus gern haben wollte, plötzlich zum Verkauf an, und so hakte sich Claudia sowohl zu ihrer eigenen als auch zu seiner Unterstützung bei Gaius unter und gab bei Balbus' Abschied ein paar, wie sie hoffte, höfliche Laute von sich. Als sie mit ihrem Mann in den Gleichschritt fiel, bemerkte sie wieder, wie alt er aussah. Wirklich alt. Seine Augen waren eingesunken, und seine Wangen schienen eingefallen zu sein, und in letzter Zeit hatte sie ihn mehrmals dabei überrascht, daß er wie ein Säugling geschluchzt hatte.

«Du siehst müde aus, Gaius. Ich glaube, du hast dich gestern übernommen.»

«Ach, reg dich nicht auf. Der Doktor sagte, es sei nur ein harmloser Anfall gewesen. Was würden außerdem die Leute denken, wenn ich das Weinfest versäume? Und was würde das dem Geschäft nützen, hm?»

«Der Seferius-Wein spricht für sich, Gaius.»

«Ja, aber soll ich den Auguren versäumen, wenn er die Weinlese ankündigt? Claudia, wie kann ich so etwas verpassen?»

«Jetzt, wo Flavias Hochzeit naht», schnaubte sie, «solltest du dich schonen und deine Kräfte sammeln...» Sie hielt inne, als ihr ein Gedanke kam, und sie gab Cypassis mit einer Geste zu verstehen, daß sie zurückbleiben sollte, damit sie in Ruhe reden konnte. «Gaius, *was* genau hast du heute morgen hier gemacht?»

«Die, äh, Bibliothek, mein Täubchen...»

Sie wurde steif und zog ihre Hand zurück. «Lügner! Du warst in einem dieser schmutzigen Hinterhaussalons, nicht wahr?»

«Sieh mich nicht so an, ich war die Diskretion persönlich. Wir hatten ausgemacht...»

Sie machte sich nicht die Mühe, ihre Verachtung zu verbergen. «Erzähl mir nicht, was wir ausgemacht haben, Gaius, du hast mich zu dieser Ehe verleitet.»

«Ich habe dich wohl kaum verleitet, Claudia. Aber mir war nicht klar, daß du Kinder haben wolltest. Ich dachte, nach drei Kindern würdest du nicht noch mehr haben wollen.»

«Sie sind tot, Gaius.» Verdammt, jetzt konnte sie sich nicht einmal erinnern, wie alt diese fiktive Brut war! «Natürlich wollte ich noch welche.»

Die Augen des untersetzten Mannes füllten sich mit Tränen. «Mein Sohn – meine Kinder. Claudia, jetzt ist nur noch die kleine Flavia übrig. Du kannst es doch sicherlich verzeihen, wenn ein Mann ab und zu sein Vergnügen sucht?»

Claudia knüllte ihre Liste zu einem Ball zusammen und trommelte darauf herum.

«Dein Brief... Claudia, was ist mit deinem Brief?»

«Was soll damit sein?» fuhr sie ihn an und schleuderte ihn in einen Lotushain. «Ich konnte die Frau sowieso nicht ausstehen.»

Wenn Orbilio nur halb so schlau war, wie er vorgab, würde sie diese verdammte Liste nicht brauchen. Sie würde den Mörder umbringen, lange bevor es zum Geständnis käme, und wenn sie Gift nehmen müßte.

Gaius blieb stehen und blickte sie fest an. Sein Gesicht sah zwar verhärmt, aber entschlossen aus. «Es tut mir leid, wenn du das Gefühl hast, ich hätte dich im Stich gelassen, aber so ist das nun mal, Claudia.»

«Das habe ich schon vor langer Zeit akzeptiert, aber wenn ich herausfinde, daß ich diese Person kenne –» der unausgesprochene Name hing zwischen ihnen in der Luft –, «wird kein Tag vergehen, an dem du es nicht bereust, Gaius, das verspreche ich dir hoch und heilig.»

XIX

Paternus, der Anwalt, diktierte seinem Sekretär gerade einen Brief, als der Fremde kam.

«Ich bringe eine Nachricht von Ihrem Bruder, Herr. Er sagt, es handele sich um eine außergewöhnlich delikate Angelegenheit, und unter den Umständen wäre er Ihnen sehr verbunden, wenn Sie sie mit derselben Vertraulichkeit behandelten wie Ihre sonstigen Fälle auch und niemandem davon erzählen.»

Dann hustete der Bote höflich. «Einschließlich Ihrem Sekretär, Herr.»

Paternus lehnte sich zurück und rieb sich die Falten auf seinem Nasenrücken. Er erkannte den Boten nicht, aber andererseits erinnerte er sich selten an einen. Dieser trug langes, schwarzes Haar wie die Kreter. Er mochte die Kreter nicht. «Sie behaupten, daß Sie von Caius Paternus kommen, ist das richtig?»

«Ja, Herr.»

«Sind Sie bei ihm angestellt?»

«Oh, nein, Herr. Ich arbeite freiberuflich. Mein Name ist Milo, falls Sie jemals meine Dienste benötigen. Keine Botschaft ist mir zu kompliziert, keine Entfernung zu...»

Der Blick des Anwalts brachte ihn zum Schweigen.

«Nun, Milo», Paternus' kratzige Stimme verlieh dem Namen einen schmutzigen Klang, «vielleicht sind Sie so freundlich und teilen mir die Adresse mit, von der Sie kommen?»

«Ich komme von dem großen roten Haus auf dem Aventin. Der vordere Teil ist als Geflügelhandlung vermietet, und es gibt...»

«Ja, ja, das reicht schon.»

Dann war es also kein Irrtum. Paternus kaute an der Innenseite seiner Unterlippe. Ob die Wunder jemals ein Ende nehmen? fragte er sich. Er hatte von seinem Bruder seit – wann? – oh, es mußten jetzt sieben oder acht Monate her sein, ja genau, seit Dezember hatte er nichts mehr von ihm gehört. Und jetzt schickte er ihm, wie Jupiter seine Blitze, völlig überraschend eine Nachricht. Nun, Caius soll zur Hölle gehen, dachte er. Der Verleumdungsskandal hatte einen solchen Keil zwischen sie getrieben, daß er persönlich ganz froh gewesen war, nie wieder etwas von seinem Bruder zu hören oder zu sehen.

Er blickte an seiner langen Nase auf den Kreter hinunter und bedachte ihn mit einem endlosen Schweigen, für das er vor Gericht berühmt war. Gleichzeitig konnte er es eher fühlen als sehen, wie das Interesse seines Sekretärs von Sekunde zu Sekunde stieg. Entschiede er sich, ihn fortzuschicken, würde er sein erbärmliches Ohr höchstwahrscheinlich an die Tür drücken, wenn man ihm nur die Gelegenheit dazu gäbe. So waren die Angestellten heutzutage – sie hatten keine Erziehung, keine Würde. Vor Gericht war Paternus' Schweigen ein Werkzeug, um andere zu beeindrucken und nervös zu machen. Heute diente es ihm jedoch zum Nachdenken. Insbesondere dachte er an Publius Caldus, das letzte hochgestellte Opfer dieses irren Mörders. Von draußen hörte er den Singsang der Kinder, die ihr Alphabet aufsagten, das Poltern der Kutschen auf dem Kopfsteinpflaster, den Lärm und die Stimmen vom Markt. Der süße Geruch von Früchten, die in der heißen Sonne reiften, drang durch das offene Fenster. Es war nicht ratsam, dieser Tage allein zu sein, dachte er. Überhaupt nicht ratsam. Andererseits (und schließlich war er ein Anwalt) ließ sich einwenden, daß Caldus erst vor wenigen Tagen ermordet worden war, und wie viele Wochen lag der letzte Mord zurück? Fünf? Sechs? Paternus spitzte die Lippen. Warum sollte er nicht ein Risiko eingehen? Du meine Güte, der Mann würde wohl kaum einen Dolch ziehen und ihn in seinem eigenen Büro umbringen, oder? Er lächelte innerlich. Lächerlich, dachte er. Absolut lächerlich. Doch diese Gedanken spiegelten auf eine traurige Weise wider, wie sehr ein Mann sich heutzutage davor hüten mußte, allein hinauszugehen, und daß er es sich zweimal überlegen sollte, bevor er mit einem Fremden allein blieb. Es war schön und gut, daß Callisunus einem versicherte, es sei nur eine Frage der Zeit. Was für ein Trost war das für die Witwe des Bankiers oder gar für hundert andere gesetzestreue Römer, die verantwortungsvolle Posten innehatten und nachts aus Angst vor einem Wahnsinnigen nicht schlafen konnten? Überreaktionen waren allmählich zur Regel geworden.

«Bei dem alten Roscius müssen ein paar Papiere abgeholt werden», sagte er zu seinem Sekretär und empfand ein gewisses Vergnügen daran zu beobachten, wie dem Knaben die Kinnlade herunterfiel. Er blickte den Boten an. Der kann warten, dachte er. Laß ihn schwitzen. Paternus selbst wartete, bis sein Sekretär nicht nur das Zimmer verlassen, sondern auch das Forum überquert hatte und durch den Augustusbogen gegangen war, bevor er sich zu dem Kreter umdrehte.

«Also gut», sagte er müde. «Kommen wir zur Botschaft.»

Milo war es gewohnt zu warten, es gehörte zu seiner Routine. Die Tatsache, daß dieser hochnäsige Anwalt ihn auf die Probe stellen wollte, störte ihn nicht im geringsten. Schließlich war er nur einer von vielen aus dem Ritterstand, und obwohl Milo sich niemals erhoffen konnte, diesen Rang zu erreichen, genausowenig wie wahrscheinlich sein Sohn, so würde aber sein Enkel – aus der dritten Generation der Freigeborenen – es vielleicht schaffen. Darum kümmerte ihn dieser schlaue Winkeladvokat kein Tüpfelchen.

«Zuerst, sagte Ihr Bruder, soll ich Ihnen das hier geben.»

Langsam – fast provozierend – griff er in seine Tasche, zog ein Siegel heraus und reichte ihn Paternus. Als der Anwalt erkannte, was er in der Hand hielt, setzte er sich aufrecht hin und sah dem Boten in die Augen.

«Wissen Sie, was das ist?»

Milo nickte. «Ja, Herr.»

Paternus wischte sich mit seiner knochigen Hand über den Mund. Bei Remus, das war die Sphinx. Das Siegel des Prinzeps persönlich! Du meine Güte, es mußte um eine sehr ernste Angelegenheit gehen, wenn Caius auf dieser hohen Ebene involviert war. Und wie weit ging die Beteiligung seines Bruders genau? Als Ädile organisierte er einige Spiele. Hatte Augustus ihn deswegen angesprochen? Oder konnte es sein, daß Caius aus Nachsicht und Bruderliebe seinen Namen dem Kaiser gegenüber fallengelassen hatte? Paternus nickte langsam. Vielleicht war es kein schlechter Zeitpunkt, die Kluft zu überwinden. Schließlich waren sie doch Verwandte, nicht wahr? Und um ehrlich zu sein, als Caius ihm vorgeworfen hatte, er habe die Hälfte des Schadensersatzes bei diesem erbärmlichen Verleumdungsfall eingesteckt, konnte man nicht behaupten, daß er ganz falsch lag.

«Und wie lautet die Nachricht, Milo?»

Oh, jetzt sind wir aufmerksam geworden, nicht wahr? Wenn der Kaiser damit zu tun hat! Plötzlich klingt der Name Milo nicht mehr so beleidigend auf deiner wählerischen Zunge.

«Die Nachricht, Herr, lautet, ob ein Gesandter des... Besitzers des Siegels Sie heute mittag in Ihrem Haus treffen könnte? Ihr Bruder sagte, Sie würden die Vertraulichkeit der Angelegenheit verstehen. Sie möchten bitte alle Ihre Sklaven fortschicken und den Seiteneingang aufschließen, damit der Gesandte hineinschlüpfen kann.»

Paternus blickte auf das Siegel. Es gab keinen Zweifel an dessen Authentizität. Nur Augustus benutzte die Sphinx, und für Fälschungen gab es... die Todesstrafe.

«Natürlich. Noch etwas?»

Dieser klägliche, klapperdürre Kerl leckte sich tatsächlich die Lippen. «Ja, Herr. Sie dürfen auf keinen Fall mit irgend jemandem darüber sprechen, nicht einmal mit Ihrer Familie, und um Ihrem Bruder Ihre Zustimmung zu beweisen, soll ich ihm das Siegel sofort zurückbringen.»

«Dann müssen Sie ihm diese Zustimmung bringen.» Paternus gab das Siegel zurück und beobachtete, wie es in der Tasche des Boten verschwand. «Sagen Sie ihm – oh, sagen Sie ihm, daß meine Lippen *versiegelt* sind. Das ist ein Witz, Mann. Versiegelt? Siegel?» Bei Remus, diese Kreter hatten keinen Sinn für Humor. «Du liebe Güte, es ist schon fast Mittag.»

Er stand auf und griff nach seiner Toga.

«Ja, Herr. Ist das alles, Herr?»

Dieser verdammte Kerl wollte wohl ein Trinkgeld haben!

«Ja, Milo, das ist alles.»

Diese geldgierigen Kreter waren alle gleich.

«Nein, warte.» Paternus drückte dem Mann einen Silberdenar in die Hand. Wenn der Prinzeps, wie er vermutete, eine rechtliche Unterstützung außerhalb seines üblichen Amtsbereichs brauchte – und darunter verstand er Betrug (oder Schlimmeres) innerhalb der eigenen kaiserlichen Familie –, würde Paternus' Name in aller Munde sein, und er wollte nicht in den Ruf kommen, ein Geizhals zu sein. Ein Denar war zuviel, das wußte er, aber die Alternative waren ein paar mickrige Asse; mehr hatte er nicht bei sich.

«Seien Sie mir doch behilflich, ja?»

«Natürlich, Herr. Vielen Dank, Herr!»

Milos Meinung über den Mann hatte sich nicht geändert; er hielt den Anwalt immer noch für einen arroganten, aufgeblasenen Snob, aber ein Denar war ein Denar. Darum konnte er es sich auch leisten, diesem armen Wurm in die Toga zu helfen, bevor er seinem Bruder noch vor Ablauf der Frist die notwendige Zustimmung lieferte, und wenn alles gutging, lag die Großzügigkeit vielleicht in der Familie – man wußte ja nie.

Sobald der Kreter gegangen war, räumte Paternus eilig das Büro auf, rollte seine Papiere zusammen und verschloß sie in seiner privaten Truhe. Es war natürlich gut möglich, daß der Begriff Gesandter nur Tarnung gewesen war...? Er spielte mit dem Gedanken, seinem Sekretär eine Notiz zu hinterlassen, entschied sich aber anders. Was war schon daran, wenn er ein oder zwei Stunden nicht im Büro war? Der Sekretär konnte sich um den nächsten Mandanten kümmern. Wahrscheinlich hatte er schon angefangen, den Roscius-Fall zu bearbeiten, ohne daß er den Auftrag hatte.

Nachdem er seine Sklaven fortgeschickt und jedem, weil er es sich leisten konnte, großzügig zu sein, sogar ein paar Kupfermünzen gegeben hatte, damit sie sich die Zeit mit Einkäufen vertreiben konnten, pfiff Paternus fröhlich vor sich hin; mit diesem Auftrag würde er für den Rest seines Lebens versorgt sein. Er wechselte die Tunika, trug etwas vom Parfüm seiner Frau auf – natürlich nur ganz wenig – und stellte Wein und Früchte bereit. Der Prinzeps liebte schlichte Genüsse, erinnerte er sich. Nichts Luxuriöses oder Angeberisches. Zwar erwartete er nicht, daß Augustus persönlich erscheinen würde, aber es konnte nie schaden, auf alles vorbereitet zu sein. Er begann, im Atrium auf und ab zu schreiten. Der

Prinzeps würde es mit Wohlwollen zur Kenntnis nehmen, daß die Dekoration auf die Afrika-Kampagne abgestimmt war. War es schon Mittag? Es konnte nicht mehr lange hin sein. Er blickte aus dem Fenster. Die Straße war gedrängt voll wie immer; es gab nichts Ungewöhnliches. Aber wenn der Kaiser einen inoffiziellen Besuch plante, was sollte es dann schon Ungewöhnliches geben? Er sah im Schlafzimmer nach. Wie lächerlich! Als wenn seine Frau unangemeldet hereingeschlichen käme! Außerdem war sie immer bis eins in den Thermen. Er glaubte, ein Geräusch zu hören, und rannte zurück ins Atrium. Nichts. Es mußte Mittag sein. Ganz bestimmt! Also, warum sollte er das Zimmer der Jungen überprüfen? Sie waren beide in der Schule. Bei Jupiter, er hatte das Haus noch nie so leer erlebt! Er konnte seine eigenen Schritte hören; verdammt, er konnte sogar seinen eigenen Atem hören. Hätte er als ein Zeichen des Respekts die Toga anbehalten sollen? Es war üblich, daß Männer unter ihrem eigenen Dach auf Formalitäten verzichteten; würde Augustus nicht denken, daß er übertrieb? Nein, die saubere Tunika war gut. Mittag war jetzt weit vorbei; was war geschehen? Er fühlte den Schweiß auf seinen Händen, in seinem Rücken und zwischen seinen Zehen. Also gut, er würde noch einmal überprüfen, ob niemand mehr in der Küche herumhing.

«Bei Jupiter, haben Sie mich erschreckt!»

Er hoffte, daß sein schwächlicher Tonfall auf seine Nervosität zurückgeführt wurde und nicht auf die Enttäuschung, die er empfand, weil er nicht dem Kaiser persönlich gegenüberstand. Doch ein Gesandter war immerhin ein Gesandter und – verdammt, wie hieß der Mann noch mal? Er hätte den Kerl nicht ohne die ehrenvolle Begrüßung, die ihm gebührte, eintreten lassen sollen; was war bloß los mit ihm? Er war dermaßen von seinen Gedanken über den Prinzeps und die möglichen Gründe für seinen Besuch absorbiert gewesen, daß er nicht daran gedacht hatte.

«Willkommen, Herr, in meinem bescheidenen...»

«Pssst!»

Der Besucher hielt den Finger an seine Lippen. Paternus hatte schon oft genug mit ihm gesprochen; schließlich war er ein Mandant von ihm gewesen, auch wenn das schon einige Zeit zurücklag, aber ihm fiel ums Leben nicht sein Name ein.

«Ah!» Seine Stimme senkte sich zu einem Flüstern. «Sie kommen wegen dieser... heiklen Angelegenheit?»

Der Mann nickte und blickte sich um. «Wo können wir reden?»

Paternus führte ihn in das kleine Eßzimmer, den luxuriösesten Raum im Haus mit seinen rosafarbenen Marmorwänden und dem Mosaik einer Jagdszene. Er fühlte, wie sein Gesicht rot vor Freude wurde, daß er für diese allerhöchste Ehre ausgesucht worden war. Jawohl, er hatte die Anweisungen ganz genau befolgt. Wenn auch nur ein Sklave anwesend gewesen wäre, hätte der Prinzeps ihn als indiskret abgeschrieben. Paternus rieb seine Hände. Er hatte immer gewußt, daß er eines Tages groß rauskommen würde. Wie oft hatte er seiner ungläubigen Frau erzählt, daß dieser große Augenblick bald käme?

«Nun, worum geht es?» fragte er und griff nach der gelben Glasflasche. «Betrug? Diebstahl? Ehebruch?»

O ja, Ehebruch! Julia, die Tochter des Kaisers, hatte in letzter Zeit solch ein Aufsehen erregt. Das mußte es sein. Er suchte wohl jemanden, der zwar wenig profiliert war, aber einen guten Ruf hatte, um den Fall zu übernehmen.

«Ja, sozusagen.» Sein illustrer Besucher entledigte sich seiner Toga.

«Julias?»

Der Mann lächelte. «Nein», sagte er und rollte einen Apfel in seiner Hand. «Eigentlich um Ihren.»

Paternus war zu sehr damit beschäftigt gewesen, den Wein einzuschenken, um das Blitzen der Klinge zu bemerken. Er spürte etwas, das sich wie ein Schlag gegen die Brust anfühlte, und spürte, wie seine Absätze sich ruckartig vom Boden abhoben. Seine Kinnlade fiel herunter, und erst als er nach unten schaute, entdeckte er den Griff des Dolches, der aus seiner Brust herausragte. Verblüfft und hilflos ließ er sich auf die Knie fallen. Irgendwo von fern registrierte er, daß der Gesandte sich jetzt seiner Tunika entledigt hatte und splitternackt vor ihm stand. Dann traf ihn der Schmerz und durchzuckte seinen Körper. Unbarmherzig und gnadenlos.

«Nicht die Augen», keuchte er. «Bitte, nicht die Augen.»

«Tut mir leid, alter Knabe», sagte sein Mörder freundlich und lächelte zu ihm herab. «Du hast dich mit ihr getroffen, verstehst du? Das können wir doch nicht zulassen, nicht wahr?»

Paternus fühlte, wie sich das Zimmer um ihn drehte. Hilflos umklammerte er den Dolch, spürte ein merkwürdig gurgelndes Gefühl in seiner Kehle, ein Klingeln in den Ohren. Der Wein, den er eingeschenkt hatte, war umgekippt und lief durch die Furchen des Mosaiks. Bald, dachte er, würde sich sein Blut mit dem Wein vermischen. Wie konnte ausgerechnet er, Paternus, der Anwalt, sich so leicht hereinlegen lassen? «Mitleid. Haben Sie Mitleid!»

Es wurde dunkel im Zimmer. Er konnte kaum noch einen Unterschied zwischen dem Löwen auf dem Mosaik und dem verschütteten Wein erkennen. Mächtiger Mars, betrachte mein Leben als ein Opfer und töte diesen Bastard auf der Stelle! Laß nicht zu, daß er meine Augen aussticht. Mars der Rächer, ich flehe dich an. Nimm Rache für mich!

«Sie ist doch nur eine H-H-Hure.»

Der Gesandte mußte sich vorbeugen, um die Worte zu verstehen. «Claudia Seferius? Oh, Paternus, das war sehr dumm, so etwas zu sagen. Du *kannst* mich doch hören, oder?»

Paternus nickte. Sein Augenlicht ließ wohl nach, und er hatte fast keine Kraft mehr, aber sein Hörvermögen war intakt und der Schmerz nicht minder qualvoll.

«Ziehen Sie ... den ... Dolch ... heraus.» Das war jetzt seine einzige Hoffnung. Den Tod zu beschleunigen und seiner Qual ein Ende zu bereiten. «B-bitte.»

Noch nie zuvor hatte er so viel von sich selbst in ein kleines Wort gelegt. Es wäre unmenschlich von dem Mann, dazusitzen und zuzuschauen, wie er starb! Paternus wußte über die anderen Morde Bescheid. Ein schneller Stoß ins Herz. Der Tod trat sofort ein. Und wenn er nicht sofort eintrat – nun, in dem Augenblick, wenn die Klinge herausgezogen wurde, war alles vorbei und erledigt.

Er hörte, wie der Mann zwischen den Zähnen Luft holte. «Das kann ich nicht machen, Paternus. Nicht, wenn du die Frau, die ich liebe, eine Hure nennst.»

«Ent-entschul-dige. E-s-s tu-t mi-r l-lei-d. I-ich mei-nte e-s-s ni-icht s-s-o.»

Der stechende Schmerz in seiner Brust hatte sich auf seinen Kopf ausgeweitet.

«Z-zie-hen S-ie d-de-n Do-lch rau-s. B-bit-te!»

Er fühlte Tränen, die sich brennend einen Weg auf seiner Wange bahnten. Niemand, nicht einmal dieser Wahnsinnige, konnte doch jetzt noch irgend etwas anderes als Mitleid empfinden? Angesichts eines Mannes, der weinte und um sein Leben bettelte? Ihm wurde klar, daß er seine Söhne nie wiedersehen würde. Sie würden erwachsen werden, und er könnte sie nicht mehr durch die Gefahren der Jugendzeit leiten. Er könnte keine anständigen Ehen mehr für sie arrangieren, und er würde nie erfahren, wie es ist, mit seinen Enkelkindern zu spielen.

«Siehst du das hier, Paternus?»

In seiner abgeschlossenen, dunklen Welt voll Schmerz gelang es ihm, das Schimmern einer Klinge zu erkennen. Gnade! Er war von seiner Qual befreit worden! Doch dann stockte ihm der Atem im Hals. Dies war eine andere, kleinere Klinge. Wie man sie zum Schneiden von Früchten benutzte.

«Dein Herz sitzt nicht an derselben Stelle wie bei den anderen», fuhr die Stimme ruhig und freundlich fort. «Dies ist eine göttliche Intervention, verstehst du? Du nanntest sie eine Hure, Paternus, und dafür wirst du bezahlen. Ja, in der Tat. Du weißt doch, wie, oder?»

Betäubt schüttelte der Anwalt den Kopf.

«Nein? Komm schon, komm schon, denk nach, Mann!»

Aber Paternus konnte nicht denken. Der Schmerz brannte in allen Muskeln, jeder Sehne, allen Blutgefäßen. Bei jeder Schmerzwelle kniff er fest die Augen zusammen – und dann dämmerte ihm, was dieser Wahnsinnige vorhatte.

«*Nein!* Um Gottes willen, Mann, nein!»

Er hatte nicht gedacht, daß er noch die Kraft hatte zu schreien. Er hatte noch nicht einmal bemerkt, daß er überhaupt noch Kraft hatte, bis er fühlte, wie das eiskalte Metall über seine Wange strich und ein unmenschliches Lachen in seinen Ohren ertönte.

XX

Callisunus wartete in dem unterirdischen Tempel von Consus auf ihn. Seine blühenden Wangen waren noch röter als sonst, und seine Wut grub in dem flackernden Licht der Taschenlampe noch tiefere Furchen in sein Gesicht. Orbilio kam nicht zu spät zur Verabredung, ganz im Gegenteil, aber trotzdem hatte er das Gefühl, daß er für alles, was Callisunus auch plagte, die Schuld bekommen würde, und zwar so sicher wie der Hahn morgens krähte und die Hunde nachts bellten. Es schien so ein Tag zu werden.

Seine Schritte hallten in dem feuchten, hohlen Gewölbe, als die heiligen Wächter innehielten, um den Eindringling genau zu prüfen. Ihre Ablehnung schlug ihm in Wellen entgegen. Wer konnte es ihnen verdenken, dachte er. Obendrüber rackerte sich eine kleine Armee ab, um den Circus Maximus für die morgigen Wagenrennen vorzubereiten, während sie hier unten noch eine Ewigkeit davon entfernt waren, den Altar freizulegen. Am liebsten hätte er sie angeschrien und ihnen gesagt, daß sie sich wieder um ihre Arbeit kümmern sollten, denn sie schaufelten in der Erde, als wären sie ein Haufen liebeskranker Mädchen, die einen Schweinestall ausmisteten, aber das durfte er natürlich nicht. Nicht vor Callisunus. Und schon gar nicht heute. Mit einem stummen Seufzer bemerkte Orbilio, daß der kleine Mann mit den Fingern auf seinem Oberschenkel trommelte – immer ein schlechtes Zeichen –, und er wünschte, die Omen stünden besser, um ihn um den Zeitaufschub, den er brauchte, zu bitten.

Es war schon ein merkwürdiger Ort für eine Verabredung; hier im Untergrund und während der alljährlichen Ausgrabung des Altars, der nach dem Ritual anschließend wieder zugeschüttet wurde. Außerdem hatte Callisunus mit dem morgigen Fest nichts zu tun. Warum suchte er dann diesen Ort aus? Aus Geheimhaltungsgründen ganz bestimmt nicht. Oder war dies ein Anzeichen der neuen

Kommunikationsformen, die Roms zunehmende Neigung zu Intrigen widerspiegelten? Orbilio strich sich mit der Hand durchs Haar. Er glaubte es nicht. Im Gegenteil, das hier roch so stark nach einer himmlischen Verschwörung, daß er schon fast die Unterhaltung zu hören vermeinte. Da war zum Beispiel Jupiter, der sich gerade die Götterspeise aus den Zähnen stocherte.

«Das ist ein toller Scherz, der diesen Orbilio dazu gebracht hat, innerhalb eines Tages an zwei Altaren einen Platz zu reservieren, findest du nicht, Juno?»

«Allerdings, Liebling, und wenn du einen Augenblick wartest, sehe ich mal zu, ob ich Apollo finde; ihm gefallen solche Scherze auch.»

Wenn er recht überlegte, würde es ihn nicht überraschen, wenn jetzt auch noch Venus, Diana und Neptun angelaufen kämen, dachte Orbilio. Sie könnten eine Menge Spaß kriegen.

«Ist die Verhaftung erfolgt?»

Schweißperlen brachen auf Orbilios Stirn aus. Die Schande war schon schlimm genug gewesen, daß er das Seferius-Trinkopfer ausgetrunken hatte, aber mußte Claudia deswegen gleich so ausgelassen lachen? Bei der Mutter von Tarquin, je verlegener er geworden war, desto mehr hatte sie sich amüsiert, bis ihr am Schluß die Tränen übers Gesicht gelaufen waren. Marcus, manchmal bist du solch ein verdammter Narr, wie kannst du da nur hoffen...

«Hören Sie mich nicht? Ich fragte Sie, ob Sie schon ein Geständnis haben.»

«Was? Oh, entschuldigen Sie, ich war, äh – ich überlegte gerade, ob die Leute Hilfe beim Ausgraben des Altars brauchen.»

Sag nein! Bitte, sag nein! Wenn du ja sagst, habe ich keine Zeit mehr, um den Fall abzuschließen, und dann wirst du mir nie wieder einen Tag Aufschub geben, das weiß ich.

Die Laune des kleinen Mannes schien sich ein wenig zu bessern. «Wissen Sie, Orbilio, das ist ein äußerst großzügiges Angebot.»

Verdammt.

Callisunus tippte sich mit dem Finger an den Mundwinkel. «Doch ich glaube, das wird auch nicht reichen. Ich werde eine ganze Kolonne Sklaven herbringen müssen.»

Orbilio brummte der Kopf. Seine Gedanken, ohnehin schon ein brodelndes Durcheinander aus Logik und Gefühlen, weil er zwischen der Konzentration auf den Fall und der Grübelei über Claudia hin- und hergerissen war, wurden plötzlich völlig in Verwirrung gestürzt. Ich habe wohl nicht richtig gehört! Mein Chef – und damit meine ich jetzt, um es klarzustellen, den Chef der Sicherheitspolizei – engagiert sich für ... Ernterituale? Das kann nicht sein. Ich drehe wohl langsam durch. Sein Mund war trocken; er brauchte einen Schluck zu trinken. Er brauchte sogar mehrere.

«Das werde ich nicht zulassen, Paulus.»

Orbilio drehte sich um. Was zum ...? Du meine Güte, jetzt sah er schon doppelt. Zwei Callisunuse? Nein, nein, reiß dich zusammen, Mann.

«Ich kann doch hier unten keinen Haufen heidnischer Sklaven zulassen, wenn ich versuche, meine Opferrituale vorzubereiten.»

Ach du heilige Scheiße, Callisunus redete *tatsächlich* mit sich selbst. Oder eher mit dem zweiten Callisunus, der einen dicken Wollmantel und einen spitzen Hut auf dem Kopf trug.

Ich bin, ich werde verrückt. Marcus Cornelius Orbilio wird nicht in die Annalen der Geschichte eingehen als einer, der diese grausamen Mordfälle gelöst hat, sondern als einer, der den Druck nicht ausgehalten hatte und am Ende verrückt wurde. Ganz und gar verrückt. Der arme Kerl hockt jetzt ständig in einem verschlossenen Zimmer. Wirklich? O ja, ein tragischer Fall. Einst hatte er eine glänzende Zukunft vor sich. Orbilio preßte die Handballen in seine Augen. Bei Jupiter, wenn er sich nicht zusammenriß, und zwar jetzt sofort, könnte er sich vom Senat verabschieden; das war sicher.

Callisunus – der Callisunus, den er kannte und der mit seinen Fingern trommelte – wandte sich an den anderen Callisunus, dem der Schweiß heruntertropfte und der seine Hände auf die Hüften stützte.

«Marius, du Arschloch, bei dem Tempo, in dem du und diese Schwuchteln graben, wird es kein verdammtes Opfer geben.»

«Das ist kein Grund, um beleidigend zu werden!»

Orbilio blinzelte und blinzelte noch mal. O verdammt, dachte er und schneuzte sich die Nase, um sein Lachen zu verbergen. Zwillinge! Sie sind verdammte Zwillinge! Mit dem Taschentuch vor dem Mund betrachtete er Marius, den Bruder. Er hatte denselben untersetzten Körper, dieselben Schweinchenaugen, dieselbe Knollennase, und trotzdem gab es einen himmelweiten Unterschied zwischen den beiden, wenn man genau hinsah. Eine Sensibilität im Gesicht des Priesters, die dem Polizisten fehlte; einen Scharfsinn bei dem Polizisten, der dem Priester fehlte. Und plötzlich öffnete diese komische Situation ihm die Augen für eine Welt, die er vorher nicht gekannt hatte. Die Welt der Illusionen. Was man sieht, ist nicht unbedingt das, was wirklich ist, dachte er überrascht. Die naßkalte Feuchtigkeit begann sich zu sättigen, als der wichtigste Stein seines Mosaiks, zumindest was ihn betraf, seinen Platz fand. Sein ganzes Blut schien zu gerinnen, und er fand, daß der Geschmack in seinem Mund der sauren, erdigen Luft um ihn herum in nichts nachstand.

«Du hast dir dieses Loch selbst gegraben, und wenn ich dich da rausholen soll, du hirnloser Idiot, dann bin ich so beleidigend, wie ich will, verdammt noch mal.»

Der spitze Hut neigte sich leicht nach links. «Ist es meine Schuld, daß ich das Datum verwechselt habe?» Marius warf die Hände hoch. «Mir ging es in letzter Zeit nicht gut, aber interessiert dich das? Mein eigener Bruder ignoriert mich.»

Er drehte sich zu Orbilio um, der sich zwang, dem Gespräch zu folgen, als wäre seine Welt nicht gerade auf den Kopf gestellt worden.

«Haben Sie Brüder?»

Er bekam keine Gelegenheit, um zu nicken oder den Kopf zu schütteln.

«Lassen die Sie an der Schwelle zum Tod allein? Ich würde sagen, nein. Wissen Sie, ich hätte neulich abend *sterben* können.» Er senkte die Stimme und flüsterte: «Es war der Fisch, das schwöre ich...»

Callisunus packte seinen Bruder an den Schultern und schüttelte ihn. «Marius, du egoistischer Wichser, ich schlage vor, du nimmst diesen Fisch und schiebst ihn dir in den Arsch.» Er marschierte auf die Treppe zum Circus zu und forderte Orbilio mit einer Kopfbewegung auf, ihm zu folgen. «Mein eigener Bruder, können Sie das glauben? Bei Jupiter, manchmal geht er mir so auf die Nerven!»

War Callisunus am Ende auch nur ein Mensch? Konnte das sein? Ermutigt von der plötzlichen (um nicht zu sagen unerwarteten) glücklichen Wende, rannte Orbilio hinter ihm die Treppe hinauf, entschlossen, den Augenblick zu nutzen. Er war sich bewußt, daß Marius ihm folgte. Die grelle Nachmittagssonne ließ ihn blinzeln, und ein stechender Geruch nach Pferdefleisch drang ihm in die Nase.

«Ich brauche noch einen Tag.»

Der Chef der Sicherheitspolizei blieb mitten im Schritt stehen. «Sagen Sie, daß ich das nicht gehört habe.»

«Noch einen Tag, das ist alles.»

Callisunus wich einem Wagenlenker aus. «Wir haben das bereits alles besprochen, Orbilio. Morgen fangen Sie mit Verianus' Betrugssache an.»

Das schnelle Tempo, das er entlang der Rennstrecke anschlug, war für Orbilios lange Beine kein Problem. Der Priester hinter ihnen verlor jedoch schnell an Boden. Sein dicker Mantel flatterte wie schwere fluguntüchtige Flügel, und sein spitzer Hut wackelte gefährlich. Callisunus blickte sich spöttisch um und blieb plötzlich stehen.

«Mein Bruder geht mir echt auf die Nerven», sagte er und ließ den Blick über die Bänke schweifen, die an der Seite des Auditoriums aufgestapelt waren. «Aber morgen wird sich fast die halbe Stadt hier drängeln, einschließlich meiner Wenigkeit, und wenn Consus nicht die Ehrung für die ersten Früchte bekommt, wird alles gründlich in die Hose gehen.»

Der Priester des Weinfestes schnaufte wie ein Blasebalg und mußte sich auf der niedrigen Mauer, die die Rennstrecke in der Mitte teilte, abstützen. Als er feststellte, daß es sich bei den dunklen Flecken, an die er sich lehnte, um getrocknetes Blut handelte, sprang er schnell zur Seite.

Orbilio fühlte, daß seine Chancen schwanden. Entweder jetzt oder nie. Nach einem weiteren Schlagabtausch mit seinem Bruder würde Callisunus nicht mehr die Geduld haben, seiner Bitte nachzukommen.

«Nur noch einen Tag, bitte. Ich erkläre Ihnen, warum.»

«Vergib mir, Paulus, ich wollte dich nicht verärgern. Das mit der Sklavenkolonne geht in Ordnung, ehrlich.»

Callisunus schaute von einem zum anderen und sah sie beide gleichermaßen verzweifelt an. Wenn er es vorzog, auf seinen Bruder zu hören, war Orbilio am Ende und seine rosige Zukunft nur noch schmutzig-braun, und zum ersten Mal wurde ihm klar, was ein geschlagener Gladiator wohl empfand, wenn er die Menge um Verzeihung bitten mußte. Wenn Callisunus sich ihm zuwandte, hieß das, Daumen hoch, doch wenn er sich dem Priester zuwandte...

Der Chef der Sicherheitspolizei hatte keine Probleme, sich zu entscheiden, welchem Ärgernis er sich zuerst widmen mußte. «Marius...»

Dies schien ein wirklich ekelhafter Tag zu werden.

«Marius, was zum Teufel glaubst du, wohin ich gehe? Ich bin auf dem Weg, deine verdammte Sklavenkolonne zu organisieren, also geh jetzt zurück und grabe, verdammt noch mal! Denn wenn der Altar morgen früh nicht mit allen verdammten Blumen und Früchten, die es gibt, geschmückt ist, wird ihn dein verdammter Kopf zieren. Hörst du?»

Der Priester lächelte dankbar, und dabei fiel sein spitzer Hut in den Sand. Als er sich bückte, um ihn aufzuheben, löste sich die Bronzespange seines Mantels, und in dem Augenblick, als seine Finger nach der Spange griffen, fiel sein Wollmantel auf einen Haufen dampfender Pferdeäpfel. Callisunus schloß die Augen und schüttelte sich.

«Oje, oje. Ich hoffe, ich mache dich nicht verlegen, Paulus.»

Callisunus konnte es nicht mehr ertragen. Er schüttelte den Kopf und marschierte die Rennbahn hinunter in Richtung Tiber, wo die länger werdenden Schatten eine trügerische kühlere Luft versprachen. Orbilio hielt schweigend Schritt, und als er sich einmal umdrehte, sah er, daß Marius immer noch Schwierigkeiten mit seinem Priestergewand hatte, und er fragte sich, wie er wohl zurechtkam, wenn er auch noch den Lorbeerkranz tragen mußte. Der Gott der Erntevorräte hatte Besseres verdient, fand er. Marius hatte dieses Amt natürlich nur aufgrund des Einflusses seines Bruders bekommen, genauso wie dieser schmierige Bastard seinen Posten nur deswegen bekommen hatte, weil er auf seiner Aufstiegsleiter alle umworben und umschmeichelt hatte. Für einen Mann aus dem Ritterstand war diese Position aber trotzdem eine erstaunliche Leistung – selbst für einen Knallkopf wie Callisunus, der verbissen daran festhielt, daß es sich bei den Morden ungeachtet aller Beweismittel, die ihm vorgelegt wurden, um zufällige Opfer handelte. Er seufzte zunehmend verdrießlich. Callisunus, dessen Sichtweite kaum weiter reichte als bis zur Spitze seiner Knollennase, betrachtete Orbilios Schlüsse jedoch nicht als Beweise.

«Blödsinn!» hatte er gesagt, nachdem Orbilio ihm seine Erkenntnisse vorgetragen hatte. «Alles nichts als Gerede, Vermutungen und Andeutungen. Merken Sie sich meine Worte: Das sind die Taten eines Verrückten, der sich seine Opfer zufällig aussucht, und am Ende werden Sie erfahren, daß er Stimmen gehört hat, die ihn dazu verleitet haben. Daß es eine göttliche Vergeltung gewesen sei oder so ein Scheiß. Sie werden schon sehen, ob ich recht habe.»

Orbilio nahm an, daß Callisunus von seiner Meinung ohne einen gußeisernen Beweis wohl kaum abweichen würde, nachdem er sie gegenüber dem Prinzeps bei seiner wöchentlichen Berichterstattung so oft und vehement vertreten hatte. Dieser Beweis konnte nur in Form eines Geständnisses erbracht werden. Nun, er wäre schön blöd, wenn er sich wegen eines einzigen lausigen Verhörs für diesen verdammten Betrugsfall abstellen lassen würde, und wenn dieses reizbare, schnoddrige und engstirnige Wiesel glaubte, er könnte Marcus Cornelius Orbilio einfach so beiseite schieben, dann sollte er es sich noch mal überlegen. Der Senat winkte ... und die Konkurrenz war groß. Wenn er diesen verdammten Fall nicht löste, könnte er den Senat gleich vergessen.

Beim Obelisk am Ende der Rennbahn blieb Callisunus abrupt stehen. «Ich brauche keinen Leibwächter, Orbilio. Selbst dieser Wahnsinnige würde sich nicht den Chef der Sicherheitspolizei aussuchen.»

«Er ist nicht wahnsinnig. Jedenfalls nicht so, wie Sie meinen. Noch einen Tag und ...»

«Orbilio, hören Sie zu. Das ist nicht mehr Ihr Fall. Erledigt und vorbei. Sie haben sogar schon Ihren Bericht abgegeben.»

«Aber nur wörtlich.»

«Ja, und ich habe Sie auch schon gewarnt. Ich will diese skurrilen Lügen nicht auf Papier haben, hören Sie? In Ihrem Interesse genauso wie in meinem. Ich habe Seferius erzählt, was Sie gesagt haben ...»

«Sie haben was?»

Eine Wut kam in ihm auf, die Orbilio nie für möglich gehalten hätte. Dieser verdammte Idiot! «Es sollte sich um eine verdeckte Ermittlung handeln.» Wem um Himmels willen hatte er es noch brühwarm erzählt?

«Ach, kommen Sie schon, Mann, was haben Sie denn erwartet? Sie haben sich als Cousin seiner Frau aufgespielt; was glauben Sie, wie lange es noch gedauert hätte, bis er es herausgefunden hätte? Was haben Sie beide überhaupt miteinander? Haben Sie sie aufs Kreuz gelegt?»

Orbilio schlug mit der Faust in seine Hand. «Nein», sagte er ruhig. «Das habe ich nicht. Ich habe Ihnen bereits erzählt, daß ich bezüglich dieses Hauses einen Verdacht habe, und verzeihen Sie mir, wenn ich es Ihnen sage, aber er hat sich bestätigt.»

Die Sonne ging jetzt schnell unter.

«Reden Sie von dieser kleinen Hure Melissa?» schnaubte Callisunus verächtlich. «Sie hat Crassus ein paar Klapse versetzt; das ist ja wohl nicht schlimm. Ein bißchen hätte ich das manchmal auch sehr gern. Vergessen Sie nicht, Orbilio, daß ihre Rolle nur aufgedeckt wurde, weil diese gierige Dirne versucht hat, die Brosche dieses armen Kerls zu verkaufen, und nicht, weil Sie so schlau waren.»

«Das weiß ich. Aber ...» Sollte er es sagen oder nicht? Verdammt, in diesem Stadium hatte er nichts mehr zu verlieren. «Da ist noch etwas anderes.»

Callisunus kaute auf seinem Daumennagel. «Ach?»

«Ich glaube, daß im Hause Seferius eine Reihe von Morden stattgefunden hat.»

«Treiben Sie keine verdammten Spielchen mit mir, Orbilio!»

Mist!

«Bitte, lassen Sie mich zu Ende reden. Als erstes mußte seine älteste Tochter daran glauben, dann seine zwei Söhne. Und jetzt ist seine kleine Enkelin tot.»

«Seferius ist im Augenblick völlig durcheinander; Sie sollten nicht auf ihn hören; es ist erbärmlich, daß so etwas von einem Mann wie ihm kommt.»

Callisunus schlug nach einer lästigen Wespe.

«Der Säugling war eine Mißgeburt. Sie haben ihn vor Elend bewahrt...»

«Wer? *Wer* hat ihn vor Elend bewahrt?»

«Ach, Orbilio, kommen Sie auf den Teppich zurück! Das Kind war mißgestaltet, und sie haben es getötet. Das kommt ständig vor. Jetzt verschwinden Sie endlich aus meinen Augen.»

«Nein!»

«Ich warne Sie, Orbilio. Noch ein Wort und ich schneide Ihnen wegen Ungehorsam die Eier ab.»

Mach nur, die nützen mir sowieso nichts.

«Wenn Sie sich die ganze Geschichte anhören würden...»

«Wenn, wenn, wenn! Die Welt ist voll von Wenns, haben Sie das nicht bemerkt? Also, *wenn* Sie hinreichende Gründe haben, um eine Anklage zu erheben, und, bei Jupiter, ich meine wirklich hinreichende, dann reichen Sie sie mir schriftlich ein, und ich werde darüber nachdenken.»

Callisunus ging am Obelisk vorbei und machte sich auf den Weg zum Tor.

«Heißt das, daß ich den Fall weiter bearbeiten kann?»

«Welchen Fall, Orbilio? Es gibt keinen verdammten Fall; ich habe Ihren verdammten Bericht noch nicht bekommen. Und selbst wenn ich ihn hätte, würden Sie ihn nicht mehr bearbeiten, verdammt noch mal. Habe ich mich deutlich gemacht?»

Hinter sich hörten sie einen Ruf, der anders klang als die Rufe der Wagenlenker und Sklaven, die im Circus arbeiteten, und der beide Männer veranlaßte, sich umzudrehen. Orbilio erkannte, daß der Mann, der auf sie zugelaufen kam, Timarchides war.

«Entschuldigen Sie, wenn ich störe, aber Sie müssen es erfahren. Der Anwalt Paternus ist in seinem Haus tot aufgefunden worden.»

«Scheiße!» Callisunus blickte zu dem unterirdischen Altar. «Timarchides, organisieren Sie eine Sklavenkolonne zum Ausgraben des Altars. Ungefähr zehn Männer sollten reichen. Ach, bevor Sie das machen, unterrichten Sie bitte Metellus von dem Anwalt.»

«Metellus?»

Timarchides schaute von Callisunus zu Orbilio und wieder zurück.

«Sind Sie taub? Ja, Metellus. Er bearbeitet von jetzt an diesen Fall.»

Callisunus drehte sich zu Orbilio um. «Und Sie, gehen Sie schlafen, gehen Sie ficken oder was auch immer, aber verschwinden Sie aus meinen Augen, verdammt noch mal. Morgen ist Consualia, und ich werde meinem idiotischen Bruder die Hand halten müssen, aber gleich am nächsten Tag will ich Ihre Meinung über die Verianus-Sache wissen. Dienstag morgen, ist das klar? Und zwar schriftlich.»

Er stampfte, vor sich hin murmelnd, die Rennstrecke zurück.

Timarchides verzog das Gesicht. «Sie arbeiten also nicht mehr an dem Fall?»

«Sieht so aus», antwortete Orbilio und kniff die Augen zusammen. «Außer wenn ich es schaffe, zwei Fälle gleichzeitig zu bearbeiten.»

Timarchides lächelte. Er hatte in den letzten vier Tagen mit diesem Ermittler zusammengearbeitet, und er hatte eine weitaus bessere Meinung von ihm, seit er die Nachricht vom Tod der Sklavin im Seferius-Haus überbracht hatte. Er hatte einem Profi bei der Arbeit zugesehen und bei diesem einen Mann in nur wenigen Tagen mehr Einsatzbereitschaft beobachtet als bei vielen anderen Männern, denen er gedient hatte, innerhalb mehrerer Jahre.

«An Ihrer Stelle würde ich mein Bestes versuchen. Zwei Morde innerhalb von sechs Tagen; es sieht so aus, als würde der Mörder kühner?»

Orbilio spürte, wie das Blut in seinen Adern warm wurde. «Und Kühnheit, Timarchides, bedeutet Unachtsamkeit.»

«Genau. Und ich sage Ihnen noch etwas, wozu ich beim Alten keine Gelegenheit bekam: Paternus lebte noch, als ihm die Augen ausgestochen wurden. Es war überall Blut; es muß einen furchtbaren Kampf gegeben haben.»

Er salutierte und rannte zurück in die Richtung, in die Callisunus gegangen war, und seine Gestalt wurde schnell von der zunehmenden Dämmerung verschluckt. Orbilio strich mit der Hand über sein Kinn und begab sich zum nächsten Ausgang. Er brauchte keinen Schlaf, er war viel zu überdreht. Ficken konnte er auch nicht, denn allein der Gedanke daran, eine andere Frau als Claudia anzufassen, wurde von Minute zu Minute abstoßender. Aber betrinken könnte er sich, bei Jupiter! Oh, ja, sich bis zum Durchdrehen, bis zur Besinnungslosigkeit, bis zur Übelkeit betrinken. Er verließ den Circus und ging in Richtung Fluß. Dort am Ufer gab es gute Tavernen. Die Männer waren rauh, die Huren rot angemalt und das Essen schlecht. Aber der Wein war stark. Bei Minerva, ja, der Wein war stark.

«Marcus!»

Mit gesenktem Kopf hatte er an den bevorstehenden Abend gedacht und nicht darauf geachtet, wohin er ging, und von allen Menschen, denen er am liebsten nicht begegnet wäre, stand Gaius Seferius ganz oben auf der Liste. Verdammt, er mochte Gaius. Er wünschte, es wäre nicht so, aber er konnte es einfach nicht verhindern.

«Was bringt Sie auf den Aventin?»

«Ich bin auf dem Weg, mich zu besaufen», antwortete er schlicht. «Knüppeldick zu besaufen.»

Seferius lächelte matt und klopfte ihm auf die Schulter. Obwohl Callisunus ihm erzählt hatte, daß Orbilio nicht der Cousin seiner Frau war, schien es ihn nicht zu stören. Nach seinem Verständnis war ein Freund ein Freund, und Orbilio ärgerte sich sehr über seinen eigenen Verrat. Wie würde Claudia die Sache erklären, überlegte er und verfluchte sich, weil er sie in diese ärgerliche Position gebracht hatte. Aber wahrscheinlich würde sie sich wie immer etwas ganz Abscheuliches ausdenken, um die Sache abzuwehren. Das war einer der Gründe, warum er sie liebte.

«Wissen Sie was, Marcus, ich glaube, das ist der beste Vorschlag, den ich diese Woche gehört habe. Haben Sie etwas dagegen, wenn ich mitkomme?»

Er sah Seferius an. Der arme Schlucker sah wie siebzig aus, nicht wie fünfzig. Für Callisunus war es schön und gut, seine Theorien mit einem Schulterzucken abzutun, aber Orbilio hatte Gaius geglaubt, als er ihm erzählt hatte, daß seine Kinder eines nach dem anderen wie eine reife Frucht vom Baum gepflückt würden. Nicht einmal im besten Fall glaubte er an einen Zufall. Schon gar nicht, wenn drei von vier Kindern eines Mannes vorzeitig zu Tode kamen und sein kleines Enkelkind – das gesund und munter um sich geboxt hatte, um endlich herauszukommen – plötzlich für mißgebildet und scheußlich erklärt und mit dem Schwert getötet worden war. Und erst recht nicht, wenn ein Vermögen dabei eine Rolle spielte. Gaius hatte recht, dessen war Orbilio sich sicher. Jemand brachte seine Familie um.

Er wünschte, sein eigener Vater wäre eher wie Gaius gewesen. Jovial, liebevoll und zugeneigt. Aber noch mehr wünschte er – bei Juno, wie sehr er sich das wünschte –, daß er diesen Mann hassen könnte, der mit einem feurigen, zänkischen Weib verheiratet war, dessen Haut weich war wie der feine Haarschopf der Distelfrucht und dessen Augen die Farbe von Bucheckern hatten. Wenn er davon ausgehen müßte, daß dieser Mann Claudias herrliche Brüste regelmäßig mit seinen großen Händen massierte, wäre es zweifellos eine andere Sache gewesen. Oder wenn er sogar davon ausgehen müßte, daß Gaius stöhnend und ächzend zwischen ihren Schenkeln lag und seinen großen Bauch auf ihre weiche Haut preßte, würde er ihn wahrscheinlich auch umbringen.

«Warum nicht, Gaius?» sagte er schließlich und legte den Arm um die Schulter des korpulenten Mannes. «Warum eigentlich nicht?»

XXI

Die wohlvertrauten Gefühle waren sofort und mit aller Macht wieder da. Selbst nach wochenlanger Abwesenheit, in der die Spiele und Wettrennen aus dem einen oder anderen Grund außer Reichweite gewesen waren, spürte Claudia lange vor dem ersten Trompetenstoß und dem ersten Trommelschlag das uralte aufregende Prikkeln, das Blut, das in ihr Gesicht schoß, und den schnellen Herzschlag. Da halb Rom danach suchte, der drückenden Hitze zu entfliehen, hätte man meinen können, es würde mehr leere Sitze geben, aber der Circus war praktisch voll. Das lag wohl daran, daß eine gute Ernte gefeiert wurde, vermutete sie. Was in Ordnung war, wenn man auf Erbsen, Bohnen, Oliven und so was Wert legte und Spaß daran hatte zu beobachten, wie dieser seltsame Priester einen Narren aus sich machte. Dieser Idiot! Stolpert über seinen Mantel und knallt auf den Altar des unterirdischen Tempels, direkt vor den Nasen der Vestalischen Jungfrauen... Claudia hätte darauf gewettet, daß das Consus-Fest im nächsten Jahr reibungslos wie eine Wasseruhr ablaufen könnte... wenn sich dieser wichtigtuerische Zwerg mit diesem albernen Hut nicht wieder einmischen würde.

Sie beobachtete, wie die Adligen sich auf den besten Plätzen im Circus, die ihrem Status geziemten, niederließen, und ließ ihren Blick schweifen, um zu sehen, wo Orbilio saß. Zwar war sie an diesem speziellen Patrizier nicht persönlich interessiert, aber wenn er die Wettrennen besuchte, würde es nicht schaden, diesem nervenden kleinen Wicht aus dem Weg zu gehen, nicht wahr? Stille legte sich über das Publikum. Irgendein aufgeblasener kleiner Staatsbeamter, der sich in seiner roten Robe und mit dem vergoldeten Lorbeerkranz für wichtig hielt, glaubte, er könnte die Regeln brechen, indem er eine Rede hielt. Die Menge belehrte ihn jedoch schnell eines Besseren, und er warf niedergeschlagen und beleidigt sein weißes Tuch in den Sand, und das war's. Jetzt ging's richtig los.

Claudia wippte mit dem Fuß. Oberflächlich betrachtet waren die Vorspiele ja unterhaltsam, dachte sie. Wenn man Spaß an diesen ulkigen Sprüngen von Pferd zu Pferd hatte oder an den Reitern, die auf dem Kopf standen, schön; das war alles sehr trickreich, aber es fehlte das Risiko, nach dem sie süchtig war. Junius stand, Gott sei Dank, auf seinem üblichen Platz, obwohl sie ihm diesmal kein Geld zum Wetten gegeben hatte. Sie würde es bedauern, das wußte sie, aber sie mußte einfach nachgeben und für eine Weile die Fassade wahren. Bei Juno, warum auch nicht? Schließlich war es nichts Neues, die pflichtbewußte Ehefrau zu spielen; diesen Schein hatte sie praktisch das ganze erste Jahr nach der Hochzeit aufrechterhalten; diese Übung würde ihr guttun.

Aber warum hatte sie dann so einen trockenen Mund?

Junius hatte sich nicht als das Problem erwiesen, das sie befürchtet hatte. Da sie den Verdacht gehabt hatte, er wolle sie erpressen, hatte sie versucht, ihn zu umschmeicheln und einzuschüchtern, aber schließlich war sie zu der Erkenntnis gekommen, daß sie dem Jungen vielleicht Unrecht tat. Welches Motiv auch immer ihn unter dem Dach des Hauses Seferius hielt, es mußte ziemlich stark sein, denn der junge Gallier blieb unerschütterlich. Er wolle seine Freiheit nicht, trotzdem vielen Dank. Es nagte höllisch an ihr, daß er allein für das Privileg, sich die Rippen brechen zu lassen, einen Tausender eingesteckt hatte, und wenn es nach ihr gegangen wäre, hätte Claudia ihm ohne Wenn und Aber den Marschbefehl gegeben. Leider hatte sie aber gesagt, daß der Junge ihr Leben gerettet hatte, und das war nun der Beweis, nicht wahr? Lügner bekamen, was sie verdienten. Sie blickte zu ihm hinüber in der Hoffnung zu sehen, wie seine Augen die Plätze nach seiner Geliebten absuchten, von der er ihr erzählt hatte. Aber nein, sein Blick war auf seine Herrin fixiert, treu ergeben wie immer, verdammt.

Sie holte tief Luft. In diesem Stadium unterstützten die meisten Leute eine bestimmte Partei; sei es rot, blau, grün oder weiß, was häufig zu Streitereien oder sogar Schlägereien führte, wenn eine Gruppe über das gegnerische Team spottete. Für Claudia Seferius stellten die Rennen jedoch eine ganz andere Art von Aufregung dar, und sie wußte es, *wußte* es einfach genau, daß der große Libyer aus dem roten Stall mit Leichtigkeit das erste Rennen gewinnen würde. Wenn sie zwanzig Sesterzen auf Rot setzen würde, könnte sie im folgenden Rennen ihre Gewinne auf Weiß setzen; niemand konnte mit einem Vierergespann so gut umgehen wie dieser drahtige Rhodesier. Dann könnte sie...

«Amüsierst du dich, Schätzchen?» Marcellus setzte sich auf den Platz neben ihr.

«Jetzt nicht mehr.» Beim schönen Leben in Illyrien, wenn sie noch weiter nach links rutschte, würde sie gleich auf dem Schoß ihres Nachbarn sitzen.

«Ich habe auf Blau gesetzt. Was hältst du davon?»

Claudia verzog den Mund. «Ich wette um hundert Sesterzen, daß Rot um – oooh – drei Längen gewinnt. Bist du dabei?»

Claudia, bist du *verrückt*?

Ihr Schwager gab ein nervöses Lachen von sich. «Die Sache mit Valerias Kind ist eine Schande», sagte er.

«Herzzerreißend. Einhundert auf den großen Libyer, was sagst du?»

Er fummelte an seiner Toga und wich der Direktheit ihres Blicks aus. «Gaius ist absolut verzweifelt, hörte ich.»

«Wie ausgebrannt. Marcellus, sie gehen in Aufstellung. Spielst du mit oder nicht?»

Er gestikulierte vage mit den Händen und gab ein gespieltes Lachen von sich. «Ich... also, nein. Nicht im Augenblick. Ich bin in letzter Zeit etwas pleite.»

«Unsinn, du bist steinreich. Julia gibt ständig damit an. Jetzt sieh dir diesen Libyer an, Marcellus. Siehst du, wie er steht? Fest wie ein Felsen; bei dem wirst du nicht erleben, daß er in den Kurven umfällt.»

Beim ersten Rennen traten Zweispänner an, und was waren das für phantastische Tiere! Mit Perlen in den Mähnen, Bändern in den geflochtenen Schwänzen und glänzenden Anhängern und Medaillons an ihren Brustschildern. Was die Pracht betraf, kamen die Wagenlenker erst an zweiter Stelle.

«Julia ist eine Angeberin, genauso wie ihre Mutter. Tatsache ist, Claudia, daß ich absolut blank bin.»

«Du meine Güte, du bist doch Architekt. Bei diesem massiven Restaurationsprogramm hört man doch in ganz Rom die Hämmer klopfen. Da kannst du doch nicht pleite sein.»

Die vier Wagenlenker hatten die erste Runde hinter sich und gingen in die nächste Runde. Es würde ein knappes Rennen werden. Claudia fühlte, wie sich ihre Fingernägel in die Handfläche gruben.

«Ach, das ist ja der Haken. Ich habe ein oder zwei dumme Investitionen gemacht und habe überlegt – vermutlich kannst du mir nicht ein oder zwei Quadran leihen, um mir darüber hinwegzuhelfen?»

Ein gemeinsames Stöhnen entfuhr der Menschenmenge, als der Grüne sich leicht verschätzte. Das Pferd auf der Innenseite stolperte, und der Wagen kam ins Schlingern. Bis der Grüne seine Zügel wieder im Griff hatte und das Rennen fortsetzte, lag er um mindestens zwei Längen zurück. Ein Viertel der Menschenmenge begann, ihn auszubuhen, während von den restlichen drei Fraktionen immer lauter werdende Anfeuerungsrufe zu vernehmen waren.

«Ganz gewiß nicht.» Er machte wohl Scherze? Wo sie Lucan doch schon zweitausend schuldete? «Hast du Gaius angesprochen?»

Sie wußte, daß Gaius seinem Schwager schon seit einiger Zeit Zuschüsse für sein Geschäft gegeben hatte.

«Ach, das ist eine etwas heikle Angelegenheit. Weißt du, seit dem letzten November habe ich mich schon an Flavias Einkommen bedient, und gestern abend schien es nicht der geeignete Augenblick zu sein.»

In der vierten Runde lag der Grüne immer noch hinten und der Blaue bekam auch Schwierigkeiten in den Kurven, so daß der Weiße und der Rote Kopf an Kopf lagen. Claudias Herz klopfte heftig, und sie mußte sich zwingen, nicht aufzuspringen und den Libyer anzufeuern.

«Ich meine, so sturzbesoffen wie er nach Hause getorkelt kam.

Das ist so untypisch für Gaius, nicht wahr?» Das pockennarbige Gesicht beugte sich noch näher zu ihr hinüber. «Oder etwa nicht?» flüsterte er. «Schlaft ihr deshalb in getrennten Zimmern?»

«Marcellus, wenn du nicht sofort deine Zunge aus meinem Ohr nimmst, wirst auch du in getrennten Zimmern schlafen – und zwar in jedem ein Teil von dir. MACH ENDLICH PLATZ!»

«Schon gut, schon gut, ich versuche ja nur, freundlich zu sein, das ist alles. Bei Remus, Claudia, du und ich würden ein tolles Paar abgeben...»

«Ich warne dich. Wenn deine Hand noch ein einziges Stück unter meine Stola kriecht, kannst du dich jetzt und hier von deinen Eiern verabschieden.»

Es wurde immer schlimmer mit ihm. Gestern abend hatte er tatsächlich versucht, sie im Garten zu küssen, und als sie an ihm vorbei in das Eßzimmer ging, hatte seine Hand über ihre Brüste gestrichen. Schon allein bei der Erinnerung daran überkam sie Ekel.

Die Rennwagen befanden sich jetzt auf der Zielgeraden, und hier hatte der Libyer Gelegenheit, sein Können zu zeigen. Er warf den Kopf zurück, streckte die Knie, knallte schwungvoll mit der Peitsche, und seine Rosse stürmten voran. Als sie das Ziel passierten, wurde der Rote mit dreieinhalb Längen Vorsprung zum Sieger erklärt. Was für eine verdammte Vergeudung, dachte sie. Das hätte ein weiterer Hunderter für Lucan werden können.

Der Gedanke an diesen kleinen Blutsauger hinterließ einen bitteren Geschmack in ihrem Mund. Gaius war nicht nur betrunken nach Hause getorkelt gekommen, sondern er hatte auch noch diesen neugierigen Schnüffler zum Abendessen mitgebracht. Es war ein ruhiger Familienabend geplant gewesen, um die näheren Einzelheiten der Hochzeit zu diskutieren, und plötzlich fing Gaius in seinem Suff an, sich über Erpressungsversuche zu erregen und diese leidige Sache mit Otho aufzuwärmen.

«Ich bin entschlossen, dieser Sache auf den Grund zu gehen, weißt du.» Dabei nuschelte er stark. «Das ist das zweite Mal innerhalb eines Monats, daß jemand versucht, meine Frau um Geld zu erpressen.»

Zu Claudias Verblüffung drehte Orbilio sich daraufhin um und sagte: «Oh, ich habe Othos Geschichte überprüft. Es war alles erlogen, alter Junge. Nach Lucans Aussage schuldet man ihm nicht eine Kupfermünze.»

Claudia fragte sich, was sie diesem elenden kleinen Spürhund dafür schuldete, daß er sie deckte. Es war ganz offensichtlich, daß er Othos Geschichte sogar jetzt noch glaubte. Aber warum hatte er den Thraker entkommen lassen? Um ihr Schwierigkeiten zu ersparen? Oder um Gaius Kummer zu ersparen, weil diese beiden sich in letzter Zeit offensichtlich nähergekommen waren? Zur Hölle mit dir, Marcus Cornelius Orbilio! Jetzt ist das nicht mehr dein Fall, und ich hoffe, dich nie wieder zu sehen. Weißt du, daß du einmal zur Abwechslung tatsächlich etwas Wahres angesprochen hast? Da stand ich am Hausaltar und du hast gewettet, daß ich dich jede Stunde deiner Abwesenheit vermissen würde. Nun, ich gebe zu, daß es im Haus für eine kurze Zeit vielleicht wirklich deprimierend ruhig war, aber nach diesem großartigen Auftritt gestern abend schwöre ich dir, Hand aufs Herz, daß diese Leere nichts mit dir zu tun hatte. Überhaupt nichts. Also kannst du dir diesen Gedanken gleich aus deinem arroganten Kopf streichen.

«Das war eine witzige Sache gestern abend, nicht wahr?»

Claudia tat so, als hörte sie nicht zu – obwohl sie die Bezeichnung witzig nicht gewählt hätte.

«Ich meine die Sache mit Flavia und deinem Cousin.»

Verdammt noch mal, Marcellus, ich weiß, was du meinst.

Die nächsten Wettkämpfer kamen auf die Rennbahn, wobei der Rhodesier von allen bei weitem der kleinste war. Diesmal befanden sich ein Dutzend Wagen im Rennen, drei aus jeder Fraktion, und er verschwand beinahe unter seinem Helm, und seine weiße Tunika wirkte wie ein Taschentuch im Vergleich zu den massiven Tuniken der anderen. Ihr Puls beschleunigte sich. Bestimmt hatte niemand Geld auf ihn gesetzt; es könnte so ein leichter Sieg werden! Mit einem Geheul ging das Seil hoch und sie rasten los.

Marcellus beugte sich zu ihr hinüber. «Vermutlich lag es wohl daran, daß er so betrunken war.»

Alle beide waren betrunken gewesen, und zwar auf die schlimmste Weise, denn sie waren nur noch rührselig gewesen.

Als die sechste Runde beendet war, lag der drahtige weiße Reiter ganz weit vorn, und Claudia knirschte mit den Zähnen. Als der Anzeiger in der siebenten Runde das Ende signalisierte, ging der Rhodesier mit tosendem Applaus ins Ziel, und Claudia haßte jeden Zentimeter dieses Männleins. Marcellus kapierte endlich, daß sie ihm weder Geld leihen noch über Orbilio und Flavia diskutieren wollte, denn in der Pause stand er auf und entschuldigte sich. Er müsse nach Hause zurückkehren, sagte er, und sie wußte, daß er mit «nach Hause» ihr Haus meinte. Julia und Flavia waren gestern abend in einen schrecklichen Streit geraten, der bis zum Morgen andauerte, und jetzt war Scaevola bei ihnen, um das Seinige zu tun. Jemand sollte da sein, um für Frieden zu sorgen, sagte Marcellus, denn Gaius sei dazu nicht in der Lage.

Sie verkniff sich die Bemerkung, daß das Leben für alle Beteiligten weitaus angenehmer wäre, wenn sie gestern abend den Anstand besessen hätten, nach Hause zu gehen, statt über Nacht zu bleiben und allen auf die Nerven zu fallen.

«Ich meine, hast du Gaius heute gesehen? Er hat völlig den Verstand verloren und weint wie ein Säugling. Ein trauriger Anblick. Nun, meine Liebe», es gelang ihm, einen nassen Kuß auf ihrer Wange zu landen und mit der Hand flüchtig die Innenseite ihres Schenkels zu berühren, «wir sehen uns später.»

Claudia wischte sich mit dem Handrücken über ihre Wange und beobachtete, wie er sich zum Ausgang durchboxte. Diese unangenehme Kröte könnte ihre Eier darauf wetten, daß Claudia sich dafür rächen würde. Sie gab dem jungen Gallier ein Zeichen.

«Geh nach Hause, Junius. Dem Herrn geht es offensichtlich nicht gut, und wie ich die Lage dort einschätze, könnte er durchaus wieder einen Anfall bekommen.»

«Ich bin nicht sicher, ob ich eine große Hilfe bin, Herrin.»

«Sicherlich nicht, aber immerhin kannst du so schnell wie der Wind den Doktor holen.»

Er schien etwas verdutzt zu sein über diesen merkwürdigen Wunsch und blieb mit leicht geöffnetem Mund zögernd stehen.

«Nun, geh schon. Husch.»

Junius blickte über seine Schulter. «Ich möchte Sie hier nicht allein lassen, Herrin. Nicht solange... solange dieser Schurke Otho hier herumhängt.»

«Otho? Hier?» Bei Juno, Jupiter und Mars! «Wo ist er?»

«Direkt hinter dir, Claudia.»

Sein schwerer Akzent erschreckte sie beide.

«Otho, ich warne Sie, wenn Sie hier etwas anzetteln, bringe ich Sie um.»

Aus ihrer Tunika zog sie den Dolch nur so weit heraus, damit er sehen konnte, daß sie es ernst meinte. Junius trat einen Schritt vor, und seine Augen verrieten den Zorn, den sein Gesicht zu verbergen versuchte. Der Thraker hob eine Hand und lächelte. Sie hatte recht gehabt. Er hatte neulich abends ein paar Schneidezähne verloren. Vielleicht war Orbilio manchmal doch zu etwas nutze.

«Claudia, Claudia. Es gibt keinen Grund für Gewalttätigkeiten. Ich habe eine Nachricht von meinem Herrn Lucan.» Sein Gesicht war kreuz und quer mit blauen Flecken bedeckt.

«Ich habe schon zwei Nachrichten erhalten, vielen Dank. Sagen Sie ihm, daß er nächstes Mal einen Brief schicken soll.»

«Es ist eine gute Nachricht, Claudia. Ich überbringe sie allerdings persönlich und...», seine zischende Stimme wurde schärfer, als er sich zu Junius umdrehte, «vertraulich.»

Sie zuckte mit den Schultern, und der Gallier zog sich außer Hörweite zurück. Na und? Otho würde sie hier wohl kaum zusammenschlagen, und – so unglaublich es auch war – sie härtete sich außerdem allmählich ab gegen seine Drohungen. Es war schon überraschend, an was man sich alles gewöhnen konnte.

Sein Blick verharrte auf ihren vollen Brüsten. «Lucan sagt, daß du sehr viel Glück hast, Claudia. Deine Schulden sind bezahlt worden, nicht wahr?»

Was meinte er damit, sie seien bezahlt worden? Von wem? Sie blickte zu Junius hinüber, der die Zähne bleckte. Ob aus Angst, Zorn oder Freude war schwer zu sagen.

«Natürlich sind sie bezahlt worden, Sie Esel. Schon vor einer Ewigkeit.»

Gütige Diana, außer ihr wußte niemand von diesem Problem. Warum sollte irgend jemand zwei Tausender für sie ausgespuckt haben? Claudia hob ganz leicht ihr Kinn. Lieber würde sie sterben, als dieses Schwein zu fragen, wer dafür verantwortlich war.

«Schade, daß wir nun nicht mehr zusammenkommen können, Claudia. Vielleicht ein andermal?»

Claudia lächelte süß. «Gehen Sie und ficken Sie Ihre Mutter, Otho.»

Seine Augen funkelten, und seine Lippen wurden weiß, aber alles, was er sagte, war: «Nette Titten», bevor er in der Menge verschwand.

Junius kam zu ihr gesprungen. Entweder hörte er überdurchschnittlich gut, oder er konnte von den Lippen lesen, aber auf jeden Fall hatte er das Wesentliche von Othos Nachricht mitbekommen. Die Erleichterung auf seinem Gesicht war unmißverständlich.

«Jetzt können Sie ganz unbesorgt allein bleiben.»

«Natürlich kann ich das, Junius. Nun troll dich nach Hause, ja?»

XXII

Ein Stoß aus den silbernen Trompeten verkündete das Ende der Pause, aber Claudia bemerkte kaum die zwölf Wagen, die donnernd aus den Ställen kamen und hinter sich eine gelbe Sandwolke aufwirbelten. Selbst als der Blaue in der dritten Kurve ein Rad verlor, zuckte sie nicht mit der Wimper. Wer wußte über sie und Lucan Bescheid? Niemand, dachte sie. Niemand, niemand, niemand! Was ein großer Unsinn ist, antwortete eine leise Stimme. Irgend jemand weiß es offensichtlich; also denk nach!

Nun, da war Junius. Aber Junius war ein Sklave, und Sklaven hatten kein Geld. Warte mal, was war mit dem Tausender, den Gaius ihm gegeben hatte? Ach, komm schon, Claudia, warum sollte der Junge deine Rechnung bezahlen, das ergab keinen Sinn. Wer weiß noch davon? Larentia natürlich. Ihre Spione hatten ihr beinahe bis zur letzten Kupfermünze von Claudias Schulden berichtet, aber von allen Menschen auf der Welt war ihre Schwiegermutter die letzte, die den Wunsch hatte, Claudia Seferius das Leben leicht zu machen!

Die Anfeuerungsrufe um sie herum waren ohrenbetäubend. Das Rennen hatte sich zu einem Zweikampf zwischen dem Roten und dem Blauen entwickelt, und beide waren ebenbürtig im Umgang mit einem Vierergespann. Sie näherten sich der letzten und endgültigen Runde, und es war eine Frage der Nervenstärke und Geschicklichkeit, wer das Rennen gewinnen würde. Mit einem Blick wußte Claudia, daß es der Rote sein würde. Sie sah es an der Art, wie er sich an den Zügeln zurücklehnte. Er verleitete den Blauen, die Kurve zu schneiden. Eingehüllt in eine Wolke aus Staub und Sand rasten sie auf das Ziel zu. Wenn er die Kurve zu eng nahm, würde der Wagen gegen die Innenwand stoßen. Wenn er sie zu weit nahm, wäre das Rennen verloren. Geistesabwesend bemerkte sie, wie der Blaue in die Spur schoß, die der Rote gerade verlassen hatte, und zu spät die Falle erkannte, in die er geraten war. Da das Pferd auf der Innenseite nicht genug Platz auf der Spur hatte, um sich hindurchzuquetschen, zog es zur Mitte, und in einem Wirrwarr aus Hufen und Rädern flog der Blaue im Salto in den Sand. Der Rote knallte mit seiner Peitsche in die Luft und raste weiter zum Sieg. Wehmütig dachte Claudia an die Lorbeeren, die er später bekommen würde. Schwere Weine, seltene Düfte – und eine Auswahl von Mädchen in seinem Bett.

Gaius wußte auch Bescheid, denn als Otho in ihrem Zimmer erwischt wurde, hatte er ohne zu zögern den Grund für seinen Besuch benannt. Doch Gaius gehörte nicht gerade zu den Leuten, die massive Schulden gleich bezahlten. Ganz gewiß hätte er seine Frau zuerst zur Rede gestellt, um zu erfahren, warum sie zwei Tausender in zwei Monaten verspielt hatte. Natürlich hatte Claudia schon eine absolut plausible Antwort parat gehabt. Es handele sich um eine Erpressung, wollte sie ihm sagen. So einfach. Ein anonymer (wer sonst?) Erpresser habe eine kräftige Summe verlangt, wenn sie wolle, daß das Geheimnis ihres Mannes nicht bekannt würde; was sollte sie da anderes tun als bezahlen? Das würde Gaius schlukken. In manchen Dingen war er ziemlich leichtgläubig, aber er war auf keinen Fall der Typ, der Lucan lautlos bezahlte. Außerdem hatte er erst gestern abend seine Absicht erklärt, daß er der Sache auf den Grund gehen wolle.

Dann blieb nur noch Marcus Cornelius Orbilio. Wie man hörte, stammte er aus einer vornehmen Patrizierfamilie, deren Vorfahren sich bis zu Apollo zurückverfolgen ließen. Und reich war sie außerdem. (Notwendigerweise hatte sie ihre Hausaufgaben über ihn machen müssen, da er in dieser elenden Angelegenheit ihr Feind Nummer eins war.) Nicht unbedingt superreich, aber um ein oder drei Asse war dieser Knabe nicht verlegen; das war sicher. Aber warum sollte Orbilio ihre Schulden begleichen?

«Entschuldigen Sie.»

Eine sanfte Berührung auf ihrer Schulter ließ sie aufschrecken. Ein kleines Mädchen, sauber und einigermaßen gut gekleidet, stand hinter ihr und hielt ihr eine Pergamentrolle in der kleinen dicken Hand entgegen.

«Der Herr hat gesagt, daß ich Ihnen das geben soll.»

Claudia nahm den Brief. «Welcher Herr?»

Das kleine Gesicht zog sich zusammen, und die schmalen Schultern zuckten. «Ich weiß nicht», sagte sie leise.

Claudia lächelte und gab dem Mädchen einen Pfirsich, den es sofort ergriff. Auch wenn man frei geboren war, mußte man in dieser Stadt eine Menge Geld haben, um sich einen Pfirsich von dieser Qualität leisten zu können. Sie sah dem Kind nach, als es zu seiner Familie zurückhüpfte und dabei fröhlich mit seiner Trophäe wedelte. Es deutete auf Claudia, die zurückwinkte, aber als das Kind versuchte, den Eltern zu zeigen, wer ihm den Brief gegeben hatte, wurde klar, daß es sich weder an den Mann erinnern noch ihn in der Menge entdecken konnte. Zu schade. Claudia riß das Siegel auf.

Ich liebe dich.

Sie drehte das Blatt um. War das alles? Ich liebe dich? Keine Zärtlichkeiten, keine Schmeicheleien, keine Komplimente, keine Unterschrift? Nur ein schlichtes Ich-liebe-dich?

Es folgten weitere Reiterkunststücke; diesmal auf unbesattelten Pferden, von denen sich die Reiter hinunterbeugten, um Trophäen aus dem Sand aufzuheben. Sollten die Reiter doch hinunterfallen und sich zu Tode trampeln lassen, es interessierte sie nicht. Hatte der Verfasser dieser kläglichen Botschaft Lucans Rechnung bezahlt? Aber warum sollten die beiden überhaupt etwas miteinander zu tun haben? Zum Teufel, sie hatte schon mehr Liebesbriefe bekommen, als sie Gläser vom Seferius-Wein getrunken hatte, und die Tatsache, daß sie verheiratet war, änderte daran auch nichts. Sie hatte die Übersicht verloren, wie viele junge Männer ihr zu Füßen gefallen waren, ihr ihre unsterbliche Liebe geschworen und mit Selbstmord gedroht hatten. Man hatte ihr Gedichte geschrieben, Theaterstücke zu ihren Ehren aufgeführt und mehr Lieder über die unerwiderte Liebe zu Claudia gesungen, als man zählen konnte.

Claudia stand auf, streckte sich, richtete ihre Locken und strich mit den Händen seitwärts an ihrem Körper hinunter. Langsam. Ganz, ganz langsam. Ich weiß, daß du mich beobachtest, du Bastard, also paß auf. Mit gespreizten Fingern strich sie über ihren

Hals und hielt verführerisch am Ausschnitt ihrer Tunika inne. Sie drehte den Kopf in diese und jene Richtung, warf die Locken zurück, streckte sich und gähnte. Laß dir das eine Lektion sein. Claudia Seferius ist eine intelligente, sinnliche Frau – sie hielt die Pergamentrolle hoch und zerriß sie langsam und überlegen in ein Dutzend Stücke –, für die drei jämmerliche Worte auf einer Seite nicht genug sind. Die Fetzen flatterten im Wind davon. Hast du verstanden?

Lächelnd nahm sie wieder Platz. Und das nächste Mal kannst du deinen verdammten Namen nennen.

Wer immer der Verfasser war, eins war sicher: Es war nicht Cousin Marcus! Verdammt, sie sollte sich für eine Weile wirklich in acht nehmen, denn wann immer sie Orbilio begegnete, schien die Luft zwischen ihnen zu knistern. Es lag nicht daran, was er sagte – er sprach fast nur über berufliche Angelegenheiten –, und auch nicht an seinem Gesichtsausdruck, den er öfter als notwendig hinter einer Maske verbarg. Aber diese Augen. Gütige Diana, diese Augen! Sie zwinkerten und tanzten und lachten und funkelten und erzählten mehr Geschichten als ein Dichter. Oh, ja. In diesen Augen lag die Sünde.

Die Gefühle, die er weckte und von denen sie geglaubt hatte, daß sie sie schon längst hinter sich hätte, waren viel zu gefährlich, um darüber nachzudenken. Natürlich war das nichts anderes als eine sexuelle Reaktion; jeder Narr hätte das gewußt, aber sie wäre verdammt froh, wenn er in dem Loch, aus dem er herausgekrochen war, wieder verschwinden und sie in Ruhe lassen würde.

Trotz der Rennen war Claudia müde und machte sich auf den Weg zum Ausgang, der zur Appia führte. Was ist bloß los mit dir, daß du deine Zeit mit diesem heuchlerischen, aalglatten Schürzenjäger vergeudest? Er hat nichts, was andere Männer nicht auch haben. Du solltest mal deinen Kopf untersuchen lassen, wenn du glaubst, daß seine Aufmerksamkeiten eine besondere Bedeutung haben. Solange er den Fall bearbeitete und aus Claudia Informationen herauskitzeln wollte, war er so charmant, wie es nur ging; aber sobald Callisunus ihm einen anderen Fall zur Bearbeitung gibt, werden wir diesen Spitzel von seiner echten Seite kennenlernen, nicht wahr?

Sie stieß einen der Platzwärter aus dem Weg.

All diese vergeudete Zeit! Ihr stockender Atem jedesmal, sobald sie ihn sah. Die Art, wie er ging. Sein sagenhaftes Schmunzeln. Oh, sie könnte wetten, daß er das morgens vor dem Spiegel übte.

«Bastard!»

Der Pförtner machte vor Überraschung Stielaugen.

«Sie doch nicht, Sie Dummkopf. Nun öffnen Sie endlich diese verdammte Tür, ja?»

Die Hitze draußen war unerträglich. Viel zu heiß zum Laufen! Nun, daran bist du selber schuld, Claudia Seferius. Diese Entscheidung hast du getroffen. Du warst es, die sagte, es sei zu heiß für die Sänftenträger, um hier den ganzen Tag herumzuhängen, und hast sie nach Hause geschickt. Wenn du, wie geplant, im Circus bliebest, müßtest du nicht nach Hause laufen, nicht wahr? Aber nein. Gegen Mittag kommst du zu dem Schluß, daß du genug hast. Nun, dann wirst du wohl den verdammten Preis dafür zahlen müssen, nicht wahr?

Sie war bestimmt schon fast hundert Schritte gegangen, bevor sie feststellte, daß sie den falschen Hügel hinaufstapfte. Laut fluchend drehte sie sich um und stapfte den richtigen hinauf. Warum mußte Rom ausgerechnet auf sieben verdammt hohen Hügeln erbaut werden? Sie blickte nach unten. Diese Sandalen hätte sie auch nicht unbedingt zum Laufen ausgesucht. Verdammt, verdammt, verdammt. Über den Köpfen der Menschenmenge entdeckte sie etwas hellorange Schimmerndes. Großartig! Ihre eigene Sänfte bahnte sich einen Weg durch das Gedränge – doch plötzlich stellte sie fest, daß es eine billige Imitation war. Sie versteckte sich in einem Türeingang, als sie vorbeikam. Gütiger Jupiter, das war Marcia, die Witwe des Stoffhändlers. Claudia trat gegen den Türpfosten. Es hieß, eine Imitation sei die netteste Art, um jemandem ein Kompliment zu machen, aber sie wäre verdammt, wenn sie sich das von dieser dummen Kuh gefallen ließe. Gleich morgen früh würde sie ihre Sänfte neu beziehen lassen.

Sie blieb stehen, um einen Holzlieferanten vorbeizulassen, und stellte fest, daß die Säulenhalle ein Projekt ihres Schwagers war. Merkwürdig, daß Marcellus in Geldverlegenheit war. Wie hatte er es genannt, ein paar unkluge Investitionen? Das geschieht ihm recht, dachte sie. Gaius hatte ihn jahrelang unterstützt. Dieser faule Kerl hatte sich nie besonders um irgend etwas bemüht, einschließlich seiner Ehe. Sie fragte sich, wie weit Julia sich dessen bewußt war. Billigte sie es, daß Flavias Vermögen veruntreut wurde? Wußte sie überhaupt davon? Eins war sicher. Wenn Gaius das herausfand, würde Marcellus eins aufs Dach kriegen!

Als die letzte Ladung Holz vorbeirumpelte, überlegte Claudia, warum Marcellus unbedingt über Orbilios Verhalten beim gestrigen Abendessen reden wollte. Bis Gaius nach Hause kam, hatten die fünf – Julia, Flavia, Antonius, Marcellus und sie selbst – über das Hochzeitsbankett gesprochen. Im stillen hatte Claudia gerade die Tage gezählt (vierzehn, um genau zu sein), als ihr Mann und ihr sogenannter Cousin Arm in Arm zur Haustür hereingetorkelt kamen. Orbilio sang ganz laut und in einer völlig falschen Tonlage irgendein Lied über die galanten Abenteuer eines gewissen Varex, wenn sie sich richtig erinnerte. Merkwürdigerweise hatte sie kurz den Eindruck gehabt, er wolle zu ihr eilen und sie küssen; nicht mit einem gehauchten Kuß auf die Wange, sondern mit jener Art von Kuß, der nie endet. Was nur bewies, wie dumm sie manchmal sein konnte.

Sie waren alle gemeinsam nach oben ins Eßzimmer gegangen, hatten ihre Schuhe ausgezogen und sich zum Essen niedergelegt. Außer Flavia. Bis dahin hatte Claudia nur flüchtig wahrgenommen, daß der beleidigte Gesichtsausdruck des Mädchens verschwunden war, aber im Eßzimmer verwandelte sich das Kind in... nun, ganz ehrlich gesagt, konnte man das nur als ein Luder bezeichnen. Mit einer Sinnlichkeit, die Claudia sich bei diesem Mädchen nie hätte vorstellen können, streifte sie zuerst eine Sandale ab (wobei sie mehr Bein zeigte, als sich geziemte), dann die andere und, anstatt sich in die Lücke zwischen ihrer Tante und ihrem Verlobten zu setzen, drängte sich diese kleine Schlampe langsam zwischen Marcellus und Orbilio, wobei sie auf eine absolut vulgäre Art mit ihren jugendlichen Hüften wackelte. Claudia fühlte, wie Antonius vor Wut erstarrte, während Julia und Marcellus zu diesem Zeitpunkt mit den Details der Hochzeitsvorbereitungen beschäftigt waren und Gaius ernst in sein Glas starrte.

Orbilio, dessen Augen schelmisch funkelten, zwinkerte Claudia auffällig und frech zu, als Flavia sich immer enger an ihn schmiegte und dann – nun! Es war ekelhaft gewesen, ihnen zuzuschauen. Den ganzen verdammten Abend lang kicherte und umgarnte ihn dieses kleine Luder und sah ihn mit Kuhaugen an, und er war keinen Deut besser gewesen und machte ihr von Kopf bis Fuß Komplimente.

Es bedurfte einiger wohlgesetzter Worte, um Scaevola zu besänftigen, dessen Gesicht mittlerweile krebsrot war, als die Teller vom ersten Gang abgeräumt wurden. Claudia rührte ihr Essen kaum an. Auf Orbilios Teller häuften sich dagegen die Hühnerknochen. Dieses eitle Luder wurde mit jedem Gang dreister und dreister, und Orbilio genoß es ganz offensichtlich. Nach den Eiern und dem Salat saß sie Schulter an Schulter mit ihm, und als die Früchte hereingebracht wurden, strich sie bereits mit ihrer kleinen fetten Fessel an seiner Wade auf und ab und hob seine Tunika mit den Zehen hoch.

Einmal mußte Claudia die Hand auf Scaevolas Arm legen und ihn beruhigen, als er brummte: «Was zum Hades treibt sie da?», und aufstehen wollte.

Ein schnelles Handeln war gefordert gewesen. Sie versicherte ihm, daß es sich bei dem Verhalten der lieben kleinen Flavia um eine typische voreheliche Nervosität handele, daß sie ihren Verlobten auf die Probe stellte, ob er sie wirklich liebte, was sie nur ergründen konnte, indem sie ihn eifersüchtig machte. Ob er das denn nicht sähe? Außerdem versicherte sie ihm, daß ihr Cousin anderweitig fest liiert sei; hier handele es sich um einen familiären Spaß, ha, ha, ha, denn bei so einem wichtigen Anlaß bliebe ihm nichts anderes übrig, als sich mit der zukünftigen Braut zu verbünden, das könne Antonius doch sicherlich verstehen, oder? Nach dem Blick zu urteilen, den er ihr zuwarf, war es unwahrscheinlich, daß Antonius von irgend etwas überzeugt war, aber immerhin beruhigte er sich soweit, daß er mit dem Essen fortfahren konnte, ohne vor Gaius, dem mittlerweile die Tränen über die Wangen rollten und der leise vor sich hin murmelte, eine Szene zu machen. Gaius brauchte wirklich etwas, um ihn aufzubauen. In der Villa war es mit ihm schon schlimm genug gewesen, obwohl Rollo und der riesige Berg an Arbeit ihn dort anscheinend in Schach gehalten hatten. Aber seit seiner Rückkehr nach Hause hatte er völlig die Fassung verloren. Wenn er nicht gerade vor sich hin sabberte, jammerte er jedem und allen, die zufällig vorbeikamen, vor, was mit seinen Kindern, seinen Kindern, sieh nur, was mit seinen Kindern passiert sei. Seine Mutter läge im Sterben, seine Kinder seien tot, sein Enkelkind, alle seien sie tot. Tot oder am Sterben.

Gaius hatte nur noch verflucht wenig Zeit, um sich zusammenzureißen. Das Geschäft zerfiel; er traf keine Kunden mehr, vernachlässigte Lieferanten und war unachtsam bei den Preisen. Nur der Himmel wußte, mit welchem Durcheinander sich der arme alte Rollo abfinden mußte, aber die Hauptsache war, daß Flavia Seferius in dreizehn Tagen Antonius Scaevola heiraten würde. Wenn Gaius sich bis dahin nicht einen Ruck geben würde, um wieder in Form zu kommen, bei Jupiter, dann würde Claudia ihm nachhelfen.

Trotz der Menschenmassen, die sich im Circus Maximus drängten, glichen die Straßen nicht weniger einem Ameisennest. Ein Bauwagen, eines der wenigen Fahrzeuge, die tagsüber in die Stadt fahren durften und das auch nur wegen der Dringlichkeit der Bauarbeiten, blockierte eine der engsten Straßen und verursachte ein Chaos. Die Leute versuchten, über den mit Marmor beladenen Wagen hinüberzuklettern, während der Fahrer alles tat, um sie in die Flucht zu schlagen und gleichzeitig seine Ochsen zu lenken, und beide Seiten mit den gleichen Flüchen bedachte. Claudia beschloß, diesen Weg zu vermeiden für den Fall, daß die Wagenachse unter dem Gewicht der Leute zusammenbrach. Das waren zu viele zerquetschte Gliedmaßen für ihren Geschmack.

Als sie um die Ecke bog, stieß sie mit einem Soldaten zusammen, dessen genagelte Sohle sich in ihren Zeh grub. Er entschuldigte sich schnell, aber der Schwall von obszönen Beleidigungen, mit dem er bedacht wurde, raubte ihm völlig den Atem. Sie wich den Stangen der Lastenträger aus, schubste einen Bettler aus dem Weg, wobei sie gedankenlos seine Schale umwarf, und stieß einen Jongleur mitten in seinem Akt mit dem Ellbogen beiseite. Es war wirklich eine Erleichterung, als sie in ihre Straße bog und aus dem Gedränge heraus war, denn sie wußte, daß die Springbrunnen und Fresken, der Marmor und die Mosaiken in ihrem Haus selbst die schlimmste Verstimmung vertreiben würden. Der blaßblaue Fries mit den langhälsigen Kranichen und eleganten Panthern – der weißen Farbe der Strauße, der Grazie der Antilope – hatte etwas wunderbar Erfrischendes an sich, was fast allen anderen Häusern, die sie kannte, fehlte.

Doch in dem Augenblick, als sie über die Türschwelle trat, wußte sie, daß etwas nicht stimmte. Ausnahmsweise liefen keine Sklaven kreuz und quer. Aber es lag eine merkwürdige Stille in der Luft. Ihre Augen suchten Leonides, aber statt dessen kam ihr Junius entgegengeschlurft.

«Es geht um Flavia, nicht wahr?» Sie ahnte es. «Erzähl mir nichts! Sie ist mit dieser Schlange Orbilio durchgebrannt, stimmt's?»

Aschfahl im Gesicht schüttelte der junge Gallier den Kopf. «Nein, Herrin. Es tut mir leid, aber ...»

«Aber was, Junius? Ich habe nicht den ganzen verfluchten Tag lang Zeit, also spuck es aus.»

«Es ... es geht um den Herrn.»

Sie bemerkte, wie seine Augen kurz zu Gaius' Schlafzimmer hinüberblickten. «Oh, nein, nicht schon wieder ein Anfall. Hast du den Arzt geholt?»

Sie raste durch das Atrium auf die Treppe zu, aber Junius rannte hinter ihr her. Mit seinen kräftigen Händen hielt er sie an den Schultern fest und hinderte sie daran weiterzugehen.

«Gehen Sie nicht nach oben», flehte er sie an.

Aus dem Gürtel seiner Tunika zog er einen Brief, der mit Wachs versiegelt war und Gaius' privates Siegel mit den zwei springenden Delphinen trug. Sie sah, daß die Hände des Jungen zitterten.

«Er ist tot, Herrin.»

Blut schoß Claudia ins Gesicht. «Bei Juno, ich wußte, daß es passieren würde! Diese verdammte Flavia und ihr unmögliches Benehmen! Wie konnte sie es nur wagen! Wo ist diese kleine Hure? Ich werde dafür sorgen, daß sie auch einen Anfall bekommt, das wirst du schon sehen.»

Sie versuchte, sich zu befreien, aber sein Griff wurde nur noch fester. Er roch nach Rosen. Er war sicherlich draußen gewesen, um sie zu beschneiden. Er war der einzige im Haus, dem sie zutraute, daß er sich anständig um sie kümmerte.

«Es war kein Anfall», sagte er leise. «Der Herr hat Selbstmord begangen.»

«Selbstmord? Gaius? Mach dich nicht lächerlich. Gaius ist der letzte auf der Welt, der sich selbst umbringt. Es muß ein Unfall gewesen sein.»

Die Finger des Jungen gruben sich in ihre Schulter. «Es war kein Unfall, Herrin. Ihr Mann hat sich mit dem Schwert getötet.»

XXIII

Die Sänfte setzte Claudia vor einem bescheidenen Haus mit weißer Front ab, das eingezwängt zwischen einem Fleischerladen und einem Perückenmacher am Fuße des Esquilinischen Hügels in der Nähe des alten Junotempels stand. Auf der anderen Seite zerstieß ein Goldschmied unbeeindruckt von den Rufen der Hausierer, Bettler und Kinder, die sich um ihn drängten, seelenruhig seinen wertvollen Staub. Claudia hatte das Versprechen, das sie sich gemacht hatte, nicht vergessen, und die Sänfte trug nicht mehr das prahlerische Orange zur Schau, auf das diese alte Nachäfferin Marcia so neidisch war, sondern sie war statt dessen mit dem hellsten Blau, das der Händler beschaffen konnte, bezogen worden. Jeder Fleck würde darauf natürlich zu sehen sein, aber darauf kam es ja nicht an – nicht wahr, Marcia?

Claudia wartete, bis ihr bestätigt wurde, daß der Herr zu Hause war, bevor sie ihre Begleiter entließ und das Atrium betrat. Eins mußte man den Patriziern lassen, sie hatten Geschmack, dachte sie, als sie sich umsah. Die Fresken in den gedämpften Farben waren ruhiger und strahlten selbst in diesem betriebsamen Stadtteil Gelassenheit aus. Elfenbein war die vorherrschende Farbe, die in einem reizvollen Kontrast zu dem Ahornholz stand, in das Schildpatt und gelegentlich ein Schimmer von Gold eingelegt war. Vestas heilige Flamme brannte in der Mitte eines verschlungenen Mosaiks, das die Irrfahrten des Odysseus darstellte. Niedrige Springbrunnen rauschten in der Ecke. Selbst die Diener strahlten Ruhe aus. Ein traurig aussehender Libyer, der perfekt Latein sprach, teilte ihr höflich mit, daß der Herr gerade in einer Besprechung sei, und fragte, ob sie warten wolle? Aber ja, sie würde warten, sie wolle aber keine Erfrischung, danke, oder Gesellschaft, oder mit einem Fächer bewedelt werden oder Unterhaltung und, nein, sie fühle sich hier sehr wohl, besser als im Säulengang. Der Diener schwebte davon, und das Atrium war wieder der friedliche Zufluchtsort, als der er gedacht war, und Claudias Finger strichen über den geschnitzten Löwen, der die Armlehne ihres Stuhls bildete.

Sie hätte viel lieber in eine Patrizierfamilie eingeheiratet, dachte sie. Die Klasse war ihnen angeboren; Stil und Eleganz waren selbstverständlich. Ihr Mundwinkel zuckte. Aber leider auch ihr Mißtrauen. Gefälschte Stammbäume waren zwar nicht alltäglich, aber auch keine Seltenheit, so daß die Patrizier die Vergangenheit anderer Menschen emsig überprüften, und Claudia mußte zugeben, daß sie niemals die erste Hürde überstanden hätte, wenn Gaius etwas gründlicher gewesen wäre.

Der arme alte Gaius. Man mußte es Cypassis hoch anrechnen, daß sie wußte, wie man eine anständige Trauerfeier organisierte; wohl dank der Tatsache, daß sie dieses ganze Theater erst vor kurzem durchgemacht hatte, als ihr alter Besitzer, der Ölhändler, das Zeitliche gesegnet hatte. Die Klageweiber waren so großartig gewesen, daß man wirklich den Eindruck bekam, Gaius hätte zu jeder einzelnen von ihnen eine enge Beziehung gehabt, und die Klagelieder – oh, die Klagelieder sangen sie so gefühlvoll, daß einem die Tränen kamen. O ja, abgesehen von einer Sache war die Trauerfeier ein riesiger Erfolg gewesen.

Das Ereignis war zweifellos so prächtig gewesen, wie Claudia es sich gewünscht hatte; eine Trauerfeier, die alle anderen in den Schatten stellen würde, wenn man in den kommenden Jahren darüber sprach. Nur war alles nicht so gekommen, wie sie geplant oder erwartet hatte...

Obwohl Junius darauf bestanden hatte, daß sie sich den Anblick der Leiche ihres Mannes *in situ* ersparte, verlor Claudia am Montag keine Zeit, um ihn daran zu erinnern, wer hier das Sagen hatte, und marschierte nach oben, um ihn sich selbst anzusehen.

Gütige Diana, was für ein entsetzlicher Anblick!

Durch die Hitze des Tages hatte sich die Übelkeit erregende Kombination von Blut und Wein, Körpergeruch und schlechten Zähnen noch verstärkt. Schwarze und grüne Fliegen hatten bereits angefangen, sich zu versammeln. Noch schlimmer war, daß Gaius Seferius' kräftiger Körper erschreckend schnell geschrumpft zu sein schien. Die kahle Stelle auf seinem Haupt, die zu verbergen er sich so sehr bemüht hatte, glänzte in der Mittagssonne wie eine Bratpfanne. Leise schloß Claudia die Tür hinter sich.

«Gaius, du dummer, verrückter Kerl, warum hast du das getan, hm?» Sie strich sein Haar über den schimmernden Kopf. «Noch dazu in dieser dreckigen alten Tunika. Du solltest dich schämen.»

Das Gesicht auf seinem verdrehten und nach vorn gebeugten Hals sah zwar wächsern, aber trotzdem friedlich aus, und die Augen waren glücklicherweise geschlossen. Sie strich mit dem Handrücken über ihre Wangen. Es war offensichtlich, was passiert war. Er hatte sich auf den Stuhl gesetzt, hatte sein Schwert – das prächtige Symbol seines Aufstiegs in den Ritterstand – aufgestellt und sich dann nach vorn fallen lassen. Sie ließ ihren Blick durch sein Schlafzimmer schweifen. Selten, so selten hatte sie sein privates Reich betreten, und doch schien es ihr vertraut. Jedes Möbelstück, jeder Ziergegenstand, jedes Bild auf dem Fries erzählte von Gaius. Alles, von der roten Einrichtung bis zu den massiven Silberarbeiten, von der Marmorstatue bis zum Leopardenfell auf dem Boden spiegelte seinen pompösen Stil, seine Extravaganz, seine Liebe zum schönen Leben und, was vielleicht am wichtigsten war, die Früchte seiner Arbeit wider. Langsam wanderte ihre Hand über seinen Schreibtisch, über die Papyrusrollen, das Siegelwachs, seine Lieblingsfeder und das Delphinsiegel. Wie typisch er war für Gaius' Einstellung zum Leben, dachte sie. Zwei Delphine mitten im Sprung. Ein Schaudern durchlief ihren Körper. Was für eine verfluchte Schande, daß es so enden mußte.

Claudia zerbrach das Siegel auf dem Brief und öffnete ihn. Das Blatt zitterte so heftig, daß sie gezwungen war, es auf dem Tisch auszubreiten, bevor sie die Worte lesen konnte.

«*Es tut mir leid, meine Süße, aber so ist es das Beste. In Liebe für immer Dein Gaius.*»

Oh, verdammt. Sie ließ sich auf das Bett sinken. Oh, verdammt, oh, verdammt, oh, verdammt!

Mehrere Minuten waren vergangen, bevor Claudia Seferius aufgestanden war, sich die Nase putzte, die Schuppen von der Tunika ihres Mannes klopfte, sich in die Wangen kniff und zur Tür ging.

«LEONIDES!»

Der schlaksige Mazedonier, der vor Schreck ganz dunkle Augenränder hatte, wrang sich die Hände. Kein Wunder, dachte sie. Es war schon schlimm genug gewesen, als Melissa sich das Leben genommen hatte; da hatte die gesamte Sklaventruppe damit gerechnet, daß Strafe über ihre ungekämmten Häupter kommen würde. Wer konnte sich das Entsetzen vorstellen, das ihnen jetzt in den Knochen saß, seit nun auch noch ihr Herr tot war? So verlokkend es auch war, sie zu beruhigen, so bewußt war sich Claudia auch der Tatsache, daß sie weitaus mehr aus ihnen herausholen konnte, wenn sie die Sklaven eine Weile schmoren ließ.

«Leonides, geh sofort zum Venustempel auf dem Esquilinischen Hügel, um den Todesfall registrieren zu lassen.» Sie wollte nicht zulassen, daß Marcellus sich in Angelegenheiten einmischte, die ihn nichts angingen. «Cypassis?»

«Ja, Herrin?»

Die machte wenigstens den Eindruck, als hätte sie sich noch unter Kontrolle.

«Geh mit ihm. Bestelle die besten Klageweiber, Musiker und Tänzer, die man für Geld kaufen kann. Scheue keine Ausgaben, hörst du mich?»

«Entschuldigen Sie, Herrin.» Der Haushofmeister trat einen Schritt vor. «Aber ich glaube, die offiziellen Bestatter werden das selbst organisieren wollen.»

«Das wollen sie bestimmt, Leonides, genau deshalb schicke ich dich und Cypassis los. Ich will nicht, daß jemand von außen sich einmischt; wir erledigen das selbst.»

Das Bankett war vielleicht nicht so ein Erfolg gewesen, daß einem vor Bewunderung die Augen übergingen, wie Gaius gehofft hatte, aber bei seiner Trauerfeier würde sie es schaffen. Bei Jupiter, das war das mindeste, was sie ihm schuldig war.

«Erstatte mir, sobald du kannst, Bericht. Ich werde in meinem Zimmer sein.»

Julia, Flavia, Marcellus und Antonius hockten sicherlich zusammen im Garten und taten so, als ob sie trauerten, diese elenden Heuchler. Aber sie konnte noch nicht mit ihnen reden. Nicht jetzt.

«Junius! Ich will nicht, daß Gaius' altes Bett im Atrium aufgestellt wird. Sieh zu, ob du ein etwas größeres in die Finger bekommst, ja?» Der arme Kerl verdiente ein anständiges Totenbett. «Ein hübsches, vielleicht mit etwas Gold verziert. Oder mit Elfenbein. Und, Junius, ich weiß, daß du nicht sein Leibsklave warst, aber würde es dir etwas ausmachen... ihn zurechtzumachen?»

Es war eine unangenehme Aufgabe, aber der Junge nickte nicht nur heftig mit dem Kopf, sondern er schien es sogar sehr gern zu machen. Was wieder einmal bewies, daß man niemals wirklich verstehen würde, was bei diesen merkwürdigen Galliern im Kopf vorging, nicht wahr?

«Das heißt... daß das Schwert herausgezogen werden muß.»

«Kein Problem, Herrin.»

«Die Leichenstarre hat schon begonnen...»

«Überlassen Sie das mir.»

«Ja... also...» Claudia räusperte sich. «Die Paradeuniform müßte ihm noch passen. Wenn du ihn, äh, gewaschen hast, könntest du ihm vielleicht...?»

Er würde natürlich Hilfe gebrauchen, aber sie war überzeugt, daß der Junge durchaus in der Lage war, das selbst zu regeln. Was Claudia mehr als alles andere gebraucht hätte, war Frieden und Ruhe und Zeit zum Denken. Denken, denken, denken.

Sie erwischte den Mazedonier gerade noch an der Tür. «Leonides, bevor du losgehst, mußt du mir ganz genau erzählen, was heute morgen passiert ist.»

Der Haushofmeister war nicht in der Lage, ihr in die Augen zu schauen. Es täte ihm sehr leid, aber es gäbe nicht viel zu erzählen. Der Herr habe angefangen zu trinken, sobald er nach unten gekommen sei, und habe anscheinend gar nicht auf den Streit geachtet, der um ihn herum tobte, und als er sich wieder auf sein Zimmer zurückzog, um in Ruhe weiterzutrinken, wollte ihn die Familie offenbar nicht in Frieden lassen. Claudia fiel es nicht schwer, sich diese Szene vorzustellen. Flavia, die schrie, daß sie Scaevola nie und nimmer heiraten würde. Julia, die ihren Bruder damit quälte, daß er endlich mit der Faust auf den Tisch hauen sollte. Antonius, der wissen wollte, was zum Hades eigentlich vor sich ginge. Und schließlich Marcellus, der auch noch einen Kommentar abgeben wollte, indem er sich beschwerte, daß Gaius kein Machtwort einlegte. Einige von ihnen seien zwei- oder dreimal nach oben gegangen, sagte der Haushofmeister, und am Ende habe ihm der Herr richtig leid getan.

«Obwohl ich nicht geglaubt habe, daß er sich deswegen umbringen würde», fügte er schnell hinzu. «Wenn ich gewußt hätte...»

«In welcher Stimmung war er?»

Wieder hatte Leonides mit seiner Antwort gezögert, aber schließlich brachte Claudia ihn dazu zuzugeben, daß Gaius ständig geweint und sich geweigert habe, die Kunden zu empfangen, die ihn besuchten, und sich sogar geweigert habe, sich zu waschen. Das einzige klare Wort, das er den ganzen Morgen lang gemurmelt habe, sei «Lucius» gewesen.

Nun, jetzt war er bei Lucius...

Eine Feder schwebte durch das offene Dach des eleganten Patrizierhauses und landete auf Odysseus' großem Zeh. Sofort stürzte eine junge Sklavin herbei und trug sie schweigend fort.

Claudia dachte an die grüne Glasschüssel, in der Gaius' Asche lag. Morgen würde man sie in einem bleiernen Korb neben seinem Sohn, den er so bewundert hatte, in einer hübsch gefliesten Gruft an der Via Appia beisetzen. Sie beugte sich vor und stützte den Kopf in die Hände. Wer hätte vor einem Monat geahnt, als er Lucius' Grabrede hielt, daß seine eigene so schnell folgen würde?

Da Gaius keinen männlichen Nachfolger hatte, oblag es der Witwe, ihm die letzte Ehre zu erweisen. Da der Anlaß angesichts der Gerüchte etwas Sensationelles erforderte, hatte Claudia heimlich Syphax, den Bühnenautor, angeheuert, damit er ihr eine Rede schrieb. Er hatte zwar nur vierundzwanzig Stunden Zeit gehabt, um diese zu verfassen, aber sie fand die Rede großartig: Kein Zuhörer hätte ein trockenes Auge behalten können, als Claudia die Grabrede verlas. Aber genau da lag der Hase im Pfeffer.

Niemand war gekommen, um zuzuhören.

O ja, über diese Trauerfeier würde Rom tatsächlich noch viele Generationen lang reden! Die Trauerfeier von Gaius Seferius, den lustigen alten Weinhändler. Erinnerst du dich an ihn? Wie sehr wir den Kerl mochten – daß wir ihn für das Salz der Erde hielten?

Und stell dir vor, was dann passierte. Es kam heraus, daß er derjenige war, der seinen Freunden die Augen ausgestochen hatte!

Die Gerüchte begannen zu zirkulieren, noch bevor die Leiche erkaltet war. Mit einigen hätte man gerechnet angesichts der Tatsache, daß Gaius seiner jungen Frau entgegen allem Brauch und allen Erwartungen sein ganzes Vermögen vermacht hatte. Was für ein Skandal! Und so sehr Claudia auch leugnete, von dem Testament gewußt zu haben, so war es doch klar, daß Julia, Marcellus und insbesondere Flavia ihr nicht glaubten. Sie konnten es jedoch nicht anfechten. Die Unterschriften von fünf prominenten römischen Bürgern bezeugten Gaius' Wünsche, und damit hätte die Sache erledigt sein müssen.

Doch sie war es nicht.

Und zwar wegen des Briefes, den Gaius seinem Testament beigelegt hatte, ein Brief, der nur für Claudias Augen bestimmt war.

Ein Brief, den sie anschließend verbrannt hatte.

Aber das neue Testament trug dazu bei, daß Gaius Seferius zwar zwei Tage lang – mit den Füßen in Richtung Tür, mit Münzen auf den Augen und Kuchenstücken in den Händen –, aufgebahrt und perfekt vorbereitet für das Leben nach dem Tod dalag, aber daß kein einziger Mensch aus seinem bisherigen Leben vorbeikam, um ihm die Ehre zu erweisen. Einschließlich seiner Familie, die ihn plötzlich verleugnete.

«Bastarde!»

Ihr Fluch hallte in dem stillen Raum wider.

Natürlich waren es nicht die Gerüchte um das Testament, die das restliche Rom davon abhielten zu kommen. Scaevola brachte die Nachricht am späten Montagabend.

«Callisunus hat den Fall abgeschlossen», sagte er mit erhitztem Gesicht und heftig schnaufend. «Es ist jetzt offiziell.»

Sie hatte es nicht glauben können. «Gerüchte», hatte sie gesagt. «Die Stadt ist voll davon.»

«Claudia, ich habe es von Callisunus persönlich gehört. Seferius ist der Mörder, sagte er; er war hundertprozentig überzeugt davon.

Darum bin ich so außer Atem. Ich kam sofort hierher. Aber da ist noch etwas. Er hat den Senat aufgefordert, eine Verordnung zu erlassen, die den Leuten verbietet, an der Trauerfeier teilzunehmen. Er sagt, es sei der Tag der Volcanalia, und die Leute sollten statt dessen zu den Ritualen im Circus kommen.»

Das durfte doch nicht wahr sein! «Und welche Erklärung hat dieser kleinkarierte, bornierte Dummkopf anzubieten?»

«Er lehnte es ab, sich näher zu äußern, und betont nur, daß der Fall abgeschlossen sei.»

Ach ja? Nun, es gab nur eine Quelle, von der er solche Informationen haben konnte; darum war Claudia sofort hierher geeilt... zu Marcus Cornelius Orbilio.

In der Ferne schlug eine Tür zu, und ein langbeiniges Mädchen kam tränenüberströmt durch das Atrium gerannt. Der große Libyer, der hinter ihr her trottete, kam aber zu spät; sie war bereits draußen. Sie hörte erneut Schritte.

«Claudia?»

Sie verspürte ein deutliches Gefühl von Befriedigung, als sie sah, wie Orbilios hübsches Gesicht rot wurde. Er warf dem Libyer einen Blick zu, der ihn sofort veranlaßte, sich in Luft aufzulösen, und strich sein Haar mit den Händen zurück.

«Claudia...»

«Ganz recht, Orbilio, Sie haben meinen Namen richtig verstanden. Doch ich fürchte, das ist das einzige, was Sie *richtig* verstanden haben. Aber das ist sicherlich nicht Ihre Schuld. Sagen Sie, haben Sie die Dummheit von der Familie Ihrer Mutter oder der Ihres Vater geerbt?»

«Es tut mir leid wegen Gaius.»

«Aber nicht leid genug, um seiner Trauerfeier beizuwohnen. Oder habe ich Sie in dem Gedränge übersehen?»

«Das ist Callisunus' Schuld. Ich habe ihm gesagt, daß ich es nicht für richtig halte, daß man sich von Gaius' Trauerfeier fernhalten soll, und daß ich die Absicht hätte, mich trotzdem dem Trauerzug anzuschließen, aber –» er streckte seine Armgelenke aus, die wunde, rote Spuren aufwiesen – «er legte mir für einen Tag Handschellen an. Er sagte, ich zitiere, es sei eine Beleidigung für ihn, den

Kaiser und die Bürger von Rom, wenn irgend jemand dort erschiene. Insbesondere ich.»

Claudia stand auf und schüttelte die Falten aus ihrer Stola. «Insbesondere Sie, ja, wenn man bedenkt, daß Sie es doch waren, der Callisunus davon überzeugte, den Fall abzuschließen.»

Er kratzte an einer Sommersprosse auf seinem Daumen, und sein Blick heftete sich darauf. «Claudia, es tut mir leid, daß Gaius der Mörder war, weil ich ihn leiden mochte und ...»

«Und er mochte Sie, Sie hinterhältiger Bastard.»

Komisch. Der Raum war plötzlich leicht verschwommen.

«Sie haben sich in unser Haus eingeschlichen, überall Ihre Nase hineingesteckt und herumgeschnüffelt in der Hoffnung, irgendeinen armen Kerl zu finden, dem Sie diese Morde anhängen können, und da haben Sie sich Gaius Seferius ausgesucht. Was hat er Ihnen eigentlich angetan, hm?»

«Claudia, setzen Sie sich. Verdammt, ich sagte, Sie sollen sich hinsetzen und mir zuhören. Nur zuhören, in Ordnung?»

Orbilio zog sich einen Stuhl heran und setzte sich ihr gegenüber. Ihre Augen funkelten, und ihre gespitzten Lippen waren weiß, aber immerhin war sie bereit, ihm zuzuhören.

«Was Gaius getan hat, daß er sich umgebracht hat und all das, war das Beste für ihn, das müssen Sie mir glauben.»

«Blödsinn!»

«Sie glauben nicht, daß Gaius sechs Männer getötet hat?»

«Niemals.»

Orbilio strich mit der Hand über sein Kinn. Da waren Bartstoppeln, weil er heute morgen keine Zeit gehabt hatte, sich zu rasieren. Callisunus, dieser miese Fußabtreter, hatte ihn die ganze Nacht lang eingesperrt, und als er nach Hause kam, wartete Petronella auf ihn. Sie habe den Schmied verlassen, erzählte sie ihm. Oh, von einem Mann wie Marcus erwarte sie nicht, daß er sie heiratete, aber sie habe sofort jemanden losgeschickt, um ihre Sachen zu holen, und sie wolle alles für ihn tun, was er von einer Frau erwarte. Orbilio war sich wie der letzte Lump vorgekommen, als er ihr sagte, daß es aus sei, und die letzte Person, von der er erwartet hätte, daß er sie nach dieser traurigen Auseinandersetzung unter seinem Dach treffen würde, war Claudia Seferius, die einen Ehemann verteidigte, der unabhängig davon, wie freundlich er nach außen wirkte, im Grunde ein Wahnsinniger gewesen war.

«Angenommen, ich kann das hieb- und stichfest beweisen?»

Zu seinem Erstaunen neigte sie den Kopf zur Seite und lächelte. «Angenommen, ich frage Sie, wie viele Morde Sie schon aufgeklärt haben?»

Orbilio kratzte sich am Kopf. «Ach, lassen Sie mich mal nachdenken. Einschließlich dieses Falles?»

«Einschließlich dieses Falles.»

«Hmm ...» Er starrte auf die Flamme, die neben ihm flackerte. «Einen», sagte er leise und fühlte, daß er rot im Gesicht wurde.

Claudia nickte gelassen. «Das habe ich mir gedacht. Orbilio, ich möchte, daß Sie diesen Fall wieder aufgreifen.»

Sie war verrückt!

«Selbst wenn ich es könnte – und ich kann es nicht –, würde Callisunus das nicht mitmachen. So sehr es auch weh tut, Claudia, aber die Beweislage ist eindeutig, glauben Sie mir, und er hat mich so fest in diesen Verianus-Betrugsfall eingebunden, daß ich kaum noch eine Minute für mich selbst habe.»

«Dann müssen wir diese verfluchte Verianus-Angelegenheit wohl aufklären, nicht wahr?»

«Was meinen Sie mit ‹wir›?»

«Hören Sie zu! Wird Verianus Betrug vorgeworfen?»

«Dem Senator? Du lieber Himmel, nein! Aber einer seiner Angestellten, wahrscheinlich sein eigener Bruder, hat in den letzten Jahren große Geldmengen abgezweigt. Es muß ihm nur nachgewiesen werden.»

«Decimus?»

«Nein, der jüngere Bruder. Tullius. Verdammt, warum erzähle ich Ihnen das alles?»

Claudia ignorierte seine Bemerkung. «Angenommen, ich beschaffe Ihnen ein Geständnis, werden Sie dann den Mordfall neu aufrollen?»

«Nein, das werde ich nicht. Ich kann keine gefälschten Geständnisse zulassen, nur weil Sie wollen ...»

«Es wird absolut einwandfrei sein, Orbilio. Freitag morgen, das verspreche ich Ihnen, wird Tullius Callisunus sein Herz öffnen. Natürlich nur unter der Voraussetzung, daß die Sache in aller Stille beigelegt wird! Er wird das Geld zurückgeben, Verianus wird die Anzeige zurückziehen, und Sie werden ein Held sein. Wie klingt das?»

Orbilio rümpfte die Nase. «Äußerst verdächtig.»

Claudia winkte ab. «Vertrauen Sie mir», sagte sie schlicht.

Nach dem Besuch bei Orbilio würde sie sofort zu Tullius gehen und ihr Ultimatum stellen. Leg ein Geständnis ab, rück heraus damit und schweig dann. Oder was sonst? würde er vielleicht aufbrausen, aber wenn der Mann noch etwas bei Verstand war, würde er begreifen, daß die Aussicht, seine Frau und seine Familie einschließlich Verianus könnten erfahren, wie gern er sich fesseln und anpinkeln ließ, nicht unbedingt in seinem eigenen Interesse lag. Es ist besser, du regelst die Sache in aller Stille, du kleines Früchtchen. Sie sind dir sowieso auf der Spur.

«So, damit haben wir den Verianus-Fall geregelt. Werden Sie nun den Mordfall neu aufrollen oder nicht?»

Wellen des Mißtrauens schlugen ihr von dem Mann entgegen, der ihr gegenüber saß, aber er blieb schweigend sitzen und zupfte an seinem Ohrläppchen. Draußen hörte man einen Soldatentrupp vorbeirasseln, und ihre mit Nägeln beschlagenen Stiefel marschierten perfekt im Takt. Der Duft nach gebratenem Hähnchen zog durch das Atrium, aber der Ermittler starrte sie immer noch mit bohrendem Blick an.

«Nennen Sie mir einen guten Grund dafür», sagte er schließlich.

Claudia beugte sich vor. Sie spürte, wie ihr Herz schneller schlug und ihre Augen leuchteten. Ihre Zunge fuhr über ihre Lippen.

«Weil Gaius ermordet wurde, mein kleiner schlauer Ermittler.»

XXIV

Er spottete nicht, blinzelte nicht und verdrehte auch nicht die Augen. Er fragte nicht einmal, warum, sondern starrte einige Minuten lang nur an die gewölbte Decke und sagte dann: «Warum gehen wir nicht in den Garten? Dort ist es kühler.»

Er sagte es so beiläufig, daß Claudia sich fragte, ob er sie richtig gehört hatte. Er war immerhin noch ein Anfänger, und es konnte nicht schaden, ihn ein wenig anzustacheln.

Obwohl dieses Haus so klein ist, dachte sie, als sie ihrem Gastgeber folgte, ist es beinahe perfekt. Es gab prächtige Statuen, elegante Friese und teure Düfte in den Kohlebecken, und der Garten war dem Paradies so nahe, wie man ihm in Rom nur nahekommen konnte. Es gab kühle Kolonnaden, schattige Lauben und Blumen, die so arrangiert waren, als hätte ein Künstler sie angepflanzt, blaue und weiße Blumen Ton in Ton, Flieder und Nelken, so daß sie auf dem winzigen Flecken Land den Eindruck von Weite erweckten. Hinten stand ein sehr großer Käfig mit ganz vielen sehr kleinen Vögeln, gelbe, rote, braune, grüne, die sich das Herz aus dem Leib sangen, während vorn in einem Teich, der von Lilien gesäumt war, Fische friedlich umherschwammen.

Claudia dachte, daß sie es irgendwann, wenn sie sich darauf konzentrierte, auch schaffen würde, dieses Haus zu hassen.

Orbilio zeigte auf die Bank neben dem Bassin. «Wie wäre es, wenn Sie sich mir jetzt anvertrauten?» fragte er schließlich.

«Aber Cousin Marcus, das habe ich doch gerade getan!»

Ein ehrlicheres Wort war noch nie gesprochen worden, denn hatte sie sich nicht zwei Tage und Nächte mit dieser Entscheidung herumgequält? Von Rechts wegen hätte Claudia Seferius ihren hübschen Kopf senken und den Mund halten sollen, denn Gaius' Selbstmord hatte doch sicherlich all ihre Probleme gelöst, oder? Nur sie und der richtige Mörder wußten, daß Gaius für diese grausamen Morde nicht verantwortlich war, und angesichts der Tatsache, daß der Fall abgeschlossen war (ganz zu schweigen von dem Täter, der nicht widersprechen konnte), war es eine ziemlich ausgemachte Sache, daß der Mörder sich damit zufriedengeben würde, sich auf seinen Lorbeeren auszuruhen. Also! Keine weiteren Morde, tonnenweise Geld; wem nützte es, einen Fall wieder aufzunehmen, der nicht nur abgeschlossen war, sondern obendrein noch verriegelt und verschlossen? Aber nichts konnte sie davon abhalten, ihre Suche fortzusetzen, wenn ihr danach war. Ob es nun ein Messer zwischen die Rippen oder ein giftiger Pilz war; die Methode war nicht wichtig, sondern nur das Ergebnis.

«Nun, das ist ein guter Anfang, diese Sache mit Cousin Marcus. Erklären Sie mir das.»

Claudia drehte eine Locke um ihren kleinen Finger. «Sie haben damit angefangen, erinnern Sie sich, Gaius vorzumachen, daß wir verwandt sind?»

«Claudia, schließlich ermittelte ich in einem Mordfall, verflucht noch mal. Ich hatte Beweise, daß Sie am Tatort waren, und um die Ermittlungen *diskret* fortzuführen, mußte ich so nahe an Sie ran wie nur möglich. Auf diese Art bekam ich wenigstens Kontakt zu Gaius. Warum haben Sie mir nicht den Kopf abgebissen und die Verwandtschaft sofort abgestritten?»

Die Locke entrollte sich. «Weil Sie genau das erwartet haben», sagte sie süß. «Ist Ihnen das vertraulich genug?»

Sein Mundwinkel zuckte leicht. «Erzählen Sie mir von sich, Claudia. Von der Zeit, bevor Sie Gaius heirateten.»

«Das ist eine sehr, sehr alte Geschichte. Wozu soll die gut sein?»

«Haben Sie Nachsehen mit mir.»

«Ach, halten Sie deswegen nicht den Atem an, Orbilio, aber wenn Sie meine Lebensgeschichte wissen wollen – ich wurde vor vierundzwanzig Jahren in Liternum geboren. Mit vierzehn heiratete ich Titus Posidonius; er war zu der Zeit dreißig Jahre alt und Richter und war nach Cremona versetzt worden. Wir hatten drei gesunde Kinder, bevor die Seuche kam und meine Familie und die halbe Stadt tötete.» Claudia streckte den Arm aus und pflückte sich einen Pfirsich. «Wie alle wissen, werde ich nicht gern an diese schmerzhaften Ereignisse erinnert.»

«Das überrascht mich nicht.» Orbilio legte einen Arm auf die Banklehne. «Zumal Sie bei dieser schrecklichen Epidemie auch gestorben sind.»

Der Pfirsich fiel zu Boden und platzte.

«Dann bin ich wohl das gesündeste Gespenst, das Sie jemals getroffen haben.» Allmählich bekam sie das Gefühl, daß sie sehr schnell Ähnlichkeit mit einem bekam... «Worauf wollen Sie eigentlich hinaus?»

Orbilio pflückte einen weiteren Pfirsich, untersuchte ihn gründlich und warf ihn ihr zu. «Auf nichts Besonderes. Ich stelle nur etwas fest.»

Claudia malte mit dem Finger ein Muster auf den Pfirsichflaum. «Ich sage es Ihnen nur sehr ungern, Orbilio», sie warf den Pfirsich zurück, «aber Schlußfolgerungen sind nicht gerade Ihre Stärke.»

«Ich habe Sie gebeten, sich mir anzuvertrauen», sagte er langsam. «Wenn Sie wollen, daß ich Ihre Behauptung ernst nehme...»

«Dann sind Sie also auch der Meinung, daß Gaius vielleicht ermordet wurde?»

«Das habe ich nicht gesagt. Ich habe nur gesagt, es wird Zeit, daß Sie mir die Wahrheit erzählen. Unabhängig davon, daß dies mein erster Mordfall ist, habe ich jedes Verbrechen, das ich bisher untersucht habe, aufgeklärt, ob es sich um Diebstahl, Vergewaltigung, Brandstiftung oder Korruption handelte. Ich weiß, was ich tue, Claudia.»

Sie legte die Beine auf die Bank und lehnte sich mit dem Rücken an die Armlehne. Die geschnitzten Hörner des Satyrkopfes drückten sie unangenehm, aber sie drehte träge eine weitere Locke um ihren Finger.

«Dann wurde ich also in Bucentum geboren? Verflucht, ich bin nicht die einzige Frau, die ihre Vergangenheit gefälscht hat.» Die Locke sprang auf. «Gaius wußte darüber Bescheid.»

«Schwindlerin!»

Ihre Augen sagten, beweis es. Seine Augen sagten, wenn es sein muß. Ihre Augen gewannen.

«Was ist mit dem Testament?»

Ach ja, das Testament. «Geld ist im Augenblick eigentlich nicht unser Thema.»

«Es ist ein Motiv.»

«Orbilio, ich habe mich heute morgen nicht den weiten Weg herauftragen lassen, damit Sie in meiner Vergangenheit herumwühlen und zu der Schlußfolgerung kommen können, ich hätte meinen Mann ermordet.»

«Ach, setzen Sie sich; ich mache doch nur Spaß. Natürlich haben Sie ihn nicht umgebracht, denn Sie waren im Circus Maximus.»

Er hatte sie überprüft. Verdammt, der Bastard hatte sie tatsächlich überprüft! Sie fragte sich, ob aus ihren Ohren womöglich schon Rauch kam.

«Übrigens weiß ich, warum Gaius mit den Konventionen gebrochen und Ihnen alles hinterlassen hat.»

Wirklich? Wieso? Der Brief war versiegelt gewesen. Niemand, mit Ausnahme des Verfassers, konnte den Inhalt gelesen haben. Hatte Orbilio jemanden bestochen oder eingeschüchtert, um ihn zu lesen? Das hieß, daß dieser schmierige kleine Schnüffler Gaius schon seit einiger Zeit verdächtigte...

«Erzählen Sie mir, warum Sie glauben, daß er ermordet wurde.»

Was? Der schnelle und geschickte Themenwechsel überraschte Claudia. Sie tauchte die Hand ins Becken. «Aus verschiedenen Gründen. Erstens wegen seines Charakters.»

«Ach, kommen Sie; als Lucius starb, ging es mit ihm total bergab, und als ihm klar wurde, daß er kurz vor der Verhaftung stand, drehte er vollkommen durch.»

«Ich werde für den Augenblick außer acht lassen, daß diese Anklage zufällig von Ihnen stammt, aber glauben Sie ja nicht, daß ich es vergesse – denn wenn Gaius sich selbst umgebracht *hätte*, dann hätten Sie das Blut eines unschuldigen Mannes auf dem Gewissen. Dabei gehe ich davon aus, daß Sie wissen, was ein Gewissen ist.»

«Nach Ihren Regeln geht es um die Angst, daß jemand die Wahrheit herausfinden könnte, und nicht um irgendwelche edlen Prinzipien. Habe ich recht?»

Der Blick, den sie ihm zuwarf, hätte jeden anderen Mann zusammenzucken lassen. «Zweitens», sagte sie spitz, «waren seine Augen geschlossen und sein Gesichtsausdruck friedlich.»

Eine Wespe begann summend um den zerplatzten Pfirsich zu fliegen, und ein teurer schwarzer Lederschuh schlug kräftig zu, um sie zu zerquetschen.

«Die meisten Menschen, die sich umbringen, suchen Frieden», bemerkte er. «Vielleicht hat er ihn gefunden.»

«Orbilio, da Sie sich für so klug halten, erzählen Sie mir doch, wie Leichen aussehen, wenn sie von einem Schwert durchbohrt sind. Sehen sie glücklich aus? Also, wie sehen sie in der Regel aus?»

Juno sei Dank, daß er den Anstand besaß, verlegen auszusehen. «Nein», gestand er. «Ihre Gesichter sind verzerrt. Doch wenn es kein sauberer Stich war», sein Gesicht erhellte sich deutlich, «und er verblutet ist – und wie ich hörte, gab es eine Menge Blut –, macht das einen Unterschied.»

«Das gebe ich zu, aber drittens hatte er eine große Beule am Kopf, und die besagt folgerichtig, daß er kaltblütig erschlagen wurde. Wahrscheinlich mit der kleinen Marmorbüste von Apollo, die auf seinem Tisch stand.»

«Sagen Sie bloß nicht, daß sie mit Blut und Haaren verklebt war.»

«Lachen Sie ruhig, Orbilio. Ich mag mich täuschen mit Apollo, aber die Büste erscheint mir als ein geeignetes Objekt.» Die hätte ich genommen, wenn ich jemanden hätte erschlagen wollen. «Gaius stellte sie zum Beschweren von Papieren immer hinten auf den Tisch. Als ich in sein Zimmer kam, stand sie auf der Seite.»

Die Augen des Ermittlers wurden größer. «Gab es noch etwas?»

«Ja, in der Tat. Wenn Gaius beschlossen hätte, Selbstmord zu begehen, hätte er alle möglichen Methoden dem Schwert vorgezogen. Es war sein ganzer Stolz und seine Freude, wissen Sie, und er wäre vielleicht mit dem Schwert in der Hand gestorben, aber er hätte sich nie und nimmer damit umgebracht und den Namen Seferius entehrt.»

Orbilio strich mit der Hand über seine Bartstoppeln. «Und das ist alles?»

«Nein. Das überzeugendste Beweismittel ist das hier.»

Jadegrünes Leinen blitzte auf, als Claudia in ihrer Stola herumfischte.

«Gaius' Abschiedsbrief?» Orbilio riß ihn ihr aus der Hand und las ihn laut vor. *«Es tut mir leid, meine Süße, aber so ist es das Beste. In Liebe für immer Dein Gaius.»*

Sein Gesicht zog sich fragend zusammen, als er den Brief las und noch mal las. «Es tut mir leid, aber ich kann daran nichts Verdächtiges erkennen», sagte er. «Er paßt sogar eher zu meinen Beweisen gegen ihn.»

«Nur oberflächlich. Angenommen, Gaius hätte jemals etwas so schrecklich Abgedroschenes geschrieben, aber er hat mich niemals Süße genannt, wenn wir allein waren; ich war immer sein Täubchen. Und selbst Sie müssen zugeben, daß das ein besonders privater Augenblick war.»

«Er war nicht bei Verstand.»

«Blödsinn!»

«Claudia, er hat sechs Männer getötet, begreifen Sie das nicht? Ihnen einen Dolch ins Herz gestoßen und dann ihre Augen herausgemeißelt. Der letzte war noch am Leben und schrie, als er es tat, verflucht noch mal.»

«Er hat es nicht getan, Marcus. Er hätte es nicht gekonnt. Ich kannte diesen Mann. Er war grundehrlich, und wenn er irgendwelche Neigungen zum Töten hatte, dann machte er das durch einen Geschäftsabschluß, aber nicht mit dem Schwert.»

Orbilio verdeckte sein Gesicht mit den Händen. «Claudia, wollen Sie ernsthaft behaupten, der Mörder erfuhr etwas von Gaius' angeblichem Skandal und tötete ihn, damit er an seiner Stelle die Schuld bekam?»

Nein.

«Ja.»

«Verdammt, Claudia.» Er schlug mit der Faust gegen den Stamm des Pfirsichbaumes. «Wann werden Sie jemals lernen, mir zu vertrauen? Ich weiß alles. Verstehen Sie, was ich sage? Alles.»

Er beugte sich vor, schöpfte mit den Händen Wasser und wusch sich das Gesicht. Der berauschende Duft der Rosen zog durch die

Luft, während die Vögel zwitscherten und die Springbrunnen plätscherten. Er wischte sein Gesicht und das Blut an seinen Knöcheln mit einem Taschentuch ab.

«Was ist der wahre Grund, warum ich den Fall neu aufrollen soll? Geht es darum, daß jemand nach und nach Gaius' ganze Familie umbringt und Sie wollen, daß er gefaßt wird?»

Sie starrte ihn an. «Ich weiß nicht, wovon Sie reden.»

Wovon er rede, antwortete er böse, sei Calpurnia, dann Secundus, dann Lucius und jetzt Valerias Kind. Vier vorzeitige Tode, falls sie es nicht bemerkt habe, und sie solle ihm nicht erzählen, wie hoch die Kindersterblichkeit sei; drei von ihnen seien keine Kinder mehr gewesen.

«Ein Zufall», sagte sie und strich sorgfältig den Saum ihrer Tunika glatt.

«Seltsamer Zufall, Claudia.» Er schüttelte den Kopf. «Bei Jupiter, Sie haben sich eine wirklich verfluchte Familie zum Einheiraten ausgesucht, was? Nun sagen Sie mal ehrlich, warum ich den Fall wieder aufnehmen soll.»

Seit Gaius' Tod konnte sie tatsächlich im Geld baden. Es war mehr, als sie sich vorgestellt hatte. Mehr als sie sich jemals erträumt hätte. Sogar mehr als der alte Stoffhändler dieser ordinären Marcia hinterlassen hatte, war das zu glauben? Wen interessierte es da schon, daß die Behörden ihn fälschlicherweise als Mörder abstempelten? War das wirklich so wichtig? Und das war das Problem. Denn zu ihrem Erstaunen fand Claudia, daß es, wenn man es genau nahm, sehr wohl etwas ausmachte. Sie wußte genauso sicher, daß Gaius niemanden getötet hatte, wie sie wußte, wer Gaius getötet hatte. Aber der Punkt war, daß dieser Mann, der sein ganzes Leben lang hart gearbeitet hatte, um durch Ehrlichkeit, Fairneß und Anerkennung an die Spitze zu kommen, es erdulden mußte, daß sein Name für immer in den Schmutz gezogen werden würde, wenn der Fall nicht öffentlich neu aufgerollt würde. Trotz all seiner Fehler, und er hatte viele gehabt, verdiente Gaius Seferius nicht solch eine Grabinschrift.

Die Erkenntnis, daß sie vielleicht tatsächlich ein Gewissen hatte, war für sie, gelinde gesagt, irgendwie schockierend gewesen, und sie war ganz bestimmt nicht bereit, diese Erfahrung mit diesem... diesem Schnüffler und Schürzenjäger zu teilen.

«Zuerst erzählen Sie mir, wie Sie zu der Schlußfolgerung kamen, daß Gaius sechs von Roms edelsten und aufrechtesten Bürgern getötet haben soll.»

«Wir fangen an, uns im Kreis zu drehen. Callisunus wird morgen früh eine Erklärung abgeben. Warum warten Sie die nicht ab?»

«Geduld gehört nicht zu meinen Tugenden, fürchte ich, obwohl ich mich auszeichne, wenn ich um Hilfe bei einer Vergewaltigung schreie. Erinnern Sie sich, Cousin Marcus? Schweigen Sie nur, dann können Sie eine Wiederholung dessen erleben, was im letzten Monat bei mir zu Hause geschah, doch diesmal werde ich es noch viel realistischer aussehen lassen.»

Er ließ die Schultern hängen. «Sie haben gewonnen. Die Erklärung lautet: ‹Gaius Seferius hat diese Männer in der verrückten und fälschlichen Annahme getötet, daß sie die Liebhaber seiner Frau seien.› Ich weiß, daß sie Ihnen nicht gefällt, aber Mord ist Mord, und ich konnte keine Rücksicht darauf nehmen, Gaius' Ruf zu schützen...»

Sie stand auf und streckte ihre Wirbelsäule. Ich werde es bedauern, ich fühle es in jedem einzelnen Knochen meines Körpers.

«Marcus, glauben Sie mir, jemand anderes hat diese Männer getötet. Also angenommen, ich bin ganz offen zu Ihnen und sage, daß ich die Absicht habe, dieses Dreckstück zu töten. Ich weiß nicht, wer er ist – noch nicht jedenfalls –, aber ich bin ihm so dicht auf den Fersen, daß ich ihn riechen kann.»

«Wenn Sie wirklich offen zu mir sein wollen, können Sie mir dann erklären, warum Sie gleichzeitig den Richter, die Geschworenen und den Henker spielen wollen?»

Ihre Augen funkelten. «Das geht Sie nichts an», erwiderte sie schnippisch, «aber der Punkt ist, daß Gaius es verdient, daß sein Name reingewaschen wird. Noch vor einer Stunde haben Sie praktisch damit gedroht, daß Sie mir einen unwiderlegbaren Beweis in die Gurgel stecken würden. Sie können nicht beides haben.»

Orbilio stand auf und trat auf sie zu. Er konnte das moschushaltige Parfüm riechen, sah die Sonne auf ihren vielfarbigen Haarsträhnen schimmern und beobachtete den Pulsschlag an ihrem Hals.

«Tun Sie es nicht, Claudia. Dabei kann nichts Gutes herauskommen.» Kam diese heisere Stimme von ihm?

«Soll ich lieber gleich zu Ihrem miesen kleinen Vorgesetzten gehen?»

«Claudia, Sie spielen mit dem Feuer und werden darin umkommen; sehen Sie das denn nicht? Muß ich so deutlich werden? Also gut, aber machen Sie mir keine Vorwürfe, wenn Ihnen die Geschichte nicht gefällt. Kurz vor seinem Tod bekam ich in den Thermen ein Gespräch mit, in dem Paternus erzählte, daß Sie nicht so wären, wie man denkt, und das brachte mich auf den Gedanken, daß ich Sie vielleicht überprüfen sollte. Ich muß sagen, daß es nicht lange dauerte, um herauszufinden, daß diese Claudia Posidonius vielleicht nicht in Cremona gestorben war, aber sie war eine verdammt kranke Frau, als sie fortging. Ihr Grab befindet sich ungefähr zwanzig Meilen südlich, stimmt's?»

Claudia zuckte gleichgültig die Schultern.

Er strich ihr eine Haarsträhne aus den Augen. «Außerdem», fügte er ruhig hinzu, «können Sie von einem heißblütigen Mann nicht ernsthaft erwarten, daß er glaubt, Sie hätten nach drei Kindern so eine Figur bewahren können, nicht wahr?»

Sie drehte sich um und beobachtete einen Schmetterling, der sich an einer Mohnblume labte. Wenn das ein Kompliment sein sollte, konnte er sich das gut und gern an den Hut stecken. Sie hatte die Nase bis obenhin voll von Komplimenten. Gaius war noch nicht einmal beerdigt worden, als die ersten Briefe ins Haus flatterten. Zugegeben, bei manchen handelte es sich um Beileidsbriefe, aber die Hälfte aller Junggesellen von Rom hatte kaum Zeit verschwendet, um schnellstens einen Heiratsantrag loszuschicken. Manche waren Kunden von Gaius, und einer war sogar ein Kunde von ihr. Als wenn sie einen Perversen wie Flamininus, den Zensor, heiraten würde, verflucht noch mal! Der übrigens schon verheiratet war, dieser durchgedrehte Wicht. Er war natürlich nicht der einzige. Auch Ligarius bildete sich in seinem Dickschädel ein, sie könnten jetzt, wo sie frei war, dort fortfahren, wo sie aufgehört hatten. Was aufgehört hatten? Sie waren nie mehr als Freunde und ganz gewiß kein Liebespaar gewesen. War der Mann völlig verrückt? Insgesamt hatte sie von Senatoren bis zu Zenturions siebzehn Heiratsanträge erhalten. Der letzte kam von diesem Fettsack Balbus, der nur hinter ihrem Erbe her sein konnte, denn nach drei Monaten hätte er sie tatsächlich zu Tode gelangweilt. Bei Juno, es hätte so witzig sein können, wenn es nicht so verdammt armselig gewesen wäre!

«Was haben Ihre schlampigen Ermittlungen sonst noch ergeben?»

«Genau das, was man erwartet, fürchte ich. Sobald ich wußte, daß Sie eine Hochstaplerin sind, wurde ich... neugierig. Zumal Sie am Tatort waren, als Quintus Crassus ermordet wurde.»

Der Schmetterling war längst fort, aber Claudia starrte immer noch auf die Mohnblume. «Darum haben Sie diese schwachsinnige Geschichte erfunden, daß Ihr Haus abgebrannt sei, um bei uns einziehen zu können?»

«Ich hatte eine Spur, und wenn das notwendig war, um Leben zu retten, so war mir das, ehrlich gesagt, egal.»

«An Ihrer Stelle, Orbilio, würde ich erst mal nachdenken, bevor ich anfange zu prahlen. Trotz Ihres schlauen kleinen Plans wurden zwei Männer innerhalb von fünf Tagen abgeschlachtet!»

«Sie mußten sowieso sterben; verstehen Sie denn nicht? Claudia, als ich sagte, ich wüßte über Ihre Vergangenheit Bescheid, meinte ich wirklich alles.»

«Alles, was? Daß meine Mutter in einer Färberei arbeitete und mein Vater Offizier in der Armee war? Na prima.»

«Ich rede von Genua, verdammt noch mal. Von der Armut, der Tanzerei, den...»

«... den Männern.» Nun konnte sie den Satz auch gleich für ihn beenden. Sie fühlte, wie ihre Knie weich wurden. Anscheinend war die Farbe aus ihrem Gesicht dorthin gewichen. Es herrschte ein langes Schweigen, bevor sie sich überwinden konnte, ihn zu fragen: «Wie haben Sie das herausgefunden?»

«Auf Gaius' Schreibtisch lag ein anonymer Brief...»

«Sie verlogenes Schwein! Sie sagten, Sie hätten das Haus nicht durchsucht!»

«Weiter bin ich nicht gekommen. Als ich Gaius' Papiere durchsuchte, kam ich mir irgendwie... dreckig vor.»

Komisch, es gab Dinge im Leben, die man einfach nicht durch Gesetze regeln konnte. «Diese Sache hat eine gewisse Ironie, Orbilio. Meine Schwiegermutter hat diesen Brief geschrieben, wissen Sie, und sie ist eine boshafte alte Zicke, die aus schierem Vergnügen Zwietracht sät.»

«Ich glaube, Sie täuschen sich. Der Brief wurde von einer gebildeten Person verfaßt, und ich habe Ihre Familie genau überprüft. Larentia ist Analphabetin, und selbst wenn sie ihn diktiert hätte... Die Worte, die Grammatik, die sorgfältige Formulierung? Nein, sie hat ihn nicht geschickt.»

Wenn ich genau überlege, war Larentia damals ziemlich verwirrt. Warum bin ich dem nicht nachgegangen? Wenn Orbilio das herausgefunden hat, hätte ich das ja wohl auch schaffen können, verflixt.

Das geschieht dir recht, antwortete eine kleine Stimme. Du hättest nicht davon ausgehen dürfen, daß Gaius ihn wegwerfen würde, auch wenn er es versprochen hat. Du wußtest, wie sehr er mit Lucius beschäftigt war, du dumme Kuh; du hättest es nachprüfen müssen.

«Und dann war da noch Ligarius. Ihr Haushofmeister erwähnte, daß er jede Nacht vor dem Haus herumlungerte. Ich mußte ihm nur in seine Taverne folgen und Ihren Namen erwähnen. Das reichte, um die Schleusentore zu öffnen.»

Dieser Bastard. Er hatte geschworen, sie nie zu verraten. Männer!

«In der Nacht, als er hier eindrang, haben Sie ihn also nur niedergeschlagen, um mir die Scham zu ersparen. Wie schrecklich galant von Ihnen!»

«Ritterlichkeit war schon immer meine Schwäche.» Langsam ging Orbilio zum Vogelhaus hinüber und wandte ihr den Rücken zu. «Darum wollte ich auch nicht glauben, daß Sie im letzten Monat in dem Mietshaus waren.»

«Ich dachte, wir wären uns einig, daß es Melissa war.»

«Melissa, ja, Melissa. Ich habe ihr Zimmer nach Geld durchsucht, erinnern Sie sich? Mir war nämlich der Gedanke gekommen, daß Crassus vielleicht nicht von dem Mann gefesselt worden war, der ihn tötete, sondern daß dort etwas anderes Bizarres stattgefunden haben könnte. War es möglich, daß Melissa solche Dienste anbot? Warum nicht? Und vielleicht war Gaius ihr Zuhälter, der ihr den Tip gab, welcher Mann als Kunde in Frage kam und wieviel sie verlangen sollte? Als ich erfuhr, daß sie die Brosche verkaufen wollte, und die grüne Tunika fand, paßte alles zusammen.»

Er hielt inne. Ein Kloß schien ihm im Hals steckenzubleiben, als er sich an Callisunus und seinen Zwillingsbruder erinnerte.

«Aber ich hatte mich getäuscht. Oft sieht man nur das, was man sehen will, und ich wollte glauben, daß Melissa bei diesen Männern gewesen war und nicht Sie, aber die gegenteiligen Beweise häuften sich. Rufus war so überzeugt davon, daß die Frau, die er gesehen hatte, eine Stola trug, daß er sich nicht erschüttern ließ. Eine Sklavin mag vielleicht eine feine Leinentunika anziehen und wie eine Freigeborene aussehen, aber sie würde es niemals wagen, eine Stola, das charakteristische Symbol römischer Mütter, anzulegen. Was immer ich auch versuchte, es gab nur eine Lösung. Sie waren es gewesen. Sie waren in dem Haus, Claudia. Sie fanden Crassus' Leiche. Weil Sie wieder Ihrem Gewerbe nachgingen.»

«Quatsch. Warum sollte ich so etwas tun?»

«Um Lucan zu bezahlen. In der Nacht, als Otho kam, um Ihnen die Ehre zu erweisen, beliefen sich Ihre Schulden auf weit über zweitausend Sesterzen. Korrigieren Sie mich, wenn ich mich irre, Claudia, aber diese sechs Männer waren Freier.»

Was für ein vulgärer Ausdruck! Claudia warf verächtlich den Kopf zurück. Ach, zum Hades. Niemand kann beweisen, daß Gaius von meiner Vergangenheit nichts wußte. Das Testament ist trotzdem gültig. Niemand kann mir etwas wegnehmen. Das heißt natürlich, daß ich wegziehen muß, aber das habe ich schon einmal getan und werde es zweifellos wieder schaffen.

«Dann kennen Sie ja jetzt die Risiken, die ich eingehe, wenn der Fall wieder aufgerollt wird.» Sie hoffte, daß er aus der Entfernung nicht das Zittern in ihrer Stimme hören konnte.

Orbilio drehte sich um. Sein jungenhafter Charme war auf seinem gequälten Gesicht kaum noch zu erkennen. «Sagen Sie mir nur eins, Claudia, und geben Sie mir eine ehrliche Antwort. Haben Sie einen Liebhaber?»

«Einen Liebhaber? Bei der Kundenliste? Ich bitte Sie!»

Sein Gesicht entspannte sich, als wäre er eine schwere Last losgeworden. Der Schimmer in seinen Augen funkelte wieder, als er seine Schultern reckte. «Dann weigere ich mich ganz entschieden, den Fall wieder aufzurollen. Wenn Sie keinen Liebhaber haben, wer sollte dann für Sie töten?»

«Niemand tötet *für* mich. Man raubt mir nur meine Kunden. Ich sagte Ihnen doch, daß ich noch nicht weiß, wer es ist, aber einer von ihnen muß es sein. Ich habe... bis auf sechs alle ausgeschlossen.»

«Wie viele gab es? Schon gut, schon gut, Sie brauchen nicht darauf zu antworten. Trotzdem glaube ich das nicht. Es tut mir leid, Claudia, ich denke nicht, daß Gaius von einem Ihrer Kunden überfallen wurde.»

Ich auch nicht.

«Ich will nur, daß sein Name reingewaschen wird, das ist alles. Wenn Sie den Fall wieder aufrollen, wird das automatisch geschehen.»

«Du meine Güte, wie oft muß ich es Ihnen noch sagen, bis Sie es begreifen? *Gaius* hat sie getötet!»

«Orbilio, sind Sie absichtlich so schwerfällig? Warum sollte er so etwas tun?»

«Ich habe es gerade bewiesen, verdammt noch mal. Er liebte Sie; reicht das nicht? Sie haben mit diesen Männern geschlafen...»

«Das habe ich nicht! Sie wollten geschlagen, geprügelt, gepeitscht und sonstwas werden, aber eins können Sie mir glauben, diese Männer wollten nicht mit mir schlafen.»

«Wirklich? Sie meinen, Sie haben nicht...» Orbilio räusperte sich. «Lassen Sie doch diese Haarspalterei. Der Punkt ist der, daß Gaius und Sie getrennte Schlafzimmer hatten und daß er glaubte, diese Männer bekämen etwas, was er nicht bekam, also – zack! Weg mit der Konkurrenz.»

Claudia stützte die Hände in die Hüften, neigte den Kopf und lächelte. «Wissen Sie, Marcus, wir nähern uns anscheinend auf einem ziemlich umständlichen Weg, aber ich glaube, wir kommen endlich zum Ziel. Habe ich Ihnen nicht von Anfang an erzählt, daß Gaius kein Motiv hatte, diese Männer zu töten?»

«Wie laut soll ich es noch sagen, Frau, ich habe Ihnen gerade eins genannt!»

«Mm-Mm. Sie haben sich gerade nur um ein Motiv gebracht. Gaius hat mich nicht geliebt. Ich war nur eine seiner Trophäen, das ist alles. Er heiratete mich wegen meines Aussehens und wegen meines Charakters, als ein weiteres Symbol für seinen Erfolg. Was denken Sie denn, warum ich so scharf darauf war, Rufus, diesen Bengel, loszuwerden? Dachten Sie wirklich, ich könnte nicht damit fertig werden, falls er irgend etwas ausplauderte? Nein, Marcus, ich wollte den Jungen aus dem Haus haben, bevor Gaius Hand an ihn legte.»

Sie hielt inne und sah zu ihm auf. «Begreifen Sie jetzt allmählich?»

XXV

Es wurde bereits dunkel, als Claudia nach Hause kam. Orbilio hatte darauf bestanden, daß sie zum Essen blieb, doch anstatt den Fall zu erörtern, schweifte ihre Unterhaltung zu allen möglichen ernsten und leichten Themen ab, und zu ihrem Erstaunen war der Nachmittag im Nu vorbei gewesen. Einige Minuten lang saß sie in der Sänfte nur so da, um sich zu sammeln. Ein Tag wie dieser machte einen ganz schwach. Man hatte das Gefühl, als wäre einem die Haut abgezogen und man selbst von innen nach außen gestülpt worden. Claudia lehnte sich in die Kissen zurück. Sie waren schmuddelig, und die Vorhänge hatten eine weitaus schlechtere Qualität als ihre eigenen, aber ausnahmsweise beschwerte sie sich nicht darüber, öffentliche Verkehrsmittel benutzen zu müssen. Um ehrlich zu sein, war sie froh, daß Orbilio diese und nicht ihre eigene Sänfte hatte holen lassen; nicht mehr lange und sie hätte womöglich angefangen, sich richtig zu amüsieren.

Das Eßzimmer war genauso elegant wie das restliche Haus eingerichtet gewesen; die Kissen die bequemsten, auf denen sie seit Jahren gelegen hatte, und das Essen köstlich. Muscheln aus Chios, gebratenes Hähnchen, gebackenes Knoblauchbrot und süße, makellose Früchte. Sie hatte erwartet, daß er sich zu ihr hinüberbeugen und versuchen würde, sie zu küssen und zu streicheln, und vorschlagen würde, daß sie sich in sein Schlafzimmer zurückziehen und dort die Nacht verbringen könnten, doch er hatte sie kein einziges Mal berührt. Die Stunden vergingen, und er lag da auf den Ellbogen gestützt, während sie lachten und stritten und aßen und tranken. Als sie schließlich aufstand, um zu gehen, fragte sie ihn erneut, ob er den Fall wieder aufrollen würde, und er antwortete mit einem schlichten Ja. Er wollte sie am nächsten Morgen vor dem Begräbnis benachrichtigen; dann könnten sie eine Liste der Verdächtigen aufstellen.

Er war fest davon überzeugt, daß Gaius nicht von dem Mann getötet worden war, der die anderen ermordet hatte, obwohl er bereit war, es zunächst einmal dabei zu belassen. Das würde reichen, um Callisunus davon abzuhalten, seine Erklärung in den nächsten ein oder zwei Tagen abzugeben. Er verlieh seiner Hoffnung Ausdruck, daß er nicht zu viele Leichen im Schrank der Familie Seferius finden würde, denn wenn er seine Ermittlungen erst einmal begonnen hätte, würde ihn nichts – aber auch gar nichts – davon abhalten, die Wahrheit herauszufinden. Wollte sie immer noch, daß er die Sache untersuchte? Sie nickte vehement. Bis er endlich so tief gegraben hatte, würde er nichts mehr finden – das versprach sie *sich selbst*!

Claudia schmollte. Sie hatte erreicht, was sie wollte; Gaius' Name würde reingewaschen werden, doch statt zufrieden zu sein, waren ihre Gedanken in Aufruhr. Orbilio hatte in ihrem Kopf so viele Zweifel gesät, daß sie das Gefühl hatte, er würde platzen, wenn nur die Hälfte davon keimen würde. Auf seiner Liste sei jeder verdächtig, sagte er; sie täte gut daran, das nicht zu vergessen. Sie solle gründlich nachdenken, sagte er, und die Ereignisse vor Tigellinus' Tod im Januar rekapitulieren, denn man könne es sich nicht leisten, auch nur das kleinste Detail zu übersehen. Ebensowenig, wie man etwas ausschließen konnte, ohne es zu prüfen und nochmals zu prüfen. Warum sei sie so sicher, daß es ein Freier war? Das mache überhaupt keinen Sinn, sagte er, denn es gäbe kein Motiv. Sie mochte zwar das Verbindungsstück zwischen den Toten sein, aber ohne das Motiv herauszufinden, seien das nichts als Spekulationen von ihr. Sie solle ihn beim Wort nehmen, sagte er. Das Motiv für diese Verbrechen sei die Liebe, darauf würde er seine Stiefel verwetten. Da Claudia unter seinem intensiven Blick ganz unbehaglich zumute geworden war, hatte sie diese Idee schnell geringschätzig abgetan, aber Orbilio ließ nicht locker.

Ob sie, zum Beispiel, schon Junius als Kandidat für Gaius' Mörder in Erwägung gezogen habe? Nein, antwortete sie, das habe sie nicht, und stellte fest, daß sie aus irgendeinem Grund diesmal nicht in der Lage war, dem Ermittler in die Augen zu sehen. Dann solle sie es tun, sagte er und fragte, ob sie schon überlegt habe, ob Ligarius der Mann sein könnte, der ihre Freier getötet habe? Diesmal konnte sie ehrlich zugeben, daß Ligarius in ihren Augen nicht als Täter in Frage kam. Gewiß, seit Antonias Tod war er völlig fertig, und in letzter Zeit war er in gewisser Weise labil, aber deswegen war er noch lange kein Mörder. Jedenfalls nicht so kaltblütig, wie Marcus meinte. Ah, aber angenommen, Ligarius glaube, er beschütze Claudia auf diese Weise, sagte er. Immerhin fand der erste Mord kurz nach Antonias Tod statt, nicht wahr? Beim schönen Leben in Illyrien, spottete Claudia, was habe er nur für Ideen? Sie kenne Ligarius von früher; was ihm an Grips fehle, habe er vielleicht in den Muskeln, aber ein Mörder? Niemals! Trotzdem schien dieses Hirngespinst – nachdem es einmal aufgetaucht war – nur äußerst ungern zu verschwinden...

Cypassis erwartete sie draußen auf der Straße, als Claudia die Sänftenträger bezahlte und fortschickte.

«Die Familie ist drinnen», flüsterte sie mit gerümpfter Nase, «und wartet schon seit heute mittag.»

Claudia widerstand dem Drang, das kräftige Bauernmädchen zu umarmen. Sie lernt sehr schnell, dachte sie. Sie ist erst seit einer Woche hier und hat die Lage bereits genau erfaßt. Die Familie hat nicht lange gebraucht, dachte sie, bis ihr klar wurde, daß das Testament unantastbar ist. Claudia hatte damit gerechnet, daß sie schon früh genug zurückgekrochen kommen würden, aber offensichtlich wollten sie sich schon vor der morgigen Bestattung wieder bei ihr einschmeicheln. Eine große, glückliche Familie, et cetera, et cetera. Vereint im Kummer und, du meine Güte, nein – das Geld spiele keine Rolle. Claudia schüttelte ihre Röcke, zupfte ihre Locken zurecht und bereitete sich auf das Ereignis vor.

«Claudia!»

«Marcellus.»

Sie fragte sich, wie lange er wohl schon vor der Haustür gewartet hatte. Mit etwas Glück Stunden über Stunden.

«Es tut mir leid, daß wir gezwungen wurden, der Trauerfeier fernzubleiben. Es war schmerzhaft zu wissen, daß außer dir niemand da war, um Gaius bei der Einäscherung zu betrauern, aber wir werden morgen alle bei dir sein, Liebes. Direkt hinter dir auf dem ganzen Weg.»

«Hervorragend.»

Hinterher hätte sie noch genug Zeit, um ihm zu sagen, daß sie, egal wie sehr Gaius sich mit seinem unaufhörlichen Schmarotzertum auch abgefunden haben mochte, nicht bereit war, es auch nur einen Augenblick länger zu erdulden.

«Claudia, geh nicht weg, ich muß dir etwas sagen.»

«Ich warte, Marcellus. Es sind bereits vier Minuten vergangen, und du hast deinen Mund immer noch nicht aufgemacht.»

Als er grinste, sah man jede Lücke zwischen seinen Zähnen. «Spüre ich hier etwa einen Anflug von Frustration, Claudia?»

«Nun, wenn überhaupt jemand etwas spürt, dann wohl du, weil du sicherlich eine Menge Erfahrung damit hast. Wenn du aber nicht willst, daß wir beide an hohem Alter sterben, spuck es freundlicherweise endlich aus.»

«Puh! Wie soll ich es sagen?»

«Versuche es schnell.»

Das narbige Gesicht kam näher an sie heran. «Also gut, dann will ich ganz offen sein. Ich weiß, daß Gaius seit einiger Zeit Depressionen hatte, und ich weiß, daß er dich nicht richtig behandelt hat, aber ich werde es tun, Claudia. Ich werde dich richtig behandeln.»

«Marcellus, wovon um alle Welt redest du?»

«Du weißt schon.»

«Vielleicht bin ich begriffsstutzig, aber es tut mir leid, ich kann dir nicht ganz folgen. Könntest du mir für den Anfang einen klitzekleinen Hinweis geben?»

«Claudia, ich weiß, was dir in deinem Leben fehlt, und ich kann es dir geben.»

Das war doch nicht zu fassen!

«Was genau kannst du mir geben, Marcellus?»

«Liebe natürlich.»

«Liebe? *Liebe*? Höre ich richtig? Die Asche meines Mannes wartet in seinem Zimmer noch auf die Beisetzung, und trotzdem bietest du mir zum Gefallen an, mich zu ficken?»

«Nun, ich würde das nicht ganz so brutal ausdrücken, aber – ja. Ich bin vierunddreißig und im besten Mannesalter. Ich habe doch gefühlt, welche Schauer jedesmal durch deinen Körper rieselten, wenn ich dich gestreichelt habe, und wie du zusammengezuckt bist, wenn meine Hand deine Brust berührte. Bei Remus, Claudia, wir beide könnten eine Menge Spaß haben... Was meinst du?»

«Nur das, Marcellus.» Claudia trat zurück, ballte die Faust und schlug ihm mitten auf die Nase.

Die Öllampen brannten schon seit einer Stunde, als Claudia ins Atrium zurückkehrte. Als sie Antonius aus der Latrine kommen sah, gab sie ihm schweigend ein Zeichen und ging wieder die Treppe hinauf in ihr Zimmer. Es vergingen gut zehn Minuten, bevor er hereinschlüpfte. Drusilla, die aus ihrem Schlaf auf dem Bett erwachte, sträubte ihr Fell und begann zu fauchen.

«Pssst, es ist nur Antonius.»

Weder die Katze noch Scaevola schien das zu besänftigen. Da er gehört hatte, was Otho passiert war, wich er zurück an die Wand.

«Ich tue es nur ungern, Drusilla, aber ich habe keine andere Wahl. Wir müssen reden, und du? Du schreist das ganze Haus zusammen. Das, fürchte ich, geht nicht.»

Claudia hob die Katze hoch, die sich vor Zorn und Entrüstung ganz steif machte, und schob sie ungeachtet ihres Protestgeschreis sanft aus dem geöffneten Fenster. Unterhalb befand sich eine Brüstung; wahrscheinlich würde sie dort sitzen bleiben und schmollen. Claudia schloß die Fensterläden.

Antonius grinste. «Kommst du einigermaßen zurecht?»

«Es geht so. Und du?»

«Ich denke doch. Darf ich?» Er deutete auf den Krug Wein, der auf ihrem Tisch stand.

«Bediene dich, Antonius, so wie immer.»

«Ja, aber jetzt ist es anders. Ich meine, ich war noch nie zuvor in deinem Schlafzimmer.»

Claudia lächelte. «Nun, das kann ich von deinem nicht behaupten, mein Freund. Ich kenne jeden Mosaikstein wie meine eigene Hand. Auf dem Fußboden *und* an der Decke!»

Antonius lachte mit ihr. «Das waren schöne Zeiten, Claudia. Verdammt schöne Zeiten sogar.» Er schenkte zwei Gläser Wein ein. «Auf die guten Zeiten, die noch kommen!»

Sie schlüpfte aus ihren Sandalen und setzte sich im Schneidersitz auf das Bett. «Du bist ein sehr gutaussehender Mann, Antonius Scaevola.» Schlank, grauhaarig, muskulös. «Ich verstehe nicht, warum Flavia sich dich nicht gleich von Anfang an geschnappt hat.»

Wer würde sie sonst nehmen? Claudia hatte es ihr nicht nur einmal, sondern tausendmal gesagt. Knabber nicht an deinen Fingernägeln, lutsch nicht an deinem Haar und sitz nicht so krumm, sonst wirst du schon mit zwanzig einen Buckel haben. Außerdem könnte es von Vorteil sein, wenn du gelegentlich badest.

Antonius setzte sich neben sie und beugte sich zu ihr hinüber. «Du wirst es nicht glauben, aber diese kleine Zicke will mich jetzt tatsächlich heiraten.»

«Nun, das war doch abzusehen, oder? Gaius hat sie aus seinem Testament ausgeschlossen, Marcellus ist pleite, und du, mein alter Freund, bist nicht gerade mittellos. Julia wird sie überzeugt haben, daß das angesichts deiner gehobenen Position im Schatzamt ein schlauer Zug ist. Also adieu den Tränen, ab heute wird geflirtet.»

«Das hat sie schon bei unserem Freund, dem Patrizier, ausprobiert.»

«Bei Orbilio? Bei ihm hatte sie nie eine Chance. Er hat nur mit ihr geflirtet, um mich zu ärgern, und außerdem glaube ich, wirst du feststellen, daß Tante Julia Flavia über Patrizier und den Ritterstand aufgeklärt hat. Insbesondere über mittellose Männer aus dem Ritterstand. Du bist die beste Wahl, die dieses Kind hat.»

«Das ist hart. Eine Erbin hätte ich geheiratet, aber diese alte Meckertante soll ich umsonst nehmen? Niemals.» Er füllte ihre Gläser nach. «Ich habe es ihr noch nicht gesagt. Ich dachte, ich warte die morgige Beisetzung ab, weil Gaius ein anständiges Benehmen verdient, und es ist besser, wenn ich als Schwiegersohn und nicht nur als alter Freund auftrete.» Er schüttete den Wein in einem Schluck hinunter. «Diese Verordnung war wirklich eine Schande.»

«Ich habe dich bei der Trauerfeier nicht gesehen.»

«Gaius ist tot, das Leben muß weitergehen. Was nützt es mir im Schatzamt, wenn sich herumspricht, daß ich mich dem Prinzeps widersetzt habe, um an der Trauerfeier für einen Massenmörder teilzunehmen?»

«Glaubst du, daß Gaius diese Männer ermordet hat?»

«Natürlich nicht. Aber Callisunus glaubt es. Warum soll ich also meinen Kopf riskieren? Jetzt gibt es keinen Grund mehr, warum wir nicht wie geplant fortfahren können.»

Trauernde Witwe vom sitzengelassenen Verlobten der Stieftochter getröstet. Sie verlieben sich und heiraten, und schon bald sind Kinder da. Söhne, für die ein Senatsposten nicht unerreichbar ist. Söhne, für die der Eintrittspreis von einer Million Sesterzen kein Hindernis ist. Claudia nippte mehrere Minuten lang schweigend an ihrem Wein. Da sowohl die Tür als auch die Fenster geschlossen waren, war die Hitze unerträglich. Sie kannte Scaevola natürlich gut genug, um ihre Tunika ausziehen zu können – um auch nackend dazusitzen, wenn sie es wollte –, aber dies war nicht der rechte Augenblick. In der Tat würde es ihn auch nie wieder geben.

«Ich habe etwas für dich», sagte sie schließlich, griff mit der Hand unter ihr Kissen und zog eine kleine dunkle Flasche hervor.

«Für mich?»

Wenn Antonius lächelte, bekam er tiefe Lachfalten auf den Wangen. Claudia hatte ihm nicht geschmeichelt; er war tatsächlich ein sehr attraktiver Mann. Sonst hätte sie nicht mit ihm geschlafen, selbst nicht für zwanzig Sesterzen pro Stich. Und schon gar nicht hätte sie ihn zum Vater ihrer Kinder ausgewählt.

«Was ist das?»

Claudia hob die winzige Flasche ans Licht. Sie war halbvoll. «Gift», antwortete sie ruhig.

Sie fühlte, wie Scaevola neben ihr erstarrte. «Ich... ich verstehe nicht.»

Sie konnte kaum atmen und nicht nur wegen der Hitze. «Es gibt keine andere Wahl, Antonius.»

«He, komm schon.» Er versuchte, seine heisere Stimme amüsiert klingen zu lassen. «Was für eine Nummer soll das sein?»

Fern im Haus hörte Claudia einen Topf in Scherben fallen. Unter den Sklaven brach ein hitziger Streit aus.

«Du hättest ihn nicht töten sollen, Antonius. Alles lief so gut, und wir waren fast schon am Ziel. Es war nicht nötig, ihn zu töten.»

Schweiß perlte über Scaevolas Stirn und tropfte in seine Augen. «Claudia, du bist verrückt. Ich soll getötet haben? Wen soll ich getötet haben?»

«Du hast ihn betrunken gemacht, hast ihn hingesetzt, diese kleine Apollostatue genommen und ihm damit auf den Kopf geschlagen. Du hast das Schwert aufgestellt – und dann hast du ihn gestoßen. Ganz hart. Sag mir, Antonius, hat es gespritzt? Hat es ...»

«Sei still, sei still!» Er vergrub das Gesicht in seinen Händen. «Oh, verdammt, Claudia, du verstehst es wirklich, die Sache auf den Punkt zu bringen.»

Es vergingen mehrere lange, einsame Minuten, bevor er wieder sprach. «Er hat nicht gelitten; er war sofort tot, das schwöre ich.»

«Das weiß ich, Antonius, aber er hat es nicht verdient, wie ein Hund zu sterben, und er hat es nicht verdient, daß sein Name besudelt wird.»

«Du meine Güte, wie sollte ich wissen, daß er als Mörder gebrandmarkt wird? Er hatte Depressionen, verflucht noch mal, er hat zwei Söhne, eine Tochter und ein Enkelkind verloren. Jeder Mann könnte unter dieser Last Selbstmord begehen.»

«Er war dein Freund.»

«Er war dein Mann, also fang nicht an zu moralisieren! Diese ganze Sache war deine Idee, erinnerst du dich? Ich werde den Weg nach oben niemals schaffen, sagtest du, aber ich schwöre, daß ich Söhne gebären werde, die das erreichen. Das war kurz nachdem dir klar wurde, daß Gaius' Interessen anderweitig lagen, und du auf mich zukamst, Claudia. Also vergiß das nicht.»

Claudia lehnte sich an die Wand und schloß die Augen. Wie sollte sie das vergessen? Dieser Verrat quälte sie seit dem Augenblick, als sie Gaius' Leiche das erste Mal gesehen hatte.

«Sieh mal, du bist müde. Es ist heiß, und du neigst zu Überreaktionen.» Er schüttelte das Fläschchen. «Das hier ist nicht notwendig, weißt du. Wir warten ein paar Wochen, dann heiraten wir in aller Stille, und alles wird wie geplant laufen. Vertraue mir, Claudia.»

«Du begreifst es immer noch nicht, was? Wenn man seine Söhne durch einen Betrug in den Senat bekommt, ist das eine Sache; aber ein Mord ist etwas anderes.»

Antonius legte den Arm um ihre Schulter und zog sie an sich. «Küß mich.»

«Nein.»

«Glaubst du, weil Gaius dir eine Million hinterlassen hat, versuche ich, sie mir zu sichern?» Der Blick auf ihrem Gesicht bestätigte ihm, daß er richtig geraten hatte. «Sei doch nicht albern. Der Plan war, daß wir die erforderliche Million zusammenkratzen, indem ich diese weinerliche Kuh da unten heirate und mich dann unter einem erfundenen Vorwurf des Ehebruchs von ihr scheiden lasse. Ich sollte erklären, daß das Kind, das ich so gern haben wollte, von einem anderen Mann stamme – zum Teufel, Claudia, wir hatten uns sogar schon den Sündenbock ausgesucht –, denn auf diese Weise hätte ich ihre Mitgift behalten *und* einen mächtigen Schadensersatz fordern können. Bis dahin hättest du ein eigenes nicht unerhebliches Vermächtnis gehabt, da Gaius Seferius – übergewichtig und krank wie er war – sich mittlerweile von des Lebens Wirrwarr befreit hätte.»

Zumindest wäre er eines natürlichen Todes gestorben.

«Da ich bereit war, die ganze dreckige Arbeit zu machen, leuchtet mir nicht ein, warum ich den Plan ändern soll, nur weil Gaius dir sein ganzes Geld hinterlassen hat.»

«Gaius hat sein Testament geändert, weil er fest davon überzeugt war, Flavia habe ihre Geschwister aus purer Eifersucht getötet. Er sagte, er habe ein neues Testament gemacht für den Fall, daß sie auch versuche, ihn zu töten. Er hat mir einen Brief hinterlassen, in dem er das alles erklärte.»

«Flavia?» Scaevola atmete mit einem Pfiff aus. «O Mann, ich kann das nicht fassen.»

«Das können wir vermutlich beide nicht, aber das ist nicht der Punkt. Der Punkt ist der, Antonius, daß nicht Flavia sie tötete, sondern du.»

Er ließ seinen Arm herunterfallen. «Das meinst du doch nicht ernst...»

«Ich war noch nie so ernst.» Sie öffnete die Augen und sah ihn an. Er sah schrecklich aus. «Du warst mit Calpurnia verlobt, als sie am Fieber starb, und das brachte dich auf die Idee. Gaius' Vermögen wurde nun durch drei statt durch vier geteilt, also hieltest du um Flavias Hand an. Ich dachte, es wäre meine Idee gewesen, aber das stimmte nicht, denn du hattest bereits deine eigenen Pläne. Du warst in der Nacht, als Secundus starb, mit ihm zusammen. *Du* hast ihn auf eine Tour durch die Tavernen mitgenommen. *Du* hast dafür gesorgt, daß er besoffen wurde, und dann hast *du* ihn unter den Wagen gestoßen.»

«Er ist gestürzt. Als mir klar wurde, daß er tot war, geriet ich in Panik.»

«Du hast ihn gestoßen, Antonius. Du hast einen Wagen abgewartet, der mit Korn beladen war, und ihn gestoßen. Du hast Lucius vergiftet und die Hebamme bestochen, damit sie über Valerias absolut gesundes Kind eine Lüge erzählt.»

Und die zickige Flavia hätte zweifellos auch ein unangenehmes Ende gefunden, die arme Kuh. Claudia spürte es eher, als daß sie es sah, wie er zitterte. Vielleicht weinte er, aber es interessierte sie nicht besonders. Er hatte vier Menschen ermordet, und sie hoffte, daß er dafür büßen würde. Und warum hatte er getötet? Schlicht und einfach aus Gier.

«Es ist vorbei, Antonius. Geh nach Hause und nimm diese Flasche mit.»

«Du hast das doch nicht etwa den Ermittlungsbehörden erzählt?»

«Doch, es gibt einen Brief, und falls mir etwas zustößt, wird er überreicht.» Sie bluffte natürlich, aber das wußte er ja nicht. «Wenn du es selbst in die Hand nimmst, bleibt dein Name rein.»

«Claudia, bitte...»

Sie wandte sich ab und hielt sich die Ohren zu. Sie wollte ihn nicht sehen und nicht hören. Sie wollte nur, daß er ging.

Es mußte wohl ein Jahrhundert vergangen sein, bis sie endlich den Mut fand, sich umzudrehen. Claudia war wieder allein.

Sie fühlte sich wie eine alte Frau, als sie sich von ihrem Bett erhob und die Fensterläden öffnete, um die frische Nachtluft hereinzulassen. Drusilla, die gekränkt war, weil man sie hinausgeworfen hatte, war nirgendwo zu sehen, und wie sie sie kannte, war es sehr gut möglich, daß sie bis zum Morgengrauen wegbleiben würde, um Claudia eine Lektion zu erteilen. Sie gähnte. Die Nacht war noch jung, aber ihre Knochen schmerzten, und sie hatte heftige Kopfschmerzen und einen üblen Geschmack im Mund.

«Guten Abend, meine Liebe. Ich hab deine Nachricht erhalten.»

Sie fuhr herum. Da stand eine Gestalt im Zimmer, die Gestalt eines Mannes. Er trug eine Toga, die die Tatsache nicht verbarg, daß er in jeder Hinsicht klein war.

«Bei Jupiter!»

Sie drehte das Licht auf und stellte fest, daß sie in das ausdruckslose Gesicht von Ventidius Balbus starrte, der eine Flasche Wein unter dem Arm trug.

«Ich glaube, da liegt ein Mißverständnis vor, Ventidius. Ich habe keine Nachricht geschickt.»

«Oh.» Sein Gesicht wurde länger. «Hm. Ich schickte dir einen Brief...»

«Ja, ich weiß.»

Sie war einfach viel zu müde, um ihn auszuschimpfen, und er sah so armselig aus, wie er da stand. Außerdem konnte sie einen Schluck aus seiner Flasche gebrauchen.

«Dazu einen Heiratsantrag. Ich fragte mich, äh, ob er in Erwägung gezogen wird?»

«Ventidius, können wir das ein andermal besprechen? Ich bin sehr müde.»

«Ah! Ich wollte nicht, ehm... Obwohl diese Sache einigermaßen dringend ist für eine Person.»

Person? Oder sagte er, per Sohn? Wirklich, es war völlig unmöglich, diesen Idioten ernst zu nehmen! Doch da er der einzige war, der den Zusammenhang mit Genua vielleicht noch herstellen konnte, würde es nicht schaden, tolerant zu sein. Zumal er sich erst kürzlich von seiner Frau hatte scheiden lassen, die, wie er ihr beim Bankett ohne Unterlaß erzählt hatte, mit jedem Mann geschlafen hatte, der ihr über den Weg lief. Sein Ego war daher wahrscheinlich sehr zerbrechlich.

«Die Sache ist die, Ventidius, daß ich mich gegen eine erneute Heirat entschieden habe.»

«Etwas voreilig, findest du nicht? Denk mal drüber nach.»

«Mag sein, aber du kennst ja das römische Recht. Ich müßte mich den Regeln eines anderen Mannes unterwerfen, und irgendwie gefällt mir dieses Konzept der Unterordnung nicht.»

Seine Augen, diese scheußlichen gekochten Stachelbeeren, wurden vor Schreck ganz groß. «Oh, das mußt du aber. Was sollen die Leute sonst denken?»

«Konventionen, Ventidius, interessieren mich nicht.»

Genausowenig wie die Vorstellung, mit diesem faden kleinen Wurm zu schlafen.

«Wenn du mich also entschuldigst ...»

«Sehr wohl. Sehr wohl.»

Er sah so niedergeschlagen aus, daß sie das Lächeln auf ihrem Gesicht verbergen mußte.

«Man ist, ähm, nicht ohne Vermögen, weißt du.»

«Ventidius, ich habe nicht einen Augenblick lang geglaubt, daß du mich wegen meines Geldes heiraten willst.» Dieser Typ wollte in eine ganz andere Schatzkiste hinein. «Aber», sie täuschte ein Gähnen vor, «es ist spät, und ich brauche jetzt dringend meinen Schönheitsschlaf.»

«Entschuldigung. Man wollte nicht ... Ähm, vielleicht könnte man dich überreden, dieses kleine Zeichen der Wertschätzung anzunehmen. Eine Spezialität von mir, ein süßer Rotwein.»

Oh. Sie reichte ihm das Glas, das Scaevola benutzt hatte.

«Nun, auf den süßen Rotwein.» Claudia zwang sich zu ihrem freundlichsten professionellen Lächeln. «Und auf dich, Ventidius.»

Du meine Güte, war der scheußlich. Dick, süß und ekelerregend. Claudia blinzelte heftig. Schwankte das Zimmer oder sie selbst? Sie legte die Hand auf ihre Stirn.

«Ich glaube ... mir ist ... ein bißchen schwindelig», begann sie.

Aber bevor sie den Satz beenden konnte, kam ihr schon der Fußboden entgegen.

XXVI

Das Schiff schlingerte und wälzte sich, stampfte und warf sich auf und nieder. Hämmer klopften ununterbrochen. Langsame, schwere Hämmer, die einem die Knochen durchrüttelten. Schnelle, kleine Hämmer, die an den Nerven rissen. Ganz zu schweigen von dem Gehämmer zwischendrin, das es sonst noch gab.

Claudia stöhnte. Sie hob ein Augenlid und schloß es sofort wieder. Das war kein Schiff. Wo immer sie auch war, aber dies war kein Schiff. Es war zu dunkel, um die Decke zu erkennen, aber die Wände bewegten sich; es gab keinen Fußboden. Ich treibe auf einem rosafarbenen Meer. Eine barbusige Frau mit einem Ziegenkopf watet mit ausgestreckten Armen und bis zu den Oberschenkeln versunken durchs Wasser und gibt ein Zeichen...

Ich bin tot. Der Bastard hat mich umgebracht!

Wie läßt sich sonst diese Hitze erklären. Die Hitze und Feuchtigkeit und dieser dicke, übersättigte Geruch. Schwer. Atemraubend. Schwindelerregend. Und Glieder schwer wie Blei. Als sie versuchte zu schlucken, entdeckte sie, daß man ihr ein kleines, pelziges Nagetier in den Mund gestopft hatte. Nach dem dritten Versuch, es auszuspucken, wurde ihr etwas klar. Es war ihre eigene Zunge.

Also doch nicht tot. Es sind Halluzinationen.

Ihre Augen bewegten sich hastig hin und her. Langsam – sehr, sehr langsam – blieben die beweglichen Wände in dem flackernden Licht der Kerze fest stehen, und als ihr Sehvermögen klarer wurde, verwandelte sich die nackte Frau in eine simple Statue, und die Hörner der Ziege waren nur ein Helm, den die Frau auf dem Kopf trug. Das rosafarbene Meer wollte jedoch nicht verschwinden, und als Claudia versuchte, sich aufzurichten, wurde ihr noch etwas klar. Sie war an den Händen und Füßen gefesselt. Bis auf das

Brustband und den Lendengurt war sie nackt und auf einer Liege mitten in diesem verdammten Loch festgebunden worden. Sogar die Haarnadeln hatte man ihr weggenommen.

Gütige Diana, bewahre mich vor süßem Rotwein und Würmern, die sich verwandeln!

Sie ließ sich auf die weiche Wolle zurückfallen. Was, um alles auf der Welt, dachte sich dieser Idiot dabei, sie zu entführen? Und wo war sie, verflucht noch mal? Nicht in seinem eigenen Haus; es war zum Wohnen zu dunkel, zu feucht und zu verfallen. Der Putz war zerbröckelt, die Fresken waren fast alle verschwunden. In einem Grab? Sie zappelte mit den Handgelenken, bis die Fesseln sie wund rieben. Dafür gebührte ihm Respekt; Ventidius Balbus konnte Knoten binden, das mußte sie ihm lassen.

«Balbus, du gefährlicher Irrer, binde mich los!» Ihre Stimme hallte in der leeren Steinkammer. «Balbus, kannst du mich hören?»

Es war zwecklos, aber durch das Rufen und Schreien fühlte sie sich besser. Dabei vergaß man fast, wie hilflos man eigentlich war...

Erst als das Gehämmer aussetzte, wurde ihr klar, daß das Klopfen von außerhalb ihres Kopfes kam, doch egal, wie laut sie schrie, sie konnte sich kein Gehör verschaffen. Immerhin war es ein Trost, daß sie noch in Rom war, denn dieses Echo und Gepolter sagten ihr, daß hier ein Tempel restauriert wurde. Ein Tempel! Natürlich. Vielleicht war das hier einst das Reich einer lange vergessenen Gottheit gewesen, der wie Consus unterirdisch die Ehre erwiesen wurde. Sie fühlte, wie ihr Puls schneller schlug. Aber wo, wo war sie? Bei Juno, das konnte überall sein! Nein. Nein, das konnte es nicht. Dafür gibt es hier Anhaltspunkte. Eine Göttin. Sie trägt ein Ziegenfell. Arme ausgestreckt, der linke am Ellbogen geknickt. Ich hab's! Das ist der alte Altar von Sospita. In der linken Hand trug sie wahrscheinlich ein Schild, in der rechten einen Speer. Ich wette, daß sie, wenn ich ihre Füße sehen könnte, Schuhe mit nach oben gebogenen Spitzen trägt! Claudia zwinkerte der Statue zu. Wir befinden uns am alten Gemüsemarkt, stimmt's, Sospita?

In ihren Händen begann es zu kribbeln, da sie über ihrem Kopf festgebunden waren, und sie zappelte mit den Fingern, um die

Blutzirkulation wieder anzuregen. Balbus hatte diesen Ort mit Sorgfalt ausgesucht. Offensichtlich wollte er perverse Spielchen treiben, aber angenommen – bei dem Gedanken bekam sie eine Gänsehaut –, er war einer von den Typen, die ihre Opfer gern quälten? Es wäre naiv zu glauben, daß sie die erste Frau war, die er auf diesem Altar festgebunden hatte. Sie schielte zur Seite, um zu sehen, ob sie Blutflecken entdecken konnte, aber im Licht der kleinen Kerze, die in der Ecke stand, war es unmöglich, Schatten von Flecken zu unterscheiden. Verdammt! Wild riß sie an den Fesseln. Verdammt, verdammt! Keuchend vor Anstrengung, mit wundgeriebenen Fesseln und Handgelenken ließ sich Claudia zurückfallen und zwang sich, ruhig zu bleiben. Gefühle würden sie nur ins Verderben treiben. Männer wie er leben von Angst. Angst und Macht. Balbus war ein armseliger Wurm, der sich ein Opfer beschafft hatte und auf seine Macht und ihre Angst baute, um seinen Spaß zu bekommen. Oder so ähnlich dachte es sich dieser arme, irregeführte Bastard wohl! Wenn du also aus diesem Rattenloch herauskommen willst, brauchst du einen kühlen Kopf und einen klaren Verstand. Tief Luft holen, Claudia. Einmal, zweimal, dreimal, viermal...

Ihre Ohren vernahmen gemessene Schritte, doch obwohl sie am liebsten geschrien hätte, hielt ihr Instinkt sie zurück. Die Schritte wurden lauter. Kamen klapp, klapp, klapp eine Treppe hinunter. Achtmal. Nein, neunmal. Er hatte auf der letzten Stufe gezögert. Ein Schlüssel rasselte im Schloß, ein Windzug, eine schiefhängende Tür scharrte über den Steinboden. Als er die Kammer betrat, wurden seine Schritte sofort gedämpft, aber sie hörte, wie er durch das rosafarbene Blumenmeer watete, und plötzlich wurde der Raum von Licht durchflutet.

«Die Wirkung hat schneller nachgelassen als gedacht.»

Diese klinische Beurteilung sandte Claudia einen Schauder über den Rücken. Sie setzte eine gleichgültige Miene auf, als wäre das hier etwas ganz Normales, was sie jeden Mittwoch und bei Vollmond gelegentlich auch freitags tat.

«Ich erhole mich immer schnell. Warum ist der Boden zwei Ellen hoch mit Rosenblättern bedeckt?»

Nachdem er alle fünf Kerzen angezündet hatte, bahnte Balbus sich einen Weg zu ihrer Liege. Es war kaum zu glauben, daß dieser Kriecher erst Anfang Dreißig war. Oder daß er nicht so schwach war, wie er aussah.

«Kleopatra pflegte ihre Männer knietief darin zu verführen.»

So eine ordinäre kleine Schlampe!

«Darum habe ich beschlossen, dich in der gleichen Tradition zu ehren, und morgen, wenn die Arbeit abgeschlossen ist, können wir nach Asculum fahren. Ich habe eine ganz entzückende Villa nicht weit von der Stadt gekauft, von der ich glaube, daß sie dir sehr zusagen wird. Die Intimsphäre ist natürlich garantiert und ...»

«Bist du ganz bei Trost? Weder jetzt noch später komme ich mit dir in irgendeine verdammte Villa, Balbus.»

Er sah aus wie ein kleiner Hund, den man getreten hatte, weil er an einem Schuh genagt hatte. «Die Frau hat die Pflicht, ihrem Mann zu gehorchen, Claudia. Ich beschütze dich, und dafür gehorchst du mir. So ist das Gesetz», fügte er voller Überzeugung hinzu.

«Ich pfeif auf das Gesetz. Laß mich frei.»

Seine höfliche Miene nahm einen verletzten Ausdruck an. «Dein Platz ist jetzt an meiner Seite. Wir werden unsere Ehe in der Intimsphäre dieses Altars vollziehen, obwohl», die gekochten Stachelbeeren leuchteten, als sein Blick flüchtig über ihren Körper glitt, «meine Verpflichtungen mich im Augenblick leider davon abhalten, meiner Aufgabe nachzukommen. Schließlich wollen wir den Augenblick doch genießen, Claudia, aber ich glaube nicht, daß du mich in der Hinsicht als mangelhaft empfinden wirst.»

«Balbus, ich empfinde dich in jeder Hinsicht als mangelhaft, und ich würde mich eher an einer verwesten Leiche festbinden lassen, als dich zu heiraten.»

Das war ein Fehler. Das wurde ihr in dem Augenblick klar, als sie die Worte ausspuckte. Die Farbe wich aus seinem Gesicht, seine Lippen verzogen sich höhnisch, und in seinen Augen blitzte ein fanatischer Schimmer auf, der hypnotisierend war.

«Du wirst mich heiraten, Claudia.» Er beugte sich zu ihr hinunter. «Sag es.»

Sie fühlte Trotz in sich aufkommen. «Mach dich nicht lächerlich.»

Der Schlag in ihr Gesicht kam wie aus dem Nichts, schleuderte ihren Kopf bis zum Anschlag zur Seite und verursachte einen stechenden Schmerz in ihrem linken Auge.

«Ich habe dir in deinem Zimmer einen Antrag gemacht, und du hast ihn abgelehnt. Willst du mich erneut zurückweisen?»

Es dröhnte in ihrem Schädel; auf ihrer linken Gesichtshälfte pochte es schmerzhaft, und in ihrem Mund schmeckte Claudia Blut. Wahrscheinlich, weil sie sich auf die Lippe gebissen hatte. Es könnte so leicht sein, zu diesem Wahnsinnigen einfach ja zu sagen, dachte sie.

«Niemals.»

Sie wappnete sich für den nächsten Handkantenschlag. Statt dessen packte Balbus sie am Haar und riß sie so heftig hoch, daß sie alles doppelt sah.

«Ich gebe dir noch eine Chance, Claudia.» Auf seinen Wangen bildeten sich zwei dunkelrote Flecken. «Wirst du mir die Ehre erweisen, mir zur Eheschließung deine Hand zu reichen?»

«Geh zur Hölle.»

Der zweite Schlag raubte ihr den Atem, und sie fühlte, wie sein Ring ihre Wange aufschlitzte. Als ihr Kopf zurückschlug, tropfte Blut warm und triefend über ihren Kieferknochen. Tropf, tropf, tropf an ihrem Hals hinunter und über das Schulterblatt und bildete einen feuchten Fleck auf dem Wollstoff. Der Stoff war rot, genauso wie ihr Blut, so daß das Blut nicht zu sehen war. Es breitete sich nur immer weiter und weiter aus. Wie viele andere hatten auf dieser Liege schon ihr Blut verloren? Und was war aus ihnen geworden? Sie unterdrückte die aufkommende Panik und machte dabei eine hilfreiche Entdeckung. Ventidius Balbus hatte nicht alle Nadeln aus ihrem Haar entfernt. Dieser stechende Schmerz hinter ihrem rechten Ohr war ihr in diesem Augenblick genauso willkommen wie ein kühles Bad an einem heißen Tag.

Sie dachte an Otho. Er war wie ein Tier, aber immerhin konnte man mit Otho argumentieren. Bei Balbus fiel es ihr jedoch schwer herauszufinden, mit welchen Argumenten ihm beizukommen war, außer wenn sie ihm beipflichtete. Während die eine Wange vor Schmerz pochte und die andere wie ein toter Fisch aufquoll, überlegte Claudia, wie viele «Ehefrauen» er wohl schon hierher gebracht hatte.

«Also gut, Balbus, ich nehme deinen Heiratsantrag an.»

Nichts. Keine Reaktion. Überhaupt nichts.

Vielleicht konnte er sie wegen der aufgeplatzten Lippe nicht verstehen? Sie schluckte und wollte es gerade noch einmal versuchen, da bemerkte sie, daß er mit einem merkwürdigen Lächeln in die Luft starrte. Als sie die Ursache für sein Vergnügen sah – nämlich das Blut, das er von seinen Knöcheln ableckte –, begannen sich ihre Nackenhaare zu sträuben. Gewissenhaft wie eine Katze folgte er mit der Zunge den Blutspuren. Über den Handrücken hinunter und zwischen den Fingern. Langsam, sinnlich und sorgfältig, um nichts zu übersehen. Sie wagte es nicht, den Zauber durch Worte zu brechen. Als er sicher war, daß er jeden Bluttropfen aufgeleckt hatte, zog er ein kleines Messer aus seinem Taillenband. Claudia hielt den Atem an. Fachmännisch durchschnitt er den dünnen Baumwollstoff ihres Brustbandes und zog es weg. Sie hörte, wie er zischend ausatmete.

«Du hast mir deinen Körper in aller Öffentlichkeit geschenkt, Claudia.»

«Ich... habe?» Selbst die Schreie der Fledermäuse waren lauter als das.

«Bei dem Wettrennen am Montag, nach dem Festival von Consus, schickte ich dir einen Brief. Ohne Unterschrift, aber du wußtest, daß er von mir war, nicht wahr, Claudia? Und vor Tausenden hast du dich mir mit einer höchst sinnlichen Geste hingegeben.»

Du irrst dich, ich habe den Brief zerrissen. Vor Tausenden. «Ja.»

«Weil du mich liebst.» Balbus beugte sich vor und strich mit seiner feuchtkalten Hand über ihren Bauch.

«Ja.» Sie konnte das Wort kaum hervorbringen.

Die Hand bewegte sich nach oben und strich um ihre Brust. Wie totes Fleisch auf ihrer Haut.

In dem flackernden Kerzenlicht konnte Claudia nicht anders, als immer nur auf die drohende Klinge in seiner anderen Hand zu starren. Balbus schien sie vergessen zu haben, aber das Messer war nur wenige Zentimeter von Claudias Kehle entfernt. Sie versuchte, sich daran zu erinnern, was sie sich vorhin gesagt hatte, daß seine Macht nämlich einzig und allein von ihrer Angst genährt wurde, doch sie konnte die Barriere nicht durchbrechen. Er hatte sie an Händen und Füßen gefesselt, sie war hilflos – und machtlos – wie ein Kätzchen. Widerstand hatte Gewalt hervorgerufen. Weiterer Widerstand würde nur noch mehr Gewalt provozieren, und wer konnte schon sagen, wie weit die Brutalität dieses Mannes ging? Er hörte auf, ihre Brust zu kneten, und das Messer verschwand aus ihrer Sichtweite. Mit großen Augen beobachtete sie, wie er mit einer kurzen Handbewegung ihren Lendengurt durchschnitt und ihn an seine Lippen preßte. Claudia konnte den heftigen Schauder, der ihren Körper schüttelte, nicht unterdrücken. Die eine Hälfte von ihr wollte, daß er sie jetzt endlich nahm und es hinter sich brachte. Die andere Hälfte, die logisch denkende, sagte ihr, daß dies erst der Anfang war...

Plötzlich kam das Messer durch die Luft auf sie zugeschossen. Schnell schloß sie die Augen. Alle Muskeln spannten sich. Das Messer stach krachend in den Rahmen der Liege. Als sie es wagte, die Augen zu öffnen, war Balbus' Gesicht nur einen Fingerbreit von ihrem Gesicht entfernt. Verzerrt vor Haß.

«Du wirst dir keine Liebhaber nehmen, wenn wir verheiratet sind.»

Sie zitterte von Kopf bis Fuß, sie konnte nichts dagegen tun, und ihre Zähne klapperten. Gewaltsam wurde die Klinge aus dem Holz gerissen.

Er spitzte die Lippen. «Ich sagte, du wirst dir keine Liebhaber nehmen, wenn wir verheiratet sind, hast du verstanden?»

«Ja. Nein.» Sie war verwirrt über die Zweideutigkeit dieser Aussage. «Ich... ich werde mir keine Liebhaber nehmen.» Schweiß brach ihr am ganzen Körper aus, und, der Himmel mochte ihr beistehen, sie war ganz nahe dran, sich endgültig zu erniedrigen, indem sie sich einnäßte.

Er legte die Klinge flach auf ihre Wange, die den ersten Schlag abbekommen hatte, und Claudia konnte es nicht verhindern, daß sie zusammenzuckte. Langsam strich die Klinge über ihre Halsbeuge, dann glitt das kalte Metall ohne jede Eile über den Rand ihres Schlüsselbeins hinunter zu ihrer Brust. Als es auf ihrer Brustwarze innehielt, hörte Claudia auf zu atmen. Mit zusammengebissenen Zähnen verfolgte sie, wie die Klinge über ihren Bauch glitt und den sanften Rundungen folgte, bis sie schließlich zwischen ihren Beinen zum Ruhen kam. Er hatte nicht die Absicht, sie zu töten. Jedenfalls jetzt noch nicht. Aber...

«Bitte, Balbus...» Sie war kaum zu hören. «Bitte, tu mir nicht weh.»

Sie hatte es nicht sagen wollen. In einem Augenblick der Schwäche war es ihr herausgerutscht, das Schlimmste, was sie tun konnte. Zu bitten. Seine Macht zu nähren, indem sie ihre nackte Angst zeigte. Ihr Körper zitterte bereits wie Espenlaub im Wind, während ihre Zähne unkontrollierbar klapperten. Dieses armselige Wimmern würde ihr Schicksal endgültig besiegeln. Zu ihrem Erstaunen bekam er ganz große Augen.

«Dir weh tun? Claudia, wie kannst du so etwas nur denken? Ich *liebe* dich.»

Ihr schwindelte. Was ging hier bloß vor sich? Was meinte er damit? Warum benahm er sich plötzlich ganz anders? Vor einer Minute wirkte Otho im Vergleich zu ihm noch wie ein verspielter Welpe, und im nächsten Augenblick war das Messer verschwunden, und er streichelte ihre Stirn und überschüttete sie mit Liebkosungen. Wie sehr er sie seit Genua liebte, wo sie diese geschmeidigen Tänze getanzt hatte, und daß er sich von seiner Frau hatte scheiden lassen, damit er bei ihr sein konnte... Zum ersten Mal, seit Balbus in diesen stinkenden Keller gekommen war, entdeckte Claudia einen schwachen Schimmer der Hoffnung. Sie widerstand dem Drang, sich aus ihren Fesseln zu befreien. Er war nicht ganz so verrückt, wie sie gedacht hatte, denn aus seinem Gefasel – den glühenden Huldigungen und überschwenglichen Komplimenten – wurde klar, daß er es sich nicht zur Gewohnheit machte, Frauen hierher zu bringen. Er war ehrlich (wenn auch irgendwie irregeleitet) verliebt in sie.

Eine verdammt seltsame Art, es zu zeigen. Die alte Claudia

kämpfte sich wieder an die Oberfläche. Mit sadistischen Angebern konnte sie (mehr oder weniger) umgehen, aber die Erkenntnis, daß Balbus nicht der verrückte Psychopath war, für den sie ihn gehalten hatte, gab ihr Kraft und brachte sie wieder zu Verstand. Ganz zu schweigen von der unglaublichen Erleichterung, die sie empfand. Die Spannung wich. Die Ruhe war wiederhergestellt. Dem Himmel sei Dank, daß sie endlich in der Lage war, mit ihm zu diskutieren. Das Gefühl, das sie jetzt ergriff, drohte beinahe so körperlich zu werden wie die Angst zuvor. Sie zwang sich, indem sie sich über den Schmerz, das Blut und die Angst hinwegsetzte, ihm zuzuhören, wie er mit eintöniger Stimme davon erzählte, daß sie schon noch lernen würde, ihn zu lieben, und von den Dingen sprach, die er für sie geplant hatte, und von den hehren Freuden, die die Zukunft für sie bereithielt. Ja, und ich vermute, daß du diese Nummer jede Nacht aufführen wirst! Keine Chance, Balbus. Du bist wirklich das unangenehmste Exemplar der Menschheit, das ich leider jemals kennenlernen mußte, darum...

Was war das? Sie spitzte die Ohren. Was sagte er? Ein Jammer, daß sie nie mehr in der Lage sein würde, an den Spielen und Wettrennen teilzunehmen, aber daß er ihr so ausführlich wie nur möglich davon berichten würde?

«Was willst du damit sagen, Ventidius?» Sie versuchte, einen erneuten Anflug von Panik in ihrer Stimme zu unterdrücken. «Ich... werde nicht mehr in der Lage sein, meine Freunde oder den Circus zu besuchen?»

«Nun, das verstehst du doch, nicht wahr, mein Liebes?» Das Kerzenlicht spiegelte sich funkelnd in dem Messer, das er wieder in der Hand hielt. «Claudia Seferius ist doch tot; wir können uns kein Aufsehen erlauben.»

Claudia fühlte, wie sie eine Gänsehaut bekam. Von den Ellbogen und Knien breitete sie sich zunächst nach oben und dann über ihrem ganzen Körper aus, bis es ihr aus Angst vor seiner Antwort überall kribbelte. Sie schloß die Augen. Sie wollte nichts hören. Sie wollte nichts wissen.

«Was glaubst du, warum ich dir deine Kleider weggenommen

habe? Hältst du mich für ein unmenschliches Biest, das seine Triebe nicht kontrollieren kann?»

Benommen schüttelte sie den Kopf.

«Ich brauchte sie für diese Hure. Sie hat dieselbe Größe, denselben Körperbau, dieselbe Haarfarbe.» Ihm entfuhr ein schrilles Kichern. «Schon bald wird man die Leiche entdecken, die deine Kleider, deinen Schmuck und deine Haarnadeln in ihrem Haar trägt, und man wird nur noch Claudia Seferius' Tod feststellen können, deren Gesicht bei einem schrecklichen Überfall von einem unbekannten Täter entstellt wurde.»

Sie schmeckte Galle in ihrem Mund und kämpfte gegen einen Anfall von Hysterie an. Ihr Herz schlug schneller und schneller; ihr Atem ging hastig und flach. Sie hatte sich getäuscht. Unglaublich getäuscht. Balbus war kein Clown, der sich in einen Sadisten verwandelt hatte. Er war wahnsinnig. Absolut wahnsinnig – und darum völlig unberechenbar. Doch ein ganz winziger Hoffnungsschimmer flammte auf, und Claudia begann, sich daran festzuhalten. Du täuschst dich, Balbus. Es gibt einen Mann, der wissen wird, daß dieser Körper nicht Claudia Seferius gehört. Einen Mann mit der Hartnäckigkeit eines Jagdhundes, der nach mir suchen wird.

«Ich muß jetzt gehen.» Es klang, als entschuldigte er sich bei einem Bankett. «Wirst du den Ehevertrag unterschreiben, wenn ich zurückkomme?»

Das Wort blieb ihr zweimal im Hals stecken. «Ja.»

Er starrte sie für einige Augenblicke hart an, dann nahm sein Gesicht plötzlich einen böswilligen Ausdruck an, der durch seine geblähten Nasenflügel noch verstärkt wurde.

«Sag mir noch mal, daß du dir keine Liebhaber nehmen wirst, wenn wir verheiratet sind.»

«Ich... werde es nicht.» Es war kaum mehr als ein Flüstern. «Das verspreche ich.» In diesem Augenblick hätte sie ihm die ganze Welt versprochen.

Er spitzte die Lippen. «Ich kann verstehen, warum du sie hattest, als du mit Seferius, dieser reichen alten Tunte, verheiratet warst, aber du mußt einsehen, daß ich nicht für immer hinter dir aufräumen kann. Ich verlange Treue.»

Claudias Körper begann sich zusammenzukrampfen. Oh, nein. Bitte. Oh, bitte. Alles, nur das nicht. Mächtige Juno, sag mir, daß ich tot bin, sag mir, daß ich träume. Sag mir irgend etwas – nur das nicht! Wie aus weiter Entfernung hörte sie eine zitternde Stimme fragen:

«Hast *du* diese Männer getötet?» Gesichter drängten sich ihr gewaltsam auf. Tigellinus, Fabianus, Horatius und all die anderen, die um den ersten Platz in ihrer Erinnerung wetteiferten. Tränen brannten in ihren Augen. «Du liebe Güte, warum nur?»

Die gekochten Stachelbeeren starrten wie in Trance an ihr vorbei. «Sie haben dich gesehen. Deine Nacktheit. Konnte das nicht zulassen. Mußte ihnen eine Lektion erteilen. Doch Paternus – oh, dieser Paternus. Ich wage nicht, seine niederträchtigen Behauptungen über dich zu wiederholen; es genügt zu sagen, daß er einen ganz besonderen Preis zahlen mußte.»

Claudia fühlte, wie das Blut in ihren Adern gefror. Du hast ihm bei lebendigem Leib die Augen ausgestochen, wollte sie schreien, bloß weil er mich eine Hure genannt hat? Willst du das sagen, Balbus? Aber die Worte wollten nicht über ihre Lippen kommen. Und mitten in diesem Grausen und Entsetzen und Schrecken konnte sie plötzlich nur noch daran denken, daß ihr die Nase lief, und sie schämte sich ...

Der abwesende Blick wich einem besessenen Funkeln. «Einer ist noch übrig.» Es klang wie das Zischeln einer Schlange.

Er watete auf die Kerzen zu und löschte eine nach der anderen aus, und die Rauchschwaden schwebten um den Altar. Trotz der Hitze zitterte Claudia.

«Sobald ich den Mann erledigt habe, den du erst vor kurzem verlassen hast, können wir unser Leben neu beginnen.»

Irgendwo in einem fernen Schlupfwinkel ihres Verstandes war sich Claudia der Absurdität der Situation bewußt, daß Scaevola, wenn man diesen armen Kerl irgendwann fand, nicht nur vergiftet worden war, sondern daß man ihn auch noch erstochen und den ganzen verdammten Rest mit ihm veranstaltet hatte.

«Man wird seine Leiche finden.» Kam dieses Krächzen von ihr? «Dann werden die Behörden begreifen, daß Gaius für die Morde nicht verantwortlich war.» Idiotin! Was veranlaßt dich, damit herauszuplatzen? Scaevola ist schon tot; du hättest eine Chance haben können zu flüchten, wenn Balbus weggeht.

«So?» Seine Stimme klang verächtlich. «Callisunus ist ein Narr, er wird nie darauf kommen, und da die Morde danach aufhören, wird dieser Fall eines der großen ungelösten Rätsel unserer Zeit bleiben.»

«Du täuschst dich, Balbus. Ein Mann wird es herausfinden, auch wenn es ihn das Leben kostet. Er ist stur wie ein Maultier.»

«Ach wirklich? Und welches höhere Wesen soll das sein?»

«Marcus Cornelius Orbilio. Er wird ...»

Seine Verachtung schlug in Ungeduld um. «Er ist der letzte, der mir Sorgen macht.» Claudia hörte, wie die Tür scharrend geöffnet wurde. «Ich habe vor, diesen eitlen Angeber jetzt zu erledigen.»

XXVII

Wie lange sie hier schon lag, gelähmt vor Entsetzen, war schwer zu sagen. Eine Minute? Eine Stunde? Einmal krabbelte ihr etwas über den Schenkel, was eine Kakerlake sein mochte, doch sie blieb reglos liegen – zu schockiert, um zu reagieren. Sie hatte schon lange kein Gefühl mehr in den Händen und Füßen, und jetzt war auch ihr ganzer Körper steif. Alles, die Hitze, die Feuchtigkeit und der erdrückende Duft der Rosenblüten schien Balbus' Wahnsinn zu verkörpern. Oh, sie würde ihn schon noch aufhalten. Früher oder später mußte er sie losbinden; früher oder später würde sie ihn töten. Aber nicht bevor Marcus Cornelius Orbilio zu Tode gefoltert worden war.

Sie starrte gerade auf den blättrigen Putz an der Decke, als die letzte verbliebene Kerze schmauchte und erlosch. Wie lange würde es dauern, bis er um Gnade bettelte? Er würde tapfer sein. Und zäh. Am Anfang. Aber wie lange würde es dauern, bis er darum flehte zu sterben? Balbus' Psyche geriet immer mehr und mehr außer Kontrolle. Paternus hatte Widerstand geleistet, ein Fehler, der nicht noch einmal vorkommen würde. Diesmal würde Balbus sein Opfer genauso straff fesseln wie sie, und die Schreie (und wie sehr du dich auch bemühst, Marcus, es *wird* Schreie geben) würden ihn zu wer weiß welchen sadistischen Höhepunkten antreiben.

Unsinn, sagte sie zu sich selbst. Er wird gerade irgendwo jemanden ausquetschen und Balbus einen Strich durch die Rechnung machen. Ja, antwortete eine leise Stimme, genauso wie diese kleine Wachtel, die du zum Abendessen gegessen hast, Federn bekommen und Eier legen wird! Ausgestreckt lag Claudia auf der Liege und hatte das Gefühl zu ersticken. Zu ersticken an der Hitze und Dunkelheit, an der Angst und Hoffnungslosigkeit. Ein Mann würde bald sterben, und sie konnte absolut gar nichts dagegen unternehmen. Sie strich mit der trockenen Zunge über ihre trockenen Lippen. Das Blut hatte eine Kruste gebildet. Von seinem Ring würde sie wohl eine Narbe im Gesicht zurückbehalten, und ihr Wangenknochen würde sich vielleicht als gebrochen erweisen. Er war geschwollen und pochte, und der Schmerz raubte ihr jeden Mut. Mut? Mach dir doch nichts vor, Mädchen. Das Entsetzen hat jeden Winkel deines Verstandes in Beschlag genommen, und du hast bis jetzt nichts unternommen – *gar nichts* –, um dich zu wehren. Du solltest dich schämen, daß du ihn einfach gewinnen läßt. Ein kleiner Funken Zorn flammte in ihr auf. Wie konnte er das wagen! Wie konnte man bloß zulassen, daß dieser psychopathische Wurm mit seiner arroganten Mißachtung für das Leben mit so etwas durchkam? Du bist stolz darauf, wie du die Ermittlungsbehörden an der Nase herumführst? Ich werde dir Grund zum Stolzsein geben, du elender, kleiner Wicht. O ja, du bist stark und despotisch, wenn deine Opfer hilflos sind. Laß mal sehen, was du kannst, wenn es zu einem fairen Kampf kommt. Claudia zerrte an ihren Fesseln, um ihre Hände zu befreien. Zeig deine wahre Kraft, Mann gegen Mann, du niederträchtiger kleiner Haufen Scheiße.

Das Klopfen der Hämmer markierte unaufhörlich die Zeit ihres inneren Kampfes. Die Zeit! Es war unmöglich zu beurteilen, wieviel Zeit vergangen war, seit Balbus sie betäubt hatte. Und unmöglich vorherzusagen, wieviel Zeit Orbilio noch blieb. War es immer noch Nacht? Angenommen, sie lag mit ihren Berechnungen richtig und befand sich unter dem alten Gemüsemarkt, dann war es sehr gut möglich, daß die Männer wegen des umfangreichen städtischen Restaurationsprogramms Nachtschichten einlegten, insbesondere wenn die Arbeiten im Verzug lagen. Claudia hörte auf, sich zu winden. Denk mal eine Minute lang nach. Erinnerst du dich nicht an den Augenblick, als Balbus die Kerzen anzündete und du zum ersten Mal deine Fesseln sahst? Romantisch wie immer hatte er sie mit rosafarbenen Leinenstreifen gefesselt. Normalerweise werden Knoten durchs Ziehen immer fester, aber Leinen, Claudia... Leinen dehnt sich. Außer... Verdammt, sie mußte dafür diese kleine Haarnadel zur Hilfe nehmen. Vorsichtig drehte sie den Kopf von einer Seite zur anderen und löste sie aus dem Haar, wobei sie darauf achtete, daß sie nicht in das Meer aus Rosenblüten fiel. Dann schob sie sie langsam mit der Stirn nach oben, bis ihre Hände sie übernehmen konnten. Es war nicht leicht. Sie fühlten sich fünfmal größer an als sonst, wie unbeholfene Greifarme, die nicht einmal einen Dachbalken packen konnten, geschweige denn eine zierliche, sechs Zentimeter lange Haarnadel, aber schließlich zwängte sie sie unter einen der Leinenstreifen und benutzte ihren Handballen als Hebel, um den unendlichen Prozeß des Dehnens zu beginnen. Es dauerte mindestens zwei Lebenszeiten, bis der Stoff endlich nachgab und sie ihr linkes Handgelenk befreien konnte. Claudia schickte lautlose Gebete zu den Göttern und schloß erleichtert die Augen. Jetzt laß uns endlich aus diesem verdammten Rattenloch verschwinden!

Als sie von der Liege sprang, prallte sie geradewegs mit der Statue von Sospita zusammen. Das geschieht dir recht, du dumme Kuh, dachte sie, und rieb sich die schmerzhafte Beule, die sich an ihrer Schläfe bildete. Eile tut not, aber weniger Hast und warte endlich, bis deine Glieder wieder funktionieren, bevor du dich in Heldentaten stürzt. Als sie die Blütenblätter ausspuckte und Halt suchte, berührte ihre Hand einen harten, metallischen Gegenstand. Sospitas Schild! Es diente zwar nur dekorativen Zwecken, aber damit konnte sie Balbus auf jeden Fall eins aufs Dach geben. Sie krabbelte im Halbdunkel umher und tastete sich über den unebenen Boden, bis sie fand, wonach sie suchte. Sei gesegnet, Sospita. Das ist ein wirklich schöner Speer. Schade, daß er zerbrochen ist. Trotzdem – sie überprüfte die Spitze – war er scharf genug für seinen Zweck. Jetzt beweg endlich deinen Arsch, Claudia, verdammt noch mal, und zwar jetzt, hörst du mich? *Jetzt!*

Mit knirschenden Zähnen schob Claudia die Haarnadel in den senkrechten Schlitz des Schlosses, bis sie Kontakt zu dem Sperrstift bekam. Geh hoch, verdammt noch mal, hoch! Nach mehreren erfolglosen Versuchen zog sie die Nadel heraus, klemmte sie zwischen die Zähne und wischte sich an der wollenen Liege den Schweiß von den Händen. Tief einatmen. Eins, zwei, drei. Braves Mädchen! Jetzt... rein. Kontakt herstellen. Hochheben und... klick! Schnell zog sie an dem Lederband und hörte den Bolzen scharrend zurückweichen. Kühle Nachtluft wehte ihr ins Gesicht, und Claudia schlug mit der Faust in die Luft.

«Ja!»

Nein. Nur bekleidet mit einem Schild und einem Speer würde sie es nicht einmal bis zum Capitol schaffen. Sie zog die Nadel aus dem offenen Schloß, stach damit in die Liege und trennte den weichen Wollstoff von der Polsterung, bis sie genug hatte, um ihn um ihren Körper zu schlingen. Er bedeckte ihre Brüste und ihre Hüften, aber wenn sie sich bückte...

Als Claudia Seferius die Treppe von dem verfallenen Altar der Sospita hinaufging, erkannte sie sich selbst kaum wieder. Abgesehen von der wollenen Hülle, die nur durch ihren Willen und ihre treue Freundin, die Haarnadel, zusammengehalten wurde, trug sie rote wollene Halbstiefel, die mit Rosenblättern ausgestopft waren, und das Ziegenfell der Göttin als Mantel. Gütige Diana, der Übelkeit erregende Geruch der Rosenblätter war nichts im Vergleich zum Gestank dieses Fells. Was für eine schlechte Gerbung! Ich sollte auf geradem Weg nach Hause gehen. Die Wache benachrichtigen, ein Bad nehmen, zu Bett gehen und die Sache den Fachleuten überlassen. Orbilio kann für sich selbst sorgen. Diese sentimentalen Gefühle sind nur eine Reaktion auf die Greuel in diesem stinkenden Loch. Alles nur Einbildung. Geh nach Hause. Vergiß die heutige Nacht. Leise vor sich hin fluchend raste sie durch das Forum zum Esquilinischen Hügel. Ich weiß nicht, warum ich mir die Mühe mache. Er ist schlau genug, um Probleme im voraus zu riechen. Er wird sich von einem Wahnsinnigen wie Balbus nicht reinlegen lassen. Auf keinen Fall. Und es ist auch nicht so, daß er die Umstände, die ich mir mache, begrüßen wird.

«Salve, Schätzchen.» Ein Zenturio blockierte ihr mit seinem Ausgehstock den Weg. «Gehst du 'n gleichen Weg wie ich, hm?»

«Ich hab's eilig.»

Der Zenturio gab einen glucksenden Laut aus seiner Kehle von sich. «Ich auch, Schatz», sagte er und rieb sich im Schritt. «Ich auch.»

Claudia lächelte und stieß ihm mit dem Knie hart in die Eier. Der Zenturio würgte und fiel vornüber zu Boden. Sie runzelte die Stirn.

Erst als sie zufrieden feststellte, daß der Soldat sein ganzes Inneres auskotzte, ging sie wieder weiter.

Einen Moment lang dachte ich schon, ich hätte meine Fähigkeiten verloren.

Ob Orbilio das wohl zu würdigen wüßte? Aber klar! Ich wette, daß er jede zweite Woche ohne mit der Wimper zu zucken in solche Auseinandersetzungen gerät. Aber was bedeutet er davon abgesehen für mich? Gar nichts. Überhaupt nichts. Er ist ein gutaussehender Bastard mit einem Wust lockiger Haare und einem jungenhaften Lächeln. Davon kann man in Rom für eine Kupfermünze zehn Stück bekommen. Und wenn ich an diese schreckliche Angewohnheit von ihm denke, sich den Mund mit dem Handrücken zuzudecken, wenn er etwas für witzig hält – ha! Als ob seine Augen ihn nicht verraten würden! Und glaubt er etwa, daß ich wirklich Spaß an unseren verbalen Duellen habe? Es war echt zum Kotzen, wie dieser Marcus Cornelius Orbilio überall auftauchte, wo man auch hinschaute. Ja gut, er hatte einen hübschen Körper, das mußte sie zugeben. Kräftige Muskeln, feste Schenkel. Sie hatte seine Schenkel gesehen, als sie sich im Garten gerauft hatten. (Ein kindischer Ringkampf in der Tat!) Bis Leonides endlich angerannt kam, bedeckte seine Tunika kaum noch seine Würde, und man hätte fast glauben können, daß Marcus sie der Vergewaltigung beschuldigen würde und nicht umgekehrt...

Die Morgendämmerung stand kurz bevor. Über dem Tempel der Vesta leuchtete der Himmel ganz schwach. Der Tagesanbruch hatte etwas ganz Besonderes an sich. Egal, wie oft man ihn schon gesehen hat, jedesmal bekam man auf den Armen eine Gänsehaut, und es stockte einem der Atem. Er hatte einen einzigartigen Geruch, eine Klarheit und einen Hauch von Unendlichkeit an sich, die einen, egal, was man tat, für einen Augenblick lang innehalten ließ, um den Göttern für diesen märchenhaften neuen Anfang zu danken. Claudia stockte in ihrem Schritt. Und Marcus? Hat er auch einen neuen Anfang? Oder nicht? Zu ihrem Erstaunen rollten dicke Tränen über ihre Wangen. Ich habe keine Ahnung, warum. Trotzig wischte sie sie weg. Ich konnte ihn nie leiden. Von Anfang an sagte ich, daß dieser Mann nur Schwierigkeiten bringt. Ich kann es nicht leiden, wie er mich ansieht – direkt in die Seele –, und seine Witze sind überhaupt nicht witzig. Also, was bedeutet er mir letzten Endes schon? Nichts. Er ist nichts weiter als ein blöder Ermittler, der ständig zu falschen Schlüssen kommt, mehr nicht.

Der traurige Libyer öffnete die Tür und blinzelte. «Meine Dame ... Seferius?» Angesichts ihrer schmuddeligen Aufmachung fiel ihm schier der Kiefer hinunter.

«Was hast du denn gedacht, wer ich bin, die Frau des Kaisers?» War er denn noch nie in einen Kampf gewesen? Hatte Beulen und blaue Flecken, Verletzungen und Blut gesehen? «Hol Orbilio!»

«Den Herrn? Ich fürchte, er ist nicht da, werte Dame.»

«Was! Verdammt, wo ist er?»

«Ich habe keine Ahnung. Es tut mir leid. Ein Bote des Kaisers holte ihn vor einer Stunde in einer geheimen Angelegenheit ab.»

XXVIII

Das war's also? Du flüchtest aus der Hölle, rast durch die halbe Stadt, um einem Mann das Leben zu retten – nur um herauszufinden, daß du zu spät kommst? Daß alles umsonst war? Ihr war kalt. Sehr, sehr kalt. Ihr ganzer Körper verkrampfte sich. Um sie herum gingen die Fuhrwerke, Straßenkehrer, Betrunkenen und Landstreicher ihren Geschäften nach und waren sich der Tragödie nicht bewußt.

Warte mal. Warum sollte es nicht ein echter Gesandter gewesen sein?

«Hast du das Siegel selbst überprüft?»

Ja, sagte der Libyer, es sei eindeutig die Sphinx des Kaisers gewesen. Doch auf ihre Bitte, den Gesandten zu beschreiben, war die Darstellung sehr vage, da es nur einen Mann in ganz Rom gab, dessen Gesicht man so schnell vergaß. Das war sicherlich ein wichtiger Faktor gewesen, warum es keine Zeugen gab, denn Ventidius Balbus hinterließ so wenig Eindruck, daß er so gut wie unsichtbar war. Das erklärte auch, wie er in das Mietshaus gekommen war, um Crassus zu töten. Nur wenige Menschen betrachteten ihren Hausbesitzer als Besucher. Und nur ein arroganter, selbstgefälliger Mann wie Balbus wagte es, Augustus' Siegel zu fälschen!

Claudia glitt am Türpfosten hinunter und brach auf der Türschwelle zusammen, und es war ihr egal, ob die Götter, die diese Schwelle bewohnten, über den Anblick ihrer nackten Brüste schockiert oder erfreut waren. Anfangs hatte sie dem Diener gedroht. Dann hatte sie versucht, ihn zu bestechen, zu überreden, zu beschwatzen und zu verfluchen, da er in der irrigen Annahme war, seinen Herrn zu beschützen, bis er endlich, als ihre Beine sie nicht länger tragen konnten, überzeugt war, daß dieses arme Wesen die Wahrheit sagte.

Daß sie sich leicht geschlagen gab, war eine Eigenschaft, die man

Claudia Seferius im allgemeinen nicht nachsagen konnte, aber selbst sie mußte zugeben, daß die Wahrscheinlichkeit, herauszufinden, wo Balbus Orbilio hingebracht hatte, äußerst gering war. Plötzlich wurde sie sich der pochenden Schmerzen in ihrem Gesicht, der schwellenden Blutergüsse, der schmerzhaften Wunden und der blutigen Streifen um ihre Handgelenke bewußt und starrte auf die roten Wollstiefel. Sie hatten ihr bergauf und bergab über die Hügel einen guten Dienst erwiesen. Die Rosenblätter waren ein perfektes Polster für ihre Füße gewesen. Und wenn sie Balbus in die Finger bekam, würde sie sie ihm in sein dreckiges Maul stopfen, bis er, so wahr ihr die Götter halfen, an diesen verdammten Rosenblättern erstickte. Du hast vielleicht die erste Runde gewonnen, du perverser, kleiner Drecksack, aber das wird dir noch leid tun, verdammt noch mal. Egal, wie lange es dauerte, bis der arme Marcus starb, deine Zeit werde ich verdoppeln. Verdreifachen. Ich werde dir die Haut von den Füßen abziehen und sie mit Kohlen verbrennen. Ich werde Öl in deinen Rachen schütten und es anzünden. Ich werde deine Haut mit Nesseln einreiben und dir Nadeln in die Eier stechen. Ich werde dir Ameisen in die Ohren stopfen und...

«Ich hab sie gesehn.»

Die Furien sollen dich holen, Ventidius Balbus. Sei verdammt zur ewigen Hölle. Claudia blickte auf. Der Himmel verfärbte sich jetzt rosa, und die Temperatur der schwülen Luft stieg bereits. Die letzten Lieferwagen bahnten sich einen Weg zu den Toren. Die Bäcker backten, die Müller mahlten, und die Straßenbeleuchter löschten ihre Fackeln und machten sich auf den Weg ins Bett.

Ein kleiner Finger klopfte auf ihr Schlüsselbein. «Ham Sie gehört? Ich sagte, ich weiß, wohin sie gegangen sind.»

Sie wußte nicht, woher er gekommen war, nur daß er sie störte. Dann drangen seine Worte zu ihr durch. Rufus? *Rufus* wußte, wohin sie gegangen waren? Claudia war im Nu auf den Beinen. «Wohin?»

«Reißen Sie mir nicht gleich den Kopf ab, ich wollte nur...»

«Ich reiße dir deine kleinen verschrumpelten Arme ab, wenn du es nicht sofort ausspuckst, du schreckliches kleines Ferkel.»

Er verzog das Gesicht. «Nun, da ich sehe, wie wütend Sie sind, ist es wohl besser, wenn ich nicht frage, was es Ihnen wert ist, was? Ooh, aua! Schon gut, kommen Sie von Ihrem hohen Roß runter, sie sind zu dem alten Warenhaus auf der anderen Seite der Aemilius-Brücke gegangen.»

Verdammt! Balbus hatte mich in der Nähe vom Capitol eingesperrt; ich war praktisch dort. Sie blickte zu dem heller werdenden Himmel hinauf. Was für eine verdammte Zeitverschwendung. Wenn ich das gewußt hätte, wäre ich schon vor einer Stunde dort gewesen!

Nachdem sie Rufus zu den Soldaten und den Libyer zu Callisunus geschickt hatte, jagte Claudia wieder den Hügel hinunter. Dieser Diener, dieser Narr, war mehr daran interessiert gewesen, sie zu waschen, ihre Wunden zu versorgen und anständige Kleidung für sie zu suchen. Sie nahm an, daß er es gut meinte, aber anscheinend konnte er nicht begreifen, daß es eine Frage von Leben und Tod war. Flüchtig überlegte sie, ob er sie für betrunken gehalten hatte.

Die Straßen waren jetzt leerer. Es gab weniger Verkehr und weniger Fußgänger, und in dem frühen Morgenlicht konnte sie ihren Weg besser erkennen. Dieser barg dafür andere Gefahren, denen sie ausweichen mußte. Angeschlagenes Obst, Eselmist, verschüttetes Öl. Ein falscher Schritt konnte zur Folge haben, daß sie ausrutschte und sich den Knöchel verstauchte – sie machte sich deutlich, daß vielleicht immer noch das Leben eines Mannes auf dem Spiel stand. Ein Versagen ihrerseits konnte den seidenen Faden, an dem es hing, zum Reißen bringen.

Abgesehen von ein paar eifrigen Tauben, die in den Spalten zwischen den Steinplatten herumpickten, befand sich kaum jemand im Forum, und als sie an der Rostra vorbeieilte, war sie froh, daß es dort nicht wie üblich vor Bankiers und Anwälten, Wahrsagern und Huren wimmelte. Als sie endlich die Brücke erreichte, keuchte sie erbärmlich, und die polsternde Wirkung der Rosenblätter war vorbei, aber Claudia war sich des Schmerzes in ihren Lungen oder ihrer wunden Füße nicht bewußt. Sie verfluchte sich, weil sie kopflos losgerannt war, ohne darüber nachzudenken, wie sie Balbus ohne Unterstützung aufhalten konnte. Wenn sie nur daran gedacht hätte, sich ein Messer aus Orbilios Haus mitzunehmen!

Unter den steinernen Brückenbögen schäumte und rauschte der Tiber, und sie zwang sich, nicht an Marcus' gebrochenen und blutigen Körper zu denken, der vielleicht in diesem Augenblick in die dunkle Tiefe des Flusses gerissen wurde. Auf der anderen Seite der Brücke blieb sie zögernd stehen. Ein graues Steingebäude, sagte Rufus, aber in diesem Licht sahen sie alle grau aus! Warte. Der Junge sagte, es befände sich neben einem Getreidesilo... und da ist nur ein Getreidesilo. Claudia wiegte Sospitas Speer. Er war vielleicht nicht von großem Nutzen, aber sie war so sehr damit beschäftigt gewesen, Balbus zu finden, daß sie gar nicht bemerkt hatte, daß sie ihn noch in der Hand hielt. Bis jetzt. Sie spitzte die Lippen und nickte befriedigt. Jetzt krieg ich dich, du perverses Schwein. Jetzt krieg ich dich! Sie hatte keine Angst mehr vor ihm. Und in dem Augenblick, in dem du die Angst vor dem Unterdrücker verlierst, ist er machtlos. Wie Staub, den man von den Händen pustet.

Trotzdem rann ihr der Schweiß in Strömen über den Rücken, und ihr Herz schlug lauter als der Hammer eines Schmiedes, als sie um das Gebäude ging. Sie mußte daran glauben, daß Marcus noch lebte.

Langsam, Claudia, langsam. Sie konnte es sich nicht leisten, in diesem Stadium einen Fehler zu begehen. Sie öffnete die Tür einen Spaltbreit und schlängelte sich hinein. Es war stockdunkel. Nach der trockenen, staubigen Luft zu urteilen, war hier wahrscheinlich einmal Marmorgestein gelagert worden. Jetzt sah es so aus – und es klang auch so –, als wäre das Gebäude leer. Dann vernahmen ihre Ohren ein Geräusch. Ein Scharren. Es kam von oben. Eine Reihe von Grunzern. Ach, das konnte alles mögliche sein. Ratten, Landstreicher, was du willst. Dann hörte sie ein Stöhnen. Kein Stöhnen des Unbehagens oder des Mitleids, sondern ein Stöhnen aus tiefstem Elend.

In der Düsternis konnte sie am hintersten Ende des Lagerhauses ein oberes Stockwerk erkennen oder eher so etwas wie einen Heuboden in Ställen. Eine Leiter war dort angelehnt. An der Wand entlang bewegte sich Claudia langsam vorwärts, und ihre gepolsterten Stiefel hinterließen keinen Laut auf den Holzdielen. Sie hielt das Schild und den Speer so fest umklammert, daß ihre Knöchel in der Dunkelheit weiß leuchteten. Sie vernahm ein erneutes, hastigeres Scharren, ein Glucksen und wieder ein Stöhnen, dem ein schrilles Kichern folgte, und plötzlich war Claudia klar, daß sie nicht nur ihren Mann gefunden hatte, sondern daß sein Opfer auch stark genug war, um um sein Leben zu kämpfen. Sie prüfte die Leiter und stieg Sprosse für Sprosse hinauf.

Kein Wunder, daß man von unten nichts erkennen konnte. Ein großer, schwarzer Vorhang trennte die obere Etage ab. Claudia hob den Saum und lugte untendurch. Orbilio saß in einem Kreis von Öllampen, die nicht mehr als eine Elle voneinander entfernt standen. Er war nackt ausgezogen und an einen Stuhl gefesselt worden, die Arme an die Armlehnen und die Beine an die Stuhlbeine. Auf einem kleinen Tisch neben ihm lag sorgfältig ausgebreitet chirurgisches Zubehör. Claudia stand zwar nicht besonders auf chirurgische Instrumente, aber sie konnte Sägen, Scheren, Zangen, Messer und diverse andere Geräte erkennen, die sie noch nie gesehen hatte und von denen viele einen unheimlichen Schraubmechanismus hatten. Sie fühlte, wie ihr Blut zu Eis erstarrte. Balbus war auch splitternackt. Seine Beine hatten mangels Sonne eine blauweiße Farbe, und auf seiner Brust zeichneten sich die Rippen unter seiner Haut ab. Er beugte sich gerade mit einem Krug in der Hand über sein Opfer.

«Noch etwas Essig, mein Freund?»

Er stieß Orbilios Kopf zurück und hielt ihm die Nase zu. Orbilio wand sich und preßte die Lippen zusammen, bis die Atemnot ihn überwältigte, dann kippte Balbus ihm die Flüssigkeit in den Rachen. Gleichzeitig drehte er mit der freien Hand an Orbilios Brustwarze, so daß er zusammenzuckte und schluckte. Sorgfältig stellte Balbus den Krug ab, ballte die Faust und versetzte Orbilio einen Schlag in den Magen, der ihn erneut aufstöhnen ließ.

Claudia ließ den Saum der Gardine hinunterfallen. Es war offensichtlich, was hier vor sich ging. Balbus war von einer derartigen Blutlust übermannt worden, daß er die Sache so lange wie nur möglich hinauszögern wollte. Zu diesem Zweck hatte er sich einen Ort ausgesucht, wo er sein Opfer langsam und in aller Ruhe foltern konnte. Schreie würden ungehört verhallen; er konnte sich alle Zeit der Welt lassen und Orbilio in tausend Stücke hacken, wenn er es wollte. Nun, Marcus hätte den Donnerstag vielleicht anders verbracht, wenn er die Wahl gehabt hätte, aber zumindest war er am Leben, und seine Organe waren noch unversehrt. Sie hatte zwar um Hilfe rufen lassen, aber das Problem war, daß die Wahrscheinlichkeit sehr groß war, daß Balbus ihn in dem Augenblick töten würde, in dem er die Legionäre rasselnd auf das Gebäude zustürmen hörte, und es gab verdammt wenig, was sie dagegen unternehmen konnte. Wenn sie mit geschwungenem Speer auf ihn losstürzte, konnte er Orbilio mit Leichtigkeit töten, bevor sie ihn erreichte, und es war ihr unmöglich, ihn mit diesem verdammten Ding, das sie noch nie in ihrem Leben geworfen hatte, aufzuspießen. Denk nach, Mädchen, denk nach. Tu etwas, um ihn abzulenken! Genau, du könntest... was? Hineinschlendern und sagen: Hallo, Ventidius, amüsierst du dich? und darauf hoffen, daß er vor Überraschung seine Waffen fallen läßt? Ein Feuer legen? Hineinstürzen und die Lampen umstoßen – bis Balbus und du den Ringkampf beendet habt, wird Marcus restlos verbrannt sein. Verdammt noch mal, benutze endlich deinen Verstand, Claudia.

Sie hob die Gardine erneut an. Was zum Teufel hatte diese zweizackige Gabel in seiner Hand zu bedeuten? Oh, nein! Liebster Jupiter, nein! Das Instrument, das er da schwenkte, schien eigens für Ventidius Balbus hergestellt worden zu sein, und vielleicht war es tatsächlich so – zwei gebogene Zinken mit einem Abstand von sechs Zentimetern. Wie hypnotisiert starrte sie es an. Balbus zielte zuerst auf Orbilios Augen, dann auf seine Hoden. Orbilios Gesicht war bleich, als er zurückwich und sich duckte. Mit jedem Stoß kamen die Zinken ein kleines bißchen näher...

«Ich habe da ein Problem, mein Freund.» Balbus sprach, als würde er über Politik reden oder ein Hühnchen bestellen. «Ich kann mich nicht entscheiden, ob ich dir erst die Augäpfel ausstechen soll, damit du hinterher nie weißt, woher der nächste Schlag kommt, oder, und das ist die Schwierigkeit, ob ich dich zusehen lassen soll, was ich als nächstes vorhabe.»

Er legte die Fingerspitzen aneinander und runzelte die Stirn. Mit zurückgebogenem Kopf starrte Orbilio das gezackte Instrument an, das vor ihm hin- und herschwankte.

«Eine schwierige Frage, aber ich denke, im Endeffekt ist das letztere vorzuziehen, und ich bin sicher, daß du mir zustimmen wirst – es wäre sehr nachlässig von mir, wenn ich dir nicht erlaubte, dem Verfahren zuzusehen. Nun, womit soll ich anfangen? Ich denke immer noch mit der Kastration, was meinst du? Ja, natürlich findest du das auch. Du willst, daß ich dir eine Lektion erteile, weil du meine Frau gefickt hast.»

Der Adamsapfel an Orbilios Hals sprang auf und ab. «Ich kenne deine Frau nicht», sagte er heiser.

«Lügner!»

Die Gabel in Balbus' Hand kratzte über Orbilios Brust und hinterließ zwei parallel verlaufende rote Streifen.

Soldaten, wo bleibt ihr? Callisunus, du mieser Nichtsnutz, beweg deinen Arsch hierher, bevor es zu spät ist!

Es war schon zu spät. Balbus legte bedächtig die blutige Gabel ab und suchte sich eine bösartig erscheinende Säge aus. In die andere Hand nahm er eine Pinzette.

Oh, Scheiße!

Es gab nur noch eine Strategie, die Claudia einfiel. Sie war verrückt, leichtsinnig und vielleicht sogar hoffnungslos. Aber sie mußte es probieren. Ein frontaler Angriff bedeutete Selbstmord. Balbus hatte seine sadistische Operation wie eine Theateraufführung arrangiert, bei der er und sein Opfer sich im Mittelpunkt der Bühne befanden. Es war Claudia unmöglich, ihn zu überraschen, da er mindestens vierzig Schritte von ihr entfernt war. Wenn schon Marcus nicht getötet würde, wäre sie ganz bestimmt dran. Doch wenn sie so tun würde, als wäre sie eine Verkörperung der Göttin Sospita...? Die meisten Römer fürchteten sich davor, ihre Götter zu erzürnen, weil sie glaubten, dafür persönlich bestraft zu werden. Mächtige Juno, sorg dafür, daß Balbus dazugehört! In der Gestalt von Sospita würde sie ihn verurteilen, er würde vor ihr auf den Boden fallen, und sie würde ihm dieses verdammte Schild auf den Kopf schlagen...

Mit zitternden Fingern knotete sie das Ziegenfell auf und zog die knöcherne Haarnadel heraus. Der wollene Umhang fiel dreißig Ellen tiefer lautlos auf den Boden. Sie zog das ranzig stinkende Fell wie einen Helm über den Kopf und schlüpfte unter dem Vorhang hindurch. In ihren Stiefeln schlich sie lautlos auf die hintere Seite des Zwischenbodens und trat dann mit ausgestrecktem Schild und Speer aus der Dunkelheit hervor. Balbus fiel vor Schreck der Kiefer herunter.

«Hör mich an, denn ich bin Sospita, du Schänder meines Tempels.»

Ihre Worte dröhnten in dem stillen Lagerhaus, denn sie hatte ihre Stimme verstellt, indem sie mehrere Oktaven tiefer sprach. Die Farbe war Balbus aus dem Gesicht gewichen, und die gekochten Stachelbeeren traten stieläugig hervor.

«Nur Jungfrauen dürfen zu meinen Füßen um Fruchtbarkeit bitten, doch du bringst mir eine Hure, die Erfahrung mit Männern hat, um mich zu verhöhnen.»

Heftig stieß sie mit dem Speer auf den Boden, so daß die ganze obere Etage zitterte. Der Schaft, der bereits angebrochen war, drohte dabei vollständig zu zerbrechen. Diese Nummer durfte sie nicht noch einmal wiederholen.

«Auf die Knie, du Missetäter, verbeuge dich vor Sospita.»

«Du!» Seine Stimme klang wie ein heulender Wind in einem langen Tunnel.

Oh, verdammt! Er starrte sie nicht etwa so an, weil er Sospita sah, sondern weil er Claudia sah. Zorn errötete seine bleichen Wangen. Zorn weniger auf sie als auf sich selbst. Daß er ihr erlaubt hatte zu fliehen. Claudia erkannte an seinem Gesicht, daß er sie für diesen Fehler töten würde.

«Du Nutte!» Er schleuderte die Pinzette in den Raum und ergriff ein Messer. «Du untreue, herumhurende Nutte!»

Das Funkeln des Messers war gar nichts im Vergleich zu dem irren Funkeln in seinen Augen. Mit einem besessenen Schrei stürzte er auf sie zu; die Amputationssäge blitzte in seiner anderen Hand. Claudia wehrte das Messer mit dem Schild ab, indem sie es nach links drehte. Er wirbelte herum und hackte mit dem Messer nach unten. Erneut hob sie das Schild, aber Balbus war zu schnell. Das Schild flog ihr aus der Hand und verrenkte ihr die Finger, und sie fühlte, wie sie hinfiel. Die Stiefel gaben ihr keinen Halt, ihre Füße rutschten und strampelten in der Luft. Balbus sprang auf sie zu, aber sein Fuß verfing sich in dem Ziegenfell. Krachend landete er auf seinen Knien, und Claudia fühlte die Zähne der Säge über ihre nackte Schulter streifen. Sie hörte, daß sie ihm aus den Händen fiel und über den Fußboden schlitterte. Sie nahm den Speer, um sich aufzustützen, und sprang in dem Augenblick auf, als das Messer an ihr vorbeizischte. Eine knochige Hand packte ihr Handgelenk und drehte es um. Angesichts ihres wunden, blutigen Handgelenks keuchte Claudia vor Schmerz auf, und der Speer fiel aus ihrer Hand. Sie war am Verlieren; sie wußte es. Ihre Kraft war durch die Qualen auf Sospitas Altar und die beiden Läufe durch die Stadt geschwächt worden. Seine Kraft, genährt durch seinen Wahnsinn und den Blutrausch, wurde dagegen immer größer. Mit dem Fuß trat sie Balbus in die Eier, aber es steckte keine Kraft dahinter. Das Messer blitzte im Halbdunkel auf. Sie hörte, wie er leise eine Reihe von bitterbösen Obszönitäten von sich gab.

Verzweifelt suchten Claudias Augen nach dem Instrumententisch. Bei dem Kampf um ihr Leben hatte sie die Orientierung verloren. Gütige Diana, wo war das verdammte Ding? Dann sah sie ihn. Sie tat so, als wollte sie an Balbus vorbeihuschen, und nutzte den Sekundenbruchteil, in dem er abgelenkt war, um auf den Kreis der Öllampen zuzustürzen. Doch wie aus dem Nichts klammerte sich eine Hand um ihr Fußgelenk, und sie fiel atemlos keuchend vornüber hin. Hinter sich hörte sie Ventidius Balbus in der Dunkelheit.

«Jetzt wirst du sterben, du treulose Hure.»

Die Hand fiel von ihrem Fußgelenk. Nach Luft ringend kroch Claudia auf die Füße, stolperte aber gleich wieder über den Speerschaft. Ihre Hände klammerten sich um ihn, aber bevor sie ihr Gleichgewicht finden konnte, stand Balbus mit erhobenem Messer über ihr.

Sie hörte eine Männerstimme rufen: «Der Speer!» und hob ihn instinktiv hoch, um sich zu schützen, aber es war zu spät. Claudia schloß die Augen und wartete auf den Tod. Ihr ganzer Körper schüttelte sich; sie hörte ein ekelhaftes Platschen, aber überraschenderweise spürte sie keinen Schmerz. Verwirrt öffnete sie die Augen und sah, daß Balbus an dem Speer zappelte, in den er hineingerannt war. Plötzlich zerbrach der Schaft in ihrer Hand, und sie sprang zurück, als würde er brennen. Sie wartete darauf, daß Balbus zusammenbrechen würde, aber statt dessen zog er die Speerspitze mit einem schrecklichen Grinsen langsam heraus. Blut spritzte in alle Richtungen. Riesige Pfützen begannen sich zu bilden.

«Stirb, du Nutte!»

Balbus umklammerte sein Messer und stürzte erneut auf sie zu, aber sie war wie gelähmt. Wie das Kaninchen vor der Schlange wartete sie darauf, daß er sie zur Beute nahm. Sie konnte jeden Pulsschlag an seinem Hals erkennen, jedes Zucken mit der Wimper. Dann, beim zweiten Schritt, rutschte er in der klebrigen Pfütze aus. Plötzlich glitt und schlitterte er und schlug mit den Handflächen auf den Boden. Ein heiserer, rasselnder Ton kam aus seiner Kehle, er verdrehte die Augen und fiel vornüber. Viermal zuckte er noch, dann lag er still. Claudia wartete eine Ewigkeit, dann näherte sie sich – langsam und vorsichtig – der reglosen Gestalt. Mit zitternden Händen zog sie seinen Kopf an den Haaren hoch. Ventidius Balbus war so tot, wie man nur tot sein konnte.

Sie blickte zu Marcus hinüber, der weiß wie ein Birkenstamm war und das Gesicht vor Entsetzen verzog. Vermutlich sehe ich nicht besser aus. Sie holte tief Luft, zählte bis drei, dann atmete sie wieder aus, um das schmierige Blut auf dem Holzboden zu vergessen.

«Orbilio ...» Sie räusperte sich und begann noch einmal. «Orbilio, wollen Sie die ganze Nacht dasitzen und mich anstarren, bloß weil ich splitternackt bin?»

Er schüttelte den Kopf langsam von einer Seite zur anderen vor Verwunderung. «Claudia Seferius, Sie sind unglaublich. Absolut unglaublich.» Seine Stimme klang genauso zittrig, wie Claudia sich fühlte.

«Ach, kommen Sie, Orbilio. Ich bin noch viel besser, und das wissen Sie.»

Unvermutet fühlte Claudia sich befangen unter seinem Blick und schnappte sich Orbilios Tunika. Sie war viel zu lang, aber sie sah weitaus besser aus als dieser knappe Wollumhang, und sie roch süß. Außerdem war es kalt. Sie zitterte, also mußte es kalt sein, oder?

«Der Speerstich war einwandfrei. Haben Sie das geübt?»

Sie erwiderte sein Grinsen. «Auf dem ganzen Weg hierher, Orbilio. Schließlich mußte ich eine bessere Möglichkeit finden, um mich in Form zu halten, als die ganze Nacht diese verdammten Hügel hinauf- und hinunterzulaufen.» Sie zog die Tunika über den Kopf und zupfte ihr Haar zurecht. Es stank nach dieser ranzigen Grotte, in der sie eingesperrt gewesen war.

«He, wohin gehen Sie?»

Sie blieb an der Leiter stehen, um den Gürtel um die Tunika zu binden. «Nach Hause», antwortete sie. «Um zu baden.»

«Sie können mich doch hier nicht allein lassen! Claudia, verdammt noch mal, ich bin gefesselt und splitternackt. Das ist doch peinlich.»

Sie stellte den Fuß auf die oberste Sprosse der Leiter. «Ich versichere Ihnen, Orbilio, daß Sie in der Hinsicht keinen Grund haben, sich zu schämen. Glauben Sie mir.»

Sie begann, die Leiter hinunterzusteigen. Callisunus und die Soldaten würden bald kommen. Sie konnten das unter sich regeln. Schließlich wurden sie dafür bezahlt, verdammt noch mal.

«Binden Sie mich los, Claudia. CLAUDIA!»

Sie stieg zwei Sprossen hinauf und streckte den Kopf über den Bretterboden. «Orbilio, würden Sie bitte so gut sein? Es ist bereits Donnerstag, und ich habe im Augenblick wirklich eine Menge zu tun. Ich muß ein großes Geschäft leiten, zwei Haushalte führen, einen Ehemann beerdigen, eine Katze füttern, und außerdem habe ich ein Weingut, um das ich mich dringend kümmern muß.»

«Bei der Mutter von Tarquin, Claudia...»

«Das Gut ist das Dringlichste. Wir warten immer noch darauf, daß der Augur die Weinernte ausruft, aber das Stroh muß auch noch geschnitten werden, der Acker muß gepflügt werden, und erwähnte Rollo nicht irgendwelche Schwierigkeiten mit der Bewässerung? Wenn ich also bis zu den Spielen in zwei Wochen fertig werden will, muß ich jetzt wirklich los.»

Ich weiß immer noch nicht, wer Lucan bezahlt hat, aber da ich gerade im Geld schwimme, wäre es schade, diesen Spaß zu verpassen. Claudia drückte einen Kuß auf ihre Fingerspitzen und blies ihn ihm zu.

«Sie sehen also, Orbilio, daß ich es mir wirklich nicht leisten kann, hinter Ihnen herzulaufen.»

Sie warf ihre Locken zurück, sprang die Leiter hinunter und eilte über den staubigen Holzboden der Lagerhalle. Mit welchem streunenden Kater mochte Drusilla sich wohl herumgetrieben haben? überlegte sie. Solange sie nicht mehr als vier Kätzchen bekam, war es in Ordnung, denn die würde sie natürlich behalten. Vielleicht zwei hier und zwei in der Villa?

Marcus' klagende Rufe, ihn freizulassen, drangen zu ihr hinunter, und sie lächelte. Du bist in Ordnung, Orbilio, weißt du das? Du bist in Ordnung.

Auf der Brücke blieb Claudia stehen und beobachtete einen Fischer, der mit seinem Fang nach Hause kam, und sie atmete die frische Morgenluft ein und betrachtete die Stadt, die oberhalb von ihr erwachte. Ja, wirklich, Donnerstage hatten etwas überaus Befriedigendes an sich.

Hatte sie das nicht schon immer gesagt?